アジアの現代文学⑯
[ベトナム]

はるか遠い日

ある
――ベトナム兵士の――
回想

レ・リュー
加藤則夫 訳

めこん

Thời xa vắng

Nhà xuất bản tác phẩm mới, Hà Nội

目次

はるか遠い日

あるベトナム兵士の回想

＊本文中の［……］は訳者による註です。

第一部…

第一章

村は霧深い闇の中で寒さに身を震わせていた。空に届かんばかりに聳え立つびんろう樹も、この凍て付くような静寂の中でひっそりと佇んでいた。五日続きの寒波で、さつまいもの畦は干からび、支えの竹垣もきしきし音をたてた。しかし、今夜の冷え込みをいちだんと骨身にしみて感じているのはカン老人に違いない。昨日の昼から何も口にしていないため、元々痩せてへこんだ腹が背中の皮とくっつきそうになっている。ついカッとなって末息子のサイを怒鳴りつけたものの、心配は増すばかりだ。

老人はおぼつかない足どりで外に出た。しばらく寒気の中に突っ立っていたが、緊張の糸が切れ、目まいを感じて門にもたれた。しかし、内心の怒りは依然としておさまりそうもない。物の道理と世間体だけは何としても守らねばならぬ。その一念につき動かされて、老人は再び家の中に戻り、元の場所に腰を下ろした。腰かけた長椅子は、すっかり冷えきっている。ついさっきまで、こんな寒さの中どこをうろついているのか、と心配していたばかりなのに、「ふん、勝手にくたばるがいい。全く先方に合わせる顔がない」という言葉が口元まで出かかっている。カン老人にとって、息子のサイが嫁のトゥエットを追い出した事件は、けっして本人だけの話ですむものではないのだ。

事の次第はこうである。幼いサイの関心は、戦争ごっこと勉強だけで、普段はトゥエットのことなど頭の隅にもなかった。せいぜいが、「お前の嫁ごはどうしとる?」などと人にからかわれると、つい顔を赤らめる程度である。サイの家にその娘が住みつくようになって一年ほど過ぎたが、いい目をしたのは自分が宿題をしている間に、庭や路地の掃除をやってくれることくらいだ。それよりも、自分の行動を逐一両親に告げ口され、頭にくることのほうがずっと多い。例えば、どこそこで黒人の真似をして顔中に墨を塗りたくっていたとか、ハーおじさんの家の池に潜って泥んこになっていたとか、そんな類いの話まで筒抜けなのだ。時には、「洗濯したくても、服を脱がしてくれないの」とか、「実家の父のこと、行商の竹売りそっくりだって言うのよ」などと他愛のないことまで告げ口される。こうした日頃からの鬱憤が、その日の午後一度に爆発したのだ。

サイはまだ十歳になったばかりである。家は貧しいが、末っ子のおかげで小さい時から兄嫁たちによく可愛がられてきた。上の兄たちがみな独立すると、サイも当然のように嫁を取らされることになった。嫁のトゥエットは、サイよりわずか三つ年上とはいえ、その仕事振りは大人顔負けである。例えばとうもろこしを臼でつく時、サイは自分の体の倍近くある杵を持ち上げることさえできないのに、トゥエットはいとも簡単に杵を操るばかりか、きちんと臼の真ん中をつくので一粒も外にこぼさない。一本だけでも大変なのに、彼女の操る二本の杵の音は、大人同様実に規則正しく響きわたる。

軒下に敷き詰めたレンガに陽が射し込む時間になると、宿題をしていようが、遊び回っていようが、サイには決められた日課がある。彼の役目は、まず前の夜からお湯に浸していたとうもろこしの水切りから始まる。それがすむと、「さあ、とうもろこしをつくからおいで」というトゥエットの声がかかるまで、あたりをぶらぶらしながら待つ。声がかかると、手にしていた算数の教科書を置き、しぶしぶ箒を持って臼の場所へ行く。しかし、わざと相手の顔を避け、視線は臼の縁にじっと注いだままだ。

すぐに杵が打ち下ろされ、とうもろこしが二つ三つと砕かれていく音が耳に響いてくる。サイは下を向いたままその音に合わせ、臼の縁についたとうもろこしの粒をさっとはらってはすぐ手を引く、その動作を繰り返す。臼の中のとうもろこしがすっかりつき上がると、相手は杵を持つ手を休め、その粉を篩《ふるい》にかける。その間、サイの方は無言でその場を離れ、本を読んで時間をつぶす。まるで鍛治屋が熱い鉄を叩き始める時の合図のように、臼の端を叩く杵の音が耳に入ると、サイは黙ったまま元の場所に座り、さっきと同じことを繰り返す。とうもろこしをすべてつき終わると、サイは始める前と同じように無言で立ち上がり、おりに閉じ込められていた鶏さながら、出口から一気に外へ飛び出していく。

ところがその日は、珍しくトゥエットがつきそこねて、サイの手をもろに叩いてしまった。思わず「痛いっ」と叫んだサイは、日頃の鬱憤が溜まっていたせいか、もう片方の手で相手を殴ったのだ。彼女は身を守ろうともせずその場に突っ立ったまま、サイの面罵にじっと耐えていた。しばらくして、手の痛みが和らぐにつれ怒りもおさまってきたが、その場のけりを付けるため、サイは外へ出しなにわざと横柄な口をきいた。

「ふん、お前の親爺なんかくそくらえさ。おとうに言って、目ん玉を犬にくり抜かせっからな」

ところが、その捨て台詞が思わぬ事態を生み、カン老人を烈火のごとく怒らせたのである。その日、老人がよろずやのタオさんから請け負った竹を売りつくし家に帰ってきた時は、もうすっかり日も傾いていた。普段どおり、トゥエットがあく汁を漉してから、鍋を火にかけ、菜箸で粉を掻き混ぜる音を耳にした老人は、ふかふかしたとうもろこし団子を目の前に浮かべたほどだ。しばらくすると、火を止めて鍋の蓋を取り、それからてきぱきと皿を並べる音が聞こえてくる。物音が止んだところで一服つけ、それから老人はサイを呼ぶため腰を上げるつもりでいた。いつもそれを潮に、トゥエットが食事を運んでくることになっている。老人は空腹でもう目が回りそうであった。もともと年末年始のこの時期は、たまにしかとうもろこし団子は口にできない。その上、前日は客へのもてなしで家の者は我慢していた。今日は今日で老妻に代わって竹を売るため市場に出かけ、足はまるで棒のように疲れている。

水煙草をふかしていた老人が、ふと入り口に目をやると、顔を泣き腫らしたトゥエットが、手提げを抱え突っ立っている。目を合わせるや、彼女は、「お願いですから実家に帰らせて下さい」と涙ながらに訴え、事の次第をくどくどと話した。驚いた老人は、ひたすら説得に努めたが、いくらなだめすかしても、彼女は聞く耳など持たず、さっさと家を後にしたのだ。

肝心のサイはようとして行方が知れない。カン老人がいくら手分けをし探し回っても、見つからない。老人は、「あいつなんぞ金輪際勘当ものだ」「あいつを見かけたら、どうか教えてくださらんか。あいつに灸をすえん限り、世間に顔向けもできん」などと当たり散らしながら、息子やその嫁たちを使って、一軒一軒しらみ潰しに調べさせた。県［行政単位。日本の郡に相当］庁の税務課員である次兄のテインは、三ヵ月の研修をすませ、省［行政単位。日本の県に相当］から帰ってきたばかりだが、さっそくこの捜索にかりだされた。

当然ながら父親の怒りは、サイの耳にも届いていた。あたりが暗くなるのを待って、サイは身を隠すために畑の方へ逃れた。幸い濃い霧のおかげで、数十歩先の竹藪まで逃れるともう人影も見えず、ただ家の中の騒々しい物音だけが聞こえてくる。しかし、まだ人目に付くかもしれないと恐れたサイは、水牛で耕したばかりのつるつる滑りやすい畑の中を、さらに遠くへ行こうと必死で走った。足元を取られ何度も転倒し、おまけに倒れたはずみに岩のように固い畝に顔をぶつけ、思わず涙が出るほど痛くてしばらくは立ち上がることも出来ない。うつぶせになって涙の流れるままにしていると、掘り起こしたばかりの土に自分の顔が沈んで行きそうだ。しかし、何度転んでも、その度に歯を食いしばって立ち上がり、あえぎあえぎ足を引きずりながら逃げた。

ついに精魂尽き果て、もう這う気力も失せかけた時、焼きかけの草むらが目に入り、サイはその中に潜り込んだ。火はすっかり消えていたが、灰にはまだかすかなぬくもりが残っている。サイはその灰を体の下に敷き、顔や背中は焼け残った草で覆った。横になってじっと耳をすませていると、必死で自分を探している人たちの叫び声が、遠くから聞こえてくる。その中には、聞き覚えのある兄のティンやおじのハーの声もまじっている。その声の意外な近さに驚いたが、疲労困憊のサイには、再び起き上がる気力はもう残っていない。じっと横になったまま兄やおじの声を聞いていると、うれしさと人恋しさで、また涙が出てくる。しばらくすると、汗をたっぷりと吸い込んだ服が、夜気のためにすっかり冷え、悪寒がしてきた。サイはあわてて、手当たり次第にあたりの草や灰を寄せ集めたが、それでも覆いきれない所は畝の土を体に塗り、まるで虫のように身を縮めた。そのうち、恐怖と空腹も忘れ、いつしか深い眠りに引き込まれていた。

*

結局、サイがひそかに期待していた事態は起きなかった。次兄のティンはさっさと家に帰ってしまい、おじのハーも別の方向へ行ってしまった。もともとハーおじはまだ幼いサイの結婚に反対し、その結婚式にも顔を見せていない。ハーおじが仲介に入れば、サイの咎めも少しは大目に見てもらえるはずである。ハーおじの真剣な顔にうながされ、家族や近所の人間もこのあたりを探し始めるに違いない。もし、この場で見つかれば、驚きの声を上げながら人々は、すぐ家まで運び、体を拭いたり着替えをしたり、みんな寄ってたかって世話をやいてくれるはずだ。サイ自身は、瞼は重く喉もからからで、そのうえ手足にも力が入らず、何を聞かれてもただ曖昧な返事を繰り返すだけで、回りの人にすっかり身をまかせればよい。遠くから兄やおじの声がかすかに聞こえてきた時、うれし涙を流しながら夢うつつの中で、サイは一人想像をふくらませていたのだ。

その頃、おじのハーは、まるで夜気のように冷ややかな声で、「ティンじゃないかい？」と、目の前の相手に話しかけていた。

「えっ？」

「わしだよ！」

「あー、おじさんですか。誰かと思いましたよ。たった今帰ってきたところで」

相手が立ち止まると、おじのハーは内心の腹立ちを抑え付けるように低い声で言った。

「この頃少し注意が足りんぞ！」

「いきなりそんなに言われても…」

「サイの奴が自分の嫁を追い出したのは、まあ子供のすることだ、やむをえんところもある。ところが、お前の親爺ときたら、頭ごなしに叱り飛ばすだけしか能がない。時代錯誤にもほどがある。お前は県の幹部で、わしは村の党書記だぞ。本来なら世間に手本を示すべき革命一家のはずだ。それなのに内輪もめで一晩中大騒ぎとなれば、お前の面子も丸つぶれじゃないか？　わざわざ幹部研修に行かせたのも、サイの後見人と見込んでのことなんだ。ところが肝心のお前がこのざまだ…」

「帰ってきたばかりで、まだ事情が…」

「事の次第はどうあれ、まずあいつに物事の筋の何たるかを言い聞かせるのが先決だ。いくら子供でも、自分の嫁とは仲良くせんとな。鼻たれ小僧のくせに、亭主面して人様の子供をぶつなんてまだ早い。しかも、今は男女平等の時代だ、もし相手が訴えでもしたら、わしらは平謝りに謝るしか手はない。革命に身を捧げているはずのお前がしっかりしなくてどうする？　本来なら、日頃から親爺たちに、党の政策くらい聞かせておくべきだぞ。とにかくサイには、きつくお灸をすえるんだな」

「はあ」

「ただそのビンタも、人目につかんようにしろ。難癖を付ける人間もいるからな」

「はあ」

「要はあいつに非をわからせることだ。後は、あいつの先生や、少年団の指導係に話をしておけばいい。とにかく話をあまり大袈裟にせんことだ」

おじの口調は、いつになく厳しいものであった。確かに今回のティンの行動は、少し軽率だったとそしられてもしかたがない。日頃から父親の格式ばったやり方に不満を持っていたとはいえ、弟の身が心配のあまり、話を聞くと後先も考えず家を飛び出したからだ。それを見て、他人ごとのように構えていた彼の妻や兄嫁も子供たちにサイ探しに加わるようおおげさに騒ぎだしたのだ。ティンの軽はずみな行動がこの大騒ぎを一層煽り立てる形になっただけに、わざわざ研修に行かせたおじの腹立ちは人一倍大きかったのである。

うなだれて家に戻ってきたティンは、しばらくひっそりと長椅子に腰を下ろしていたが、やがて頭を上げると大声で台所の方へどなった。

「おい、ランプくらい点けたらどうだ？　まるで墓場みたいに真っ暗じゃないか」

彼の怒声がとぎれると、長椅子の目の前がぱっと明るくなった。いつのまにか、父親が黙ったままそこに座っている。カン老人は、手慣れた手つきでランプのほやをはずし、へらで芯についた煤をはらいながら火種を近づけ、明かりがちゃんとついたのを確認してから元通りほやをかぶせ、その後でおもむろに水煙草に火をつけた。ことさらゆっくりとした老人の動作は、息子に話しかけるきっかけを思案しているように見えた。

カン老人には八人の子供がいたが、今では男三人しか残っていない。長男は性格が穏やかで、早くから独立したせいもあって、ほとんど口出しすることはなかった。次男のティンは結婚し独立していたが、今も一つ屋根の下で一緒に暮らしている。しかし老人はティンに対し敬意とよそよそしさがないまぜになった複雑な気持ちを抱いていた。その一因は、ティンが老人の弟であるハーおじと長い間活動を共にしていたからだ。ただティンと老人は何か問題が起きた時に、互いに腹を割って話し合うことができた。かつて、ティンがハーおじと密かに連絡を取ろうとして逮捕された時、儒学を修めた教師として人望を得ていた老人のとりなしで、事なきを得たことがあった。ついでに言えば、その時骨を折ってくれた村の助役クは、サイの妻となっているトゥエットの父親である。フランスに勝利した今では、古い慣習や伝統は封建主義として批判の対象になっているが、老人は今もなお、「ティンさんの父親」「ハーさんの兄」としてまわりから一目置かれている。老人とティンは、それぞれ不満はあっても、内心では立派な息子（あるいは父親）を持ったことに誇りを抱いていた。しかし、普段は二人ともどことなく他人行儀で、あまり親しく口をきくことはない。

カン老人の目から見ると、ティンも今どきの風潮に影響され、他人の成果は喜んで享受するくせに、苦労を肩代わりする段になると、たとえそれが肉親のことであっても、尻込みしがちだ。それればかりか、最近は党への不平不満を口にしようものなら高飛車に反駁してくる。批判ばやりの世の中のせいで、ティンも相手を言い負かし、自分と同じ意見にさせないと気がすまないところがある。しかし老人には老人の言い分がある。それは古い伝統や物の道理である。この家の家風からすれば、子供が親に向かって好き勝手に振る舞うなど、断じてあるまじき行為だ。どう考えても自分の方に理があると思う老人は、先ほどからのティンの沈黙に不満で、冷え冷えした家の空気を一層耐え難く感じていた。

「お父さんがサイに甘すぎるから、こんなことになったんですよ」

穏やかに切り出したティンの口調に、老人は戸惑った。しかし老人にも言いたいことは山ほどある。

「わしがあいつをちやほやしすぎるだと？」

「日頃からお父さんが厳しくしていれば、こんなことにはなりませんでしたよ」

もともと、ティンは弟のサイに同情的であった。無理やり結婚させられてから、勉強好きだった弟がすっかり人が変わり、ティンが家に戻った時はいつも泣きべそをかきながら不満を訴えるようになっている。その上、ティンはいまだに元助役のクを心よく思っていない。確かに、クはフランス軍に捕まった自分を救うため助力してくれたが、その一方でこの一帯に潜伏していた革命家たちの動向を、密かに敵側に通報していたのだ。父親に対し、日頃からのこうした不満を口にしなかったのは、おじのハーから出来る限り話を大きくしないよう、何度も釘をさされていたからだ。ハーおじから自分の軽率さを厳しく咎められた直後だけに、ティンはひとまず強い言い方を抑えたのである。

ティンが努めて冷静に振る舞ったので、今回の件に対するカン老人のもやもやした気持ちもいったんは治まった。ところがその夜、今度はサイの母親の泣き叫ぶ声で、再び村中が大騒ぎになったのだ。昨夜から彼女は手持ちの花瓶を米と交換するため、近在へ出かけていたが、家に戻り米袋を頭から下ろすと、疲労困憊のあまりその場に眠り込んでしまった。そこでカン老人はティンの嫁にお粥を炊かせ、それができあがったところで、老妻を起こし一緒に食べることにした。最初はまだねぼけまなこでお粥を口に入れていた彼女は、おなかがふくれるにつれ人心地がつき、やっとサイたち二人のいないことに気付いたのだ。

周囲に根掘り葉掘り尋ねたあげく、事のあらましを知った老母は、まだ食べかけの茶碗をお膳に置くと、庭に飛び出し大声でわめき始めた。そして、ティンの嫁に焚かせたたいまつを持って外へ駆け出し、子供の名を大声で呼びながらあたりを捜しまわった。彼女には、夫やティンのように古い家柄や革命家としての名声にこだわる気持ちなど、はなから頭にない。老母の後には、嫁やその子供たちまで付き従い、金切り声と大袈裟な騒ぎようは、ハビ村一帯の冷気も吹き飛ばさんばかりで、サイが潜んでいた焚き火跡あたりも人の群れであふれかえった。

＊

深夜にもかかわらず、村中の人が入り口や庭に押しかけ、人波でごった返すカン老人の家の中の様子を固唾を飲んで見守っている。

「サイ、しっかりせんか」

「お母さんだよ、目をさましておくれ」

「サイ、父さん母さんが心配してるぞ。早く目をさますんだ」

必死でサイの名を呼ぶ一方で、人々はおおわらわでありとあらゆる処置を取る。指でこめかみのあたりを揉む人。鶏の羽根を焚きその煙を鼻に嗅がせる人。火のついた酒で髪の毛をあぶる人。すり生姜を、背中、顔、胸、手などに塗り付ける人。しまいにはみんな一緒になって、箸で口をこじあけ、お粥を流し込んだ。

しかし、サイに対する特別扱いも、時の経過につれ元に戻った。ほぼ一週間後、正確には七日目の午後、遊びに出たサイが仲間に雑誌を読んでやるほど元気になると、家庭内の母親の発言力にも陰りが出てきた。そうなると、おのずと父親の威厳が増してくる。普段はどんなにおっとりしていても、家庭内にもめごとが起きれば、やはり最後は男の出番である。

その夜、ティンの意見を聞き入れ、カン老人はさっそく家族会議を開いた。その場に集まったのは、老人夫妻、長男夫婦、ティン夫婦、そしてサイである。そのうちの三人は、その場にただ形だけ顔をそろえているにすぎない。どんな時でも、長男夫婦は、「異存ありません。お父さんの意向に従いますよ」と、同調するだけである。一応年長者の顔を立て、「お前たちの意見はどうなんだ？」と尋ねると、長男はいつも勿体をつけ、少し間を置いてから口を開く。話の内容は、たいてい一言一句まであらかじめ想像がついた。しっかり者のその嫁は、機嫌がいいと、「お父さん、うちの人に何を聞いても無駄ですよ、壁に向かって尋ねるのと同じですから」などと、冗談口を叩いた。しかしその嫁も、法事の段取りや家庭内のもめごとのように重要な話になると、ただ黙って耳を傾けているだけだ。たまに話を向けられても、「うちの人にまかせてますから」と、そつなく答える。そうなると長男は、例の勿体ぶった態度で誰にもあたりさわりのない意見を述べる。重要な決定のため家族会議を開いても、その場に長男夫婦がいようがいまいが大きな違いはない。ただ、二人がいないと、家族会議の体をなさないし、話が深刻になりそうな時にはその場を丸くおさめるため、老人もしばしば長男夫婦に話を向けた。誰かが激高しかけた時とか、いがみあってとげとげしくなっている時とか、老人の意見に誰もが不満な時など、長男の毒にも薬にもならない話が、その場の空気を和らげることもあった。実際、家族内の相談の場で、彼の存在が一役買う場合もたまにはあったのである。

もう一人、普段老人夫婦や口うるさい夫の世話に加え、サイの面倒まで実の弟のように見ているティンの妻も、家族の集まりの時は、急須や湯呑みを揃えたり、お湯を沸かしたり、煙草の火を用意したりして、いつも裏方に徹している。用事をすませると部屋の隅に腰を下ろし、みんなの話に耳を傾けるだけで、何か聞かれても、「わたしは何もわかりませんから、お父さんたち（お兄さんたち、あるいはうちの人、時にはサイやトゥエットの場合もあった）の意見に従います」と、判で押したように答えるのだ。そのため、お茶や煙草の準備さえきちんと出来ていれば、彼女がその場に居合わせようがいまいが、誰も気にとめることはない。

この場の残りの四人は、誰もが今回の件で一番傷ついているのは自分だと思っている。

当事者のサイは、それまで家族のみんなから腫れ物に触るような扱いで、優しい言葉をかけられてきたが、ティンの妻の後ろから部屋に入ってくるなり、母親にむしゃぶりつきわっと泣き始めた。泣きじゃくるわが子の様子に打たれ、老いた母親も思わずもらい泣きする。子供を抱き寄せ、袖で目頭を押さえながら彼女は強い調子で、「話があるならあんたらだけで勝手に話し合うがいい。かわいそうに、すっかりこの子はおびえきってるだよ」と言った。

老人は「まあまあ、別にあいつをどうこうしようという了見じゃない」と努めて冷静に答えた。長男の嫁もつい見かね、「サイちゃん、何も怖がることなんかないのよ。お父さんたちやお兄さんたちは、今後どうするか話し合ってるだけで、誰もあなたを叱るつもりなんかないんだからね」と慰めの声をかける。

ティンは厳しい顔で言った。

「サイ、泣くのはよさないか。さあ父さんから、意見を言って下さい。僕たちも何か手立てを考えますから。家に帰ると、かならず何か起きてるんですから、本当に頭が痛いですよ。一家の主の苦労なんか、誰もこれっぽっちも考えていないんですからね」

ティンは一応家長の威厳をとりつくろっているが、このところの一家の不祥事が全て自分のせいにされ、すっかり苛立っていた。このあたり一帯には、長兄の名前を知る者は誰もいない。今や父親の声望ですら、この村の外ではほとんど忘れられている。いきおい家族の誰かに事が起きれば、「幹部のティンさんの家では…」などと口さがない世間の声が彼の耳に入ってくる。今また、サイの一件が世間の格好の噂の種になるのは避けられそうもない。

カン老人の方も、ティンは老人の心労など全然わかっていないと思っている。普段は家におらず、たまに帰ってくるだけのティンに、自分の辛い立場などわかる筈がないのだ。この家は代々儒者の家系として誉れ高く、上下のわきまえを無視したり子供が親に逆らうようなことは、これまで一度としてなかった。ましてや、他人との約束を違えたり、前言を翻すことなど言語道断である。人様の娘を追い出すなどという今回の件も、けっして子供の話ですまされるものではない。そのへんの道理となると、ティンは全くうといと言わざるをえない。カン老人はサイの不始末については、いまさら誰にも四の五の言わせるつもりは毛頭なかった。ただ老人がなかなか話を切り出せないでいるのは、いかにこうした考えを伝えるべきか考えあぐねていたからだ。昔のようにどなりつけたり叱り飛ばすことが出来れば簡単だが、今では自分のほうが言葉を選ぶほど気を使わねばならない。先ほどから何も言い出せないでいるのもそうした気がねのせいで、ティンに促されやっと話し始めた老人の口調は自と歯切れが悪かった。

「ごたごたを望んどる者など誰もおらん。だが、起きてしまったことはあれこれ言っても始まらん。今日ティンさんも含めみんなに集まってもろうたのは、何とか向こう様に頭を下げて、あの娘に戻って来てもらう算段を話し合おうと思うたからだ。子供の不始末は親が尻拭いするのは当然だからな」

間髪を入れず老母が金切り声で食ってかかる。

「わたしゃ頭なんか下げるつもりは金輪際ないからの。うちの子が虫の息だというのに、だれ一人顔も見せん家に、義理なんかありゃせんわい。亭主が病気しても嫁は知らんぷり、どこにこげん馬鹿な話があるんじゃ」

「追い出したのはせがれの方だぞ」

「この子はまだ分別もわきまえん餓鬼じゃ。何の責任もありゃせん。嫁がだらしなけりゃ、この家から追い出すかどうかは、あんたかわたししか決められんはずじゃて。それを勝手に出くさりおって、きっとわたしらを世間の笑い物にしようとの魂胆じゃ!」

「少し言葉を控えんか。向こう様に聞かれでもしたらどうする」

老人の一言で、老母の鬱憤はかえって火に油を注がれた格好になった。

「正直な気持ちを何で隠し立てする必要があるんじゃ。こっちが七転八倒しとるのに、向こうは平気の平左じゃないか。わたしゃこれでも自分の腹を痛めとるんじゃ。その息子が苦しんでりゃ誰よりもつらいのは当たり前じゃ。それなのに、向こうはうんともすんとも言ってこん。痛い目にあっとる方から頭を下げる法が、どこの世界にあるというんじゃ。もう一度やり直すつもりなら、まず向こうから一言挨拶があるのが筋というもんじゃろうが」

老母の話にも、一理ある。その場にいた嫁たちまでが、ひそひそ声で相手側の非常識をならした。サイの方は、さっきから彼女の背中に顔を埋めたまま、時折思い出したようにしゃくり上げている。その様子は、向こうの家に謝りに行くのだけは許してくれ、と訴えているようだ。

一方ティンは、その場のやり取りにお構いなく、目は天井に据えたまま口を固く閉じ、何か別の考えごとをしているように見える。その間、カン老人も煙草をくゆらせたり、お茶に手を出したりして、さも無関心を装っていたが、実際にはみんなの意見に注意深く耳を傾けていた。老人がこの場の人間の中で何を考えているのかさっぱり見当がつかないのは、肝心のティンだけである。しかし、それは今に始まった訳ではなく、ティンが党活動に参加するようになって以来のことである。苛立たしい限りだが、今では理屈の上でティンに言い負かされることも珍しくない。しばらく前から家族内の問題については、みんなティンの意見の方に耳を傾けるようになっている。しかし、それはある面でしかたのないことに違いない。社会的地位の高い人間の言動が、一目置かれるのは当然と言えば当然なのだ。

ついに、ティンが重い口を開いた。先ほどから、老人が一番恐れていた展開である。結局ティンの意見で、どうやら今日の話し合いのけりもつきそうな雲行きだ。老人は薄暗い方に顔をそむけ、気を静めるためゆっくりキセルに煙草を詰めた。いずれにしても、今回も自分の意見が軽んじられ、ますます立場が弱くなっていくのは避けられそうもない。

しかし、カン老人の予想は見事に外れた。ティンは老人の思惑以上に、もっと先々のことをいろいろと考えていたのだ。ティンはもともと今回の家族問題は、そんな単純な話と思っていなかった。そこで普段以上に、誰にもうむを言わせぬ威厳を繕って、ゆっくりと話し始めた。

「サイがトゥエットを追い出したこと自体は、そんな大騒ぎをするほどの問題ではないと思いますよ。ですから父さんの意見に僕は反対です。（さっきはわしが甘やかしすぎると言っとったくせに）。ただ、サイが寝込んでた時、ク家の人たちが知らん振りしてたのは、けしからん話です。母さんがさっき怒ったのは当然で、この家のみんなの気持ちを代弁してくれたと思います。相手がけしからん態度を取った以上、あれくらい言ったたって罰はあたらんでしょう。（ふん、つまり婆さんと口裏を合わせようと言う魂胆だな。こっちが事を起こしといて、他人のせいにするとは見上げた根性だ。そんなら、お前や婆さんの好き勝手にするがええ。しかし、このわしの目が黒いうちは、断じてサイとあの娘の離婚は許さんぞ）。今は、昔のような家柄とか格式なんてないんですから。しかし、それは先々の話です。いずれ、僕がきちんと相手に話をつけることにしましょう。ところで、まず差し当たっての解決も、考えておく必要があります。そのためには、こちらがあまりかたくなだと、にっちもさっちもいかないでしょう。あまり白黒や、面子にばかりこだわるのは考えものです。（ははん、ああだこうだと言いおって、結局お前のいいように持って行こうという腹だな）」

「じゃお前は、こっちが先に頭を下げろと言うんじゃの？」

「いずれにしても、サイがトゥエットと縁を切る訳にはいかんのですから。母さん、悪いようにはしませんから、後は僕に任せて下さいよ。こっちが先に謝れば、向こうだってわれわれが冷静に子供の話は水に流そうとしてるのがわかるはずです。明日、家内にサイを連れて向こうに行かせましょう。そこで、サイに『自分の不注意で追い出して申し訳ありませんでした。どうかもう一度、妻を家に戻らせて下さい』と一言わびを入れさせます。それだけ言って帰ればいいんですよ。その後は、向こうの出方次第では、僕が必ずけりをつけますから」

ここまで一気に話すと、彼は一息入れてゆっくりお茶をすすりながら、老母とサイの反応をうかがった。カン老人の方は、そ知らぬ顔を装っていたが、「やはり学問のある人間の考えることは違うわい」とひそかに敬服していた。ついさっきまで、一悶着は避けられそうもないと観念していただけに、老人はほっと胸をなでおろした。ティンの如才なさ、立て板に水の話し方に、ただただ感心するばかりである。

「じゃが、もしもうまくいかん時は…」

「母さん、そんな心配は無用ですよ。今は議論より、まず明日行動を起こすことが肝心なんですから。もう遅いし、さあ寝ましょう」

素っ気なく答えると、ティンは腰を上げさっさと自分たちの部屋に引き上げて行った。残された者は、しばらくその場に居座っていたが、もう誰も口を開こうとはしない。老母ももはや反対のしようもなかった。さっきまでぐずぐず言っていたサイも、すっかり観念した様子でただおとなしく座っている。二人には不本意な結末だが、今はそれに従うほかないのである。

第二章

ハビ村の人々にとって、サイの一件も、日ごとに深刻さを増していた飢えに比べれば、些細な話にすぎない。いつまでもそんな話にかかずらうほど酔狂な人間はいなかった。当人たちも、大人のような痴話喧嘩をした訳でなく、つい遊びや勉強に熱中するあまり、日頃のいがみ合いを忘れてしまうこともあった。しかも、当時は待ち望んだ平和の到来に沸き立つ、一種の異常時である「一九五四年、ジュネーブ協定が結ばれ、ベトナムとフランスとの間の第一次インドシナ戦争が終わった」。周辺の他の村々は、さっそくフランス軍駐屯地の地雷や鉄条網の撤去、薬莢の後始末、砲弾跡の整地に精を出していたが、ハビ村はやや様子が違った。

昔からこの村は、川が運んでくる肥沃な土壌に恵まれながら、畑仕事を厭う習性がある。川沿いの広大な土地をほうりだし、いつの頃からか他人の飯の味を覚え、出稼ぎ暮らしになじんでいるのだ。屈強な大人は、ハンダ工、床屋、レンガ工、石灰工、鍛冶屋、土方、潜水夫などいろんな手仕事を携え、世間を渡り歩く。要領のいい連中は、膏薬、びんろう、箒、瀬戸物、石臼などの行商を生業としている。扱う品は安物ばかりで、壊れたり腐りやすい物は敬遠される。手広くやるつもりは毛頭なく、その日暮らしの足しになればそれで満足なのだ。

職人の真似ごとをしている連中も、端境期の片手間仕事の色合いが濃く、農作業の時期になれば一家を挙げてまた故郷に戻る。そして、大急ぎで植え付けをすませ、またあわただしく村を後にする。その後は、時々妻か子供が村に立ち寄って草取りなどして畑を世話し、収穫時になると再びみんなが村に戻って来る。こうした繰り返しが、長い間この村のやり方だったのである。村に帰れば、また外へ出稼ぎに行きたくなり、外に出れば、故郷のびんろう樹やバナナ畑が無性に恋しくなる。畑仕事に専念するでもなく、先祖代々住み続けたこの故郷を捨て去るつもりもない。

その一方で、ずっと村に居残る人々もいる。体の弱った老人、幼な子を抱えた女性、手に職など持たない人たちだ。彼らの手による主な作物は、せいぜいとうもろこしくらいで、植え付けは毎年十月頃に行なわれる。翌年四月の収穫がすむと、彼らもさっそく笠《ノン》をかぶり土手の向こうへ日雇いに出かける。この村の出稼ぎぐらしはまるで天の思し召しのように、すっかり日常生活に根付いていた。

しかしその弊害も深刻で、雇い主の歓心を買おうと絶えず村人同士のいがみ合いが生じていた。運良く目をかけられた人間は、大きな顔で他の村人を見下し、時には実際の雇い主以上に横柄な態度を取る。いきおい、彼らの畑の貧弱なとうもろこしや豆に比べ、雇い主の畑はいつも実り豊かである。自分の畑には肥料すら撒かず、後は天候まかせという手の抜きようだ。糞を肥料として使わないので、豚小屋や便所も必要なく、大人も子供もいざという時は畑で用を足し、豚は豚で放し飼いか、仮に豚小屋があってもその糞は垂れ流しのままになっている。そのくせ、雇い主の豚小屋や便所の糞はきちんと肥料にし、せっせとその畑に撒く。収穫の季節になると、自分の村に比べ、雇い主の畑はどの作物も豊作で、あらためて自分の愚かさかげんに気付くのだ。

雇い主へおもねったり、他人の指図に甘んじたりするようになったきっかけは、きわめて単純である。最初は、生活に困り軽い気持ちで借金し、そのうち利息が積もり積もって、中には一生かかっても返せない羽目に陥る人が出てきた。畑仕事に精を出していても、せいぜい収穫までやっと食いつなぐ程度の蓄えしかない人が多く、収穫直前に台風や日照りに襲われ作物が台無しになれば、もうお手上げである。骨折り損のくたびれ儲けになるくらいなら、いっそ笠《ノン》でもかぶって日雇いに出た方が、気は楽だし食べ物にもすぐありつけるという訳だ。たまには、雇い主から、握り飯、バナナ、落花生、焼き芋などを恵んでもらう時もあり、それをみやげに持って帰れば、家で待つ家族も大喜びで、同じことが何回か続けば、またその翌日もあわよくばと期待を抱くようになる。こうしていつしか日雇い仕事があたりまえになっていったのである。

　土地を手放すのは簡単だが、いったん身に付いた出稼ぎ暮らしを止めるのは難かしい。村中が日雇いに精を出せば、足元を見られてもしかたがない。端境期には極端に仕事が減り、二束三文の労賃でも我慢するしかないのだ。ひどい時には、七、八百人のうち運良く仕事にありつくのはせいぜい数十人で、あぶれた人間はしかたなくまた村に引き返すこともある。

　それでも毎日、朝のまだ明けぬうちから人々は出かけたが、その中に、カン老人家族の姿もあった。ただカン老人は、高齢のうえに、かつての名士の面子もあって、家に残りもっぱら留守番役だ。その他は、老母をはじめ、長男夫婦、ティンの嫁とトゥエット、それに幼いサイまでこの日雇い仕事に出かけていく。まだ暗いうちからカン老人は床を離れ、お湯を沸かしてやかんにお茶の葉を入れ一服つけながら、周囲の誘い合わせの声や、隣のモン夫婦の話し声が耳に入ってくるまで待っている。頃あいを見て、老人は、「婆さんや、もう起きとるか？　お茶でも飲んで、暖まらんか」と、声をかける。

　その声で、老母はすぐ跳ね起き、続いてトゥエットも静かに起きてくる。老母は、頭に布、体に蓑、おなかに麻の紐、足はビンロウの葉で作った草履で、手早く身支度を整える。草履は、足の指が鼻緒にひっかかればよいだけの簡単なものである。準備がすむと、彼女は老人と、サイの寝室になっているバナナの葉を敷きつめた部屋に顔を出す。奥の方ではサイがしきりに寝返りを打って、まだぐずぐずしている。老母は老人の入れたお茶をひとしきり啜ってから、「サイ、さあもう起きるんじゃ。朝になっちまうだよ」と、声をかけサイの体を揺する。

サイは寝ぼけ眼で起き上がると、水の入ったコップを持って表に出てうがいをする。それから部屋に戻り、大人顔負けの手慣れた仕種でキセルに煙草を詰めていく。大きく煙草を吸い込んでから、目を閉じたままゆっくり煙を吐き出していると、老母が、頭に巻く布と体にかぶる頭陀袋を投げてよこす。身繕いを手伝いながら、彼女はサイに、「いいかい、木靴も忘れんようにの。足の裏が傷だらけになっちまうでな。それに、待ち時間には結構寒さしのぎにもなるだで。たいした重さでもないからの」と念を押すのだ。

その間、トゥエットは薄手の上着を身に着けると、さっさと池に出て、昨夜から用意しておいたキセルの灰汁で歯を染め、さらに顔を洗って頭に布を巻き、台所の隅で待機している。そこには、いつも木槌が三本、大鎌と小さい鎌が二本ずつ並べてある。老母とサイが戸口に現れると、彼女はその鎌を肩に担ぎ上げ、自分から先に外へ出て行く。

出掛けに老母は必ず、「ティンの嫁ももう起きたかの」と声をかけていく。「ええ」という返事を聞いてから、老母はおもむろに家を後にする。老母は速く歩けないので、「まだ早いんじゃから、そんなに急ぐことはなかろうが」と、時々サイの妻に小言を言う。彼女の歩みに合わせるため、トゥエットもゆっくりと歩くしかない。サイだけは、わざと遅れるか、さっさと駆け出して、彼女から少しでも遠く離れようとする。

まるで村中総出のにぎやかさである。最初は誘い声やおしゃべりで騒々しいが、目的地が近づくにつれ次第に口数も少なくなり、やがてただ黙々と歩くだけになる。誰もが仕事にあぶれないよう、あれこれ思案を巡らしているのだ。残り三キロほどになるとみんな駆け足になり、いよいよ土手の手前まで来ると、数百人近いその群れは場所取りのためわれもわれもと土手を駆け上る。目当ての場所はあっというまに占拠され、あぶれた人たちはしかたなくその場に車座になる。冷え冷えとした月明かりの下で、その光景はまるで一面土饅頭だらけの墓場のようだ。

二、三時間後、盛り土のようにじっとうずくまっていた人々は、再びざわつき始める。誰かがあくび混じりに「あーあ、焼きとうもろこしでも食いてえなあ」とつぶやくと、その声に続いて、寒さのせいでくぐもりがちのおしゃべりが始まり、藁を付け火に水煙草を吸う人々が出てくる。あたりに煙草の煙が漂い出すと、みんな仕事にありつけるかどうか気もそぞろで、眠気どころではない。

さらに小一時間ほどたち、互いの顔の見分けがつく頃になると、いよいよ待ち焦がれていた雇い主がその姿を見せる。そのまぎわになると、土手の上はまるで市場のような騒々しさだ。男たちは、豊かな村や金持ちの家で、たまたまありついたごちそうや珍しい経験などを、競うように自慢している。女たちは、石灰やキンマの葉を分け合ってびんろうの実を噛みながら、天候の具合や仕事にはぐれた場合の算段を考えている。話に夢中になっている人たちも、目だけは靄越しにバイ市場の方から土手に向かってくる道に釘付けだ。いつもその道の方から、雇い主たちが姿を見せるからである。

そして待ちに待ったあげく、紙一重で天国と地獄を分かつ一瞬がついにやって来る。突如数百人の群れが一斉に腰を上げ、その人波は怒号をあげつつ押し合いへし合いしながら、土手の向こうへかけ降りていく。男たちのがなり声と、女子供の金切り声や泣き声であたりが騒然とする中で、真っ先に駆け出した人々ががっくり肩を落とし、押し黙ったままこちらに引き返して来た。土手のこちら側に土起こしにやって来た娘を、雇い主と見まちがえたのだ。一人の老人が腹いせに、まだ年端もいかない娘に向かって悪態をつく。

「こん畜生め。こんな朝っぱらから、のこのこ顔を出しやがって。お陰で何百人もの大の大人が一杯食わされたじゃねえか」

間髪をいれず、若い男が茶々を入れた。

「よう爺さん！　その元気でひとつ娘っこをひっかけちゃどうだい。ただし、お安くないよ、一ドン

［通貨の単位。一ドンは十ハオ、一ハオは十スー］半か二ドンでどうだい」

「ふてえ野郎だ、面を見せろ」

ハビとチュンタインの村人の間で一悶着起きかけた時、別の群れがまた一斉に動き始めた。総勢十数名ほどの人間が、ゆっくりとこちらの方へやって来るのが見える。こんどこそ正真正銘の雇い主たちである。押し合いへし合いしながら、

「どんな仕事をお求めでごぜえますか」

「男と女とどちらが入り用で」などと叫ぶ連中に、雇い主らは冷ややかな視線を送り、列の先頭から最後尾まで品定めしながら歩く。ひとわたり見終え、戻りがけにはじめて彼らは命令でも下すように怒鳴り声をあげた。

「土普請《ふしん》七人と肥やし作り二人！」

「池浚《さら》いの男四人と草刈りの女一人！」

「水牛のしつけが出来る奴はおらんか？」

垣根作り、漆喰塗り、橋作り、溝掘り、草刈り、土壁塗り、畑の耕作、それこそ仕事は千差万別である。雇い主の一人が声を張りあげれば、すぐにその周囲に人だかりができて、仕事の奪い合いになる。

すばしこいサイは、日雇い人夫を探す声を聞きつけると、するりと人垣を潜り抜け、自分の丈ほどある木槌を手に雇い主の前にしゃしゃり出た。しかし、大の大人が、わずかな金や米のために他人を出し抜こうと毎晩土手の上で寒さに身を晒しても、仕事にあぶれるくらいである。サイのような子供がはなから相手にされないのは当然だ。ところが、一度だけ付き添いなしで他の大人と一緒に雇われたことがあったので、サイは調子に乗っていたのだ。しかしそれは、乾ききった畑のならし作業で、猫の手も借りたいほど忙しい時期であった。しかも、老母はわざわざ親戚の若者二人にサイを手伝わせ、その負担を軽くしてやっていたのである。そんな事情など、サイは知る由もない。

もうこれで五日間、サイは仕事にあぶれていた。老母は不憫なので一緒に休んでやっている。この日もサイは相手にしてもらえなかったが、トゥエットはすでに草刈りにありつき、他の大人と一緒に出かけていた。

あたりがすっかり明るくなった頃、老母がやっと二人分の仕事を見つけたが、今度は肝心のサイの姿が見当たらない。

「サイ、どこに行っちまっただ。早う姿を見せんかいの。またどこぞで油でも売っとるんじゃろが」

老母の声を聞きつけ、木槌を肩に担いだサイが慌てて駆け寄って来る。それを見た女雇い主は、苦々しげに横を向いた。

「まだ鼻たれ小僧のくせして、他人に雇ってもらおうとは見上げた度胸ね」

老母は相手の腕にすがりつき、必死で懇願する。

「奥さん、この子は丈はちびじゃが、仕事だけは誰にも負けんはずじゃで、ぜひ使うてやってくださらんか」

「あんたの息子に無駄飯食わせるような物好きがどこにいるっていうの」

「そこまで言いなさるんならお足は結構だで、せめてあれにおまんまだけでも二食あてがってくださらんかの。大人の八、九割方の仕事は出来るはずよってに」

「二食分だって！　米一枡で一ハオ近くはするんだよ。あんたの息子に二食も食わせれば、二枡ではきかないわよ。かえって大人より割高じゃないか」

「じゃがこのまんまお昼まで、あの子にひもじい思いをさせる訳にはいかんしのう。そんなら、こうしてくれんかの。一緒に雇ってもらえるならわしの労賃を三スー減らしてもええだで、その代わり、あれにもついでに飯を食わせてもらいたいんじゃが」

「何がついでよ。米櫃の底に穴が空くほどたらふく食うくせしおって。結局、二人で米四枡に手当が六スーになっちまうじゃないか。しかたない、じゃ手当ては五スーさ。こっちだって、酔狂でそんな餓鬼を雇ってる余裕なんかないのさ」

雇い主の家に着くと、老母はその女主人に付いて台所へ行き、食事をするため炭火にかかっていたお釜を下ろした。池で足を洗っていたサイは、家の主人にじろじろ見つめられ、すっかり身をすくませている。老母がお釜の蓋を開けると、ぷーんとあたり一面に香ばしい匂いが漂い、小海老と高菜の煮物の匂いも混じりあって、サイは思わず唾を飲み込んだが、先ほどからの気後れでご飯をよそる母親の方に視線を這わせることもできない。そこへ、家の主人の咎める声が聞こえてくる。

「あの餓鬼はどこの子だい？」

「婆さんの子供さ。畑をならしてもらうんだよ」

「こいつに畑の土普請をさせるだと。おまえの目は節穴か」

「ずいぶんごたいそうな口をきくじゃないか。一晩中人をなぶっといて何さ、目が覚めてもまだもの欲しそうな顔をしてるくせに、急に亭主風吹かせちゃってさ」

「何を、このあばずれが」

とうとう雇い主の夫婦は取っ組み合いの喧嘩となり、髪を引っ張り服を引き裂きの大騒ぎである。何事かと門のあたりに集まってきた近所の人は、この修羅場から立ち去るよう、老母とサイに目配せする。

先ほどから、サイは炊き上がったばかりの米とおかずの匂いにすっかり心を奪われ、雇い主の許しがあり次第箸をつけようと身構えていた。ところが思いがけない騒ぎが起こったので、母親はよそいかけのご飯をお釜に戻し、しぶしぶ立ち上がるしかない。ただ一度の食事にありつくためならどんな屈辱でも堪えねばならない日雇いの身の上を、いやというほど思い知らされ、サイはあまりの情けなさに思わず涙が出そうになった。

＊

その日も老母と嫁たちは、夜半すぎになると出かけて行った。すっかり嫌気がさしたサイを除き、村中の人は相変わらず日雇いを続けている。しかし、その境遇はとてもみじめであった。三、四日続けざまに仕事にあぶれると、糠のお粥で食いつなぎ、昼間は何もせずただひたすら深夜になるのを待つしかない。それも食事にありつくためなのだ。その上に天候の急変一つで無駄足を踏むこともしばしばある。土手の上にうずくまっている人々は、突然の大雨にたたられると、あたりの小屋で雨宿りしながら朝を待つ羽目になる。運良く明け方に雨が止んでも、そんな日に姿を見せる雇い主はいなかった。

その夜、ハビ村では村の集会所《ディン》で会合がもたれた。集会所《ディン》といっても名ばかりで、今では屋根と祭壇しか残っていない。四方の壁は数年前に、チュントゥイ陣地補強のためフランス軍によって破壊され、真ん中に吊るされたランプの灯は、遠くからも一望できる。その日は、昼間から拡声器を肩に掛けた宣伝隊の青年が、高い木によじ登り、声が枯れるまで何度もがなりたてていた。

「えーみなさんにお知らせします。今夜七時、ハビ村の集会所《ディン》にお集まり下さい。お年寄りの方も、若い人も、子供も、全員集まって下さい。県の緊急決定に関する報告があります。えーみなさんにお知らせします…」

「すべての人にお知らせします。今夜、県の重要決定に関する報告があります。欠席したため不都合が生じても、その方の責任となります。えーお知らせします」

物見高い子供たちが木の下に集まり、上を見上げ必死でその声を聞こうとしていた。宣伝隊の青年が降りてくると、その回りをぐるりと囲み、競って拡声器に触ろうとする。実際に触った子は、大きな手柄でも立てたかのように得意気である。サイくらいの少し年かさの子供は、後に付いて回るような真似はせず、路地の入り口に立ち止まり、一言一句そのお触れを聞き漏らすまいとする。彼らの口から今夜の集会がとても重大らしいことが、体の弱い老人や家事で忙しい母親たちに伝えられた。

子供たちが言い触らした話は、けっしてデマでも誇張でもない。その夜の村民集会では、ハビ村レジスタンス委員会［抗仏戦争中に作られた行政組織］の厳しい決定が読み上げられたのである。それは、明日からすべての日雇いを禁じるという内容である。これまで許されていた行商や出稼ぎは一切禁止され、許可証や移動証明書もすべて無効とされた。身寄りが旅先にいる家族は、この知らせを伝え、一週間以内に連れ戻す必要がある。

村のすべての機関や団体、そして老若男女とも一丸となって、一つの任務に邁進するよう要請された。それは飢餓救済キャンペーンである。フランスとの戦争に勝利した今、断じて第二次大戦末期のような二百万人にのぼる餓死を起こしてはならない。この命令に従わない人間は反動分子として処罰されるという異例の決定である。この決定は村の民兵隊隊長によって、いかめしく荘重に読み上げられ、その場に集まった人々も事の重大性を認識せざるをえなかった。空から降ってきたようなこの決定は、これまで村がすがってきた生活の糧が突如奪い去られることを意味する。何を飢えの足しにすればいいのか？　さつまいもは霜にやられ、とうもろこしや豆類もまだ芽すら出ていない！　こうなったら、土でも食って腹を満たすしかない。

とうてい納得できないが、集会所《ディン》の庭に収まりきらずその周囲の草むらや道路にまで立ち尽くす何千人もの人々は、無言で耳を傾けるだけである。誰かが自分の不満を代弁してくれるのを、みんなひたすら待っている。一声でもよい。誰かが鬱憤をぶちまけてくれたら、一斉に支持の声を上げるつもりなのだ。一緒になって支持するのはかまわない。ただ、自分からは言えない。もし自分から口火を切れば、妻や子供まで路頭に迷う羽目になる心配がある。

その場の誰もが、尻の軽い人間が代わりに発言してくれるのを抜け目なく待っている。決定を読み終えた隊長は、誰も発言しないため、しばらく補足説明らしき話で時間をつぶした。村人は、静かに耳を傾けるふりをしながら、ひたすら何かが起きるのを辛抱強く待っている。しかし、そのうち辛抱も限界となり、最初は周辺の薄暗いあたりから愚痴や不満の囁きがもれ、次第にその声は集会所《ディン》の中に広がり、ついに市場のような騒々しさになった。

ちょうどそこへ、ハーと見知らぬ顔の男たちが姿を現したのである。ハーは黒い服の上にアメリカ製のだぶだぶの外套をひっかけ、首に黄色のマフラーを巻いている。彼は、一番明るい所に立つと、にこにこ笑みを浮かべその場をぐるりと見渡した。笑うたびにこぼれる歯並びは何とも言えぬ愛嬌があり、口さがない年寄りの中には、彼が活動家でなければその魅力にいかれてしまう娘で引きも切らないはずだ、と囃す者までいたほどだ。一言も話さずただ彼が突っ立っているだけで、その場はシーンと静まりかえる。この決定を下した張本人が彼自身だということは、村人たちもよくわかっている。そして彼なら、村人の支持を受けず、村の利益にも反するとわかれば、ちゃんと撤回してくれる可能性だってある。

ハーは十五分ほど話をしただけで、その後みんなに向かって、何か腑に落ちない点や気に入らないことがあれば、遠慮なく質問するようにと言った。彼は、下からの率直な意見があって初めて上の決定もうまく遂行されるはずだ、と言い添える。三回ほど繰り返し発言を促したが、会場は沈黙したままなので、ハーはついに、「どうやら、委員会の決定に反対する人は誰もいないようですね。では、この決定の違反者は、村人の総意に反する者とみなし、厳格に処罰します」と言った。

ちょうどその時、年中行商で近県を渡り歩いているびんろう売りのトゥイが立ち上がった。この男はなかなか口達者で、この日も馬鹿丁寧に切りだし、ハーからもっと単刀直入に話すよう注意を受けたほどだ。

「へえ。委員長にお聞きしますが、この決定は、政府から労働者大衆に与えられたはずの自由と民主的権利に対する違反にはならないんですかい？」

「勿論違反にはあたりません。当然、あなたには働く権利、商売をする権利がありますが、政府も国民が土地をほったらかしにしないよう強制する権利があるのです」

「申し上げます。わたしどもの畑はもう種蒔きがすんでおります。暇な時だけ、特にひもじい時だけでも…」

「あなたの土地はまだ全部すんでませんよ。二サオ［面積の単位。一サオは約三百六十平方メートル］半は、草の生え放題になってるでしょう」

「お言葉ですが、それはわたしどもの自留地［生産物の自由販売が容認された農地］です。それは、昔から好き勝手に使ってもいいはずですが」

「嘘を付くもんじゃない。今話をしているのは、公有地です。それに、たとえ自留地でも荒れ放題にするのは許されませんよ」

旗色が悪くなったトゥイは、ますますおもねる態度に出た。

「委員長のおゆるしが出たんで、あえてお聞きしたまでのことで、他意はございません。ところで、もっとお尋ねしてもよろしいですか」

「気兼ねなどいらんから、遠慮なく聞きなさい。率直な議論は大歓迎ですよ」

「妻子は畑仕事のために家に残り、その代わり自分らは出稼ぎに行く、これも飢餓対策だと思うんですが」

「まず、すべての力を集中させることが肝心です。決定にもちゃんと述べてある通り、その人がまだ働けるなら、いかなる代わりも認められません。具体的な役割分担を決めるのは、次の段階になってからです」

トゥイが腰を下ろすと、続いて、継ぎだらけの布を頭に巻き、体には頭陀袋を被った老人が立ち上がった。

「政府が出稼ぎを禁じるたあ、ついぞ聞いたこともねえ。口じゃあ解放なんて言うとるくせに、とんだ思い込み違いじゃ」

「わたしの方こそあきれてるんですよ。この一週間、雇い主もいなくて、あなたの家では糠のお粥しか食べてないでしょう。そんな不安定な日雇い仕事に、まだ綿々としてるんですか」

「たとえ一ヵ月仕事が見つからんでも、わしは絶対この仕事はやめんからの」

「これは政府の決定ですから、あなたにも家に残ってもらいますよ」

「そんじゃ、この政府はファシストと変わらんじゃないか」

「全然違いますよ。ファシストの連中は、誰かが飢えようが凍え死にしようが、はなから関心など持ちませんよ」

「丈夫なうちは、日雇いで稼がねばならんのじゃ。誰も強制なぞできんわい」

「本当にまだ元気に働けますか？」

「あたりまえじゃ」

「だったら、なお好都合ですよ。絶対家に残ってもらいますからね」

「家族が野垂れ死にしたら、誰が責任を取ってくれると言うんじゃ？」

「当然この村が全責任を負います。早速明日、十五キロ離れた場所から、籾を百キロばかり運んでもらいますが、いいですか」

「…みんなが賛成なら、わしも反対はせん」

「本当ですね」

「うそはつかんわい」

「ここまで話せばもう十分でしょう。明日運ぶ百キロの籾は、結局あなたの家族を救うためになるんですよ。くどいようですが、村の命令ですから、もう反対など出来ませんからね。ロイ村長の時代には賦役でも何でも命令に従いましたね。それは、召し使いや日雇いの境遇にすっかり慣れきっていたからですよ。ところが、今や労働や土地はおろか自分の将来だって思いのままというのに、それに反対してるんですからね。おかしいと思いませんか。いいですか、もう一度言いますよ。明らかに間違っていれば別ですが、これからは決して政府の決定に逆らってはなりません。救済用の百キロの籾だってそうです。これは、あなたの家族がきちんと食べていけるよう政府が決めた命令ですから、いい加減に使って、また糠しか口に入らない生活にすぐ逆戻りするようじゃだめですよ」

ハーは、日雇い暮らしの老人に嚙んで含めるように答えた後、その場のみんなに明日からの仕事の手順を伝えていった。まず、家ごとのさつまいも、へちま、青菜《ムオン》の植え付け割り当て。次に、肥え溜め掘り、豚や水牛の糞尿を溜める壺の購入、灰や竹の葉などとの調合方法など、緑肥を作るための方策。それから、国や近隣の村から供給を受ける、籾、芋、とうもろこしの受け取りや、持ち帰った籾の扱いに対する組織やグループごとの仕事の分担。こうした一連の実行計画は、数千人の村人全員に及ぶきめ細かいものである。その他に、新たに一つの組織が作られ、それぞれのグループや地域と、常に緊密な連絡が取り合える仕組みになっている。

集会の当初見られた不満は、終わりの頃にはすっかり消え、人々は満足気に、さすがハーさんだ、段取りはぬかりない、省や県の幹部に厚い信任を得るだけのことはある、ハビ村に対する思いでは彼の右に出る者はいない、などと口々に褒めそやす。もともと農民は、米の話になると、目の色を変えるものだが、思いもよらないことに明日から一人あたり十キロの籾がもらえるというのだ。村人にしてみれば、夜を徹してでも、ハー委員長に感謝したいくらいの思いである。

サイの気持ちも同じである。この時ほど、自分のおじを誇らしく思ったことはない。その三日後、少年団の集会が開かれ、サイ自身も三地区連合の班長に選ばれた。ハーおじの影響があったにせよ、サイは大人にも仲間の間でも人望があったのだ。性格はおっとりしていたが、挨拶ははきはきしていたし、顔立ちもいかにも利発に見えた。何ごとにも積極的で辛抱強く、そのうえ人一倍勉強熱心で、いつも村一番の成績である。とにかく、読み書きとも群を抜き、教科書はすっかり丸暗記するほどだ。少年団は、よく一日とか二日がかりの学習合宿をしたが、サイは指導担当の上級生も顔負けなのだ。しかもサイは上級生の言うことをよく聞くので、彼らの信望も厚い。誰かが、「自分の嫁さんをくさしてばかりいて、サイは班長にふさわしくない」などと言っても、上級生の中には、「そんなくだらんことを問題にする奴こそ統制違反だ」と擁護してくれる者までいた。

半年後、ハビ村の暮らしは上向き始め、いろんな団体の活動も目を見張るものがあった。サイの班は毎晩のように、近所の庭に集合し、歌や踊りを習っていた。サイは友達の宿題を手伝うこともあった。彼の班は人の集まりがよく、いつも表彰された。サイ自身、優秀な少年四人とともに、「八月革命［独立を達成した一九四五年の総決起］少年」に選ばれたのである。

村の全体集会で、「八月革命少年」を代表し、サイは壇上で表彰状を受け取った。県と村を代表し、少年団の赤いスカーフを子供たちの首にかけたのは、おじのハーである。おじを間近にして、サイは嬉しさのあまり、体の震えが止まらない。

感きわまって何も言えないサイに、おじは赤い布を巻いてやりながら、「もう嫁さんを追い出すんじゃないよ」とささやいた。全く予期しない言葉を聞き、サイはまるで金縛りにでもあったように、ただ突っ立っているだけだ。見かねた友が、返礼をせっつくと、夢から覚めたように、サイは突然叫んだ。

「わたしたちは、今夜聞いた教えを一生守っていくことを誓います」

事情がわからない子供たちは、あっけにとられたぽかんと口を開けていた。

第三章

カン老人の家のつくりは、とても風変わりである。五部屋の間取りで、萱《かや》とさとうきびの葉で葺いた屋根は極端に低く、大人はわざわざ頭を屈めて出入りするほどだ。どの部屋も窓が小さく、昼間でもランプがないとつまずきそうである。中央の部屋に祭壇が置かれ、その左隣は台所で、甕《かめ》、瓶、食器類が雑多に並び、壁際の竿竹は衣類やぼろ切れの重みで撓《たわ》んでいる。台所の奥は半年ほど前まで老妻が寝起きしていたが、通気の悪さを口実に台所へ移り、今はサイ夫婦の寝室になっている。しかしサイは一度もこの奥の寝室で寝たことはない。

サイはもう露骨に妻を嫌がる素振りは見せなくなっている。カン老人の言い付けや、おじや兄の叱責のせいというよりも、班長の名に恥じないようすすんで自分から改めたのである。特に村で初めての「八月革命少年」に選ばれて以来、周囲の評判に過敏になっていた。とにかく人前では、夫婦の齟齬を気付かれないよう仮面をかぶっている。テト〔旧正月。最も重要な年中行事。一月後半から二月前半の頃〕には、糯米《もちごめ》、肉、とうがんスープなどの御馳走を持って、妻の実家に出かけ、「ご両親様、粗末な物ですが祭壇へお供え下さい…」ときちんと挨拶までするほどである。

妻の実家では、両親、兄弟、それに親戚まで、サイたち二人の仲睦まじい様子にすっかり満足し、誰もトゥエットの悩みに気付いていない。彼女はすでに十七歳、生気にあふれ肌も艶を増して、まさに年頃である。若者たちの好奇の目を意識すると、自然に頬が赤くなり、今では毎晩サイの帰りが待ち遠しくてならない。しかし、その期待はいつも空しく裏切られた。一緒に出かけても、サイはわざと離れて歩き、実家の目と鼻の先に来るとしぶしぶ連れ添うふりをする。そして、両親から教わった型通りの挨拶をすませると、班会の周知とか、上級生との連絡とか、班活動費の徴収などを言い訳にすぐ妻の実家を後にするのだ。

自分の家でも食事はなるべくトゥエットと別にし、運悪く鉢合わせすると、ご飯をよそってもらうのが嫌で、向かいの席を避ける。またトゥエットの使った醤油皿には箸もつけず、わざわざ別の皿で食べるという徹底ぶりである。

老夫婦は、何度もサイの意固地な態度を改めさせようとしたが、いつまでたっても変わらないので、そのうち匙を投げてしまった。とはいっても、老夫婦にとって、若い二人を夜一緒に寝かせることは、頭の痛い問題に変わりない。もともとサイは極端に暗闇を怖がるたちで、集会で遅くなると、母親が戸を開けてくれるまで、友達の服にしがみついて帰さないほどだ。そんな怖がりにもかかわらず、一度、台所で眠る母親に追っ払われ、父親の部屋でも長椅子に眠るのを拒まれると、庭に出てそのまま適当な物に寄り掛かって眠ったことがある。翌朝、敷居を枕に眠っている子供を目にした老母は、すっかり哀れに思い、その夜集会から帰ってきたサイを一緒の部屋に眠らせた。

しかし、いつまでも甘やかしておく訳にもいかず、二、三日するとまた追い出した。ところが、トゥエットと同じ部屋に入れられると、サイはしばらく戸口に身を潜め、両親が眠るのを待って、こっそり部屋を出る始末。とうとう十日ほど前、一騒動が起きた。思い余った老夫婦は、サイが帰ってくるや部屋に押し込め、鍵をかけてしまったのだ。これを五日続けた。物静かな状態が続いたので、老夫婦も、これで少しはよりを戻してくれただろうと安心していたところ、六日目になって、老母が鍵をかけた時、トゥエットが押し殺した声で戸を開けてくれと頼んできた。外に出てきた彼女は、台所に駆け込むと、ここに一緒に寝かせてほしいと、涙ながらに訴えた。トゥエットは、同じベッドを嫌がってあくまで地べたに眠ろうとするサイの姿を見るのが辛かったのだ。

ただ、こうした話が外に漏れることは一切なかった。一つには、トゥエット自身、早く夫婦の契りを結びたいと思ってはいたものの、さすがにまだ未経験のため、生理的欲求もそれほど強くなかったからだ。しかも、村の中では二人は睦まじい夫婦として通っている。彼女は、誰かが「あんたの亭主」とか「あの人は?」などと、サイのことを仄めかしたり、二人を結び付けて呼んだりするのを耳にするともう体中が熱くなり、それだけですっかり満足していた。

サイに対して一番厳しかったカン老人も、今では半ば放任の姿勢を取っている。もともといつまでも一つのことにこだわる性格ではない。昔から、村の内外で信望が厚く、人に頼まれれば、謝礼など気にせず子供たちの教育にあたってきた。勿論できる子は褒めたが、成績の悪い子供の面倒もよくみた。今でも、家の普請や葬式などの際、一筆書いてほしいと依頼されれば、どんな遠くでも嫌がらずに出かけて行く。これまで世間の尊敬を受けてきた老人にとって、サイの件はたえがたい恥で、その後丸三ヵ月も外出しなかったほどだ。

そこまで思いつめていたカン老人も、よほどの理由でもない限りサイの離婚は認めない、という弟のハーや、ティンの言葉に満足している。サイ自身よく勉強のできる子だけに、もう少し大人になれば、そのうちわかってくれるはずだという期待もある。いずれにしても、以前に比べると、老人はサイに対してあまりとやかく言わなくなっていた。

表向き、若い二人の夫婦生活は一応平穏に過ぎて行った。ただサイ自身は、誰にも鬱憤をぶちまける訳にもいかず、一人悶々としていた。人々は、トゥエットのふくよかな顔を見て、日増しに器量よしになると褒めた。サイから見れば（ただし、いつもチラリと見るだけで、じっくり見つめたことはない）、その顔もまるでお盆のように丸々とばかでかいだけである。トゥエットは丈夫で働き者だという評判を耳にすると、サイは、形だけ大きくてすぐころころと転がりそうな甕《かめ》を思い浮かべた。あんなおとなしくて素直な娘はいない、と人々が言えば、口数の少ないただののろまにしか思えなかった。

しかし、サイの見方はあまりにも一面的であった。実際には、トゥエットのほうに同情すべき点が多かった。トゥエットは今からでも十分縁談の相手にことかかないはずである。ただ女という弱い立場上、親の決めた話には従わざるをえず、相手の家から離縁されないよう夫に仕えるしかないのだ。

一方サイも、今や班長としてキャンプに参加したり、「優秀少年」の表彰を受けたり、そのうえ県下一の成績ときては、勝手に彼女を離縁するなどとても無理な話である。サイとしては、せいぜい腹いせに夜地べたや畑でごろ寝するのが関の山で、さすがにそんな姿を目にした時はトゥエットも気の毒になる。しかし、どんなに苛められようが、首根っこに刃を突き付けられようが、この家を出て行く訳にはいかない自分に比べれば、まだサイはぜいたくである。なぜ夫婦らしく世話をさせてくれないのか、すねてばかりいるのか、つい愚痴の一つも言ってみたくなる。周囲を見ても、自分の年頃なら子供のいる友達はいくらもいたし、中には近く二人目が生まれる友達だっている。

ただ表向きであれサイはおとなしくしているので、身内の人間も世間も、二人にはあまり関心を持たなくなっていた。しかしまだ十四歳の子供であるサイの努力にもおのずと限界があり、すっかり行ないを改めるのは無理な相談であった。いずれにせよ、この半年あまり、サイは二つの全く異なる人間を使い分けざるをえなかったのだ。昼間人前では家庭円満の仲を演じ、夜になると、彼女への嫌悪を隠そうともしなかった。

「どう、うまくやってるかい？」と聞かれれば、いつも鸚鵡返《おうむがえ》しのように、「はい」と答えた。しかし夜、学校や集会から帰っても、かたくななまでにトゥエットと同じベッドに寝ることは拒んだ。それだけはどうしてもがまんならなかったのである。

こうしてサイは、昼間は人前を気にする一方で、夜一人きりになると、嘘偽りなく生きたいという衝動を持て余しかねていた。これは、生身の人間にとって、いかにも辛い生き方である。物心のつき始めたサイのような年頃の少年にとっては、なおさらだ。

こうして四年が過ぎ、サイは十八歳になった。県の中学を卒業した彼は、省の高校に合格したものの、村に戻って少年団の団長を務めることになった。この年、大洪水があり、ハビ村は例を見ない被害に見舞われた。近くの部落では十七軒もの家屋があっというまに濁流に飲み込まれた。しかし、サイが巻き込まれた事件は、その大洪水よりもはるかに大きな騒動になったのである……。

*

毎年旧暦の六月半ばになると、猛暑のせいで井戸や池や甕など水という水が干上がり、そのために水底の苔まで見えるようになる。そして、むっとするような空気の気配で、台風の訪れが間近に感じられると、人々は洪水対策におおわらわとなる。まず、竹を切り出し、ザウやチャイの市場で漆喰を買ってくる。各戸ごとに一隻ずつ竹舟を用意するためである。大人は、網やびくなど漁に必要な物を準備し、足りない道具はコンやホイの市場で買い揃える。子供は、魚を採るいろんな仕掛けを買ってきたり、釣り針などを準備する。老人たちは、竹で台所の棚を補強したり、いざという時にはいつでも屋根裏に運べるよう所帯道具をまとめていく。女たちは、畑に出てとうもろこしや豆などを刈り取り、家に持ち帰る。準備が進むにつれ、あたりにはピーンと張り詰めた空気が漂ったが、一方でいつものことながら、何かを期待するようなどこか浮き立つ気分も、そこには感じられた。

その間にも水かさは増え続け、あたりのまだ青々とした陸稲や胡麻畑を一気に飲み込んでいく。毎日土砂降りの雨が、いつ果てるともなく降り続く。夜半はるか東方の地平線に何度も稲妻が光ると、いよいよ村に洪水が襲ってくるのも間近だ。昼夜を問わず鐘や太鼓が打ち鳴らされ、大人は堤防の補強に、子供、年寄り、水牛、牛、豚、鶏などは一番高い堤防に避難する。食器や寝具も屋根裏にしまい込まれる。どの家でも避難食として、少なくとも十日分のとうもろこしをつく必要があった。村は次第に騒然とした空気に包まれてくる。

カン老人の家では、ただ老妻一人だけが、この二、三日寝る間も惜しんで、家の中の片付けに追われている。サイは拡声器片手に村中を駆け回ったり、荷物運びにてんてこ舞いで、家のことなど考える暇などない。トゥエットは堤防の補強に駆り出されている。老人は、もぎたてのびんろうの実をどこへしまえばよいかさえわからず、あたりをただうろうろするだけである。

結局すべての仕事が、老母の肩にふりかかっていた。庭に山積みされたとうもろこしや味噌だれ甕の片付け、犬の親子や親鶏の巣箱の避難、さらに汚物を埋める穴掘り、避難食の準備、衣類や寝具それに食器や大小さまざまな瓶や壺の整理、これらすべてを老母一人がきりもりした。彼女の働きぶりは、住み込みで働くお手伝いも顔負けである。こんな時、サイがのこのこ帰ってこようものなら、一悶着起きたに違いない。

しかし、サイも家に帰る余裕などなかった。夜半過ぎ、ガジュマルがそびえ立つ辺りで回廊堤防が決壊したのだ。村からは数キロも先であったが、決壊の瞬間まるで爆弾でも炸裂した時のような轟音が響いてきた。その音に混じって、逃げ惑う人々の泣き叫ぶ声も伝わってきたが、濁流が押し寄せるまでにはまだしばらく時間がある。サイが一度だけ家の前まで帰ってきたのは、その時だ。しかし、ただ家の外から「荷物はもう運び終わったの？」と声をかけただけである。腹の虫がまだ治まらぬ老母は、返事もしないでじっとしている。家の中まで入ってきたら、こってり絞ってやろうと、身構えていた。ところが、サイはそれきりまたどこかへ行方をくらましてしまった。すっかり当ての外れた老母は、息子の代わりに、その嫁とカン老人に八つ当たりするしかない。それから老母の号令一下、全員持てるだけの荷物を抱え、回廊堤防へと避難した。

その頃、サイはあちこちの家を駆け巡り、幼い子供や衣類や食料などを抱えて逃げ惑う人々を堤防へと避難させていた。その間も濁流は疾風のように押し寄せる。収穫の終えていない畑も、あっという間に辺り一面水に覆われてしまった。まだ避難し終えていない人々の叫び声は、明らかに切迫の度を増している。サイは堤防の上から拡声器で、バナナの幹を浮きにして畑に取り残されている村人を助けるよう、若者たちに呼び掛けて回った。それから川の向こう岸へ渡り、はしけを頼んで人や荷物の運搬を助けてもらった。

その夜、サイと若者たちは村に取り残された人々の救出をすませ、さらに回廊堤防に避難していた人や家畜も、全て一番高い堤防へ運び終えた。もう一度念のため、村中を調べて回ったが、逃げ遅れた人や家畜は見あたらない。

役目もすんだサイは、衣類を頭にくくり付けると、濁流に飛び込み、側に漂うバナナの幹にしがみついた。数十メートルほど泳いだだけで、すぐ目指す地点に辿り着く。それは、かつてロイ村長の家に聳えていた門である。その上部は監視用に建て増しされ、当時は守衛が常時人の出入りを見張っていた。ロイ村長はジュネーブ協定後南部に逃げたため、その家屋は接収されて今では学校に変わり、離れは村の人民委員会の建物になっている。門は閉じられたままとなり、その監視所跡も、今ではごみ屑が散らかし放題で、そのうえ鼠や蝙蝠《こうもり》の糞や虫の死骸だらけである。

ところが、サイはこの場所がお気に入りで、夕方や月明かりのある夜など、こっそりこの部屋に上がり込んで勉強することがあった。ここに来れば、妻の顔も見なくてすんだからだ。何度も通いなれているため、この夜も彼は壁のくぼみを利用して、造作なくその部屋に上ることができた。馴染みの場所に落ち着き、家にいる時と違ってサイはすっかりくつろいだ。すでに夜明けも近いはずなのに、あたりは皓々とした月明かり一色の世界である。毎年のように見慣れた光景が、目の前に広がっていた。洪水の襲来は、同時に雨季の終わりを告げる年中行事でもあった。この時期になると、地上は見渡す限り水に覆い尽くされる一方で、空はあくまで澄み渡り、月明かりもひときわその冴えを増している。ここ数日来夜を徹して駆け回ったせいか、突然サイは激しい眠気に襲われた。横になって月を仰ぎ見るうちに、すぐ深い眠りに落ちてしまった。

目覚めた時には、陽はもう西に傾いており、まともに照り付ける陽射しが眩しくて、目も開けていられないほどである。コンクリートの床や体に掛けた衣類まで、熱気でじりじりと焼けつくほどだ。しばらくして、やっと目も慣れ、あたりの光景がはっきりと視野に入ってきた。水かさが増したため低い家の屋根は水面下に没し、高い家の屋根にもすれすれまで水が迫っている。いつのまにか、バナナ畑はすっかりその姿を消していた。竹の群れには、蛙のたてる泡が無数に絡まり、蟻の一団も赤い筋となってその先端へ連なっている。

はぐれた一羽のめん鶏が、人民委員会の軒先から飛び立ち、ばたばたと懸命に羽を動かした末、やっとびんろう樹の葉にしがみついた。悪戦苦闘のあげく、そのめん鶏は太い枝に落ち着き、そこに座り込んだまましばらくじっとしている。やがて急にお尻を上げ下げしたかと思うと、卵を足下の水に生み落とした。めん鶏は卵を水中に生み落としたことなど意に介せず、いつも通りせわしなく一声鳴いた後、大慌てで竹の群れの方へと飛び去っていった。

しばらくあたりの光景をぼんやり眺めていたサイは、急に空腹感に襲われ、何か腹に入れる物を探すことにした。ここでじっとしていても、二、三日は舟もやって来そうになかったからである。衣類を丸めて壁の隙間に押し込むと、サイは泥で濁った川に飛び込んだ。水の中はまるで溶けだしたアイスクリームのように冷やりと気持ちが良く、堤防まで三キロの距離も一気に泳いで渡る。家に舞い戻った彼は、水没を免れた壁越しに中へ入ろうとしたが、どうしても入り口は見つからない。しかたなく屋根を剝がして潜り込もうかと考えたが、家には屋根裏部屋がないので、家財道具は長兄や近所の家へ一切合切預けていることを思い出した。

長兄の家へ行くと、幸い水没しているのはほんの一部だが、鍵がかかっている。そこでサイは萱を剝がして、台所へ潜り込んだ。そこももぬけの殻だが、視線を上に向けると、ふかしたさつまいものざるが目に入る。どうやら昨夜、ふかしたての芋をそこへ置いたまま、逃げ出すのに精一杯ですっかり忘れてしまったらしい。サイは屋根裏に飛び上がると、さっそくそのさつまいもにかぶりつく。ところが、がつがつと食べ急いだために、まだ一つ目を頰張ったまま噎《む》せ返ってしまった。自分のせっかちさに苦笑いしながら、サイは壁にかかった土瓶を外し、その中へ芋を詰め込んだ。それでも半分しか入りきらず、残りはズボンを脱いでそれで結わえる。

再び監視所跡に戻ったサイは、まずさつまいもを部屋の隅に置き、それから土瓶に水を掬み、泥が底に沈むよう壁に立て掛ける。次に、熱した床を冷やすためにズボンをしぼって水をばらまき、そのズボンを頭に被る。つまり日除け代わりにしながら、早目に乾かそうと一石二鳥を狙ったのだ。誰もいないので素っ裸でも平気である。

その時、不意にかすかな物音が耳に飛び込んできた。サイは一面水びたしの野原の方に目を向けた。すると、とうもろこし、豆、萱、ライラック、バナナ、家の梁、浮き草、ごみ屑などで埋めつくされた水面を、こちらに向かってくる一艘の小舟が目に止まった。ピンと反り返った髪の毛を撫でる間もなく、慌てて服を身に纏うと、サイはごみ屑だらけの階下に降り、そこへ横付けされる小舟を迎えた。ところが、その舟に乗っていた客はフオン一人だけだった。フオンの顔一面に笑顔があふれている。

「驚いた、サイ君じゃないの。この舟で一緒に向こう岸へ渡らない?」

「君こそたった一人でどこへ行くんだい?」

「兄さんの所。家には明日の朝帰るつもりよ」

「じゃ先に行ったら。僕はもう少し待って、別の舟で行くよ。それとも、ここで一緒に待つなら、僕が送ってあげてもいいけど」

「どの位待つの?」

「さあよくわからないけど、もうすぐ来るはずだよ」

別の予定があるらしく、船頭の一人が躊躇しているフオンをせかせる。フオンがまた尋ねた。

「本当に来るかしら？」

「来なければ、ここで適当に時間を潰せばいいよ」

我ながら少し言い過ぎたと思ったサイは、顔を赤らめ視線をそらせる。それを見て、フオンは思わず微笑を浮かべた。大きくていかにも聡明そうな瞳は、サイの急にぎこちなくなった仕草を見逃すはずはない。また、船頭の一人がじれったそうな口調で言った。

「なあに大丈夫だよ、安心しな。荷舟ならいくらでも通るさ」

その言葉でふんぎりがついたのか、フオンは船頭にお礼を言いながら船賃を手渡した。それから片手で手提げ袋と笠《ノン》を押さえ、もう一方の手をサイに引っ張ってもらう。舟が去って行くと、二人は黙ったまま互いに相手を見つめた。二人とも、これから濁流渦巻く川に身を乗り出すような、空恐ろしい不安を感じている。サイは何とか自分から話しかけようと思うものの、喉はからからで、その上何を話せばいいのか皆目見当がつかない。


フオンは本堤防の内側の村に住んでいる。その一帯は、土地が肥沃なことで知られ、日雇い仕事とは無縁である。十歳足らずの頃から毎晩のように木槌を担いで大人と一緒に土手まで出かけていたサイは、フオンの村の村人に雇われていたのである。その村は土地が肥えているばかりでなく、美人の多いことでも有名だった。昔からこのあたりでは、「美男はターイ部落、美女はニン部落」という言い伝えがある。バイニン村の中心にあるバイ市場の賑わいときたら、県の目抜き通りも顔負けで、しかも娘たちは揃いも揃って色白の器量よし、その上話し方にも愛嬌があって、都会の女性と比べても何ら遜色がない。

サイとフォンの出会いは、県立中学の一年の時だ。この県立中学に通う生徒は、周辺の四つの県から選ばれた秀才ぞろいで、現在の海外留学よりもはるかに名誉であった。ハビ村でこの名誉に浴したのは、わずかにサイ一人だけである。ところがいざ学校に通い始めると、とても惨めな思いを味わった。カーキ色の野暮ったい服、笠《ノン》、ティン兄のお古の継ぎはぎだらけの布袋、それに裸足という格好が、他の生徒に比べていかにもみすぼらしかったからだ。他の子供は、下駄かズックかサンダルを履き、服装は長ズボンに白いシャツ、セーターやジャンパーも珍しくなく、頭にはいろんな帽子をかぶっている。女生徒は、白いシャツ姿で髪は後ろに束ね、笑った時の白い歯が目に鮮やかだ。サイの目には、彼女たちは太陽のように眩しく、まともに見つめるなどとてもできなかった。

入学式の時、サイは最後列に並んだが、そのすぐ前に立っていた生徒がフォンである。担任の教師が彼女の名前を読み上げると、好奇の視線がいっせいに注がれたが、フォンは落ち着き払った様子で、その場に立っていた。今でもありありと思い出すのは、旗を掲揚する時、目に焼き付いた彼女の白いうなじである。彼女が頭を下げると、肩まで垂れた黒髪が二筋に分かれ、その隙間越しに目に入ってきた。フォンの方が背は低かったが、高下駄を履いているうえに、サイは裸足だったので、自然に目線がそのあたりに行ったのだ。

しかし、最初から、サイは極力フォンを避けるようにした。その理由は至極他愛ないものである。フォンの方はとびきりの美人なのに、自分はすでに妻もいる田舎者だったからだ。三年間、二人は同じクラスにいながら、サイの席は左側の最前列、一方彼女の席は右側の最後列であった。相手の視線を避けていたサイは、彼女が黒板の前に呼ばれた時でも、努めて目を合わせないようにしていた。サイのクラスは、学校中でいつも一番の成績を取っていた。それは、このクラスを肩入れし熱心に教えてくれる教師が多かったせいである。後に、サイは当時の教師たちから、こう打ち明けられたことがある。

「君たちのクラスの中に、とても素敵な生徒が一人いたよ。どの生徒かわかるだろう？　その子が欠席した時は、えらくがっかりしたものさ」

サイについても、教師たちは誇りに思い、手抜きの授業はできなかったと付け加えた。しかし、サイ自身は、教師たちがいくら自分に肩入れしてくれるといっても、フオンに対するそれには及ばないことを、よく知っていた。サイは理科系の科目が得意で、他の学校の生徒三人と一緒に県の最優秀生徒にも選ばれたほどだが、それでもフオンにはいつも強い引け目を感じていた。

フオンは自分の優れた容姿を強く意識していたが、勉強も人一倍よくできた。気位の高い反面、すすんで成績の悪い子の面倒をみた。気性はとても激しく、それがまた大きな魅力となっていた。怒ったり思い詰めた時の彼女の表情には、はっとするほどの美しさがある。口数は少なく、男子生徒が話しかけてもいつも微笑しているだけで、その目には、「からかうだけなら承知しないわよ」とでも言わんばかりの強い意志がうかがえた。ただサイだけは例外である。しかし二人とも、妙に意固地になって自分から話しかけようとはしなかった。

フオンがサイに特別な印象を持っていたのは、以前からその名前を耳にしていたからだ。彼女は家に出入りする日雇い人夫から、親同士の約束で結婚させられたサイという名のとても勉強のよくできる少年の話を、聞いていた。フオンはサイと同じクラスになって、その偶然に驚くと同時に、噂通り彼がとても優秀なので強い興味を持ったのである。サイの真面目で控え目な性格も、彼女には好感が持てた。サイは学校の行き帰りも寸暇を惜しんで勉強したが、彼と一緒に帰れば、勉強まで一緒に付き合う羽目になったに違いない。フオンも彼と一緒に帰ってみたいと思うこともあったが、勉強の邪魔になってはと遠慮していたのである。特別な関心を持っていただけあって、フオンはサイの毎日の行動もよく知っていた。

毎朝、サイは三時には起きて勉強し、自分で作ったとうもろこしやさつまいも混じりのお粥で腹ごしらえをすませると、布袋にさつまいもをいくつか突っ込んでから、登校する。学校と家の間の十キロほどの道のりは、サイにとって格好の勉強時間である。まだ薄暗いうちは、すでに習った教科を復唱し、あたりがすっかり白んでくると、教科書を広げ予習をする。午後は家に帰ると、とうもろこし団子を一皿食べただけですぐ少年団の活動や集まりに出かけ、戻るのはたいがい深夜である。夜は夜で、妻のトゥエットを避けて地べたや軒下にじかに寝る話まで、フオンは知っていた。

たとえ誇張はあったにせよ、バイニン村に日雇いでやって来る婦人連中から、サイの身に起こった話は、逐一知ることができたのだ。婦人たちは、もし腹一杯飯が食え、夫婦の束縛もなければ、サイの成績はもっと良くなるにちがいないと口を揃えてほめちぎった。

フオンはいつも仲良しの二人と一緒に下校していた。この二人はよその県の子で、フオンの家に下宿している。帰り道の途中に大きなガジュマルの木があり、三人はその根元に腰を下ろして、さとうきびやすいかの種を食べて油を売っていた。同じクラスの中でも、この道を通る生徒はサイ一人だけだ。フオンはサイも一緒に腰を下ろしてくれればと密かに願ったが、それを口に出すことは一度もなかった。その代わり、友達に頼んで何度か声をかけてもらったことはあった。しかしサイの方は、その三年間、ただの一度も彼女たちと一緒に休んだりしなかった。さすがにフオンも、「男のくせに意気地なし」と、愚痴の一つも言ってみたくなることがあった。

しかしサイは、ひそかに彼女を思い続けていたのである。もともとサイは控え目な方なので、フォンが気付かなかっただけである。教室では、サイは努めてフォンの席の方を見ないようにしていたが、たまにその席が空いていると、とてもがっかりした。そして学校からの帰り道は、サイにとって密かな楽しみになっていたのだ。先に帰るフォンの後を、村はずれの例のガジュマルの木の場所までついて行く楽しみである。後ろを歩きながら、サイはこの道がもっと長ければ、と何度願ったことか。どんなに勉強に没頭していても、ガジュマルの木の数百メートル手前のあたりでいったん立ち止まり、サイはそこにフォンが腰を下ろしているかどうかうかがった。その場を通り抜ける時は、目はノートの字を追いかけていても、緊張のあまり耳まで赤くなるのが自分でもわかった。内心ではきっかけさえあれば、といつも期待していたが、フォンには声をかけてくれそうな素振りはついぞ見られなかった。勿論、同じ村の人がたまたま市場から帰りがけにこのへんを通る心配もあった。いずれにしても、サイの方から声をかけることはできない。サイには、妻がいたし、別の女性徒との噂が立てば大騒ぎになるのは目に見えていた。

時間の歩みは遅々としている。一時間足らずの間に、サイは何度もフォンにさつまいもや水などをすすめたが、彼女も最初は断ったものの、後になるとは返事もしないでただ溜め息をつくだけである。その間、サイは腕を組みながら壁に寄り掛かり、あたり一面の水をぼんやりと眺めて時間を潰すしかない。最初にこの気まずい空気を破ったのは、フォンである。

「すっかり暗くなったけど、舟は来るのかしら?」

不安げなフォンの様子を目の前にして、サイもじっとしていられなくなった。立ち上がってしばらく思案した末、やっと一計が浮かんだ。

「じゃ僕が回廊堤防まで行ってみるよ。そこまで行けば、釣り舟があるはずなんだ。昨日の夜、クアン市場のあたりで逃げ遅れた人全員を小舟に乗せた時、確か余った舟を何艘か見たよ」

「そこまで遠いの？」

「ほんの五百メートルほどさ」

「ここで一人きりで待つなんて、そんなの嫌よ」

自分の妙案があっさり否定され、サイもどうしていいかわからなかった。しかしフオンの不安そうな顔を見ていると、慰めの言葉をかけずにはいられない。

「じゃもう少しここで待とうよ。暗くなっても舟が来なければ、何とかバナナの木を束ねて、君を堤防まで乗せて行こう。そこへ行けば小舟くらい簡単に見つかるさ。月明かりもあるし、心配なんかいらないよ」

フオンはしばらくおし黙ったまま口をきこうとしなかった。ふと突然真剣な顔になり、思いがけないことを尋ねた。

「ひょっとしてわたしがここに来たのが、気に入らないんじゃない？」

「どうしてそんなこと聞くんだい？」

「さっきからずっとつまらなそうなんだもの」

サイは不意をくらって沈黙する。そして思いつめた口調で、「深夜ここに座って、一人きりで月を眺めてると、ふと君がそばにいたらなあと思うことがあるんだ」と打ち明けた。

突然フオンは大声をあげて笑い出した。

「サイ君ってずいぶんロマンチストなのね」

「でもただ想像してるだけだよ」

「どうして?」

「だって君にからかわれるのが関の山じゃないか」

「でもあなたには奥さんがいるじゃない」

サイはふたたび黙り込んだ。自分の一番触れてほしくない所を相手に突かれたからだ。しかも相手がフオンだっただけに、ショックも余計大きい。何となくフオンだけは、自分の境遇がわかってくれるはずだという期待があったし、場合によればそんな話なぞ無視してくれるかもしれないという淡い望みもあった。なぜそんな望みを持つようになったのか、彼自身にもよくわからないが、いつのまにかひそかな願いとして心の奥に根付いていたのだ。いずれにしても、彼女の言葉についつられ、これまで秘めてきた気持ちを打ち明けてしまったのは、我ながら軽率であった。すっかり自己嫌悪に陥ったサイは、口を開く気にもならなかったが、このままではますます相手に馬鹿にされると思い直し、きっぱりとした口調で、「もうすぐ暗くなる。君はここで待つんだ」と言った。

「どこへ行くの?」

「この近くでバナナの木を集めてくる。それを束ねて君を送って行くよ」

「いいから、ここに座って」

彼女の一言で、サイの決意も、たちまちしぼんでしまう。相手がしぶしぶ腰を下ろすのを待って、フオンはじっと目の前を見つめたまま、独り言のように静かに話し始めた。

「今日は朝から堤防中を走り回っていたの。昨日の夜、みんなが避難してきた所よ。でもあなたは見つからなかった。本当に心配したのよ。あなたがまた無茶をして、何か事故でも起きたのじゃないかしらと思って。それでまわりの人に聞いて回ったんだけど、誰も、あなたの行方を知らないって言うの。みんなを避難させてから、姿が見えないって…」

彼女の話は全く思いがけなかった。その声に聞き入りながら、いつしかサイは二人の気持ちが一つになって行くのを感じた。行方不明の自分を、まるで恋人か何かのように心配してくれていたのだ！いつから自分をそんなに気にかけてくれるようになったのだろうか？　それになぜ？　それとも単なる友達として心配してくれているだけなのか？　サイがあれこれ思い巡らしている間も、彼女の話は続いている。手提げ袋に団子やザボンや飴を入れてきたこと、さっきの舟で向こう岸まで渡り、水利省で護岸任務につく兄に会うつもりだったこと、そして兄に頼んでエンジン付きの舟を借り、サイを探しに行こうとしたことなどである。胸につかえていた心配を話し終えると、彼女はサイに特別な思いを寄せるようになった訳を打ち明けた…。

――あなたを意識し出したのは、もうずいぶん前からだわ。でも、あなたはいつも女生徒を避けてばかりいたし、そんなあなたは大嫌いだった。でもこの一週間は、あなたのことばかり考えてたわ。あなたはとても思いやりのある人で、本当に気の毒な身の上だとわかったから。この前、町でチョイ先生に会っていろいろ教えてもらったの。ほら、わたしたちの学校の校長だったあのチョイ先生。今は教育庁の総務主任をされてるわ。その時、先生に「君はもう通知を受け取ったかい？」って聞かれた。何のことかわからないのでただ「いいえ」とだけ答えたら、先生が「君は試験に合格したんだよ。午後もう一度ここに来なさい。その時正式な合格通知も渡して上げるから」っておっしゃった。ほんとにびっくりしたわ。自分の耳が信じられなかった。だって今度だけは、物理の出来が悪くて、すっかりあきらめてたから。合格発表の日さえ忘れてたくらい。それにもともと自分の実力じゃ、よほどの幸運でもない限りあの高校に入るのは無理、だって省にたった一つの高校で、みんなの憧れの的だもの。競争率だって五十倍、自分が合格できるなんて考えてもいなかったわ。わたしきっと半信半疑の顔をしてたのね、先生がまた教えてくださった。「君はサイと親しいの?」「いいえ、特に」って答えたら、先生はわたしの合格の事情を詳しく話してくださったの。「でもサイはずいぶん君のことを心配してたぞ。合格発表の日、彼は僕の所へ君の成績を尋ねに来たんだ。先生は答えたよ、本当に残念だが、フオンは○・五点足りないってね。そしたら、彼は悲しそうな顔で、何とかなりませんかと聞くんだ。先生は事情を話したよ。今回、県の正式な定員枠は三人で、フオンは○・五点不足、そしてフオンと同じ点数の受験生は十五人いたんだ。高校と教育庁では、もし何らかの理由で欠員が出た場合は、同じ県の補欠から埋め合わせる方針を決めている。だから、フオンが合格するためには、県の正式合格者三人の誰かが辞退した場合に限られるとね。そしたらサイはこう言うじゃないか。じゃ、僕が辞退します、とね。先生は冗談かと思って、もう一度聞き返したんだ。サイは、本気なんです、自分の家は人手も少ないし貧しいので、勉強を続けようにも、下宿代にさえ事欠く有様なんですと答えたよ。それを聞いて、奨学金を申請すれば、君のケースなら必ず認められると答えたんだ。それでも、フオンを合格させて下さいの一点張りなんで、何でそんなにこだわるのか、もう一度質したんだよ。そうしたらサイはやっと話してくれたよ。フオンがかわいそうです。物理でちょっとミスしただけで、本当なら合格できてたはずです。しかも、女の子ですから、来年合格するのはもっと難しくなるでしょう。先生に約束します。僕は来年必ず合格してみせますから。ですから、フオンを合格させて下さい……」

先生はわたしにおっしゃったわ。「フオン、先生だって君を買ってる。でもサイがここで勉強を止めたら、本当に勿体ないと思わないか？」そう言って先生は、また話し続けられた。「だって合格者の中でも二番の成績だったんだからね。だから先生も一生懸命説得したんだが、いくら言っても、聞こうとしないんだ。もっと事情が知りたくて、その晩は二人で朝まで語り明かしたよ。先生も薄々の事情は知ってるつもりだった。でも、今の状態から抜け出したいという決意があそこまで固いとは、正直意外だったよ。彼はね、軍隊に行く決心をしてるんだ。このまま進学しても、徴兵の年になれば、志願するつもりだったんだ。しかも、できる限り遠くて、危険な所を望んでるようだ。つまり奥さんからできる限り遠ざかりたいらしい。そんな遠い所なら、家の人の言いなりにならなくてもすむしね。本当に気の毒な話だ。でもこれはここだけの秘密だよ。もし他の人に聞かれたら、動機不純で、サイのせっかくの望みも駄目になるかもしれないからね。そうなれば、もっとかわいそうだよ」

フオンが打ち明け話をしている間に、あたりはもうすっかり夜の帳《とばり》に包まれていた。目の前の水面に映った月は、皓々と銀色に輝き、まるで夢の世界のようだ。背後には、ところどころに水に浸かった屋根、畑、樹木などが見える。水が引いた時には、すべての物が腐り朽ち果ててしまうはずである。

「悲しそうな顔して、どうしたの？」

「ふと思ったんだ、なぜ僕の村は苦労が絶えないんだろうって」

「もっと側に来て」急に彼女の態度が変わった。「ねえ、フオンって呼んで」

サイも大胆になった。

「フオン」

「何？」

「僕のこと本当に好きかい？」

フオンはまるで火のように赤々と燃える瞳でサイを見つめ、そして微かに頷く。その瞬間、サイは体の中からスーッと力が抜け、思わずその場にしゃがみ込んだ。その格好は、木槌にすがって土手で待機していた時の姿と似ている。しかしもう、あの当時の無力な自分ではない。フオンの気持ちは、かつての雇い主のような単なる同情や、かわいそうな相手に対する施しの気持ちではないのか？　ただの慰めだけなら、そんな同情はまっぴらである。サイはまだ相手の気持ちを図りかねていたのだ。その時である。フオンは突然相手の首に抱きつくと、涙で濡れた自分の顔を、サイの首や顔に所かまわず押し付けてきた。とっさにサイも、息のできないほど強く相手を抱き締める。若い女性の体に触れるのは、サイにとってこれが初めての経験である。感激に身を震わせ、彼の体は今にも天に舞い上がらんばかりだ。しかし、未熟な二人は、口を重ねることも知らない。昔からハビ村の若者は、求愛のしかたを誰かに教わるということはない。サイは無我夢中で、相手の上着のボタンをまさぐる。フオンは「怖い。止めて、お願いだから！」と叫びながら身を折って抗《あらが》う。しかし、サイの力に圧倒され、逆らう力はだんだん弱くなった。そして、ぴたりと身についた下着にサイがまごついていると、さりげなくその手を後ろに払い、彼の注意を背中の紐に向けさせる。下着がほどけた瞬間、反射的にフオンは自分の腕で上半身を隠そうとした。しかし、サイの手にその腕を摑まれると、素直に力を抜いた。真上から降り注ぐ皓々たる月明かりを浴び、まだ固く締まった彼女の白い胸は、目にも鮮やかにそのみずみずしさを際立たせる。相手の食い入るような視線を受け、フオンは思わず顔を伏せた。

ふだんは無口なサイも、我を忘れて「何て綺麗なんだ。まるで天女みたいだ！」と叫んだ。その声で彼女の顔にぱっと微笑が広がる。そしてその胸をまたおおい隠しながら、フオンは悪戯っぽく「もう一度言ってみて。じゃないと見せてあげないから」と言った。「お願いだよ、ねえったら」とせがむサイの首根っこに喜々として抱き付くと、フオンは相手の顔を自分の胸に押しつける。さらにサイの手をとって、自分の胸の上に重ねた。中空にかかった月を静かに見上げるその顔は、まるで子供をあやす母親のように満ち足りている。フォンは生まれて初めての経験に、すっかり夢見心地だった。

さすがに、相手の手が自分の体に触れた時は、反射的に身構えたものの、それも一瞬にすぎない。その瞬間が過ぎると、もう相手を拒む気持ちなど消えていた。始めは強く拒んでいた彼女も、今ではすっかり相手に身を任せきっている。このように女性の場合、一瞬の判断がその一生を大きく左右することはけっして珍しくないのである。自分の家族やそれまでの過去を、すべて切り捨てざるをえないこともある。にもかかわらず、その瞬間、女性は驚嘆すべきほど大胆になる。今やおののきも消え、彼女はすっかり相手を迎え入れる気持ちになっている。

ところがサイは、顔を相手の胸に押し付け、その体に触れることができただけで、もうすっかり満ち足りていた。その時のサイは、突然の幸運に酔いしれるあまり、未知の世界へさらに踏み出すことなどまるで頭にない。結局、もどかしい思いのまま、明け方までただ互いの体を撫で合うだけであった。そして、いつしか二人は、そのまま眠りに落ちていた。

その翌日、見知らぬ男がその場にやって来た時、二人は上半身を晒したまま眠りこけていた。サイの格好は、一つの乳房を口にくわえたまま、もう片方の乳房をまさぐっている赤ん坊同然である。その男は、二人の格好を目にすると、再び忍び足でその場を後にした。

気配を察したフォンが身を起こした時、「世も末じゃ」という男の声が聞こえた。彼女は素早く服を身にまとうと、「ねえ、ねえったら。誰かいるわよ」と言いながら横で眠りこけているサイの体を揺すった。サイもすぐ起き上がり、あわてて外の方に目を向けた。するとちょうど、見知らぬ老人の操る一隻の釣り舟が、まるで犯行現場から逃がれるような速さで、立ち去って行くのが見えた。

*

それからわずか一ヵ月足らずの間に、サイの一件はすっかり有名になってしまった。まだ舌足らずの子供から、すっかり歯の欠けた老人まで、みんなの格好の噂の種となったのである。まるでこの醜聞のために天変地異でもおこりかねないと言わんばかりの騒ぎで、敵に襲われたり、洪水とか寒波とかに見舞われ、何千人もの命が失われるなどとふれまわる連中もいる。噂話は、いろんな尾鰭がついて、ついには県や省にまで届くほどになった。

その間、カン老人の家では、まるで喪中のように、ただひたすらおとなしくするしかない。よほどの事でもない限り外出も控え、やむをえず人前に出る時は、人々の射るような好奇の目から逃れるため笠《ノン》で顔を隠した。家長格のティンも、なかなか家に戻ることができずにいた。気が重いせいもあったが、職場の周りの連中から事の経緯を根掘り葉掘り聞かれ、その応対に追われたからだ。慰めや同情の声がある一方で、弟の堕落は彼の管理不行届きのせいだと息巻く連中も少なくなかった。

おじのハーは、二年前に昇進し、今では省の仕事についている。ティンから困り果てたという手紙を受け取ると、ハーは日曜日を利用し事の収拾を図ることにした。彼は途中県に立ち寄り、ティンを伴って一緒に村に帰った。道々、彼は噂話がここまで大きくなる前に、なぜ早めに手を打たなかったのかと、ティンの手際の悪さを責めた。家に着くと、まず、その夜村の幹部を集める手筈を整えた。みんなかつて自分の部下だった連中だ。例の「目撃者」の老人も、その集まりに呼ばれた。その夜は、村の主だった幹部がほとんど顔を揃え、まるで正式な会合の体裁である。ハーと顔を合わせるや、みんな口を揃え、打つ手がなかったと、あれこれ言い訳に努めた。ハーは適当に聞き流したが、例の「目撃者」が口を開きかけると、それを制しながら強い調子で言った。

「なぜ、彼を捕まえないんだ（その場に居合わせた幹部は訳がわからずぽかんとしていた）？　まだ手癖の悪さが治らんようだな。今まで何回も大目に見てやったのを、忘れたのか？」

「へえ」

「まだ懲りずに、みんなが洪水で避難しているどさくさを狙って、かっぱらいを働いたな。あの時だって、サイが大声で追っ払わなかったら、お前は他人のめん鶏二羽とあひる一羽盗むところだったじゃないか」

「めっそうな。だってあの時サイの方こそ…」

「じゃ聞くが、この中でサイ本人に直接その話を確かめた者はいるのかね？」

やっと人々は話の成り行きが飲み込めてきた。どうやら、この老人は盗みがばれそうになり、それを糊塗するために話を大袈裟にしたらしい…。

風向きの変化を察し、「目撃者」の老人もしどろもどろの弁明を始めた。

「実はつい出来心で、といっても学校のバナナをほんの少しばかり。それ以外は…」

警察署長が大声で叱り付けた。

「わかってるな、嘘をつくともっと罪が重くなるぞ。すっかり白状した方が身のためだからな」

村の民兵隊長も、

「明日、隊員たちにあんたの家を調べさせる。隠し立てしても無用だぞ」と口を挟んだ。

さらに村の副委員長が続ける。

「とにかく明日午後三時、人民委員会に出頭するんだ」

婦人会の会長も黙っていない。

「これは誹謗中傷そのものよ。本当にひどい話だわ」

農民会の会長まで発言する始末だ。

「わしらもクアン支部の会合を開いて、あんたに何もかも正直に話してもらうつもりじゃ。もし反省の色がないようじゃと、会から脱退してもらうからの」

最後に、広報担当者が締め括った。

「じゃ明日の夜、有線放送で彼の罪を周知させましょう。同時に、こうした敵側の盗み、破壊活動、誹謗中傷行為などへの警戒も呼び掛けるつもりです。ハーさんも省にいて報告を受けておられると思いますが、今この村では、アメリカ＝ジエム一派の特殊工作隊の破壊活動について、周知を徹底させています。村の少年団団長であるサイ同志に対する今回の誹謗中傷事件も、敵の仕業の可能性もあります。われわれも活動を強化しなければなりません」

ただのおせっかいが、思いも寄らぬ大袈裟な話になり、老人はすっかり面食らっている。もはやどんな言い逃れや弁明も許されない雰囲気である。とうとう老人は人前もはばからず泣き出す始末で、後はひたすら涙ながらに許しを請うしかない。頃合よしと見たハーは、村の裁定は後日にと言って、その日は老人をいったん帰宅させた。その場に村の幹部だけが残ると、ハーはあらためてお茶を入れ替え、特産のビンバオ水煙草を座の真ん中に置いた。婦人たちにはびんろうの実とキンマの葉が用意される。内輪のくつろいだ雰囲気になったところで、ハーはあらためて噛んで含めるように話し始めた。

「今回の件は、われわれも大いに反省する必要がある。問題が起きたらまず十分調査し、それからきちんと解決策を探る、これを忘れてはいけない。サイが自分の甥だから、わざわざこんなことを言うんじゃない。われわれだっていつとんだ噂をたてられるかもしれない。そんな時、じっと手をこまねいている愚か者はいないはずだ。今回の件も、もっと早く手を打つべきだった。噂が広がらないようにすることと、事実関係を調べること、この二つだ。あえて言うが、仮に今回の事件が物盗りの作り話でなく、全くの事実だったとしても、対処の仕方は別にあったはずだ。つまりサイの罪は、あくまで内部で処理すればいい。処罰は厳しくすべきだが、その時期とやり方は慎重に考える必要がある。団活動を停止させたり、追放処分にする理由など、いくらでも見つかるだろう。例えば、数ヵ月後に、開墾作業をさぼったという理由で、団から追放してもいい訳だ。これはあくまで一つの考えだがね。つまりこれなら処罰は厳密公正で、かつ幹部の威信も守れるはずだ。そうじゃないかね？　しかも今回の話は、全く根も葉もないでたらめときている。今まで処分を保留したのは、わたしやティンへの遠慮からだろうが、このままではサイだって人前に出す顔がないはずだ」

ハーの説得力ある話に、居並ぶ人々は、ただひたすら畏まって聞き入るだけである。しだいに一同は、自分たちの不手際を恥じ、サイの威信を取り戻すためその老人に対し厳罰で臨むべきだ、と考えるようになっていた。ハビ村の幹部の意思が固まってきたとみたハーは、ひとわたり新たにお茶をついでから、一同の意見を代弁するかのように話を続けた。

「さて今後の解決方法だが、こうしてはどうかね。明日、本人を人民委員会に呼び出し、まず窃盗と誹謗中傷の罪を認めさせる。その際、何を盗んだとかどんなことを中傷したとか具体的な点は無視すればいい。次に、農民大会を開き、そこで本人に罪状を自己批判させる。この時も、細かい点まで白状させたり、あまり罪を重くする必要はない。要は、洪水の時盗みを働いたこと、他人を誹謗中傷したこと、その非を認め十分反省していること、それだけ言わせれば十分だ。彼もひもじさあまってやったことだ、あまり責めるのは酷だ。サイについては、特になぐさめたりしない方がいい。幹部同士馴れ合っているなどと言われるのが落ちだ。いずれしかるべき集まりで、村の委員長から次のように発言してもらえばいい。『慎重に調査検討した結果、サイ同志の件は、窃盗の現場を見られた犯人が、その罪を隠蔽するためでっち上げた中傷事件と判明した。犯人自身も、農民大会の場で罪状を認めた。当人民委員会も、犯人を喚問し厳重注意を与えている。よってサイ同志にはなんらやましいところはなく、今後もこれまで通り活動にあたってもらう』。これで一件落着のはずだ。こんな問題にいつまでもかかずりあうより、今はさつまいもや陸稲の植え付けを指導し、洪水による災害の復旧に全力を尽くのが先決だ」

結局、ハーの結論にみんなも納得し、満足顔で引き上げて行く。二人きりになると、ティンはハーの手際を褒めちぎりながらも、なぜすべてお見通しなのか尋ねないではいられなかった。ハーは、ぶっきらぼうに答えた。

「全部あてずっぽうだ。ただ昔お前の親父から聞いた『姦淫は証拠なくして罰すべからず』という格言を思い出しただけだよ。しかも今度の件はあの老人の証言だけで、具体的な証拠など何もない」

「でも、あの老人が盗みを働いていたなんて、どうしてわかったんですか」

「肝心なのは、あの老人には昔から盗み癖があったことだ。だからまた盗みを繰り返したと決め付けても、誰も怪しまない」

「でもみんなが真に受けて、老人を捕らえでもしたら事ですよ」

「そんな真似はさせん。それに、証拠のない人間を捕まえるなんて、誰にもできないだろう。わしはこう言ったはずだよ、サイに見つかった時、老人はちょうど鶏とあひるを盗もうとしていたところだったとね」

「そこですよ。盗もうとした物まで具体的におっしゃるんで、感心したんですよ」

「おいおい、サイの話を真っ先に言い触らしたのは、老人の方なんだぞ。これでおあいこだよ。しかもどっちも証拠はなしときてる。誰だって、前科のある盗人の話を疑うだろう。特に今度の洪水では、どの家も鶏やあひるの被害を受けてるからな。鼠や蛇にやられた所もあれば、寒さや飢えで死んだところだってある。こっちにとって思う壺だったのは、相手の方からバナナの盗みをばらしてくれたことだ。些細な罪でもいったん認めれば、余罪の可能性を否定するのは難しいからな。こうなれば、老人の目撃した話も疑わしくなるという理屈だよ。しかし、お前はしばらくここに残って、村の連中があんまり手荒なまねをしないよう目を光らせてくれ。いずれにせよサイの件は、こっちは面子を守ればそれでいいんだ。他人をとっちめるのが狙いじゃない」

「とにかくサイの身の振り方が問題ですね。軍隊で鍛えてもらえば、一番安心なんだが」

「その話なら、連隊の政治委員をしてる知人と、軍区の人事部に手紙を書いておいたよ。後は次の兵役招集を待つだけだ。確かに軍隊なら最善だろう。それより今は、サイが嫁と悶着を起こさないよう、ちゃんと監督してくれなくちゃ困るぞ」

「今回は、さすがのあいつも肝に命じたことでしょう。とにかく今夜は大成功でしたね」

ハーは、もうティンの浮かれた調子に取り合おうとしなかった。彼にとって、事前に自分が描いた筋書き通り事が運んだにすぎない。身内の人間が世間の噂の種になった以上、その汚名を注ぐ最善の方法は、逆にその世間の同情を買うことである。まず噂をばらまいた当人に、その話がでたらめであることを認めさせる。次に、公の場でそれを自白させ、きちんと議事録に残す。さらに、自白と喉元に残ったバナナの食べかすを証拠に、人民委員会もその罪を公表する。結局老人にとっては、すっかりやぶへびになった訳だ。ハーの思惑通り、その後、世間の同情はサイに集まった。よく考えれば、あんなひどい洪水の時に、フオンがただ一人で数キロも離れた場所に行けるはずがない。しかも、例の老人以外に目撃した人はいないのだ。誰も自分の軽率さにただあきれるだけであった。

村の一件は、すぐ省の高校にも伝わった。教師たちはさっそくフオンに慰めの言葉をかけにきた。思いがけない知らせは、もう部屋にじっとしてなどいられないほど彼女を喜ばせた。その夜彼女は嬉し涙にくれながら、今後の行く末を案じ、一晩かけサイ宛ての手紙をしたためた。

――あなたも、この知らせを聞いたことでしょう。わたしたちを救ってくれた人には、いくら感謝しても足りない気持ちです。正直、今でも信じられないくらいです。チョイ先生の話では、村の官報にもはっきりと、わたしたちの噂は単なる誹謗中傷にすぎず、敵に通じた人間による悪質なデマだと書いてあるそうです。これで、わたしが退学処分を受けることもなくなりました。この一ヵ月、わたしたちの噂話のために、教室にいても針のむしろでした。でも、そんなことは平気、わたしを避けようとする人には、こちらから絶交という気持ちでしたから。わたしには、あなたさえ側にいれば、あなたが好きだと言ってくれれば、それで十分ですもの…。毎晩ずっと泣いていました。ある時、こんな夢を見たこともあります。あなたが刀や銃を手にした何百、何千という数の人に囲まれ、今にも襲われそうになりました。わたしは大声を上げ、あなたに抱き付いていきました。そして、あなたの顔を胸で覆い、襲って来る人たちの方に自分の背中を向けました。ちょうどその瞬間、下宿のおばさんに揺り起こされたんです。本当にかわいそうなあなた。これまで、ご両親、ティン兄さん、それに親戚や村の人たちから、きっとあれこれ言われたことでしょうね？　今すぐあなたの家に駆けつけ、みんなに言ってあげたい、わたしのせいだって、すべてわたしが悪かったたって。だって二人きりになってあなたに身を任せようとしたのは、このわたしの方ですもの。誰かがこの身を八つ裂きにしようとするなら、それも甘んじて受けるつもりです。でも、あなたは誰からも非難など受けるいわれはありません。いままで通り自分の気持ちに忠実に生きてください。一時休学してみようかなとずっと考えていました。家に帰って、あなたが勉強を続けられるよう両親に相談するつもりでした。あなたにもう一度試験を受けてほしかったんです。先生たちのおっしゃるように、あなたならきっと立派な学者になれると信じています。あなた自身そんな夢をわたしに打ち明けてくれたことがあったでしょう、数学、物理、化学、生物、そんな学者になれたらって。もしそれが実現したら、ねえとても素敵じゃありませんか。だから両親に相談してわたしたち二人の三年間の学費を出してもらうつもりだったのに、ハーおじさんは、あなたを軍隊に行かせる予定だとおっしゃっていました。それがあなた自身の望みなら、わたしもそれに従うしかありません。数日ほど前、ハーおじさんがこちらにいらっしゃいました。驚いたことに、おじさんとわたしの兄は地下活動当時からの知り合いなんですね。おじさんはわたしたち二人のことも、とてもよく理解してくれました。おじさんと二人で、いろんなことを話し合いました。その内容をそのまま書き写します。

「お前たちの気持ちは痛いほどわかるが、あいつには例のやっかいな問題があるんだ」

「でもそれは本人の意思と関係なく、両親が決められたことでしょう」

「確かにあいつは、相手に気を許さんどころか、今でも顔を合わせることさえ嫌がってる。わし自身、この話には始めっから反対で、かわいそうなことをしたと思ってる。将来性がある奴だけに、余計残念なんだ」

「おじさん、今日初めてお会いしたばかりなのに、ぶしつけなことばかり言ってごめんなさい。でも前々からお名前はいつもうかがっていたし、サイさんもよくおじさんのこと話してくれたんです。だから、つい気を許して何でも相談したくなったんです」

「遠慮なんかいらない。さっきも言ったように、おじさんはお前もサイも自分の子供のように思ってるんだから。おじさんのできることなら何でもしてあげるつもりだ。ただ例の問題だけは、どうしようもないんだ」

「でもおじさんが解決にあたって下されば、サイさんの窮状も救えると思います」

「わしもいろいろ考えた。思い切った手段もない訳じゃない。でもそれをやれば、元も子もなくなる恐れだってあるんだ」

「わたしたちにもそれなりの覚悟はできてます」

「お前たちだけの話ですまないんだ。両方の親や兄弟、それに親戚にだって累が及ぶ」

「だって法律にはそんなこと何も書いてないでしょう」

「法律より、みんなが気にしてるのは世間体なんだ。実のところ、サイの親や兄弟だって、けっしてトゥエットに満足してる訳じゃない。相手の家風があまりにも違いすぎる。しかし嫁やその家族が気に入らないからといって、サイの離婚を認めるつもりはない。それもこれも世間体のせいだ。サイの父親は、修身という徳目を生涯大切に守ってきた人だし、兄弟の中には今後の出世を心配してる人間もいる。だからできれば世間の噂になるようなことは避けたいし、もしそんな噂でも立てば、これまでの苦労が水の泡になると恐れてるんだ」

「でもこれは人の一生にかかわることでしょう？」

「そんな単純な話じゃないんだ。いくらサイがかわいそうでも、やはり一番かわいいのは我が身なんだ」

「それでも同じ血を分けた肉親と言えるんですか？」

「勿論、肉親ならサイが苦しんでるのはよくわかってる。もともと親というものは、我が子のためなら飢えだって敵の爆弾だっていとわない。だが我が子を自由にするためには世間に恥を晒す必要があるとなると話は別だ」

「そんなおっしゃりかた、わたしには屁理屈にしか思えません」

「世の中は理屈に合わない話が、まだまだうんとある。十年先か十五年先になれば、お前もわかってくれるだろう」

「じゃ大人は自分の良心や法律だけで物事を判断するんじゃないんですね？」

「残念だが自分の都合に左右される人間の方が多い」

「他人の苦しみなんかどうでもいいんですか？」

「そうは言ってない。ただ、世間というものは自分より幸せそうな人間に、嫉妬深いんだ。みんな世の中は昔からこんなもんだと思ってる、忍耐するのがあたりまえだと。だから、自分の幸福のために世の中のしきたりを壊そうとする人間に敵意を持つんだ」

「大人ってなぜそんなにしきたりなんかにこだわるのかしら？」

「世間はそんなに甘いもんじゃない。サイの両親も兄弟も、このわたしだって、世間体は気にせざるをえないんだ。自分では物分かりの良いつもりだが、世間を向こうにまわすほどの勇気はない。誰も世の中の掟を無視しては生きていけないんだ」

「でも人の自由を押さえ付けるなんて、許されないはずでしょう」

「確かに他人を殴ったり脅したりすることはもう許される時代じゃない。でも世間に逆らえば、必ずそのしっぺ返しを食うはめになる。その怖さに比べれば、部屋に閉じ込めたり、柱に縛り付けたりするのなぞ、たいした仕打ちじゃない」

「じゃ最後にもう一つだけ教えてほしいことがあるんですけど、いいですか？」

「始めにも言ったろう、遠慮なんかいらんから何でも相談してくれと。世の中にはわからない事が一杯あるはずだ。少しでもお前の理解に役立つなら、何でも答えるよ」

「じゃ世間って何ですか？」

「うーん、これは一本取られたぞ。どう言えばいいかな、つまり、何か起きるとわたしやお前も含めて誰もがあれこれ話したり噂をするね、それが世間かもしれない。それとも世間なぞそんなものは始めから存在しないもので、いつも戦々恐々としている人間の心が生み出したものかもしれない…。さて、そろそろ帰り支度をするかな。繰り言になるが、お前たちの事は本当にむずかしくて、わたし一人ではいかんともしがたい。つらいだろうが諦めておくれ。そしてこの試練を乗り越えてほしいんだ」

これが、わたしとおじさんが語り合ったすべてです。これまでハーおじさんを知識も分別もある立派な方と思ってきただけに、本当に悲しくなりました。だってそのおじさんから、あなたへの思いを諦めてくれと言われたのですから。おじさんが部屋を出て行かれた時は、思わずその場に泣き伏してしまいました。そして、今も涙にくれながらこの手紙を書いています。わたしの真剣な気持ちをあなたにだけはわかってほしいんです。だってあなたは、一生に一人だけの大切な人なんですもの（心に誓って「一人だけ」です）。わたし、あなたの好意、いつまでも大切に胸の中にしまって置きます。そして、あなたの誠実さと忍耐強さを信じています。だから、あなたは迷わず自分で決めた道を進んで下さい。でも、軍隊に入る前にもう一度だけわたしに会って下さいね。愛しい人へ。

この手紙を読んでサイが何を思ったか、誰にもわからない。激しい後悔にさいなまれたのか、あるいはもうすっかり諦めていたのか。それからまもなくして、サイの入隊の日が来た。両親、兄弟、親戚、友人、隣人などに見送られながら、サイはハビ村からバイ市場に向かうぬかるんだ道を、誰とも言葉を交わさず黙々と歩いた。月明かりに照らされたまわりの水田に、視線を止めることもない。深夜にもかかわらず頭は冴えわたっていた。胸ポケットにしまいこんだフオンからの手紙にも、無関心であった。彼は、過去、現在、未来のすべてから逃れるため、自分の決断に賭けていた。ただ黙って歩き続けた。

第四章

沿岸防備にあたる第二十五連隊のド・マイン政治委員は少佐である。体つきは人並みだが色白のため、都会育ちに見えたが、ナムディン近郊の農村の出身だ。上官のおぼえがよいばかりか、部下にも話のわかる上司として信頼を集めている。ド・マインとハーは、抗仏戦争が始まった一九四六年に同じ軍区で出会って以来の仲である。当時彼は県の党書記で、ハーはその県に駐屯していた部隊の小隊長をしていたのだ。ハー宛ての手紙の中で、彼は後見人としてサイの面倒を見てもよいと書いてきた。幹部コースは無理にしても、ちゃんと一人前の兵士にしてみせると請け合った。そして、自らその手続きの労を取って自分の軍区にサイを配属させた。しかし、サイには自分のことは秘密にしておいた。ハーもこの友人の件は、サイには黙っていた。

三ヵ月近く過ぎたある土曜の夜、ド・マインはぶらりと十二中隊に立ち寄ってみた。兵舎からたまたま出てきた一人の新兵に尋ねると、サイは休憩室で本を読んでいるらしい。その建物は竹で編んだ粗末なもので、中にはテーブルが三つあり、グラビア雑誌や本、それに『ニャンザン』『軍隊』『先鋒』の三紙が乱雑に置かれている。十人位の兵士が新聞雑誌に目を通している。サイとおぼしき青年はテーブルの左端に座り、こちらには背を向けている。しばらく中の様子を観察してから、おもむろに政治委員は煙草の火でも借りるような格好で建物の中へ入っていった。隅に座っている青年は、ちょうど数学の問題に取り組んでいる。やはりサイのようだ。ハーから、サイの数学好きについては前もって聞かされていた。彼は身を屈めながら、「ちょっと火を貸してくれんかな」と尋ねた。

「あいにくですが」

「少し休んでわしと一服せんか」

声の主に顔を向けたサイは、相手がかなりの年配だと気付きあわてて立ち上がる。そして、「失礼しました。いま火を借りてきます」と言って席を立った。

政治委員は目の前の本を手に取り、表紙を見てみた。高校の三角形の問題集である。戻ってきたサイは、火の付いた煙草を相手に手渡しながら、「ご所属はどちらなんですか？」と尋ねた。

「わしは連隊司令部で補給責任者をしとる。しかし、君も一人で勉強するんじゃ大変だろう？」

「確かに大変ですが、でも慣れれば結構面白いです。ところで失礼ですが、あなたはどちらの学校を出られたのですか？」

「今の制度で言えば、やっと小学卒というところだよ。で君は入隊してかなりたつのかね？」

「まだ三ヵ月です」

「どうだ、もう慣れたかね？」

「はい、だいぶ慣れました。でもまだ時々さみしくなることもあります」

「で郷里はどこだ？」

「ハーナムです」

「それならわしと同郷じゃないか。ちょっと外に出てみんか」

「何か特別なお話でも？」

「いや、こうやって二人だけで話しとるとまわりの連中が勘ぐるかもしれんからな。外でゆっくり郷里の話でもしようじゃないか」

サイは少し躊躇したものの、手早く本を閉じ、その後に従った。海べりに出ると、二人は冷えきった石の椅子に腰を下ろす。真冬の寒々とした荒海を目の前にして、二人の会話もとぎれがちである。結局その場に腰を下ろしていたのは、せいぜい小半時にすぎない。サイが知りえたのは、政治委員の母方の祖母がバイニン村出身ということくらいだ。しかしバイニン村の様子を尋ねても、そこへ行ったのは数十年も前で、ほとんど何も覚えていないという。

一方ド・マイン政治委員は、サイがまだ一度も家族から手紙を受け取っていないことを知った（勿論サイはまだ誰にも自分の住所を知らせていないことは黙っていた）。サイは、ここには知り合いが誰もおらず、休憩時間になると勉強で気を紛らしているのだと答えた。そして部隊生活で一番嫌なのは夜の見張り番だと答えた。別に敵や幽霊が怖いのではなく、闇夜に紛れいつも仲間の誰かが不意の一発を食らわすことに手を焼いていたのだ。耳を傾けていた政治委員は、思わず口を緩め、「それなら進んで見張り番をすればいい。そのうち平気になるもんだ」と励ました。

帰り際、ド・マインはボンルア煙草［安価でニコチン量が多い］をサイに与えた。補給担当者なら煙草に不自由することはないが、サイにとってはとても貴重で、仲間に分けたりしなければ半月は持つ量だ。サイは元々強い水煙草に目がなく、入隊後、手元に水ギセルがないので紙煙草で我慢していた位である。現在の毎月の支給額はわずか五ドンで、しかもその中の二ドンは貯金に回している。こんな乏しい小遣いでは、吸える煙草は一日半本がせいぜいである。いつも数口吸ってはいったん火を揉み消し、夜寝る前に蚊帳の中でもう一度その吸いさしをくゆらせていた。

サイから直接聞かなくても、五ドンしか支給を受けていない新兵のつらい生活は、政治委員の彼には痛いほどよくわかっている。ド・マインが火の付いた煙草を手渡した時も、サイは二口ほど吸うと椅子の端で揉み消し、それをズボンのポケットにしまい込んだ。政治委員がとくに印象深かったのは、努めて平静を装いながらもサイの表情には明らかにその胸の内の鬱屈が見てとれたことである。

翌朝早速、ド・マインはサイの履歴書を取り寄せ、その鬱屈の原因を探ってみた。資料によれば、サイには三歳年上の妻がいる。中学の三年間常に成績は最優秀で、教育委員会からも表彰されている。抜群の成績で高校に合格したが、人手不足という家庭事情により進学を断念している。村に戻ってから少年団の団長を務め、その後入隊。昨夜の話では、この三ヵ月一度も家族からの手紙を受け取っていないらしい。その通りだとすれば、どうやらサイの鬱屈は妻かその実家の階級成分と関係がありそうだ。

ド・マインの頭の中には、次から次へと疑問が沸き上がる。まず進学を諦めた理由である。人手不足というのなら、なぜ入隊を許したのだろうか？　妻の実家の経歴が問題で諦めたのだろうか？　それも理解に苦しむ。実の兄をはじめ親戚にも革命に貢献した人間はたくさんいる。両親も、長年家をベトミンの秘密のアジトに提供してきたほどである。昨夜の勉強ぶりからも、勉学への情熱だって少しも衰えているようには見えない。なぜ進学を断念したのだろうか？　疑問は尽きない。ハーからの手紙にもただ「この子のことはよろしく頼む」としか書かれていなかった。知人の頼みだけに何とか力添えしたい気持ちはやまやまであるが、彼は長年の経験から、まずサイ自身が任務や人間関係をどうこなしていくか観察することにした。

どんな人間で、どういう家庭事情を抱えているかは、ある程度時間を置けばおのずとわかってくるはずである。サイに対する特別な計らいは、まわりの人間の任務遂行にも支障をきたすに違いない。この連隊でも、幹部である父親や親戚のコネを使い、配属部隊の変更を図った兵士の例が何件かある。しかし、数ヵ月もするとまた問題を起こし、必ず配属先の上官を困惑させている。追放処分は取れず、さりとて放置すれば示しがつかず、その処置に窮していた。罰則を課せば、「もう少し大目に見て、辛抱強く指導してもらえないか」と愚痴を言われ、逆に、放任すれば、「始めから厳しく扱ってくれれば、こんな羽目にならずにすんだはずだ」と恨まれる始末だ。気にはなったが、ド・マイン政治委員は連隊の職務に忙殺され、サイの件はそのうち頭の隅から消えていった。

それから二ヵ月後、政治部の定例報告に耳を傾けていた時のことである。毎回、判で押したように紋切り型の退屈極まるものにすぎないが、その日は「一般情勢」の後で、わざわざある一つのケースが取り上げられていた。それは第九大隊十二中隊のある新兵の任務遂行怠慢の事例である。新兵の名前はザン・ミン・サイ、妻帯者でありながら、他の女性とも不純な関係を持ち、その上脱走まで企図していた。押収した日記には、荒唐無稽な内容の文章が綴られ、明らかに反動的と見做される箇所さえある。青年同盟の細胞会議も開かれ、出席者は揃ってそのプチブル的享楽思想や、勤労蔑視の封建的搾取思想を強く批判していた。サイはいったん自己批判したものの、この一週間勤労奉仕にさえ出ていない。所属部隊はサイの思想性に問題ありと指摘、大隊も中隊に対し、引き続きサイの言動に監視を怠らぬよう指示している。サイの欠点は、同僚との接触を避け、その結果積極性や向上心に欠けることだとされていた。三人組の残り二人の兵士も、夕食後には必ずサイと接触しその言動を監視するよう命令されている。

黙ったまま報告を聞きながら、ド・マインは自分自身が糾弾を受けているような気分になった。友人の頼みでその子弟を預かった以上、自分にも大きな責任がある。それにしてもサイがこんな厳しい批判を浴びるとは全く予想外のことである。第一印象ではとてもそんな青年には見えなかったからだ。確かに二ヵ月前の初対面の際、サイの様子に何となく気に掛かる点はあったにしても、まさかこんな事態を起こすとは、彼にとっても意外だった。

その日ド・マインは職務を終えると、担当兵に食事を残しておくよう言い付け、早速十二中隊に自転車を走らせた。中隊では当番兵にサイの居場所を聞き、真っ直ぐその場へ足を運んだ。目当ての場所は前回訪ねた時と同じ例の休憩室である。テーブルが一つなくなっており、代わりにベッドが一つ置かれカーテンで仕切られている。他の兵士への影響を考慮し、どうやらサイだけここに隔離しているらしい。ド・マインはカーテンをめくって中を覗いてみた。驚いたことに、そこに横たわっていたサイはまるで別人のように痩せ衰えている。こちら側に背を向けたまま、弱々しく肩で息をしている。その熱っぽい手首を握っても、こちらに振り返り相手を確かめようとする気力さえない。

そっと静かにカーテンを下ろすと、彼は中隊司令部の建物へ直行した。そこには隊長、副隊長、政治委員、参謀の四人全員が顔を揃えている。ちょうど食事を終えたばかりらしく、楊子を口にする者、お茶を飲む者、煙草をくゆらせる者、ラジオを聞く者、それぞれ思い思いにくつろいでいる。まわりでは当番兵が魔法瓶にお湯を注いだり、食器の片付けをしていた。ド・マインが姿を見せると、みんな一斉に立ち上がり、壁ぎわに下がって不動の姿勢をとった。彼は努めて平静を保っていたが、その声はいつもよりやや早口であった。

「どうか座ったまま聞いてくれ。今日突然ここへ来たのは、次の二つのお願いのためだ。一つは、休憩室で臥《ふ》せっている病人を至急連隊の診療所に運んでもらいたい。もう一つは、兵士ザン・ミン・サイの日記を貸してもらいたい」

彼は部下の当惑した様子や、お茶や煙草の勧めを無視した。そして、日記を受け取ると、口元に笑みを浮かべながら、「さあもう休んでよろしい。わしは用事があるのでこれで失敬する」とその場を辞去した。

連隊の診療所に取って返すと、早速医師の中尉に会って、あれこれ指示を与え、それから宿舎に戻り、当番兵が暖め直してくれた食事を慌ただしくかきこんだ。しかしゆっくり席を暖める間もなく、また作業現場へ出かけ、第八大隊の作業状況を点検した。サイの日記に目を通す時間が取れたのは、現場から戻ってからで、もう深夜になっていた。他人の日記を読むのは何となく後ろめたいものだが、この場合はそんなことなど構っていられない。不思議なことに日記には、昼間の任務やその感想などは全く触れられていなかった。


——××日夜、今夜から日記をつけることにする。これは自分にとって初めての経験だ。学生時代に友達を真似て日記をつけていたらと思う。あるいはフオンのように作文の時間熱心に勉強していれば、こんなに悪戦苦闘をしないでもすんだのに。あの頃は、相談できる友達がいつも側にいた。悩みごとがあればいつでも友達に会うことができた。こんな日記をつけるなんて考えもしなかった。しかし、入隊してこの半月、気持ちを打ち明けられる人間は誰もいない。確かに「三人組」の仲間とは毎日話し合うが、これは任務遂行に役立てるためで、自分の個人的悩みなどとても話せるものではない。会いたい人にはもう二度と会えないのだ。周囲にはよそよそしい他人しかいない。自分の本当の気持ちを明かせるのはこの日記だけだ。日記には夜思うことを綴ろう。昼間の任務には書き留めるほどのこともない。しかも射撃練習や防御陣地作りなどは、すべて軍事秘密扱いなのだ。それに昼間は任務の遂行に精一杯で何にも考える余裕などない……

――××日夜

「愛する人へ。あなたが出発してから、六ヵ月と五日たちました。あなたは何も告げずに出発したけど、わたしは別れてからの月日をちゃんと数えています。本当に冷たい人ね！　わたしずっと泣き続けだったのよ。夜一人涙にくれながら勉強しました。あなたを思えば思うほど、こんなことじゃだめと自分に言い聞かせながら机に向かいました。すべての科目で九点以上だったのは、全校でわたし一人だけでした。最優秀に選ばれ、教育省からも表彰状をもらいました。先生方も、サイがいれば別だが、今はフオンにかなう生徒はいないとおっしゃってくれたんです。でも、もっともっと嬉しい知らせがあります。それこそ外に駆け出して、誰彼かまわず大声で知らせて一緒に喜びを分け合いたいほどでした。それはハーおじさんとティン兄さんがここまでいらして教えてくれた知らせです。お二人ともわたしのこと実の妹のように思って下さって、こう言ってくれたんです。『いい知らせがあるよ。裁判所に調停を申請してたんだが、その結果サイの離婚が認められてね。これで三人とも苦しまなくてすむよ』って。わたし思わずティン兄さんの首にすがりついて、何度も何度も『おじさん、兄さん本当にありがとうございました』って、おんおん泣きながら感謝したんです。兄さんは優しく髪を撫でて下さって、『日曜日には家に遊びにおいで。両親もお前に会いたがってるんだよ。そして夏休みには、わしたち三人でサイを訪ねようじゃないか』とおっしゃいました」

装備点検の合図だ。大変だ、靴はまだ履いたままだし、蚊帳も吊るしていない……

――××日夜、全大隊の実射訓練があった。視察のためその場に列席した士官は、軍区司令官の少将を筆頭に数百人にのぼった。ハーおじさんを始め地元の県からも参観があった。僕は左目の操作が不得意で、命中率はせいぜい九十五パーセント程度と言われていた。そのために順番は最後のグループに入れられ、自分の番が来た時は視察の一団も帰りの車に向かっていたくらいだ。ところが僕の弾は三つとも十点の的に命中し、あたりは大騒ぎになった。連隊全体の新兵の中でも、三十点満点を記録したのは僕だけだ。少将の目の前でもう一度試射を命じられた。結果はまたしても同じであった。射的場全体に歓呼の声が上がった。少将はわざわざ僕の所まで来て肩を抱き寄せ強く握手してくれた。その時のみんなの羨望の眼といったら。ハーおじさんも満足そうに何度もうなずいていた…

ド・マイン政治委員は苛立ちを隠せず眉をしかめた。読み掛けのサイの日記を脇へ置き、書棚からここ四ヵ月の任務遂行を記した各大隊の日誌を取り出した。サイが日記に記したその当日、十二中隊が実際何をしていたのか逐一その真偽を確かめてみる。

——二十五日、十二中隊はＨ１地点でコンクリート作りにあたる。全員参加。目標を十五パーセント上回る成果」

——二十五日夜、フオン来訪。学生代表団の一員として、現地参観に来たと言う。わが十二中隊が学生代表団の案内にあたる。みんなを代表して挨拶した彼女は、目ざとく豚に餌を与えていた僕に気付いた。フオンは駆け寄るなり、「驚いたわ！　あなたこの部隊にいたの？」と叫んだ。

学生仲間がまわりにやって来ると、フオンは誇らしげにこう言った。

「この人がサイさん。ほらわたしがいつも話してる軍人よ」

薄汚れた格好の僕はその場から逃げ出したいほどであった。フォンは僕を制止しながら、「大丈夫よ。みんなあなたのことをとても尊敬してるの。今の姿を見て、もっと尊敬してるくらいよ」

全員大笑いだ。部隊の連中も、口うるさい。「サイの奴、隅に置けんな、あんな美人の恋人がいるなんて」

誰もがフォンにとても親切であった。まるで部隊全体の「花嫁」扱いだ。そのもてなしようといったら、昨夜わざわざ九キロ先まで出かけて摘んだ果物がすっかりなくなるほどであった…。

政治委員は日記から目を離すと、診療所に電話を入れた。サイの記述があまりにでたらめなので、その病状を聞かずにいられなかったのだ。医者の返事では、全身の衰弱と、肺炎の初期症状のため熱が少しあるようだ。

——二十九日、十二中隊では午前中射撃訓練。午後は休憩。夜、畑の水撒き…。

——二十九日夜、フォンと僕はハノイで一緒に大学を受験することになった。フォンは正規の高校を卒業し、僕は独学で高卒資格を得たのだ。僕が受験資格を取れるかどうか彼女はずいぶん心配していたので、予告なしに受験生の宿泊先を訪ねると本当に驚いていた。

「誰かと思ったわ！　部隊にいながら三年で資格を取ったなんてさすがね。でも少し心配…そうだ今夜一緒におさらいをしましょうよ」

僕は僕でフォンの方が気掛かりだった。

「君こそ受かる自信はあるのかい？」

「『試験は運次第』って昔から言うでしょ。でも、十人に一人が受かるなら、わたし自信あるわ」

「じゃもう大丈夫さ。今夜は湖畔のアイスクリーム屋で前祝いといこうじゃないか！　一度ホアンキエム湖に行ってみたかったんだ」

フオンもまるで子供のようにせがむ。

「ねえねえ記念写真を取りましょうよ。三年もすっぽかされてたんだから、わたしのお願い聞いてくれるわよね」

試験は二日間であった。僕はどの科目も規定時間の半分ほどですませた。フオンは試験が終わる度ごとに、互いの答えを照らし合わせに僕の所へ来た。

「いつも途中で退席するんだもの、きっといい成績だと思ってたわ。わたしだって時間は余ってるんだけど、もう一度見直してるの。それに女の子の場合途中で席を立つと目立つしね」

試験がすむと、しばらくフオンの兄さんの家で過ごすことになった。僕は彼女に根負けして、服を新調したり自転車を習う羽目になった。そして二人一緒に自転車で郷里に帰った。除隊して大学へ入ることを家族に伝えるためだ。思いがけないことに、トゥエットは首のリンパ腺ガンで亡くなっていた。彼女にはかわいそうなことをしたと思う。もし互いに束縛し合うことがなければ、何のこだわりもなく彼女に好意を持てたかもしれない。立派な葬式を行なうため、両親と相談して家も売ることにした。法事の際は毎年彼女の両親や兄弟を招き、御馳走でもてなすつもりである…。何てそら恐ろしい。もうこれ以上は書けない…。

——四日、十二中隊は引き続きK5地点まで土砂運び。動員数は、入院二名、出張一名を除き全員参加…。

――四日夜、部隊を無断で離脱する。このところ作業は早朝から夜まで続き、疲れて食事が喉を通らない時もある。夜間に射撃訓練が行なわれたり、警戒体制がしかれることもある。しかし、もともと農作業や日雇いは慣れているので、この程度の作業なら耐えられないほどではない。つらいのはフオンのことだ。僕が入隊した訳を彼女が本当にわかってくれているのか、それを考え出すと夜眠れなくなる時もある。そこで高校に通うフオンに直接会って、彼女の気持ちを確かめたくなったのだ。当初は会えた翌日にはすぐ引き返すつもりであった。ところが、フオンはどうしても土曜に一緒に部隊に帰ればと言ってきかない。フオンのおじさんはこの軍区の連隊長である。連隊長は二人を食事に誘って下さったが、僕は固辞して中隊に帰ろうとした。フオンはあくまで付いて行くと言う。見るに見かねた連隊長は、われわれと一緒に十二中隊まで同行して下さる。その日から、連隊長の将来の縁戚者と見なされ、誰もが僕に敬意を払うようになった。もう妻子のことで僕にあれこれ言う人間はいない。それどころか、僕とフオンのことに何くれと気を使ってくれた…。

「狂っとる!」ド・マインは日記を机の上に放り出しながら呟いた。明かりを消し一応横になってみたが、目は暗闇の一点に注がれたままである。サイの日記は異常としか言いようがない。なぜこんなでたらめを考えついたのか? 荒唐無稽な嘘を書き連ねるこの若者は一体どんな人間なのか? 全く理解を超えている。

その翌日、早速中隊の政治委員と隊長が、ド・マインの元に呼び出された。まず最初に報告したの中隊の政治委員の方からである。

「申し上げます。この日記には不穏当な箇所がたくさんあり、指導部全員一致の判断で押収いたしました。そもそもは、本人が日記執筆中に腹痛のため席を外したのがきっかけであります。本人はいつも夜間当番の交替の後日記を付けており、その日もすぐにまわりの兵士が教えてくれました。ずっと前から折あらばと思っていましたので、この機会を逃さず読んだ訳です。その中身は全く驚くべきものでした。翌日、本人が任務に出た後、リュックを開け、あらためて逐一目を通しました。その結果、指導部全員その中身のでたらめさと危険性にショックを受けたのであります」

「実際に当人は何か危険なことをしでかしたのかね？」

「それはまだであります。確かに今のところ日記の中身は他愛ない話ばかりですが、ここにはプチブル的妄想癖の傾向ありとわれわれは判断したのであります」

中隊長も口を挟んだ。

「この妄想癖は、今のうちにその芽を摘まないと、とても危険であります。当人は一見物静かでおとなしそうですが、とんでもないことをしでかす可能性があります。青年同盟の会合でも、多数の参加者がその危険性を指摘しています。当人ですら自らそれを認めたのであります」

「作業中や学習中の態度はどうなのかね？」

「表面的にはよくやっています」

「しかし実際は違うというんだな？」

「いいえ、今のところ特に欠点は見られません」

「じゃ何が問題なんだ？」

「つまり、昼間はきつい任務も率先してやるんですが、夜になるとその…」

「その話ならもうわかっとる。ところで当人の病気だが、実際の体の異常かそれとも思想的なものか、君たちはどう判断してるんだ？」

「みんなは思想性に問題ありと言っております」

「君たちの意見を聞いとるんだ」

中隊の政治委員が助け船を出した。

「申し上げます。最初はわれわれも病気だと思っていたのですが、だんだんおかしいと…」

「それは何時からだ？」

しばらく沈黙が流れる。ド・マインが重い口を開いた。

「当人は昨夜わしが病院に送っておいた。君たちは病名もろくろく知らんのだろう。軍医の診察によれば、肺炎の初期症状のようだ。どうやら中隊で土砂運びをした日かららしい。その日当人はまる一日水に浸かって働き、帰ってからも食欲がなかった。にもかかわらず、君たちにあれこれ問い詰められたあげく、別の場所に隔離された。部隊の士気に悪い影響を与えないようにという考慮からだ。確かに君たちの処置は適切だった、もしそれが結核患者だったらばだがな」ド・マインは一段と厳しい調子で続けた。

「君たちは明日、家族や恋人から届いた手紙をすべてわしに提出すること、いいな。相手に宛てた手紙の写しがあればそれもだ。もし隠したりすれば、疑わしい場所はすべて部下に調べさせる。おそらく君たちの手紙にも、誇張や嘘が書かれている筈だ。君たちだって、結婚前には恋人の一人や二人はいたろう。恋愛中は誰でも、歯の浮くような褒め言葉を平気で使うもんだ。世界中で一番好きだとか、一生愛し続けるとか、君は誰よりも美人だとか…しかし結局は、他の人間と結婚することの方が多い。つまり、かつての恋人に嘘をついた訳だ。さっきの命令は唐突に聞こえるかもしれんが、幹部たちの規律を守るためとでも理由をつければ、わしの権限でできんことはない。君たちには逆らえんはずだ。もし不満だからといってどこかに訴えても、せいぜいこのわしから仕返しを食うのがおちだろう。君たちに比べれば、このわしの方が上官の受けもいいし、接触する機会だって多い。いずれにしても、わしの言うことなら耳を傾けてくれるはずだ」

彼は話を中断し二人の様子を窺った。目の前の二人は、話の真意をつかみかね、当惑の面持ちでただ突っ立っているだけである。彼は穏やかな口調で続けた。

「今までのことは例えばの話だ。しかしわしがもし実際にそんなことを命令したら、君たちはどう思う？　おそらく一生わしのことを、気のふれた政治委員めと恨み続けるに違いない。ところが君たち自身が、これと同じようなことを自分の部下に対してやってるんだ。君たちの行為は、同じ釜の飯を食う仲間に対して水臭いばかりか、少し大袈裟に言えば個人の最小限の自由も犯しとる。思想工作は大事だが、そこまでやれとは誰も言っとらん。わしだって、当人の妄想癖やその危険性に気が付いていない訳ではない。日記を読めば、この書き手が要注意人物であることぐらいすぐわかる。しかし、今回の件に関する『三人組』の意見にはおおいに問題がある。どうやらこの三人組制度そのものを、一度見直す時期に来たようだな。確かに仲間同士で話し合うのは利点もあるが、往々にして不必要なことまで探り出そうとする傾向がある。その上、上官におもねって話を針小棒大に報告したり、自分たちの奮闘ぶりや助け合いぶりを見せようとして欠点や成果を捏造《ねつぞう》しがちだ。だから『三人組』の報告の内容には、よほど気を付けないといかん。個人の言動を監視するといっても、まるで互いを密告しあうようなやり方は厳に慎まねばならん。勿論、軍の規律や兵士の人格や戦闘の士気に影響を与える言動があれば、断固として処罰すべきだ。しかし個人の感情が問題の時は、話は全く別だ。こういう時は、相手の身になり忍耐強く理解しようと努める以外に、その解決の手立てはない。一番良くないのは、無理やり相手を矯正しようとすることだ。そんな無責任な態度では、人の生死に関わる場合でも我関せずとなり、何か事が起きてもおざなりな反省で事足れりとなってしまう。君たちには耳の痛い話ばかりだろうが、この問題の根は深い。もしわしが国民の権利を行使し、君たちを人権違反で訴えても、何も文句は言えんはずだぞ。まず問題なのは、他人を追及するためにいわゆる査問という手段を用いたことだ。次に、はなから偏見と独断を持って相手を判断している点だ。その結果、四十度の高熱でうなされている兵士を一週間も放って置きながら、思想上の問題と見做してただ隔離するにまかせておいた。たまたま連隊の方が君たちの報告に疑問を持ち、すばやく入院させたから事なきを得たが、もしそうでなければその兵士は二、三日後に亡くなっていたかもしれん。わしは今回の君たちの措置に、心底腹を立てておる。しかしわしも政治委員として責任を免れん。今回の責任は不問に付すが、今後こういうことが二度とおこらんよう厳重に注意してもらいたい。今は兵士一人の問題で、中隊全体の任務をおろそかにするなど許されん時だ。この半年間、君たちの中隊は労働奉仕で常に先頭に立っており、今の工事を雨季前に完遂するという極めて重い責任を負ってるからな。とにかくまだ連隊の幹部の半数近くは、君たちと同じような考えの持ち主ばかりだ。これは一朝一夕に解決できるほど生易しい問題ではない。今回のところはおおげさにせん方がいい。まず君たちは密かにこの日記を持ち主に返してもらいたい。肝心なのは全体の士気に影響を及ぼさないことだ。しかし最後にこれだけは言っておく。今後連隊の中にこのような事態が起きたら、容赦はせんぞ。自分の成績や昇進だけ考え兵士への思いやりを忘れるなど、言語道断だ。わかったな。さあもう昼だ。帰ってよろしい」

*

サイは起き上がって、歩行訓練を始めた。足の運びはまだどことなくぎくしゃくしている。長い間体を動かしていないので、まだ関節の節々が痛んだ。手足の動きはまるで他人の体のようにおぼつかない。この一ヵ月、毎日のように抗生物質の点滴を受けたため、腕も腿も尻の筋肉も固くこわばっている。医者が汗みずくになっても、針を刺しこめない時さえある。夜は塞ぎの虫に襲われ、しばしば睡眠薬の世話になっている。今日は必死の思いで、やっと石のベンチまで歩いてきたのだ。まだ体はだるかったが、じっと寝ていると死ぬほど退屈である。さっそく腹に隠した三角形の参考書を取り出し、公式を覚えたり復習を始める。参考書に没頭していたサイは、突然自分の名を呼ばれ、飛び上がるほど驚いた。

「サイさん、まだ本を読んではだめって言ったはずでしょ。さあこっちに渡してちょうだい」

声の主は、サイの横に腰を下ろしたが、あえて本を取り上げたりしない。看護婦のキムである。キムは小柄でいかにも愛くるしい女性だ。サイが診療所に入院したその日から、一目見るなりキムは彼に好感を抱いたのである。日がたつにつれ、サイに対する彼女の親近感は増すばかりであった。サイは控え目で口数も少なく、看護婦たちが何を言い付けても素直に従っている。噂では数学が得意らしい。彼女は自分の目で確かめた訳ではないが、朝目を覚ますとまず三角形の参考書を手にするという話だ。後に、彼女自身実際に何度か本を取り上げたことがある。とにかく取り上げては返すというたちごっこだが、彼女が怒ったふりをすれば、サイはおとなしく相手に従う。そのうち若い女性の常として、彼女はこの一風変わった相手を独り占めしたくなったのだ。たとえ望みがかなわなくとも、自分の気持ちだけは相手に伝えたいと思いつめるほどになった。サイが入院して一週間後、彼女はこっそり彼のカルテを覗いてみた。ところがその中には思いがけないことが記されていた。

「緊急連絡先、妻、ホアン・ティ・トゥエット」

あまりのショックに、彼女はしばらくその場に立ち尽くしたほどだ。しかし、その後も彼女の気持ちは変わらなかった。患者の中には補給担当の古年兵たちがいて、いつも彼女をからかった。彼らによれば、男と女が付き合う目的はただ一つしかない。

「気を付けなよ。はらまされて泣きを見るのは女だからな」

こうした忠告も、彼女には余計なお世話にしか思えなかった。無視するしかない。気に入った人と付き合ってどこが悪いのか。自分にやましいところがなければ何を言われようと平気だ。

年齢は半年ほどしか違わないが、キムはサイを実の兄のように慕っていた。しかしサイの方は、親しそうに付き合ってはいても、彼女のように純真にはなれなかった。すでに心の中に思いつめた人がいたからだ。いきおい、どの女性に対してもただ親切に振る舞うしかない。

側に腰を下ろしたキムは、しばらく間をおいてから、「この頃奥さんからよく手紙もらうの?」と尋ねた。

「うん」

「今度見せて。いいでしょう?」

「部隊に置いてあるんだ」

「元気になったら見せて。それともここの住所を知らせてあげたら」

「あいつは今忙しいんだ。もうすぐ試験があるんだよ」

「えーっ、じゃ学生結婚ってわけ？」

「だって僕と同じ歳だもの。国語と音楽が得意なんだ」

「じゃ手紙も上手でしょうね。ぜひ見たいわ」

「どの手紙も空で覚えてるほどだよ」

「素敵！　いつか読んで聞かせてね」

口約束はしたものの、手紙など一度も受け取ってはいなかった。例の日記も、リュックにしまい込んだままである。謝罪の際、中隊の政治委員は今後無断で他人には読ませないと約束してくれたが、サイはもう二度と書く気になれなかった。日記に対する以前の情熱はもうすっかり冷めている。もともと日記をつけだしたのは、夜眠れない日が続いたからである。昼間の無味乾燥な中隊生活を忘れようと、あれこれ空想しているうちにそれが癖になったのだ。毎晩のように物語を考えているうちに、だんだん面白くなり、夜勤の後でそれを書き留めた。それを仮に日記と呼んでいたにすぎない。ところがその日記のせいでとんだ嫌疑を受けることになった。毎晩のように続いた「査問」を思い出すと、今でも身震いが止まらない。反動、反抗、サボタージュ、プチブル、封建主義、搾取、寄生虫……ありとあらゆるレッテルを浴びせられたのだ。ある日突然日記を返され、すべてを不問にすると言われても、一度刻まれたサイの心の傷は、そんなに簡単に癒されるものではない。それ以来眠れない夜は、勉強に精を出すことにした。勉強なら誰も文句のつけようがない。もともと小さい時から、勉強は大好きである。どんな遊びよりも、算数や本を読む方が好きだったくらいだ。

退院後半月ほどして、サイに連隊司令部直属の補習教員の話が持ち上がった。サイの熱心な勉強ぶりが、たまたま歯の治療で診療所に入院していた連隊の教育班班長の目に止まり、臨時教員として使ってみることにしたのだ。

まず手始めに、サイは連隊所属の士官に週二回数学を教えることになり、授業の準備のための時間も週二回与えられた。サイはこの時間を利用し、好きなだけ自習ができた。中隊に比べると連隊の生活は天と地の違いで、彼は心ゆくまで勉強に打ち込めた。少しの夜更かしならいちいち文句を言う人間など誰もいない。

教室へ行く前に、サイは十五分ほどかけて授業の要点をまとめた講義録を作ることにしていた。手元の講義要領をそのまま使うのではなく、あくまで自分なりに工夫した授業をめざしたのだ。

ところが生徒たちはサイがあまりにも若いので露骨に嫌な態度を見せた。自分たちは連隊司令部に馬鹿にされていると思ったのだ。いつもサイが姿を見せてから、やっとのろのろと教室に入ってくる有様で、無断欠席する人間も多い。授業を始めて二、三回目は、二十三人の生徒のうち出席者はわずか数人程度であった。サイ自身もともと気が弱い上に、小隊長クラス以上の幹部連中を目の前にして、教室でもつい「上官殿、上官殿」という言葉が口をついて出る。参観に来た教育班長も、見るに見かねてサイにこう言った。

「うん、なかなか頑張ってるじゃないか。よく予習してあって、授業もしっかりしてる。ただ『上官殿』という言葉使いはやめたほうがいい。位はどうあれ、君は教師で彼らは生徒なんだから、教える方が下手に出ては示しがつかん。怠けてる奴は、遠慮なくびしびしやってくれたまえ」

補習授業が始まって半月ほどした頃、政治部主任は教育班長を呼んでサイ同志の授業について尋ねた。

「君はどう思うかね。例のクラスの連中が不平たらたらでね。自分たちを馬鹿にしとると言うんだ。精神病まがいの若造を、歴戦のつわものたる自分らの教師にすえるとは何事かとね」

それを聞いた教育班長は、怒りを嚙み殺しながら言った。

「お答えします。もし主任殿ご自身もそうお考えになってらっしゃるなら、わたしも少尉のはしくれとして言わせていただきます。ド・マイン政治委員と主任殿の下ではこの職を全うできかねますのでやめさせていただきます」

「いやつまり、連中があれこれ言っとるんで、真相はどうかと聞いとるだけなんだ」

「ではお答えします。この問題に関しましては、わたしは次のように考えております。まずそんな不平を鳴らしている連中は誰かはっきりと確かめて下さい。そして、そういう人間はきちんと処罰すべきです。理由を申し上げます。第一に、無断で授業を欠席している者がいます。第二に、最初の授業の際、サイの顔を見てそのまま退席した者が五名おります。こうした振る舞いは、教師に対して無礼であるばかりか、明らかに規律違反であります。一方で、最初の授業に出席した生徒には、その後欠席者など一人も出ていません。勿論不平を漏らす者もおりません。わたしも最初の授業から参観しておりますが、出席者も次第に増えており、今は全く安心しております。そこで主任殿にご提案したいのですが、次の金曜に補習授業対象者は全員出席するよう各部隊に電報を打っていただきたいのですが。その日は主任殿もぜひ参観されて意見を述べて下さい」

サイの授業は、担当クラスだけでなく、次第に他のクラスでも評判になっていった。専任教師たちが休んだり忙しい時、代わって授業するケースが増えてきたためだ。クラスも最初は小学校の高学年にあたる授業を担当していたが、段々と上級の学年にも教えるようになっていた。その授業ぶりからは、彼が中学を卒業したばかりとはとても思えなかった。

普通の学校に比べ、軍隊の補習授業は教える方の苦労も並大抵ではない。内容が高度なばかりか、生徒の質問も難しいものが多く、「次回までに調べておきます」と言い逃ればかりしていてはすぐに信用を失いかねない。

結局、教えるクラスが増えるにつれ、予習の時間も必要になり、サイは連隊司令部直属の教育班に配属替えとなった。新しい部署では授業以外にもいろんな雑事が彼を待ち受けていた。掃除や食事の手伝いや薪拾いや畑の世話のような毎日の仕事以外に、日曜には労働奉仕までこなした。つまり教育班の仕事だけでなく、政治部の雑用まで押しつけられた訳だが、サイは嫌な顔一つすることなく自分から進んで仕事に励んだ。

師範大学出の先輩教員たちも、最年少のサイに特別に目をかけ、喜んで勉強の指導にあたってくれた。教育班に配属されて一年を経た翌年の六月、サイは軍区の高卒資格検定試験を受けた。そして、この試験で優秀な成績を修めた彼は、ハノイ師範大学に入学を認められたのである。

このニュースは連隊中に大変な波紋を呼び、特にサイの生徒である士官たちは、えこひいきもあって彼の成功を手放しで喜んだ。中には一年前の事件まで持ち出し、あの日記こそ才能の証明で、すんでのことであたら有為の人間を駄目にするところだったと言う人間も出てきた。しかしサイをよく知る人たち、例えば教育班長のヒューから見れば、それは普段のたゆまぬ努力の賜物で当然の結果である。彼を始め教育班の同僚たちにとって、周囲の大騒ぎの方が滑稽であった。

もう一人、この知らせを冷静に受け止めた人物がいる。政治委員のド・マインだ。彼は、サイを兄のように慕う診療所のキム看護婦から、密かにいろいろな情報を得ていた。入隊以来一度も家族に手紙を書いていないことや、フオンが実在の女性であることも知っていた。しかし彼とサイの間柄を知っているのは、診療所の所長とかつて彼から大目玉を食らった中隊の幹部二人のわずか三人だけである。ド・マインはハーにも手紙を書かなかった。ハーの方も政治委員の人となりをよく知っており、あえて問い合わせることをひかえていた。

政治委員は当のサイに対しても、かつて補給責任者と自己紹介したことなどまるでなかったような態度を取っていた。サイが連隊に配属されていたこの一年、彼は全くの無関心を装っていた。しかし実際には、人知れずサイの様子を遠くから見守っていたのだ。大学入学の準備のため、サイが軍区の補習学校から戻ってきた時、ヒューは「今夜、サイをここへ報告に来させます」と言いに来たが、「わざわざそんな配慮をせんでもよい。それより君らはあいつの入学の準備を手伝ってくれたまえ。わしのことであいつの貴重な時間をつぶすことはいらん」と、彼は答えた。

実際サイにとって、連隊での残りの日々は寸暇を惜しむほどの忙しさであった。事務的な用事は勿論のこと、世話になった人々、とりわけヒューを初めとする教員仲間への別れの挨拶など、やるべきことは山ほどあった。

そんな気ぜわしい最中に、サイはヒューの息急《せ》き切って自分の名を呼ぶ声を耳にした。

「サイはおらんか。いたらすぐ接待所へ顔を出せ。嫁さんが来とるぞ」

まさか？　それとも誰かがここの住所を知らせたのだろうか？　サイは顔面蒼白のままその場に釘付けになった。冷や汗がまるで湯上がりのようにどっと吹き出る。やがて宿直室の方から微笑を浮かべながらこちらへやって来るヒューの姿が目に入った。目の前で立ち止まると、弾んだ声でヒューは「何をぼさっとしとる、早く行かんか。夕飯がすんだらわしらも顔を出すからな」と言った。

サイは泣きたいほどの気持ちを抑え、かろうじて、「はい」と答えた。

トゥエットがサイの居所を知ったのは全くの偶然で、たまたま同じバスに乗り合わせた兵士が教えてくれたのだ。そこで今日はとびきり着飾って、サイを訪ねてきたという訳だ。真っ白なシャツの下に、桃色の下着を身に付け、襟元や上着の裾にちらりと覗くその色がいかにも艶やかである。髪は油でなでつけ、染めたばかりの褐色のスカーフをしっかりと巻きつけている。かかとが隠れるほどだぶだぶのズボンは、踝のあたりまで少しからげ、太めの足の甲や黒い染みまで丸見えである。サンダルの紐は足の甲に食い込むほどぴんと張り、今にもちぎれんばかりだ。

訪問してまだ二時間足らずのうちに、トゥエットは誰彼なく挨拶したり、あちこちの部屋でおしゃべりしたり、用事を手伝ったりして、もうすっかりここの空気にとけこんでいる。サイが接待所の入り口まで来ると、彼女は尻をこちらに向け、井戸端で赤ん坊連れの女性に水汲みを手伝っている最中であった。シャツと一緒に下着もまくれ上がり、日に焼けた黒い背中がすっかり露になっている。釣《つる》瓶《べ》の水を桶に受けながら、相手の女性がトゥエットに言った。

「ちょっとみっともないわよ。シャツをズボンに入れたら」

トゥエットは道路にまで響くくらい大きな声で屈託なく笑ってから、「わたしの田舎では、いつもこんな風にしてるの、だってこのほうが涼しいでしょ」と答える。

「そんならいっそ脱いじゃえばもっと涼しくなるわよ」

「まあ、すっ裸になれっていうの。よしてよ、きちがい扱いされちゃうじゃない」

相手の大声にどぎまぎした連れの女性が、つい横を向いた時、入り口に突っ立つ人影が目に入った。

「あそこにいる兵隊さん、あんたの亭主じゃない？」

振り向きざまトゥエットは、「本当、うちの亭主だわ。じゃまた後でね」と叫んだ。思わずにっこり笑った口元には、まだびんろうの赤い汁の跡がくっついたままで、もともと大きな口をいっそうでかく見せている。自然と彼女が先に立って歩き、サイはその後をしぶしぶ付いて歩く格好になった。途中でサイが読書室の方に曲がろうとすると、「わたしたちの部屋はこっちよ」と、彼女に呼び止められる始末だ。サイは、まわりの視線から逃れるために、一刻も早く部屋の中に入るしかない。ベッドの側の小机には、すでにいろんなみやげが並べられている。土瓶、湯呑み、砂糖、バナナ、お菓子、さとうきび、手紙の束…。お湯を注ぎ終えると彼女は小走りに外に出て、そこら中に響く声であちこちに声をかけた。

「ナイフを貸して下さらない。ライムを切って、うちの人に飲ませたいの」

「どうかこちらにも遊びに来て。うちの人も戻ってきましたから」

「食事がすんだら、ぜひお茶を飲みに来てちょうだい」

「ずいぶん早いお食事なのね。今夜は映画を見に行かれるんですか？　ええ、バス停の付近で映画をやるんですよ。もし行かれる時は、ついでに誘ってちょうだい。夜遅くなっても、ご一緒ならへっちゃらですもの」

彼女は息を切らせながら、またあわただしく部屋に戻ってくる。

耳を塞いだまま小机にうつぶしていたサイは、彼女を目にするとすぐに立ちあがり、本を片手に部屋を出て行こうとする。

「せっかくジュースを作るんだから、一口飲んでからにしたら」

サイは一言も口をきかず、そのまま娯楽室へ行ってしまった。夕食がすむ頃になると、教員仲間をはじめ、キムや診療所の人々も顔を見せ、部屋はたちまち大変な賑わいである。みんなから質問攻めにあい、彼女は村の自慢話に花を咲かせる。

「村では全員合作社に入ってるの」

「百パーセントなんてすごいね」

「そうよ、全員よ。豚の糞なんか道のどこを探したって見つかりっこないわ。豚はいつも小屋でおとなしくしてるし、人間だってきちんと便所で用を足してるの。どの田んぼもちゃんと陸稲を植えてるのよ。綿入れふとんは傷痍軍人の家だと二軒に一つ、普通の家なら十軒に一つなの」

「五十パーセントと十パーセントという訳だ」

「この前なんかとうもろこしが記録的飽食だったのよ」

ここでとうとう一同大笑いである。「豊作」と言うべき所を、「飽食」と言い間違えたからだ。それでもみんなは彼女に気を使い、さかんに相槌を打つ。

「なるほど、記録的豊作か。じゃもう飢えの心配なんかないね」

「たいしたもんじゃないか」

トゥエットは裕福な家に生まれたが、幼くして嫁いだせいで、勉強の機会を逸していた。その後、成人教室に五年ほど通い、やっと読み書きできるようになったものの、一頁目を通すにも一時間かかる有様だ。団体活動も、一応名前だけ少年団に名を連ねていたが、集まりに顔を見せることは一度もなかった。その後の婦人会や青年団の場合も同様で、全く顔出ししないため、幹部連中も彼女が会員であることなどすっかり忘れていたほどだ。どんな政策や意見もちんぷんかんぷんで、話の一部が聞き取れた時でも、前の部分が思い出せず筋道をたどれなくなることが多かった。側の誰かに尋ねようにも、どう聞いていいかわからず、ついそのまま黙りがちになった。

ところがサイが入隊して以来、まわりの女性に、亭主に愛想をつかされるのはいつも恥ずかしそうに黙ってるせいだと言われ、彼女も自分なりに努力を始めたのだ。畑仕事の合間に、下品な話にもすんで口を挟んでいるうち、収穫高や時局談義まで論じるほどになった。時局話となると、耳慣れない言葉や意味不明の言葉も多かったが、慣れるにつれ自然と口をついて出た。いずれにせよ、話の輪に加われば、もう前のように世間知らずと馬鹿にされることもなくなる。それにおしゃべりは、いったんその味を覚えると病み付きになりがちだ。舌が滑らかになるにつれ、自分でも満更と思うようになり、それがますますおしゃべりに拍車をかけていく。

今日も、何とか夫の同僚や親しい人たちとちゃんと話ができ、彼女はすっかり自分に満足している。しかしサイにとっては、その知ったかぶりのおしゃべりが堪え難い苦痛で、黙っていてくれた方がまだ救いがあった。

接待所から外へ出るなりキムは、「サイさんもとんだほら吹きね。あの奥さんのこと、国語の得意な学生だなんて」とあきれかえった。教員仲間の方はもっと辛辣で、連隊司令部の中ではしばらくトゥエットの話でもちきりであった。しかし、サイのトゥエットに対する冷淡な仕打ちには、誰もが眉をひそめた。たとえ田舎者の妻であれ、そんな仕打ちは学問のある人間の取る態度ではない、と戒める人もいた。ひょうきんな連中の中には、「そんなに嫌なら、ふとんで顔を隠してやっちゃえばそれで万事解決さ」と、茶化す者もいた。

しかしサイ本人はどうしても許す気になれなかったのだ。彼女が接待所に泊まった三晩とも、サイは一晩中本を読んで過ごした。彼女も元の内気な自分に戻り、ベッドに横になると溜め息をつくばかりで、何度も寝返りを打ったあげく、起き上がってランプの灯を消しに行った。サイは黙ったまま、また灯を点した。何度も同じ動作が繰り返されたが、サイの機嫌を恐れ、彼女は一言も文句を言わなかった。ただサイも食事までは昔のように拒否する訳にもいかず、彼女が炊事室から運んでくる食べ物を一緒に口にした。しかしその食事の間に、彼女から何を話しかけられても、最後までサイは木で鼻をくくったような返事に終始した。

「向こうにとても景色のいい所があるんですって。明日一緒に見に行きましょうよ」

「一人で行ってこいよ。俺は勉強が忙しいから」

「明日蟹を買ってくるわね。とてもおいしいそうよ。お金は両方の親から頂いてるの」

「別に欲しくもないよ」

「じゃ海老はどう？」

「頼むから、もう少し静かにしてくれないか」

帰りは二人一緒にバスで郷里に戻ることになった。ただ当日になると、サイは自分の席を人に譲り最後部へ移った。その日は政治委員のド・マインも、早くから見送りに顔を出した。彼はトゥエットに挨拶をした後、サイをもの静かな場所へ連れていき、二十ドンの金を手渡しながら、「途中のお茶代にな」と言った。遠慮するサイの手にその金を押し付け、彼は続けた。「一時の感情に迷わされずしっかり勉強するんだぞ」。別れ際にもう一度トゥエットに挨拶してから、ド・マインはサイの返事も聞かずそのまま自転車でその場を後にした。

＊

結局サイは故郷には立ち寄らなかった。そのままハノイへ直行し、入学の手続きに奔走したからである。そして、入学式まで時間の余裕ができると、サイはふらりとフオンの高校に出かけてみた。フオンは今高校三年のはずだ。

夏休みはまだ一週間あるというのに、フオンの高校にはすでに大勢の生徒が復習も兼ねて登校していた。フオンに会えないかも知れないというサイの心配は杞憂に終わりそうだった。チョイ先生やフオンの友達は、自分が大学に入ったことを知れば大騒ぎになるに違いない。フオン自身もきっと心の底から喜んでくれるはずだ。

実際、教師やフオンの友人たちの歓待ぶりは、サイの予想通りであった。みんなで彼を取り囲み、次から次へと祝福の言葉をかけてくれる。ところがフオンだけは、一人離れた所にじっと立ち尽くしたままである。その日は学校が引けてからも、彼女の挙動は不可解そのものであった。下宿の前で自分を待つサイの姿を目にすると、彼女は身を翻してそのまま行方をくらまし、再び帰ってきた時は、色白のおとなしそうな青年と一緒で、もう夜の八時を過ぎていた。下宿先の子供たちがいっせいに喚声を上げて駆け寄る。

「わーい帰ってきた。フオン姉さんだ。姉さん！　どこ行ってたの、みんな心配してたんだよ。サイさんが朝からずっと待ってたんだから」

サイも庭まで出迎えた。彼は努めて平静を装っていたが、「フオン！」と呼び掛けた声は微かに震えていた。しかし、相手は冷ややかに、「何の用でここに来たの？」と答えただけである。

サイは思わずその場に棒立ちになった。下宿先の家族も狐につままれたような顔付きだ。ついこの間まで、彼女から毎日のように、サイのことや、いつも洪水で水浸しになる村の話を聞かされていたばかりだ。とりわけ実の姉のように慕うこの家の長女には、手紙もくれず去って行ったサイへの恨みや、その後の気掛かりなど、何でも包み隠さず打ち明けていたほどだ。かわいさ余って憎さ百倍の仕打ちに違いない。下宿先の家族はみんなそう思うしかなかった。

サイ、フオン、そして連れの青年の三人は、子供たちが庭に敷いてくれたござに腰を下ろしたものの、さっきから黙りこくったままだ。気まずい空気に耐えきれず最初に口を開いたのはサイである。

「フオン、夏休みは楽しかったかい？」

「べつに」

「今年の収穫はどんな具合だい？」

「いつもと同じよ」

「両親は元気かい？」

「ええ、変わりないわ」

「ハーおじさんが仕事でこちらに来たようだけど、学校はもう夏休みだったんだね」

「そうだったの？」

「今度チョイ先生はハノイで勉強するんだってね？」

「よく知らないわ」

辛抱強く話しかけていたサイも、相手の取り付く島もない返事に、とうとう根負けしてしまった。サイは腰を上げるると、下宿の主人にいとまを告げるため家の中に入った。意外な事態に驚いた下宿の家族は、何とかサイを引き止めようとした。一番上の娘は庭へ飛び出すと、「いったいどうしたの、フオン？」とたずねる。

「もう用がないから帰るんでしょう」

確かに休みから戻って以来、フオンにはどことなく思い悩んでいる様子が見えたが、その理由を質す機会もなく、下宿の娘はこれまでの恨みから今日は少しむきになっているだけにすぎないと考えた。そこで、相手の返事に少しむっとしながら、「あなたの好きにすれば。でも、あの人には泊まってもらうからね」と答える。

「あくまでそうするなら、わたしここから出てくわ」

「でも外はもう暗いわ」

「別に平気よ」

フオンのかたくなな態度に、下宿先の娘もただ黙るしかない。ちょうどそこへ出てきたサイが、フオンに別れを告げた。しかし、彼女はまるで耳になど入らなかったかのように、「さあ、出かけましょう」と、連れの青年に声をかけた。それから二十年以上へた後も、フオンはこの時のことを思い出すたびに、激しい後悔に襲われた。しかしこの時は、サイに一泡吹かせ、内心せいせいしていたのだ。

サイと離れ離れになって以来、フオンの心はずっと期待と不安の間を揺れ続けていた。ところが、この前の夏休みに帰省した時、トゥエットが近く夫を慰問するという噂を耳にした。たとえ噂話とはいえ、サイのあきらかな裏切り行為は彼女をすっかり動転させた。村人の話では、どうやらつい最近になって、トゥエットはサイの配属先を知ったらしい。しかもその住所を知らされたのは本人だけで、間もなく夫を訪ねる予定という話である。そしてフオン自身、その話がまぎれもない事実であることを思い知らされたのだ。彼女が学校に戻る前日の早朝、実際にトゥエットは大きな荷物を二つさとうきびの枝にくくり付けサイに会いに出かけたのである。

その話を聞いた瞬間、彼女はまるで気も狂わんばかりになった。ただ一週間ほど早く学校に戻ったおかげで、友達や教師や下宿先の家族に囲まれ、少し気持ちが落ち着きかけていた。そこへ、サイ本人が訪ねてきたという話を聞き、いったんは静まりかけていた怒りが再び込み上げてきたのだ。彼女はサイを丸一日すっぽかしたばかりか、ある企みを思い付いた。年上のくせにいつも彼女にからかわれているおとなしいクラスメイトを使って、サイへ当て付けることにしたのだ。その生徒は、何も知らないまま彼女の言いなりになった。寡黙で従順な同級性の振る舞いは、いかにも二人が親しげであると思わせるのにぴったりである。

家の外に出るやすぐにフオンが、「じゃあね」と別れの挨拶を告げると、相手はすなおにその言葉に従った。クラスメイトと別れて、フオンは自分の仕打ちがサイに与えたショックをあれこれ思い巡らしながら、ひそかにその後をつけた。

ハノイ行きのバスは、明日の朝八時まで待たねばならない。サイは知り合いもいないこの町で、一晩を過ごさねばならないのだ。わざわざこの自分に会いにやって来たというのに。それにしても、なぜこんな所まで訪ねてきたのだろうか。単なる弁解のためだろうか、それとも妻の他にこの自分も繋ぎとめておきたいと思ったのだろうか。確かに抜け目なくやれば、彼自身は家庭も自分たち二人の関係も両方失わずにやっていけるかもしれない。両親や親戚の面子も立つし、自分の出世にも影響を与えないですむであろう。

それにひきかえ、もしこの自分がいつまでも彼に綿々とすれば、その結果は火を見るより明らかである。家族も学業も失う羽目になるに違いない。皮肉なものである。優柔不断で何一つ決断できない人間が何もかも手にする一方で、ただ一つのことのためにすべてを犠牲にする覚悟の人間は、結局わが身以外すべてを失うしかないのだ。一見純朴そうな男に見えて、その図々しさたるや並の者ではない。それこそ隠れるようにコソコソ自分から去って行ったのも、彼なりの計算があってのことに違いない。ほとぼりが冷めるのを待って、頃合良しと見ればちゃっかり妻に連絡する、そんな男なのだ。こんなずる賢い男はそう簡単にお目にかかれるものではない。フオンは今すぐにもサイを追いかけ、その小憎らしい仮面を思いっきり引っぱがしてやりたい気持ちであった。

しかしもともと心優しい彼女は、いつまでも憎しみの感情にひたることはできなかった。我に戻った彼女は、その場に立ち止まったまま、目の前に続く薄暗い道をじっと凝視した。何も見えない。いつのまにかサイの姿も暗闇の中に掻き消えている。長い間彼女はみじろぎもせずその場に立ち尽くしていた。そして、急に身を翻すと、追っ手から逃れるように一目散に駆け出した。部屋に戻るとベッドに身を投げ、フオンは激しく嗚咽した。まるで今しがたかけがえのない人を葬ってきたばかりのように。

第五章

サイはもうすっかり諦めていた。ただ、フオンの冷たい仕打ちだけは、どうしても理解できなかった。見込みのない関係に疲れ、他に好きな人ができたのなら、それをきちんと打ち明けてくれれば、彼は自ら身を引くつもりである。ところが、フオンの態度ときたら、早朝のバスを待つため、一晩中町を歩き回る羽目になっても納得したに違いない。ところが、フオンの態度ときたら、まるで自分の顔に冷水をあびせるような仕打ちだ。全く女心はわからない。

彼も人並みに女性に対する憧れは抱いていた。ただ自分には人を好きになる資格がないことはよくわかっていた。その彼にとって、フオンはまるで天上から降ってきたような存在だ。フオンが与えてくれた至福はサイを酔わせるに十分である。にもかかわらず、そのフオンがまるで自分を足蹴にするような態度を見せたのだ。しかし、サイはフオンの変心をなじる立場にはなかった。ただ、こんな侮辱を受けた以上、自分から頭を下げフオンに執着するのは、男としての自尊心が許さない。これからは互いの道を進んで行くしかない。もう一度フオンに会う機会があれば、努めて、「これできっぱり別れよう。君の幸せを心から願ってるよ」と話しかけるしかなかった。

サイはテトを迎え二週間の休暇をもらった。軍隊から大学に派遣されて以来、これが初めての帰省である。今度ばかりは、親戚中の大変な歓待を受けた。このあたりで大学に進学した人間は彼一人なのだ。しかも、仕送りも受けず、軍隊で苦学の末、普通より一年早く進級している。誰もが口を極めて褒めそやすのは当然である。トゥエットに対するつれない態度ですら、「そういう性分なんだから、まあしかたないて」と、半ば容認の雰囲気だ。いずれにせよ、親兄弟や親戚や村人たちにとって、サイはもはや別世界の存在であった。血のつながりや年齢の別なく、誰もがサイを誇りに思い、わがことのようにその栄達を喜んだ。

ただ母親だけは、毎日のように自転車に乗って出かけるわが子を見るに見かね、「全くいつもどこをほっつき回っとるんじゃ？　明日からちゃんと家におらんか」と文句を言った。

しかし母親の小言も、まるで馬耳東風であった。サイはあいかわらず県まで足を伸ばし、県庁で働く兄のティンに職場をあちこち案内してもらったり、気が向けば市場や友達の家を訪ね回っていた。しかし、サイの本当の目的は別のところにあった。実は、県への行き帰りフオンの家の前を通るための見せかけにすぎなかった。今でも彼女のことがまだあきらめきれないのだ。そのくせ彼女の姿をチラリとでも見かけようものなら、あわててペダルを踏む足に力を入れ、まるでその場から逃げ去るように懸命にスピードを上げた。ところがそれでも懲りず、帰り道にはまた彼女の家のまわりをうろつき、垣根越しに中の様子を窺おうとした。しかしサイは、自分から声をかける気にはどうしてもなれない。気まずさもあったが、それより相手に対する恨みがましい気持ちが消えていなかったからだ。いまだになぜあんな冷たい仕打ちをされたのか、どうしても納得できない。

フオンはサイより二日早く帰省していた。帰る早々、彼女は母親から、「例の人とは、今でも時々会ってるのかい？」と尋ねられた。

「なぜそんなこと聞くの？」

「変な噂でも立つと心配だからね」

母親の一言は、あらためてサイへの憎しみをかきたてる。苛立たしげな娘の様子を見て、母親は自分が耳にした話を語って聞かせた。

「それにしてもあの人も気の毒だよ。相手の実家の方じゃ、わが娘に対する仕打ちに腹を立て、大学入学を取り消すよう部隊に願い出たというじゃないか」

「だってそれはもう昔のことでしょ。今更そんな話を蒸し返すなんて変よ」

「それが昔の話でもないんだよ。あの辺の年寄り連中の話じゃ、誰がなんと言おうとあの人はその娘さんをまるで鼻にもかけないようね。その娘は慰問から帰って来た時も、ばつが悪いもんだから愛想笑いでごまかしてたけど、何度も尋ねられるうちにとうとう我慢できなくて、手伝いに来ていた叔母さんに涙ながらにあらいざらい話したそうだよ。どうやら三晩とも、徹夜で本を読んでいたようね。娘さんが話しかけるたびに、静かにしろと叱り付けたらしいの。部隊では一緒の帰省を許可したのに、別々の座席を買い、あげくには用があるからと途中下車したそうだよ」

母親は、トゥエットがサイの配属先を知ったいきさつに触れ、さらに話を続ける。

「あの人は上官にもきっぱり言ったそうだよ。その娘さんへの態度を改める位なら、大学に行けなくてもかまわないとね。でも、彼ほどの成績の人はいなくて、やはりあの人を大学に行かせることにしたそうだよ」

フオンには、全く思いもよらぬ話である。どうやら自分は、バイニン村へ日雇いに来ていた婦人たちの噂話をすっかり真に受けてしまったようだ。内心の動揺を抑えながら、フオンは母親に言った。

「受験で大変な時に、そんな込み入った話にかかずりあってる暇ないわ。わずらわしいだけよ」

「そうね、いい人はたくさんいるし、いつまでもあの人にこだわることもないわよね」

確かに、フオンが十五歳になる頃から、彼女に関心を寄せてきた男性は数え切れぬほどいた。しかし、サイ以外の男性はすべて彼女の拒絶に出会っていた。なぜサイにだけそんなにひかれるのか、フオン自身にも説明がつかない。彼への憎しみに燃えていた時でさえ、他の人間は全く眼中になかった。彼女はまだ若かったし、その気にさえなればいつでも相手にはことかかない。後でほぞを嚙むくらいなら、何も今から身を固める心配をすることなど少しもないのだ。しかし、サイへの思いだけは、将来の見通しなどまるでないにもかかわらず、どうしても気持ちの整理ができなかった。

ここ数日、サイは年下の少年たちを引き連れバイ市場のあたりをたむろしているようである。昼間は戸外をほっつき回り、深夜になると、誰かの家に転がり込んで適当に雑魚寝しているらしい。サイは少年たちからなつかれ、いつも彼らと一緒に遊び狂っているという話だ。少年たちの相手をしているのも、ただ自分の気持ちを紛らすために違いない。フオンはサイの気持ちが手に取るようによくわかる。それもこれもこの前の新学期の時、自分がつれない仕打ちをしたせいなのだ。夜昼問わず毎日のように、家の前を通り抜けながら、自分の顔を努めて避けている様子も気の毒である。もしあの時、自分が軽はずみな行動さえ取らなければ、こんな事態を招くこともなかったはずだ。

いっそ自分の方から声をかけてはとも考えた。ただ、また自分から動くのはやはりためらいがある。女のくせにはしたないと、愛想をつかされるかもしれない。そこで、さり気なく家の前に立って様子を見ることにした。しかし、彼女のひそかな期待にもかかわらず、二人が顔を会わせる機会はなかなか訪れなかった。大晦日とテトを挟んだ二週間、二人はいつもすれ違いで、フオンの願いはついにかなえられなかった。これはひとえに、二人があまりに自分の面子にこだわりすぎたせいである。互いに内心では相手が先に折れてくることを望んでいたのだ。そうした些細なこだわりのために、折角の機会を何度も逃すことになってしまった。そして、この時から次の仲直りの機会が訪れるまで、二年半もの月日が流れたのである。

フオンはすでに工科大学の二年生になっている。彼女は、夏期キャンプの場所として、あえてサイの部隊が駐屯する海辺の近くを選んだ。今度だけは、彼女もあらかじめ強く期するものがあった。その後のサイの行動から判断して、自分の他に思いを寄せる女性がいないこともわかっている。サイがひそかに思い続けているのは誰か、彼女自身が一番よく知っていた。

現地に着くと、荒々しい波を目の当たりにしてはしゃぎ回る友人たちをよそに、フオンは早速サイの居場所を尋ね、キャンプ場まで会いに来てくれるよう手筈を取った。

しかし、日が暮れる頃、実際にやって来たのは一人の中尉だった。当人の自己紹介によれば、名前はヒューといい、連隊の教育班長で、サイの直属上司ということである。顔付きは温厚そのもので、フオンに対する話し振りにもその誠実な人柄がよく現れている。彼はいかにも申し訳なさそうに、切り出した。

「まことに気の毒だが、サイ君は任務で今朝出発したばかりなんだ」

「いつまでなんですか？」

「ここにはどのくらい滞在される予定かな？」

「旅行日を入れて一週間ですが」

彼は表情を曇らせながら続ける。

「ではサイ君に会うのは無理でしょう。彼の任務は一週間以上かかりますから」

「そこまで遠いのですか？」

「ええ、かなりあります」

「そこまで案内していただけませんか？」

「キャンプの方はどうするのかね？」

「それは団長に許可をもらいますから。サイさんの家族に頼まれた用事があるので、ぜひ会って伝えたいんです」

フオンの表情には、相手に有無を言わせぬ真剣さがある。しかしヒューは、相手の気持ちを汲みながらも、次のように答えるしかなかった。

「これは軍事機密でね、申し訳ないが、あなたの希望に添うわけにはいかんのだよ。よければいつでも相談相手になってあげたい。いつか機会が来れば何もかも包み隠さず話してあげよう。だが、今回だけは案内をしてあげる訳にはいかないんだ」

フオンは自分の身勝手を認めざるをえなかった。サイに会いたい一心で、彼の上官をとても困難な立場に追いやっているのだ。

「よくわかりました。では、サイさんが戻られたら、フオンという親戚の者が会いに来たとお伝え下さい。残念ですが、またの機会もありますから」

「ああ必ず伝えておきますよ。本当に今回は申し訳なかったね」

「とんでもありません。こんなに親切にしていただいて」

言葉では強がりを言ってみたものの、その後の五日間、彼女は一度も海で泳ぐこともなかった。水汲みなどの雑用や留守番を引き受け、ただ読書で時間を潰してすごした。なぜ事前に手紙で知らせておかなかったのか、彼女は自分のうかつさを激しく責めた。いきなり訪問すれば、相手にも都合があるのは当然である。

フオンは、帰りのバスに真っ先に乗り込んだ。バスのまわりには近くに駐屯する兵士たちも集まって来る。その一人は連隊司令部付きの兵隊らしく、フオンの真後ろに座った女学生に、ハノイに住む家族宛ての手紙を託している。二人の話を耳にしたフオンは、後ろを振り返りながら、サイがもう任務から戻っているか尋ねてみた。

「サイはずっと司令部にいるよ。どこにも行ってなどいないさ」

「教育班のサイさんよ」

「そうさ、半年ほど前に師範大学を出た『フオン・サイ』だろう?」

後ろに座っている女学生が、フオンに目配せしながら、その兵士に聞く。

「なぜ『フオン・サイ』て呼ぶの?」

「よくは知らないけど、フオンとかいう名の女性にぞっこんらしいんだ。寝言の中で、『フオン! 待ってくれ、どこへ行くんだ?』って叫んだという逸話の持ち主でね。それからだな、『フオン・サイ』と呼ばれだしたのは」

「兵隊さんのくせに、ずいぶんロマンチックな話ね」

「もっと面白い話があるんだぜ。どうやら昔日記をつけててね、それが全部自作自演らしいんだ。彼女と一緒に受験し一番と二番で受かったとか、ホアンキエム湖の近くで仲良くアイスクリームを食べたとか、そんな他愛もない話ばかりでね。あんまり荒唐無稽な内容なんで、とうとう中隊の仲間から批判を浴び、最後は病院に担ぎ込まれる騒ぎさ」

女学生は質問を続けた。

「彼は、今でもそのフオンという女性を愛してるのかしら？」

「さあね、あいつの胸の内は神のみぞ知るってとこかな。ずいぶん口が固い男だからね。それにあいつが優秀なことはみんなも認めてるし、いまじゃそんな話覚えてる奴もいないよ。この軍区でも、ぴか一の教師という評判でね、先月も教師研修の全国大会に派遣され、自分の経験を報告してきたって話だよ。授業ばかりか、労働奉仕にも熱心だし、夜は夜で自習に余念がないときてる、もう押しも押されぬ模範兵さ」

さきほどから兵士の話に耳を傾けながら、フオンは複雑な気持ちであった。サイのことをもっとあれこれ知りたいと思う反面、いろんな疑問が沸いてくる。一方兵士のほうは、得意満面で話を続けていた。どうやら無線の修理兵らしく、女学生たちの好奇心に煽られ、つい話し好きの虫が騒ぎだしたようである。フオンは思い切ってたずねた。

「だってサイさんは、任務で遠くへ行ってるって聞いたんだけど」

「おかしいなあ。僕に羽があれば飛んでって、あいつをここに運んでみせるんだけどな。ここんとこ毎日一緒に飯を食ってるんだよ。今朝だって、とうもろこしのお粥を二人で食ったばかりだぜ、間違いっこないさ。でもそれは確かに僕の話してるサイのことかい？」

「親戚の者です」とフオンが答えると、「で、君はサイとどんな関係なの？」と兵士は聞く。

フオンがゆっくりと頷くと、その兵士は、なぐさめ顔で言った。

「だけど普通ならすぐ訪ねてくるはずなのになあ。それとも、ここに来てること知らせてないの？

なんなら今から知らせに戻ってあげてもいいけど、もうバスも出発するみたいだし」

「ええ、お気持ちだけで、本当にありがとうございます」

バスが走りだすと、フオンは前の座席に顔を埋め、泣き声をもらさないよう必死に耐えた。なんという運命のいたずらであろうか。この一週間、サイに会えたらとそればかり願っていたというのに、相手はほんの一キロ半先にいてもしらんぷりとは。ヒューという人の行為も、あまりにも理不尽である。外見や話し振りからは、とてもそんなひどい仕打ちをする人間には見えなかったのに。フオンには何もかも謎だらけである。キャンプ打ち上げの夜、もう一度顔を見せたヒューは、まるで実の兄のように親身に話してくれた。フオンが別の兵士に確かめたところ、ヒューは間違いなく連隊の教育班長で、サイの直属の上官その人であった。ヒューが嘘をついていたのか、それともあのおしゃべりの兵士がでたらめを言っていたのだろうか？　フオンは調子のよいその兵士が何となく信用できない気もしたが、サイに関する話は嘘ではなさそうである。しかも、彼は今すぐにもサイを呼びに行ってくれようとしたのだ。いずれにしても、手紙を託しに来た人間が、すぐばれそうな嘘をつくとも思えないし、その必要も考えられない。そうだとすれば、ますます不可解である。フオンはなぜいつもこんな辛い目にばかりあうのか、自分の不幸な運命が呪わしかった。

＊

食事係の依頼で、早朝からヒューの指揮の下、教育班と文芸班は芋掘りに出かけた。これは連隊司令部唯一のさといも畑である。栄養価は並の野菜の四倍と言われている。さといも袋の左隅にはわざわざ「タムダオ特産」と印刷され、食料主任が秤にかけるとその重さは六百キロもあった。政治部「教育、文芸、教宣、思想保持、競争の五班からなる」の連中が小躍りして喜んだのは言うまでもない。

政治部は十四名足らずの小所帯である。その内の三名は教員で、もともと勤労作業には不向きな連中だ。その他に、図書や拡声器や横断幕を使った教宣班員で文芸班の会計も兼任する男が一人。もう一人、カメラの他に、ラジオ番組「青年同盟」の記者、素人文芸団のための歌や演劇の創作を一手に引き受ける男もいる。この兵士は楽器の演奏なら何でもこなす人物で、アコーデオン、ギター、太鼓などを即興で演奏して見せる重宝な男である。この五人の上官が、教育と文芸の二つの班長を兼務していたヒュー中尉である。この五人は若いくせに肉体労働が苦手で、いつももっともらしい理由を付けては、畑仕事をサボっていた。政治部が食料生産ノルマを達成したことが一度もないのは、この連中のせいだと言われていたほどだ。

そこで今年は連隊党支部も毎月の必要摂取カロリー量（澱粉質十キロ、野菜二十キロ、肉二キロ）を決めた際、その生産ノルマを別々にした。政治部の古参連中から見れば、ヒューたちの尻拭いはまっぴらという気持ちであった。ところがこの日、食料係からさといもを受け取る段になって、ヒューは政治部全体で分けたいと言い出したのである。その結果、政治部は半年足らずで一人当たりほぼ四十三キロの澱粉を確保した計算になる。後は年末にこの芋を六、七十キロほど売って野菜に代えれば、それでノルマ達成である。その上、これ以外に野菜の当てもある。今のところヒューのグループが百十キロ、古参連中の収穫は十七キロであった。今後草取りや水撒きに精を出せば、年末には古参連中も百キロを越す収穫が見込まれる。さらにヒューたちも、秋にはキャベツとかぶを植える予定で、肥料づくりに余念がない。

「立派、立派、今年はすごい頑張りじゃないか」

ヒューは内心冷めた気持ちで、政治部主任の褒め言葉を聞いていた。政治担当者のくせに、食料増産に努力したかどうかで部下を判断したり、年末の表彰の基準にしたりするのは、あまりに皮相的に思えた。この考えをつきつめていけば、食料増産の努力の方が、一ヵ月も徹夜して書き上げたチェオ［北部の伝統歌劇］の台本よりもましということになる。

そのあげく、食料増産の努力よりも、さらに噴飯ものの行為が評価の対象になっている。例えば、演習の際に、マッチ代わりに先端に穴をあけた竹ひごに紐を通した束を用意しておくとか、必要な時にすぐ取り出せるようきちんと削った楊子をアスピリンの箱に忍ばせておくという行為だ。あきらかにこうした点取り主義が、奮闘努力の現れとして評価される風潮がある。もともと教育と文芸班の連中は、食料増産自体をそんなに無理なノルマとは思ってはいない。当初、連中の中には、こんな意見もあった位である。

「必要なら本業を減らして、その時間を食料生産に当てればいいさ。生産ノルマだけはごまかしようがないからなあ。なあに本業の方は、いくらでも言い訳がきくさ。今年は生産増加第一でいきましょうよ、ヒュー上官」

しかし、ヒュー自身は、こうした意見に耳を貸そうとしなかった。本来の任務をおろそかにするなどもっての外である。とはいえ、食料増産のノルマも何とか達成できるようあれこれ知恵を絞った末、サイを教育・文芸両班の食料増産責任者に選んだ。もともと農民出身の彼なら適任である。

「お前なら安心して任せられる。遠慮はいらん、はっぱをかけてどんどん働かせるんだ。怠けてる連中は、びんたを食らわせてもいい。とにかくびしびしやってくれ」

サイの抜擢について、ヒューにはもう一つ別の思惑があった。サイはこの時下士官になったばかりで、政治部の中でも新参のうえに、ちょうど入党が認められるかどうかの微妙な時期にあった。大学の党軍人細胞からは、すでに入党への推薦状をもらっている。この政治部の党細胞でも、出身成分といい、向上心とりわけ学習面の努力といい、サイは折り紙付きの評価を受けている。そこで今回の抜擢により、別の分野でどのくらい頑張れるか、一つ試練を与えてやろうという配慮があったのだ。

思惑通り、サイの仕事ぶりは連隊司令部中の評判になったばかりか、政治部からもその頑張りが評価され、ヒューは鼻高々であった。サイ自身にとっては、この程度の畑仕事など造作はない。深夜三時起きの肥やし作りも、かつて槌を担いでバイ市場に出かけていた頃に比べれば気楽なものである。サイは芋と野菜畑の世話は、草刈りも施肥も水撒きもほとんど一人でこなしたが、慣れてしまえばそれほど苦痛も感じなかった。もともと、授業や読書だけの生活では、夜の寝付きが悪く困っていたくらいである。日頃から町へ遊びに出かけたり、海で泳ぐことは控えていたので、畑作業は格好の時間潰しになっていた。

かつて兄妹のように親しくしていたキムとも、この頃ではすっかり足が遠のいている。いくらキムから他人行儀と嫌味の一つも言われようと、悪い噂が立つよりはましである。しかし彼が周囲の人間との付き合いを努めて避けていたのは、やはりフオンから受けた心の傷に触れられたくなかったからである。フオンの仕打ちに深く傷つきながら、彼はまだそれをどうしても信じたくなかった。何か誤解があるのではないか、いつかきっとその誤解が解けるに違いない、そんな風に言いきかせ、この数年を過ごしてきたのだ。連隊に復帰してからも、思い詰めた気持ちを一時でも忘れようと自分から進んで辛い仕事に身を置いてきた。そんな彼にとって、畑仕事はほとんど唯一の気晴らしになっている。

もしこの仕事でもなければ、四年前の神経症がぶり返し、また入院騒ぎを起こしていたかもしれない。

いずれにせよ、この夏のさといもの収穫は六百キロと記録破りの結果をあげ、サイ自身の喜びもまた格別であった。サイに対する連隊司令部の上官たちの態度は、数ヵ月前に比べると様変わりである。政治部の連中になると、サイに対する呼び方まで丁寧になり、あれこれ面倒を見たり相談に乗ろうとする者までいた。周囲の好意が高まるにつれ、サイ自身も自分の入党は間近で、きっと党細胞の全員から支持されるに違いないと思い始めていた。

久しぶりに政治委員のド・マインに呼ばれ、部屋を訪ねると、手ずから煙草を渡され、「あれこれ噂は聞くが、よく頑張っとるようだな。今後もこの調子で任務に励むんだぞ」と激励を受けた。

サイが通信係の修理兵からフオンの話を聞いたのは、彼女が去って六日目のことである。例の通信兵は、機械修理の出張から軍区に戻ると、真っ先にサイのもとにやって来て、失意のうちに帰って行った工科大女子学生の話をしたのである。

「俺の目に狂いはないさ。どうやら誰かが、君は任務のためにここにいないと話したらしい。本当さ、これは絶対でたらめなんかじゃないぜ」

修理兵は、嘘をついた人物の名を知らないようである。その日の夕方、ヒューは食事がすむと、サイを散歩に誘った。そこで初めて自分がフオンに嘘をついた当人であることを打ち明けた。そしてフオンと初めて会って以来、二人で交わした話の内容や、その時の彼女の様子を事細かに話して聞かせた。ヒューの話は、サイにとって全く寝耳に水だった。ヒュー自身、自分のあまりに冷たい振る舞いに何度も心が乱れ、眠れぬ夜は、いっそ本当の事をサイに打ち明けようと起き上がりかけたこともある。しかし結局はすべてサイのためと、心を鬼にしたのだ。二人の恋愛はすでに過去のことで、その後サイも学業に精を出し、もうふっきれているのではという期待があった。また、その件はもともと勉強のしすぎで神経症にかかった結果生まれた妄想だという噂もあり、今ではほとんど人の口にのぼることもなかった。かえって昔の話は蒸し返さぬ方が無難、と考えたヒューの判断をいちがいには責められない。

しかしヒューから打ち明け話を聞いたサイは、内心激しい動揺をおぼえた。強く反発しながら、同時にそんな気持ちを抱いた自分を恥じた。もともと今日の自分があるのは、すべてヒューのおかげである。ヒューとのめぐり会いによって、自分の運が開けてきたのだ。口に出して言わなくても、ちゃんとサイの気持ちを理解し手を尽くしてくれる。サイが恐縮するほど、ヒューはまるでわが事以上に気を使い、サイを正しく評価しない人間には、いつもむきになって反駁した。サイの進学に骨を折ったのも彼であり、自ら受験勉強の指導まで買って出てくれたほどである。師範大学に在学中の二年間は、ハノイに来るたびにわざわざ立ち寄り、政治部からの土産を届けてくれた。たとえ今後離れ離れになろうと、一生その恩を忘れるつもりはないし、自分やまわりの人間に示した彼の思いやりを信じて疑わないに違いない。サイの入党問題についても、彼は党細胞の直接の責任者である。自分はヒューの今回の行為を非難などできる立場にないはずだ。

にもかかわらず、サイの胸には苦い思いがこみあげてくる。この瞬間、ヒューにこれまでのすべてを包み隠さず打ち明けたかった。まだ未熟だった自分とフオンが初めて気持ちを打ち明け合ったあの思い出も、すすんで聞いてもらいたかった。重苦しい沈黙を破ったのはサイの方である。

「フオンに手紙を書くことを許していただけますか？」

「何を書くつもりかね？」

思いつめている相手に書く手紙である。その内容を尋ねるなど、野暮の骨頂に違いない。すべてサイのためを思ってのこととはいえ、ヒューの声にはあきらかに戸惑いがあった。

「サイ、今は我慢の時ではないのか」

「いつまでですか?」

「わたしにもはっきりいつとは言えん。ただもう一度尋ねるが、入党したいと真剣に思ってるんじゃないのかね?」

「私の気持ちはよくご存じのはずですが、何をお疑いなのですか?」

「いやお前にとても辛い思いばかりさせて、わたしも心苦しいからな。だがお前の真剣な気持ちに変わりないなら、わたしもこの際はっきり言わせてもらう。フオンのことは、もう金輪際きっぱりあきらめるんだ」

「……」

「いつかお前にもわかる時が来るだろう。いずれにしても、これはお前が考えるよりはるかにやっかいな問題なんだ」

その夜から、サイはまたいろんな夢想に耽るようになった。全能の仙人が現れ、トゥエットとの離婚を実現してくれる、そんな他愛ない夢物語りもその一つである。夢想の中で、彼は土地の使用権をすべてトゥエットに譲った。その後、トゥエットは見栄えはよくないが、いかにも丈夫そうな金持ちと再婚し、やがて二人には丸々太った子供が次々に十人も生まれ、家庭にはいつも笑いが絶えなかった。一方、サイとフオンは、南の戦場に赴く。フオンは志願し従軍記者になっている。戦場で抗米戦争の勇士であるサイと再会を果たすが、二人は互いに初対面を装う。インタビューがすんだとたん、フォンはサイにすがりながらこれまでの辛苦と思いのたけを話す。足の豆が全部潰れるほど歩き回ったこと、マラリアのために頭髪がすっかり抜け落ちたこと、この一年、飢えと爆弾と蚊や蛭に悩まされ、やっとの思いで再会できたこと…。ただ、十二中隊当時と違って、今では詮索される心配は全くなかったが、サイはこうした夢想をけっして日記に書こうとしなかった。とはいえ、毎晩のように想像の世界に逃れようとする点では変わりない。この辛さを一時でも忘れるすべを、彼はそれ以外に知らなかったのだ。

サイの懊悩は、隣のベッドに横たわるヒューにも痛いほどよくわかった。ただ長年軍隊生活を送った経験から、いずれ時間が解決してくれると信じた。今のサイは、まわりの人々に目をかけられ、教師としても同僚たちの羨望を集めるほどの評価を得ている。いくらサイが自暴自棄に陥っても、こうした周囲の期待を簡単に捨てきれないはずだ。サイの優柔不断の性格を考えればなおさらである。

その年の末、サイは連隊司令部から唯一人、模範兵士の表彰を受けた。ただちに党の細胞会議が開かれ、条件付きながらサイの入党が満場一致で認められた。その条件とは、妻に対する愛情の再確認と、妻の実家の階級成分に関する再調査である。政治部副主任はわざわざサイを部屋に呼び、「まあお茶でもどうだね。いま夫婦の仲はどうなんだ」と、単刀直入に切り出した。

「申し上げます。特に変わりありません」

「もっと具体的に話してくれんか？」

「はい。特に問題はありませんが、あまり口もききません」

「それじゃだめだぞ。政治部のわれわれは、みなの手本にならんとな。先日党の細胞会議が開かれ、お前の履歴と入党願いが審議されたが、また夫婦問題がひっかかってな。率直に言って、わし自身はお前を買っとるし、まわりの連中もみんな同意見だ。だからわれわれの期待にそむかないでほしいんだ。あらためて直属の上官として忠告するが、この場で、妻を大事にすると明言してくれんか」

「はあ……」

「さあ、お前の口ではっきりと言ってくれ」

「はい、…そうします」

「それでいい。本当に今言った通りにするんだぞ」

「はい、上官殿のご忠告を守って頑張ります」

「わしとて何も好き好んで忠告してる訳じゃない。すべてお前たち夫婦のためなんだからな。ついでに言っとくが、これまでにもわしは部下の夫婦仲を、何組も丸くおさめておる。お前で九組目だ。お前の場合もこれで何とかうまくおさまるにちがいない。これくらいで有望な前途を棒に振っちゃもったいないじゃないか。わしが言いたかったのはそれだけだ。お前もわかってくれたし、これでわしももう安心だ。お前を見込んで言ってるんだ。われわれの期待に恥じぬよう頑張ってくれ、いいな」

＊

ハビ村は、この十年間にすっかり面目を一新し、満ち足りた空気に包まれている。テトを真近にひかえ、どの家もとうもろこしやお米であふれ、特にお米は政府の優遇価格のおかげで、一戸当たり三、四十キロの備えがあった。籾は十分備蓄され、鶏や豚の飼育も順調である。生活にゆとりができ、ほっと安堵の表情があちこちに見られた。人々は朝もまだ薄暗いうちから起き出してせっせとタロイモやさつまいもを茹でる。笊や籠にうつされた茹でたてのタロイモから立ち上ぼる湯気を見て、子供たちがいっせいに駆け寄り、フーフーさましながらなるべく大きめの芋を服の裾にくるみ、途中で落とさないよう端を両手でしっかり押さえ、あわててまた逃げ出す。子供たちは、思い思いの場所に隠しておき、おやつに取っておくのだ。まんまと隠しおおせた子供は得意満面で、学校やら水牛の世話やら、あるいは友達と遊ぶために外へ飛びだし、日が傾く頃まで戻ってこない。

昼が近づくと、溝掘りや、道普請や、畦修理や、草取りなどに精を出していた大人たちも、やりかけの作業を切り上げ、食事に間に合うよう家路を急いだ。食事時には、子供の名を呼びながらあちこちかけずり回る親たちの声で、まるで水牛か牛でも屠殺する時のような騒々しさだ。

昼食は、買ってきた粉で作るとうもろこし団子（今は合作社の決めた時間通りに農作業が行なわれるため、とうもろこしを搗いて粉にする余裕はない）や、さつまいも揚げが主なおかずで、その他に青菜《ムオン》入りのスープと、炒めたり茹でた白菜が食卓に並ぶ。つましい食事ではあるが、でき立ての団子がどんぶりにいっぱい出されると、箸がいっせいに伸び、まるで画家や数学者顔負けの正確な孤を描いたかと思うと瞬時にして狙いをつけた獲物に殺到する。箸の先で捕らえた団子を味噌だれにつけてさっと口に放り込むと、思わずその熱さに舌打ちし、顔中涙や鼻水だらけになる。どの家の食卓も、こうした戦争顔負けの大騒ぎが見られたのである。

お昼は一日の中で唯一のまともな食事だが、大人は腹ごしらえがすむと一服つけるのもそこそこに、また慌ただしく出かけていく。五パーセントの自留地［生産物の自由裁量が容認された土地］を世話する農民は自分の畑に直行し、生産隊に加入し点数制［労働を点数に換算する報酬制度］で働く人々は、カン老人の家の前に集合する。

早目に来た連中は、その場に腰を下ろし、早速四方山話に花を咲かせた。全員が揃うまでには、たいてい一時間半、時には二時間近くかかることもある。人数が揃ったところで、やっと、生産隊幹部の引率の下に出かけて行く。その日の作業の内容や時間は、すべて生産隊の幹部まかせで、全く気楽なものだ。こうした光景はどの農村でもなじみのものにすぎないが、ハビ村は人々の笑いとおしゃべりが絶えず、その変わりようは明らかだ。

ハビ村の目覚ましい変化は、部落ごとに四つの合作社ができて以来のことである。今では、土手の向こうの村へ日雇い仕事に行く光景もまれである。農作業は、生産隊、自留地、肥料作り、牛や水牛の飼育など、すべて規則に従って行なわれ、みんな点数稼ぎに余念がない。一点あたり三スーの収入では、一キロ五ハオの米はいぜん高値の花だが、端境期でも芋やタピオカなら不自由せず、飢餓の心配は過去の話になりつつある。不作に見舞われた年は、県の支援を仰ぐこともあったが、ハビ村は毎年のように優秀な村の一つに選ばれていた。

カン老人の家は久し振りに大勢の人でごったがえしている。サイの一行が県党支部に姿を見せたのがことの始まりである。ハビ村出身の党支部職員は、あわてて県庁にかけつけ、この知らせをティンに告げた。一行はサイの入党の件でわざわざ村を訪問するところらしい。思想保持班長の少尉がサイに同行しており、今地元の高校を表敬訪問中という。

ティンはすぐに電話で購買店の売り子を呼び出し、実家に客の来訪を伝えるよう言いつけた。受話器を置くと、手元の紙に必要な注文事項をメモする。まず食堂に昼食用の弁当六人前、食品部に翌朝使う肉、購買部にディエンビエン煙草［フィルター付き中級品］一カートン、バーディン煙草［中級の紙巻き煙草］五箱。それから部下にその紙を持たせ、十分後には結果を報告するよう命じた。県の専従職員であるティンの要求に、どの部署も嫌な顔一つ見せないどころか、当の本人も驚くほど大盤振る舞いをしてくれる。

例えば弁当の場合、一人当たり一ドン半の予算にもかかわらず、ビール十五本の他に、魚の姿焼き、蒸したあひる、茹で鶏、各種のハム、、揚げ春巻き、つくね、カリフラワーと豚皮の炒め物、といった豪華さ。デザートも、オレンジとバナナの他に、ドリップコーヒー付きである。ここの宴会料理だけは、どんな噂も筒抜けになるほど狭苦しい片田舎には珍しく、都会と比べても遜色ない。その訳は、かつてティンが庶務担当の時、自分の一存でわざわざハノイからコックとハム作りの職人を二人ずつ雇っていたからだ。ティンの注文とあればコックたちも人一倍張り切らざるをえない。御馳走にあずかった客は、誰もがその味を褒め、ある時など省知事までが、「この県で立派なものは料理くらいのもんだな。今度また二、三人で寄るから、よろしく」と、頼み込むほどであった。

実家の方では、ティンが差し向けた売り子の話を聞いて、晴れがましいやら客を迎える準備やらでてんてこ舞いである。まず老母の藁床を片付け、代わりに萱とござを敷き直し、そこへティン家の大きめのベッドを持ち運んだ。ついでにカン老人の藁床も、バナナの葉に取り替えられ、見違えるほど小綺麗になった。手先の器用な長兄は、中国製のシーツを掛けたふとんと、よく糊のきいた蚊帳をベッドにしつらえる。真新しい枕には、二羽の鳥が嘴を重ねている絵柄が、赤と緑色の糸で刺繡されている。すっかり整ったベッドは、一昔前に県の役人が客用に供したものと比べても遜色ないほどだ。

テーブルの上には、江西焼の茶瓶と湯呑みのセット、二リットル半容量の魔法瓶、その他に焼き物の灰皿や茶筒が並ぶ。テーブルの足元に置かれた水ギセルと付け火用の竹ひごを除けば、すべてティンの妻が木箱から出した物だ。

この木箱には、寝具、急須、茶碗、櫛、鏡、布生地、花瓶、さらにガラス細工の魚や、水牛の絵柄の漆皿までそれこそありとあらゆる物が揃っている。こうした日用品や置き物は、人からの譲り受けや贈り物ばかりで、ティンがずっと大切にしまっておいたものだ。保存の様子や痛み具合を見るため、ごくたまにティンの妻が木箱を開ける他は、中の物を眺めるのも禁じられている。まるで省の迎賓館の装飾品顔負けで、特別な客のためにだけ使用された。ぴかぴかに磨かれた品物が部屋中に並べられると、全く別の家にいるような気分である。

六〇年代の初めに、少尉クラスの訪問を受けるのは、非常にまれなことだった。その上ティンにとって、今回の件にはまた格別な意味がある。今やサイの聡明ぶりは、年寄りから子供まで県下中知らぬものはなく、さらに一番の成績で大学に入ったことで兄の彼も鼻高々である。入隊後一年足らずの独学で大学に進学した時は、格好の噂の種になった。人々の好奇の目は当人だけでなくその親兄弟や親戚にまで向けられ、はてはサイの欠点までが、あれこれ尾鰭がついて話題になった。

弟に服や自転車を買ってやるためなら、ティンは朝食を抜いたり倹約をすることも厭わなかった。その自慢の弟が、いよいよ党員に推薦されているのだ。サイより三、四年先に入隊した人間でも、入党の推薦を受けた者はまだいない。この事実一つとっても、日頃のサイの刻苦勉励ぶりが想像できるではないか。

県庁で食事をすませると、サイと付き添いの少尉はティンの部屋で仮眠することになった。ティンは二人に、「目が覚めたら私の自転車で帰って下さい。私は先に帰ってちょっと家の様子を見ておきますから」と告げた。

同行の思想保持班長ヒエンは、いかめしい肩書に似ず、気さくな人物である。いかにも話好きといった容貌で、その顔には愛想笑いが絶えない。今回は、ただサイの家を訪問するのが目的で、それでなくても気楽な任務である。先ほどの昼食に同席した県党支部の組織部長と警察署長は、村支部の結論を受けてから県の見解を明らかにしたいとヒエンに答えた。そこでその日の夕方、さっそくサイの家に、党書記長、村長、助役兼警察署長など村のお歴々を集め、食事を囲みながら打ち合わせる手筈が整えられた。

ヒエンとサイが家に着いたのは、午後四時頃である。冬場のこの時期ともなると、あたりはもう薄暗く、冷気が身に染みる。ヒエンは文芸班から借りたオリエンタルラジオ［オランダ製ポータブルラジオ］を肩にぶらさげていたが、でこぼこの村道のせいで自転車が跳ねるたびに、ラジオの音もうねって聞こえた。道の両側で農作業に精を出していた人々は、なにごとかと顔を上げ、後ろに座るサイを認めると、中には大声で冷やかす人もいた。学校帰りの子供たちは、大騒ぎで後から追いかけ、ラジオの声を聞き逃すまいと水牛のお尻にむちをいれる子もいる。路地の入り口で立ち止まった子供たちは、物珍しいラジオや見知らぬ客について、喧々ごうごうの言い合いを始めた。近所の子供たちも、珍しい兵隊とそのラジオを一目見ようと、一人残らず集まってくる。

子供たちの輪は、見るまに三、四十人を数えるほどに膨れ上がった。小さい子は、上の子の背中におんぶされたり、小脇やおなかに抱き抱えられている。膝下まで届く大人の白衣や軍服を着た子もいれば、ほどけかけたズボンの紐をずるずるとひきずっている子もいる。申し合わせたように、どの子の顔も真っ黒だ。大きな音をたて青ばなを飲み込む子供もいる。ヒエンとサイの二人が家に入ると、子供たちは中を覗き込もうと軒下にまでやって来て、さも秘密の正体を捜し当てたと言わんばかりに、そのあたりを指差す。中には泣き出す子もいて、その騒々しさたるやまるでお祭り騒ぎだ。

たまりかねたティンがどなりつけると、蜘蛛の子を散らすように逃げていくが、しばらくするとまたあちこちからしのび声が聞こえてくる。しかたなくティンは長兄に頼んで、家の前の椰子の木にラジオをぶら下げることにした。子供たちが快哉を叫んだのは言うまでもない。その夜は、子供たちばかりでなく、隣近所の大人もラジオの音に耳を傾け、楽しい一時を過ごすことになった。

ヒエンは挨拶をすませると、まず丁重に客扱いされることを断った。老人夫婦に対しても、「トゥエットさんと食事の用意をしてますから、お母さんたちはあちらで休んでて下さい」と言って、さっさと台所へ足を運んだ。トゥエットと二人だけになると、ヒエンは彼女の手伝いをしながらさりげなく話を切り出した。毎日の仕事、両親のこと、合作社の様子、さらに次回の慰安訪問の予定など、サイとの仲に関わる話題もさりげなく挟む。サイとはわずか六歳違いにもかかわらず、その風貌といい如才のない物腰といい、ヒエンの方が十や十五は年上に見える。トゥエットが警戒心を解いたとしても、不思議はない。とはいえ田舎の女性は家庭の不満を人前で愚痴ったり、夫をくさすことはない。トゥエットはどんな質問にも気さくに答えたが、夫の話になると、とたんによそいきの言葉になる。

「きっととても忙しいんですよ。手紙なんかくれたこともないんですもの。でももう慣れましたから。この前の訪問だって、とっても楽しかったわ。ええ、子供は私たちまだ若いので別に急いでなんかいません。いつも私たち夫婦のことにいろいろ気を使っていただき、本当にみなさんには感謝してます。たまに、女性の噂も耳にしたこともありますけど、自分の目で確かめた訳でもなし、単なるデマだと思いますよ」

その頃ティンは、トゥエットがおしゃべりついでに何かサイに不利な話でもしないかと、気が気ではなかった。何度か台所へ足を運び、「さあ、こちらでお茶でもいかがですか」と声をかけたが、ヒエンは、「どうぞお構いなく」と返事するだけである。しかたなくティンは腕組みをしたまま、あたりをうろつき回るしかない。そのうちいてもたってもいられなくなり、隣の部屋にいた自分の妻に当たり散らす始末だ。

「何ぼけーっとしてる。さっさとトゥエットのところへ行くんだ。子供に様子を見に行かせたらどうだ」

ティンは、普段口数の少ない妻を、はなから役立たずと小馬鹿にしていた。ところが、何も考えていないと思った妻が、落ち着き払って答えた。

「ねえ、もう少し冷静になったらどうなの。相手は、弟の素行を調べに来てるんです。あなたの言いつけ通りしたら、こちらの弱みを疑われるだけでしょ。サイさんは何もやましい点なんかないし、この家には問題になる人など誰もいないんですから。むしろ問題は、あの嫁の実家の方でしょ。もしあの嫁が、夫がひどい仕打ちをするとかつれないとかしゃべったせいで、入党がだめになるようなら、さっさとサイさんの望み通り離婚させればいいんですよ。お父さんお母さんだって、心の中じゃすまないと思ってるから、きっと何も言わずにサイさんの望み通りにさせてくれますわ。とにかくサイさんの将来はあなた次第、しっかりして下さいよ」

自分の妻がこんなにしゃべるのは珍しい。ティンはこれまで妻に相談ごとなどした覚えもないし、どうせ何を聞いてもちんぷんかんぷんに違いないと思い込んでいた。しかし、どうやらサイの入党問題やその事前調査についてかなり呑みこんでいるようだ。彼女の意見にはきちんと筋が通っているばかりか、ちゃんと最悪の事態に備えて次の手も考えてある。だが、あっさり兜を脱いでは面目丸潰れというものだ。

「いいか、離婚なんて口がさけても言っちゃいかんぞ。サイの耳に入って、あいつがその気にでもなれば、取り返しがつかんことになる。あいつの夫婦関係が一番問題になってるんだからな。離婚沙汰なんて話が出れば、それだけで不適格になってしまうじゃないか」

夕食が一段落すると、時計の針はもう九時半を回っている。一応予定通り、ヒエンと村の幹部連中はあらためてティンの部屋で話し合いを持つことになった。ティンは、妻と子供たちに台所で先に休むよう命じ、自分は父親とお茶を飲んだり水煙草をふかしたりしながら、話し合いの結論を待った。ヒエンは、話し合いの席につく前に、「君は先に休みたまえ。奥さんも働きづめだし、今日は水入らずで過ごすんだな。じゃお休み」と、サイに耳打ちした。

翌朝、早目に起きたトゥエットは、糯米を炊いたり、残り物の鶏肉を温めなおして、朝食の用意にとりかかった。目覚めたばかりのヒエンが扉越しに隣の部屋をうかがうと、サイはもう本に没頭している。カン老人が用意してくれたお湯で顔を洗うと、ヒエンは台所に足を運び、くだけた調子で、「いかがですか、久しぶりに夫婦水入らずですごした気分は？」と、トゥエットに声をかけた。

声の方に目を上げたトゥエットは、とっさに作り笑いを浮かべたものの、すぐ相手に背を向け、袖口でそっと目頭を抑える。ヒエンの方に向き直っても、彼女の視線は煙が立ち込めるかまどの火にそそがれたままだ。

「またあいつはずっと読書してたんですか！」

「いいえ、朝までぐっすり眠ってましたわ」

しばらく間をおいてから、ヒエンは、「そうですか、なに心配することなんかありませんよ！」と慰めの言葉をかけた。

その日の夜、だだっ広い畑からしのびこむ冷気は肌を刺すほどに感じられた。自然とヒエンとサイは、体を寄せ合うような姿勢で、話し込む格好になった。二人は同じ政治部に所属しているが、互いの任務が違うためこれまでゆっくり腹を割って話し込む機会はなかった。今回ヒエンは、サイとその家族に親しく接したおかげで、おおよその事情をつかむことができた。一方のサイは、ヒエンや政治部の仲間の懸念が、あくまで自分を引き立てようという善意から出ていることは、痛いほどよくわかっている。誰もが、自分の前途に期待をかけるあまり、あれこれ心配してくれているのだ。先に口を開いたのはヒエンである。

「みんな君の将来性を買ってるんだ。だからつまらないことであたら棒に振ってもらいたくないいんだよ」

サイは黙って聞いている。

「確かに、君には似合いの人じゃないかもしれない。でも、性格は素直だし、とても辛抱強そうじゃないか。君の不在中、ご両親にもしものことがあっても、彼女なら安心して世話をまかせられるよ。兄さん姉さんは自分たちのことで手一杯で、とてもそんな余裕なんかないはずさ」

サイは押し黙ったままだ。しかたなく、ヒエンは村の党幹部連の評価を話して聞かせた。

「地元の幹部連は、入党は君自身の努力次第という結論だよ。君の家族はご両親や兄弟、それに親戚の人々を見ても、党員として立派な人たちばかりだ。しかも、君の家はかつて重要なアジトになっていたしね。要するに、君の階級成分については何ら問題なんかない。残るのはただ君らの夫婦関係だけだよ。この問題さえうまく解決できれば、後はもう何の心配もないんだ」

ヒエンは、すべて包み隠さず話したが、サイはいっこうに口を開こうとしない。

「実は政治部副主任から言い渡されてることがあるんだ。つまり君たち夫婦の仲を取り持つようにと言われてね。要は進んで夫婦になりきることが肝心で、単なる形だけじゃだめなんだ。君自身も副主任にはっきり約束したそうじゃないか。僕だって任務だからあえて言いにくいことも話してるんだ。しかし、君もわかるだろう。もし入党の後で、君が単なる方便で夫婦仲を取り繕っていたとわかったら、政治部細胞としちゃ連隊司令部の連中に合わせる顔がないんだよ」

「よくわかってます。私のことで、上官殿や政治部の同僚に、心配ばかりかけてしまって、本当にすまないと思っています。あなた方の信頼を裏切るようなことは絶対しません、信じて下さい」

サイにはもう迷いはなかった。もしこの約束が守れない場合、教育班、青年同盟、さらに政治部に対して、自己批判書でも何でも提出する覚悟である。もう自分の夫婦問題でとやかく言われたくない。二人の仲を問題にする人がいれば、それは単なるデマにすぎないと、きっぱりと証明してみせるつもりだ。言葉にこそならなかったものの、はらはらと落ちる涙が、サイの強い覚悟を示していた。ヒエンもサイのただならぬ決意を目の前にして、黙ってうなずくだけである。

その翌朝、確かに目にも顕著な変化が見られた。ヒエンが池のほとりで顔を洗っていると、ちょうどそこへトゥエットが水汲みに姿を見せた。さっそく彼は、昨日と同じように声をかけた。

「いかかですか、今日の気分は？」

さっと頬を赤らめたトゥエットは、さりげなく相手の問いをかわしながら、実にあいそよくしゃべる。

「いつお帰りになるんですか？　またこちらの方にみえた時は、ぜひ寄っててらして下さい。今頃、あちらの方は寒さが厳しくて大変でしょう。海からの風が昼夜のべつまくなしですものね。思い出すだけでぞっとしますわ」

老母は女性特有の直感で、すぐに嫁の身に起きた変化を見抜いた。親の一存で結婚させたものの喧嘩ばかりで、すっかり諦めていた願いが、思いがけず実現したのだ。一時は、いっそ川か池にでも身を投げて死ねたらどんなに楽か、とまで思い詰めたこともある。離婚させることもできず、かといって、自分の腹を痛めた子供がただいたずらに苦しむ姿を目の当たりにするのは、身を切られるように辛い。嫁の方は父親譲りのせいかふてぶてしいほど落ち着き払い、近頃では老母の忍耐の緒も切れかかっていた。ところが、部隊の同僚たちのおかげで、何もかもが丸く治まったのだ。

いよいよサイとヒエンの二人が家を後にする時がやって来た。家の外まで見送りに出た老母は、ヒエンの手を両手で握り締めながら、言った。

「兵隊さん、このご恩は一生忘れんからのう。あの子もあんたがたにだけは頭が上がらんようじゃ。もう長いことじいさんやまわりの人間が何を言おうが、まるで蛙の面に水でな。じゃがもうこれで安心じゃ。みなさんのおかげで、あの子らも仲良くやっていけるじゃろう。兵隊さん、これからもあの子をよろしくお頼み申しますじゃ。家の者が一万言費やそうが、あんたがたの一言には勝てんでのう」

老婆はその二、三歩前を歩くわが子にも、人目もはばからぬ大声で、話しかけた。

「体に気をつけてな。よいな、どんなことがあっても、仲間のみなさんや上の人の言いつけに逆らっちゃいかんぞ」

ヒエンは、老婆の手を握り返しながら、おどけた調子で答えた。

「お母さん、部隊の訓練はそれは厳しいんですよ。虎や熊のように獰猛な連中だって、まるで兎のようにおとなしくなっちゃうんですから。もう安心して下さいよ」

相手の軽口に釣られるように、老母の顔も一瞬ほころびた。と、ふいにその二つの目から熱いものが皺だらけの頰を伝って流れ落ちていく。口元に入る苦いものを飲み込みながら、老母は無理やり作り笑いを浮かべると、そっとその顔をそらせた。遠くに旅立つわが子の気持ちを、掻き乱したくなかったのだ。

＊

八月十五日付のフオンからヒュー宛の手紙（駐屯地にサイを訪ねてからちょうど一ヵ月後）

——今も兄のようにお慕いしております。そのご厚情に甘え、今日はわたしの思いを包み隠さずお話ししたいと思います。ぶしつけとは思いますが、どうかお許し下さい。あれからずっと考え続けていることがございます。あの時、あなたはなぜ本当のことを話してくださらなかったのでしょうか。その訳がわかっていれば、あの人との面会が叶わずとも、あんなにつらい思いをせずにすんだはずです。あの一週間というもの、もしやというかすかな期待だけが、わたしの支えでした。それなのに、出発間際の車中で、あの人はずっとここにいたという事実を知ったのです。その瞬間、思わずバスから飛び降りようと考えました。でもそれはできませんでした。もしそんな向こう見ずな行為に及べば、きっと気ちがい扱いされたことでしょう。本当のことが知りたくて、何度もあの人に手紙を書きかけました。でもいつも途中で破って捨ててしまいました。あの人はああいう性格の人ですから、きっと迷惑になるのではと、それが心配だったのです。幸い今は夏休み中ですが、学業どころか、何も手につかないありさまです。本当にごめんなさい、とりとめもないことばかり書いて。でも、失礼とはわかっていても、この思いを聞いていただける人はあなたしかいないのです。あれからずっと、頭の中はいつもどうどう巡りのままでした。なぜあの人はわたしに会いに来てくれなかったのか、任務の話は本当なのか、それとも彼はずっとそこにいたのか、その繰り返しです。そのうちわたしの神経が少しおかしくなって、たまたま診察に行った先の病院で、連隊の診療所に勤める看護婦のキムさんにお目にかかったのです。キムさんはわたしの担当医の妹でした。キムさんは、当時あの人がちゃんと部隊にいたと、わたしに教えてくれました。正直に書きますと、その時、あなたって何てひどい人なんだろうと思いました。でもしばらくして、あなたのような方が、そんな「仕打ち」をするからには、これにはきっと深い訳があるはずと思い直しました(失礼な言葉使いはどうかお許し下さいね)。あなたがとても思いやりのある方だということは、キムさんからもお聞きしました。あの人が勉強を続けられたのも、さらに大学にまで行けたのも、すべてあなたのおかげなんですね。初めてお目にかかった時、わたし自身があなたから受けた印象は、やはり間違っていませんでした。それならどうして？それともあの人は今でもわたしを憎んでいるのでしょうか？　もしもそうなら、どうか一言伝えていただけないでしょうか。わたしは今すぐにでも飛んで行って、どんな償いでもするつもりだと。ただ、あの人がいやだとはっきり答えたら、これ以上迷惑をかけぬよういさぎよく身を引く覚悟です。なぜわたしがこんなことを言うのか、あなたには不思議に思えるかもしれません。でも、わたしは過去にも一度、取り返しのつかない過ちを犯しているのです。ですから、もう二度とあの人を苦しめることはしたくないのです。あなたが今でもわたしを実の妹のように思って下さるなら、どうか本当のことを教えて下さい。わたしのすべきことをお教え下さい。あなたのお忙しいことはよく存じております。どんなに短くてもかまいませんから、お手紙下さいね。本当に感謝の言葉もありません。あの人には、あまり煙草を吸わないよう、そしてもう怒っていないのなら、手紙を書いてくれるよう、お伝え下さい。最後に、奥様と、お子様のご健康をお祈りいたします…。

ヒューが返事の手紙をしたためたのは、それから一ヵ月後のことである。サイの時と同じように、任務でしばらく部隊にいなかった、と弁解したのである。手紙を受け取った時には、すぐ返事を書くつもりであった。しかし、フオンに納得してもらう返事を書くのは、彼の手にあまる難題である。ヒューは、サイとフオンのためなら、自分のできることは何でもするつもりだった。支給されたばかりのトンニャット自転車［初の国産車。高級品］でも、大事にしている時計でも、喜んで二人に譲るつもりだった。しかし、この間の事情だけは、いくらちゃんと説明してほしいと言われても、彼には答えようがなかった。ましてや、フオンから忠告を求められても、ただ困惑するしかない。サイへの気持ちをあきらめろ、とはとても書けなかった。二人の気持ちがいかに真剣なものか、もう疑いの余地はなかった。かといって、立場上、二人の交際に理解を示す訳にもいかない。

これまでサイに対しては、忠告にせよ叱咤激励にせよ、常に誠心誠意振る舞ってきたという自負が、ヒューにはある。しかし、今度だけは、人間としてのごく普通の感情と、上官としての責任感の間で、彼の心は激しく揺れ動かざるをえなかった。上官の立場に徹すれば、冷血漢と言われてもしかたがない。逆に、情に身を委ねれば、無分別という汚名を受けねばならない。なぜ両方ともかなえられないのか？　ヒューは何度も繰り返し自分を問い詰めずにはいられなかった。しかし、どんなに自分を責めたところで、少しも慰めにはならない。ただ二人のことが明るみになれば、いくらサイが素質に恵まれていようと、すべてが台無しになるのは火を見るよりも明らかだ。これまでにかちえた信用や後ろ盾も、すべて水泡に帰してしまう。ヒューが差し出がましく、あえてサイに自重を求めたのは、こうした事態を恐れていたからである。

逆に、もしかりに、サイの信用が地に落ち、みんなから相手にされなくなっても、フオンの気持ちは変わらないだろうか？　それでもあえてサイに尽くすというのなら、その意志の強さには敬服せざるをえないが、反面では、その向こう見ずさに危惧を感じない訳にはいかない。みんなから見放されながら、二人だけでどうやっていくつもりなのか？　すべてに背を向けるつもりなのか？　彼にはそんな生き方は、あまりに向こう見ずに思える。

ヒューがこんな風にあれこれ考えあぐねている間に、あっという間に一ヵ月が過ぎてしまったのだ。しかし、依然としてどう返事を書いていいのか、決めかねていた。思い余った末、最後には、相手の問いには触れないで、その代わりできるだけ誠実に書くことにした。それは次のような内容である。

今もフオンを実の妹のように思っていること、気丈な一面と思いやりとあわせ持つその性格に、とても好感を持っていること、そして、彼女の問いに対しては、その機会が来れば必ずすべて明かすとはっきり約束した。さらに、今はとにかく勉強に励むこと、フオンとサイの間に何が起ころうとも、自分はいつまでも二人の兄であり続けること、そして最後に、二人に特別な親近感を抱くだけでなく、多くのことを教えられた、と結んだ。

それから半月とたたないうちに、ヒューは再びフオンの手紙を受け取った。その手紙には、彼女の安堵の思いが素直に綴られていた。書き出しは、信頼できる兄ができてどんなに慰めとなっているか、サイとの関係がどうなろうともいつまでも兄として相談相手になってほしい、としたためられていた。しかし、ヒューの返事に安堵すればするほど、サイへの募る思いもますます強まっている。

「でも、なぜあの人は返事もくれないのでしょうか。あの人に伝えて下さい、わたしの我慢ももう限界だと。こんな辛い目にあうのなら、いっそこのまま死んだほうがましです。なぜあの人はわかってくれないのでしょうか？　なぜかたくなに黙ったままなのでしょうか？　たとえ一行の返事でもいいのです。このままでは頭が変になりそうです。お願いです、この気持ちをぜひあの人に伝えて下さい。今はただあなたにおすがりするだけです」

ヒューは返事を書くことができなかった。これ以上もう慰めようがなかった。実のところ、彼はフオンの手紙をサイには一切秘密にしていたのだ。ある時、一度だけサイがその辛い胸の内をヒューに明かしたことがある。

「テトで帰省した時、彼女は何だかわたしを避けているようでした。一年半ほどハノイで勉強していた頃、二度ほど工科大学を訪ねたんですが、彼女はいつも居留守を使うのです。わたしに対して、何か根に持っている様子でした。当初は相手を恨みました。でもどうすることもできず諦めかけていたら、今度は彼女の方からここの部隊まで会いに来たのです。何が何だかさっぱりわかりません。できればもう一度だけ手紙を書かせてもらえないでしょうか。このままでは気持ちの整理がつきません。どうして彼女を諦めたのか、今の気持を正直に伝え、そして、早く自分を忘れていい人を見つけるよう書いてやりたいんです」

「手紙なんかもう必要ないだろう。彼女はちゃんと立派にやっていける人間だよ。とにかく黙って耐えるんだ。今は辛いだろうが、そのうち慣れてくるさ。わかったな」

その後、ヒューはもう一度フオンから手紙を受け取ることになった。返事も書かずそのままにしていた前回の手紙から、三ヵ月後である。ヒューはこの手紙にも沈黙を押し通した。今度の手紙は次のような文面である。

――敬愛するヒュー様、なぜあなたから返事を頂けないのかやっとわかりました。本当のことが知りたいというわたしの願いを聞き入れて下さらなかった訳も、よくわかりました。これまで御迷惑ばかりおかけし、本当に申し訳なく思います。それを承知の上で、もしお許しいただけるなら、今後もこれまでと同じように兄妹のお付き合いをさせていただけないでしょうか。今日は、もう愚痴や繰言を書くつもりはありません。今は自分の軽率さがただ悔やまれるばかりです。恥ずかしくて友人や親しい人たちに合わせる顔もありません。あまりにも安易に人を好きになってしまいました。そして自分の感情に盲目になりすぎて、最後はだまされてしまったのです。自分が信頼してきた人に裏切られ、絶望の淵に追いやられるなんて、本当に情けない限りです。わたしは、その人の愚直なまでに不器用な生き方にすっかり同情してきました。目の前の幸せすら自分からあえて手にしようとしない、そんな人に思えたからです。あの人の寡黙さを、ひたすら信じ続けてきたこの五年間でした。あの人なら、いつかは自分自身とわたしのために、小さな殻など突き破ってくれるはずだと思っていたのです。あの人が自由の身になるまで、いつまでも待ち続ける覚悟でした。この五年間、二人きりで過ごしたのはわずか十日ほどしかありません。それでも、あの人をひたすら信じて待ち続けてきました。しかし、すべて徒労だったのです。ただ、あなたがたがわたしたちを会わせないようにしてくれたおかげで、傷は浅くてすみました。そうでなければ、今頃は半狂乱になっていたかもしれません。

敬愛するヒュー様、これまでの数々の失礼に対し、もう一度おわびを言わせて下さい。苦しい胸のうちをわかっていただきたくて、つい不謹慎な言い方をしてしまいました。それにしても、今頃あの人は思い通りに事が運んで、きっと有頂天になっていることでしょう。あれほど忌み嫌う振りをしていて、平気であんな図々しい行為のできる人なんです。でももうよしましょう。これ以上ペンを握れば、すべて恨みつらみになってしまいますから。奥様にもよろしくお伝え下さい。お子様たちがよい子で勉強されますように。ご都合のよい折で結構ですから、またお手紙を下さい。妹より。

フオンはサイに不信を抱いた理由については、詳しく触れていない。ヒューにはよくわかっていることだからだ。それは、サイの妻の妊娠である。サイは、先月届いたティンからの手紙で、初めて妻が妊娠四ヵ月目だということを知らされた。しかし、その知らせを聞いても、サイは全く無感動であった。路上で時々見かけるお腹の大きな妊婦を、ちらりと想像した程度にすぎない。もう一度さっと手紙に目を通すと、無造作にそばの机の上に置いた。否応なく誰の目にもすぐ留まる。しかし、仲間内でも祝福や冷やかしの声をあげる人間はいなかった。誰もが何となくまだ半信半疑だったのだ。サイ自身がどう思っているのか、外見からだけでは何とも判断しかねた。

その後も、サイの挙動には目だった変化はなく、これまでどおりの生活を続けていた。教師としての務めは勿論、普段の生活も判で押したような毎日であった。起床後の体操と、午後の農作業、夜は日によって、例えば木曜には合唱の練習、金曜は青年同盟の会合があり、日曜も午前中は勤労奉仕、夜は夜で教宣班の反省会に出席した。ヒューの忠告を守って、サイはこうした毎日の規律正しい生活に、すっかり没頭しているように見えた。

今夜も、サイは炊事用の石炭運び当番で丸一日働いたせいか、もう九時前からここちよい鼾を立てて眠っている。ヒューはその横でさきほどからフオンの手紙に目を通していた。最後まで読み終えると、サイのために蚊帳を吊ってやりながら、まだどこか幼さの残るその寝顔をしげしげと見つめる。この無邪気に眠る男は、フオンのとげとげしい非難など何にも知らないのだ。思わずヒューの口から深い溜め息がもれる。それから枕元の電気スタンドを消すと、蚊帳の中に入って自分も横になる。しかし二時間近く過ぎても、一向に眠気が訪れないどころか、かえってこめかみのあたりがずきずきしてくる。しかたなくベッドを離れた彼は、大きな鍋を伏せたような丘へ続くアスファルト道に足を向けた。

それにしても何という巡り合わせであろう。必死の思いで子供を作った結果が、フオンからのあんな手紙になろうとは！　もともと用心深い彼は、フオンの手紙についてはー切サイに知らせずにいたが、最後の手紙から二ヵ月ほどして彼女の結婚通知が届いたのだ。しかもその数日前に、「参謀・政治・兵站」三部合同の党支部は、政治部細胞の提案に基づき、サイの入党を却下したばかりである。

その決定によれば、サイ本人には全く問題はない。彼の家族も、革命以前・以後、そして現在にいたるまで申し分のない経歴である。問題にされたのは妻の実家の過去だ。妻の父親は悪名高い反革命分子であり、彼女の兄も父親と一緒にスパイとなって、サイの兄や叔父をはじめ多くの活動家を捕えていた。地元では村レベルでも県レベルでも、サイに関するかぎり妻の実家の影響など一切ないことを明言していたが、これは複雑な問題であり、もうしばらく観察を続けることになったのだ。

しかしいつまで？　これだけは誰にも答えようのない問いである。妻の実家の影響を観察するなど と、言葉では簡単に言えるかもしれない。しかし、そもそも思想や意志や行動にどんな影響を及ぼしているか、何を基準に判断するというのか？　それもいつまで？　こんな風にサイから問いつめられたら、直属の上官としてどう答えればよいのか。明確な返事ができないとしたら、あまりに無責任である。忠告できたとしても、辛抱が肝心でこの試練に耐えてこそ本物だ、という気安めくらいにすぎない。

おそらく半月足らずのうちに、入党却下の件も、フオンの結婚話も、サイの耳に入るであろう。これはヒューがもっとも恐れていた事態である。その後ヒューの食が目に見えて進まなくなったのは言うまでもない。ただ士官クラスの食事は別だったため、常日頃上官の挙動に対し細心の注意を払っていたサイにも、ヒューの唐突な憔悴ぶりについてはその原因を図りかねたのである。

*

ド・マイン政治委員と連隊長は、丘の頂に近い所に住んでいる。その家屋にだけ屋上が付いているので、連隊では冗談混じりにこの二人の指揮官を「殿上人」と呼ぶ。「殿上人」は地獄耳との評判で、連隊内のことはすべてお見通しである。連隊司令部内の話は勿論、各中隊の動静まですべて筒抜けとの評判だ。ただいくら事情に通じていたド・マインでも、個々の問題の処理にはおのずと限界がある。自分の指示を忠実に遂行するよう部下に命じることはできても、組織上のわずらわしい慣行は無視できない。常に組織全体の利益と個々人の要求とを何とか両立させようと努めたが、自分の力の限界を感じる目にあうことの方が多い。サイの入党問題もそうしたケースの一つである。

組織上から言えば、連隊の党書記長として、「参謀・政治・兵站」合同の党支部を指導する立場にあるが、下部の決定をくつがえす権限はない。ましてや、下部組織の権限事項に対して口だしは許されない。もともと入党問題は、訴えや請願という行為になじまない問題である。たとえ入党が却下されたからといって、その本人が上級機関に訴えるなどありえない。そんなことをすれば、変人扱いを受けるのが関の山である。またあまりにも不当だという意見が周囲から出された場合でも、上級機関としてはもう一度検討し直すよう下部に指示を出すくらいで、変更を迫るなど論外である。たとえ上級機関があれこれ問い詰めても、下部には言い逃れの理屈などいくらでもある。要するに合同支部がいったん決定すれば、それを変えるのは容易ではないのだ。

ド・マイン政治委員の新たな任務が公表されたのは、連隊を離れるわずか二日前である。政治委員は急遽前線に派遣されることに決まったのだ。連隊司令部の壮行会の後、ド・マインはヒューとヒエンにその場に残るよう申し付けた。居残った二人はその夜遅くまで、上官の心得について政治委員から苦言を聞くことになった。二人は、これまで部下に対する指導がいかに独善的で単なる自己満足にすぎなかったか、痛切に思い知らされた。とりわけ骨身にしみたのはサイの夫婦問題である。

「君たちは自分の役目をちゃんと心得とるのかね。よりによって入党の条件に、夫婦仲を持ち出すとはな。君らの要求に添うようあいつが頑張った結果はどうだ。結局相手の実家の経歴がひっかかって、入党も駄目になったではないか。こんな悲惨な結果を生んだ責任は誰にあるのか、もう一度冷静に反省してみるんだ。勿論、わしは離婚などすすめとらんし、君らにもそうしろと言っとる訳ではない。そんな権限もない。監督不行届きでわし自身が責任をとらされることを恐れとるのでもない。わしが常々心配しとるのは、相思相愛の妻と申し分のない家庭があってもだ、兵士も人間である以上駐屯した先々で、特に賑やかな町などが近くにあればなおさら、若い娘に熱をあげ離婚沙汰が起きとる、そのことだ。ついこの間もこうした事件があったばかりだ。わしは連隊の政治委員として、この種の不祥事を未然に防ぐ責任がある。そういう誘惑のある場所では特に気をつけ、必要とあれば断固とした処置を講じなければならん。ところが君たちときたら、保身にのみ汲々として、ただただ自分の部下に悪い噂が立たんようそればかり気にかけ、自分自身はおろかまわりの人間の心の問題に全く盲目になっとるじゃないか。そのあげくは、触らぬ神に祟りなしで、十把一からげにすべてタブーという訳だ。これだと確かに問題は起きんだろう。なかなか賢明なやり方かもしれん。だが考えてもみたまえ、君らの行為は結果として兵士たち一人一人の信頼や信念や愛情といったものを踏みにじってることにはならんか。軍隊や革命や社会全体に対する背信行為にならんか。すんだことをとやかく言ってもはじまらんが、今後のためによく肝に銘じてもらいたい。わし自身とて、連隊にはささやかながら貢献したつもりだが、こと具体的な人間の問題になると反省ばかりだ。気が付いた時には手遅れで、すっかりだめになった人間もいれば、人間不信に陥ったのもいる。中にはその人間の一生を台無しにしたケースもあった。君らもおかしいと思わんか？　確かに国の法律、軍隊の規律や命令はしっかり守るのは当然だ。社会主義の理想をめざす以上、人間としてのモラルも高くなければならん。しかしいくらなんでも好き嫌いの感情まで強制するのは、やはりやりすぎではないか。それはあくまで個々人の問題のはずだ。ところが、上の者が一人の人間に好意を示そうものなら、われもわれもとその人間を褒めそやし、その評判にあやかろうとする。それもこれも、上官に気に入られたいがためのポーズにすぎん。その逆に、いったん上の者に嫌われたら最後、その人間は村八分のあげく、ろくでもない連中からも小馬鹿にされる始末だ。

この際、耳に痛いかもしれんが、君たちについても言っときたいことがある。ヒュー君、以前から気になっとるんだが、この頃少し頭が固すぎるんじゃないか。赴任してきたばかりのヒエン君はともかく、もう十年も前から君に目をかけてきたつもりだ。だから率直に言わしてもらうが、部下としての君は申し分ない。仕事熱心のうえにいつもてきぱきと的確だ。同僚や部下に対しても我を忘れて面倒を見る。謙虚で、後ろ指を差す者など誰もおらん。まるでお手本のような生き方だ、そうだろうヒュー君。この十年間君はちっとも変わっておらん。だがな、わしがあえて君の頭が固いというのはこういうことだ。いつだったか士官クラスの規定が変わり、勤務時間外や休日の平服着用が認められた。他の同僚にならって君もしゃれた服を新調してたじゃないか。真っ白いYシャツ、カーキ色のフランス製ズボン、そして派手なサンダル。細身で色白の君にはぴったりのいでたちだったぞ。一度日曜の朝、街角で君を見かけたことがあったが、いや惚れ惚れしたよ。わしだってもっと若くてスタイルもよければ、おしゃれも満更ではないと思ったくらいだ。まあ風采も上がらんし、それにこの歳じゃ、人に笑われるのが落ちだがな。しかし規律の範囲内の工夫をこらしたおしゃれまで禁じるという手はない。ところがだ、そのうち連隊司令部の中で、君に対するいろんな陰口が出てきた。『変質漢』だの、『プチブル思想にかぶれた』だの、『大衆蔑視の享楽主義』だの、まあ言いたい放題だ。政治部主任まで、真顔でわしにこう聞いてくる始末だよ。『思想面で、ヒューの品行には問題がありますぞ』となる。わしは一笑に付してやった。『馬鹿も休み休みに言いたまえ。後にも先にもたった一つの普段着じゃないか。あいつの好きなようにさせればいいだろう。思想などと野暮な話はよさないか。どうせわしらの歳では、何をしたってせいぜい酔狂と言われるのが落ちだ。だが若い連中なら休みの日くらい小綺麗にしたいだろう。一々目くじらを立てんでもいい』。これで話は一見落着と思ったら、ヒュー君、君自身が周囲の噂に気がねし、せっかくの身だしなみを止めてしまったじゃないか。例の真新しいYシャツも、ダブダブで継ぎ当てだらけの作業ズボンと一緒じゃ形無しだよ。おまけに野良仕事や肥料運びにまでその格好で通して、すっかりよれよれにする始末だ。日曜は日曜で、せっかくのカーキズボンと何度も仕立て直した軍服の取り合わせ、これじゃ無粋と言われてもしかたあるまい。ところがまわりの連中ときたら、手のひらを返したように君を褒めそやす有様だ。やれ『大衆にならって質素に努めている』とか、『思想堅固で清く正しい人間だ』とか、中には『著しい進歩が見られる』とまで持ち上げる声もあったくらいだ。実に馬鹿げてると思わんかね。

恐ろしいのは、われわれ自身が知らぬ間にこうした偏見にとりつかれ、今ではそれが社会全体にまですっかり浸透してしまっていることだ。サイの場合も、親身になってやっとるつもりが、実際には君らの偏見を押し付けていただけではないか。『集団扶助』と聞こえはいいが、もう一度冷静にその内実を見直す時ではないか。われわれは、社会や組織への貢献こそが一番大切だと口酸っぱく言ってきた。しかし組織の方だって、一方的にその意志を押し付けるのでなく、まず一人一人の人間が何を切実に求めているのか知ろうとすることが肝心ではないか。あれこれ言ってきたが、今度のサイの件で、わしが考えたことは以上だよ。誤解しないでもらいたいが、これはあくまで参考意見にすぎん。いずれにせよ君たちは党支部の責任者として、この問題に柔軟な姿勢であたってもらいたい。サイが落ち込むようだと、親身に慰め励ましてやってくれんか。そしてもしあらぬ噂など起きれば、進んで本人自身には何ら問題のないことを公にしてもらいたい」

しかし事態は、政治委員の心配した通りになったのである。サイのケースも単なる教訓として片付けられた。いったん決まった事は、二度とくつがえることはなかった。サイは同時に、入党の却下と、フオンの結婚という二つの事実に直面したのだ。ただサイ自身にはその後も表面上何の変化も見られなかった。気が変になるとか、あたりちらすとか、ふさいで寝込むとか、党に対して非難の言葉を吐くとか、そんな態度は露も見られなかった。毎朝の体操や午後の農作業は勿論、講義の準備も教室での授業も全く変わる所はなかった。木曜夜の合唱の集いや、金曜夜の青年同盟の集会すら欠かさず顔を出していた。しかし、知らせを聞いてから一週間、彼がほとんど一睡もできなかったことを知る者は誰もいなかった。

第六章

一九六四年末当時、兵士たちがいだいていた高揚感を、今の時点で正確に再現するのはむずかしい。その頃になると戦場に派遣される部隊の規模は、連隊レベルに達していた。しかし、南部への出征を指す「B行き」という言葉は秘密めかして語られ、実際に派遣される兵士も数百、数千もの志願者の中から、特別に選りすぐられたごく一部の人間だけであった。言うまでもなく兵士たちはわれもわれもと志願を名乗り出た。当時の若者たちは、農民、労働者、学生の別なく、誰もがすすんで入隊を志願した。ほとんどすべての若者が、祖国のため、南部の同胞の勝利のため、喜んで出征し自らの命を捧げようとしていた。南部同胞のため、というスローガンがすべてに優先したのである。志願書の中にはインクや鉛筆の他に、自らの血でしたためられたものまであった。何万、何十万という数の志願者が殺到した当時の熱気を想像するのは容易ではない。しかし、あれほどの激しい怒りと不屈の闘志が一挙に燃え上がったきっかけが、第七艦隊・駆逐艦マドックの攻撃、ラクチュオン、ホンガイへの「報復」爆撃［米国の本格介入となるトンキン湾事件、「北爆」開始のこと］、という一連の事件だったことだけはまちがいない。ラジオや新聞は競うようにして連日一面トップで報じ続けた。

このように社会全体が一種異様な熱狂に包まれている中では、一人一人が胸に秘めた思いは、大事の前の小事として無視されがちである。まるで誰も止めることのできない戦車のキャタピラにとりついた一粒の砂のように。

ド・マイン政治委員が前線に赴任してからすでに一年以上が経過していた。連隊司令部では、次に出征するのは誰か、自分の番はいつか、といった話でもちきりである。それは死と背中合わせの危険な任務であるが、誰もがその栄誉にあずかりたいと強く願っていた。中でもサイの熱意は際立っていた。サイは一度に三通もの志願書を書き、それを連隊の党支部と、軍区の司令部およびその党支部宛てに送った。しかもその中の二通は自らの血でしたためられていた。サイの今回の行動は、けっして思いつきではない。日頃から、軍区の会議や集会などで任務遂行に優れた兵士を表彰する時には、必ずサイの名が上がっていた。連隊仲間の間でも、黙々と任務に打ち込む彼の姿勢は、好意と尊敬の目で見られていた。

ただヒューとヒエンの二人は、サイの志願書に目を通しながら複雑な思いであった。勿論、多感な若者らしく前線で戦いたいというサイの純粋な気持ちは、痛いほどわかる。しかし、サイほど優秀な教員を失うのは惜しい。それに何より、サイ個人に実の弟に対するような深い同情を寄せ、何とか力になってやりたいと思っていたからだ。とりわけヒューの場合、その思いは一段と強かった。親代わりは勿論、教師として、友人として、あるいは兄弟として、さらには恋人の代わりとして、何でも相談相手になるつもりである。

そのヒューから見ると、最近のサイの言動にはどことなく気掛りなところがある。ある夜、ひさしぶりに二人きりになった時、彼は自分からサイに声をかけた。

「近々EやFと一緒に任務につくというもっぱらの話だが。もう少しここにいて、われわれと一緒に行動しないかね」

「お気持ちはありがたいんですが、わたしの希望が早くかなうよう上に進言してください。ここにいてもつらさが増すだけですから」

ヒューは答えに窮した。その責任の一端は自分にある気がしたからだ。

トゥエットが男の子を生んでから一年近くたっている。それ以来、普通の父親と違って、サイはますます憂鬱になっていた。暗い気持ちになっていたのだ。将来その子は、サイは自分のことばかりでなく、その子の行く末を考え、悩んでいると、父親か母親のどちらかを欠いた子供になるに違いない。あれこれ思い悩んでいると、実家からわずか二百キロ足らずで、二、三日もあれば往来できるこの連隊は、かつてのような逃避場ではなくなっていた。あの時やむなくヒエンの忠告に従ったものの、もう二度と同じことを繰り返す気にはなれない。しかしもはや離婚も難しかった。ただ身勝手と非難されるだけである。

今のサイに残されている道は、南部戦線への志願しかなかった。境界線を越えれば、もう誰も追いかけてこないはずである。その上、南での戦闘は半ば秘密裡の任務であり、家族との文通を強要されることもない。いずれにせよ戦場では家族のことでとやかく言う人間など誰もいない。家族の束縛から逃れられるなら、死に直面するほどの困難が待ち構えていようと、サイにはその方がはるかにましである。

ヒューはサイのそんな思いつめた気持ちが手に取るようにわかっていた。子供が生まれて以来、サイは毎月のようにその子のために配給の砂糖や、買い揃えた干し海老を送っていたが、家にだけは帰ろうとしなかった。わが子可愛さに家に帰れば、嫌が応でもその母親と顔をつき合わさざるをえない。いっそ浮気でもして彼女がどこかへ行ってくれたらと、サイはそんな虫のいいことさえ考えていた。

彼女が家出でもすれば、サイはすぐに休暇を取ってわが子の元に帰りかねなかった。

しかしサイの思惑とは別に、突然帰郷が実現することになった。連隊の中から五十二人の兵士が南の戦場に派遣されることになり、サイもその中の一人に選抜されたのだ。サイの十五日間の休暇にはヒュー自身が同行することになった。今度ばかりはこのままもう二度と会えない可能性がある。道中ではさすがにいろいろな思いが胸をよぎるせいか、二人ともおし黙ったままであった。二人がサイの家に着いたのは、ちょうどあたりが夕闇に包まれる頃である。今回は家にもあらかじめ知らせていなかったし、村の子供たちに取り囲まれることもなかった。真っ先に二人の気配を察したのは、老父である。カン老人は入り口のあたりで何やら囁き合っている人影に気付き、「どなたかな、ひょっとしてサイじゃないかい」と声をかけた。

台所にいた老母もその声を聞きつけ、あわてて駆け寄ってきたが、サイの姿が見えないので、「もうろくもいい加減におし。何をぼけーっと突っ立っとるんじゃ。サイがいるはずないじゃろが」と、カン老人を叱りつけた。

しかし老母が外の様子を窺おうと飛び出した時、ちょうどそこへ二人が姿を見せ、同時に「ただいま」と会釈をした。老母は黙ったままサイの両手にすがりつくと、後はただひたすらわが子の頭や背中をゆっくり撫で回すだけである。その頬には嬉し涙が止めどなく溢れている。

「こちらはヒエンさんとおっしゃる方かの？」

「初めまして、わたしはヒューと申します」

「今度はヒューさんが付き添いでね。ヒューさんのことは、ティン兄さんからも聞いてるでしょ」

「もちろんじゃ。たしかお国はハドンのミードゥックでしたな。ぜひ一度お目にかかりたいと思うとりました。本当によくこんなところまでお越し下さって、何とお礼を申し上げていいか」母屋の気配を察して、ティンの嫁も客人に挨拶するため顔を見せる。彼女は、「ようこそいらっしゃいました。サイさんもとてもお元気そうね」と、挨拶をすませてから、半キロほど先の親戚の若者の元へ急いだ。この若者はティンの紹介で最近鉄道関係の仕事についたばかりである。

「急ぎで申し訳ないけど、お願いがあるの。これから県まで一走りして、ティンさんにこう言ってちょうだい。サイさんとヒューさんが帰ってるので、すぐ家に戻るようにって」

その帰り道、彼女は長兄の家にも立ち寄る。

「サイさんがお友達を連れて家に帰ってるの。お兄さんも挨拶にいらしてくださいな」

いつものように長兄の嫁の返事はそっけない。

「だってお父さんお母さんがいるでしょ。ティンさんだっているし。それに今うちの人はちょっと手が離せないのよ」

「当座でいいの、ちょっと顔を出してくださいな。今うちの亭主は留守だし、親たちはもう年できちんとお相手もできませんから。いつまでもお客さんをほっておく訳にもいかないでしょう」

「ティンにはもう連絡を取ってるんだね？　わかった、じゃあ先に帰っておいで。わしはすぐ後から顔を出すから」

長兄はいつもそうである。「すぐ後で」と返事はしたものの、たとえ顔を出しても、きっと夜遅くなるに違いない。家に戻ると、ティンの嫁はさっそく老母の甲高い声に見舞われた。

「いったいどこをうろついてたんじゃ。このわしをほったらかしにする魂胆かい？」

あらかじめ予期していたせいか、彼女は冷静であった。

「まあ落ち着いて下さいな。で、お母さんの方はもう息子さんたちを呼びにやったんですか?」

肝心のことを忘れていた老母は、返答に窮する。ばつの悪さを隠すように、少し突っけんどんに、

「それで今からどうすればいいんじゃ?」と言った。

「あわてることありませんわ。まず、トゥエットに食事の用意を言い付けて下さいな。鶏と蕪《かぶ》炒めと、それにスープがあれば十分でしょう」

「お前もぜひ手伝っておくれな。あまり遅くなってはお客さんに失礼だからの」

老母のそそっかしさは今に始まったことではない。家の中に入ると、ティンの嫁は何事もなかったかのように、早速手際良く仕事を片付けていく。

この十年ほど、ティン夫婦はサイや老夫婦と食事を別にしている。しかし、今回の客のように遠来の来客があると(ティン夫婦は隣に立派な部屋を建て増して住んでいる)、米を炊いたり鶏をさばく以外は、ほとんどティンの嫁が仕切っていた。二つの住居は壁で隔てられているだけで、来客の目には同じ家族にしか見えない。ただ、両親の住居はハビ村が洪水に悩まされていた当時のままのいかにも粗末な造りだが、ティン夫婦の方は、町なかの家かと見紛うほど立派な構えである。

ここ数年ハビ村は、商品作物の栽培や政府米の毎月の配給により、目覚ましい変化をとげていた。飢えの心配どころか、どんなに貧しい家でも、豚や鶏を飼い、米も数十キロの蓄えがある。以前はもっぱら日雇いに精を出していたサイの家でも、遠来の客があれば、茹でた鶏肉に豚の血の煮こごりと食塩をまぜたタレを添えるくらいのもてなしはできる。このタレは、村を出ていった人間の孫の代までも忘れられないと言われる郷土の味なのだ。

一方ティン夫婦は、瓶詰めのにんにく、生姜、ターメリックなど多彩な調味料を、日頃から庭や台

所の隅に用意している。その他にも、胡椒、カレー粉、唐辛子、ライム、酢、砂糖、油、桑の実漬け、タピオカ粉、薬用酒、さらに濾過水やお湯まで瓶や魔法瓶に備えてある。夫の知人であれサイの同僚であれ、来客があると、ティンの嫁はその時々の旬の食べ物で、心のこもったもてなしができるようになっていた。

特別のごちそうの時には、味にうるさい親戚の婦人たちの手を借りることもある。普段からティンは彼女たちを時々県の食堂まで味見に連れ出し、いざという場合に備えていたのだ。ティンの家で御馳走にあずかった客は、タピオカジュース一つとっても、かつてのハビ村の粗末な食事を想像しかねたに違いない。舌の肥えた人でも、目の前に並んだ品々を一瞥しただけで、この村の羽振りの良さに感心したはずである。

戸口にサイを呼び出し、「これお父さんとヒューさんに。食事までの腹ごなしにね」と言いながら、ティンの嫁はビスケットと落花生菓子を手渡すと、あわただしく引き返す。サイは礼を言う間もなく、ただ兄嫁の背中を感謝の思いで見つめた。サイにとって兄嫁は母親同様の存在で、安心してこの場をまかせることができたのである。

ティンの嫁はそのまま畑に足を運び、蕪《かぶ》と葱《ねぎ》を掘り出してから、台所に戻り、生姜、胡椒、薬用酒、唐辛子などを揃え、トゥエットの元へと届けた。料理の手順や味付けの具合まで細かく念押しすることも忘れない。それから手足をきれいに洗ってから、応接間に上がり込んでベッドの上の枕や寝具を整える。すべての段取りをすませると、子供たちを呼んで、「さあ急いで。もうすぐお父さんが帰ってくるわよ」とせかしながら、その顔や手足を拭いてやる。

来客の食事の相手は母屋にまかせ、その代わり翌朝早く起きて、客人が目覚めた時に、いつでも顔を洗ったり、お茶が飲めるようお湯を沸かしておくのは彼女の役目である。しかしこれだけかいがいしく働いても、御馳走には一口もありつけない。子供たちも、客との同席は許されず、たまに老母がこっそり取っておいてくれたあまり物を口にするくらいだ。最初の頃は、老母も不憫がっていたが、いつもティンの叱責を浴びるのが関の山である。

「母さんはお客さんよりも、うちの奴や孫たちの方が大事なのかい。あいつも欲しけりゃ、自分で作りますよ。鶏でも何でも材料に不足ないんですから」

老母も、子供たちが客と同席するのをティンが嫌うのはよくわかっていた。孫たちも聞き分けよく、せがむこともなかったので、老母もだんだん口を挟まなくなった。もともと彼女はティン夫婦に対し、不平がましいことはあまりもらさない。ティンの妻は気性が穏やかだし、ティン自身も他の兄弟に対しいつも気を使っているからだ。

一方、長男夫婦は村外れに住み、あまり寄りつかなかったが、実家の動静には地獄耳で、どんな些細なこともよく知っていた。六、七年前のことである。この家に不意の来客があった。ところがあいにく米櫃《こめびつ》が空っぽで、ティンの妻があちこち奔走して何とか間に合わせのごちそうを作った。そのせっかくの料理が少し残ったので、もったいないと思った老母は何度もティンの妻に勧めた。とうとう彼女も断り切れず、台所の隅で鶏の頭や手羽先や冬瓜《とうがん》のスープを口にした。これが早速長兄の嫁の耳に入り、格好の標的になったのだ。数日後、彼女はみんなの前で皮肉たっぷりに次のように言った。

「お客様のお世話もなかなか悪くないわね。このご時世じゃ、お父さんたちだって借金するのも並大抵の苦労じゃないわ。お客があれば鶏料理くらい出さないとみっともないし。当然お客さんも遠慮してあまり箸をつけないわよね。その残りは家の者が食べ放題。わたしもたまにはティンの嫁みたいにお父さんたちのお手伝いをしてみたいわ」

それ以来、たとえ正月や来客時に御馳走の残り物が出ても、ティンの妻は一切手を付けなかった。その徹底ぶりには、長兄の嫁も二度と口のはさみようがなかったほどだ。

ティンが帰ってきたのは、食事が始まる直前である。ヒューは自転車の気配を察して、真っ先に庭に飛び出し、「ティンさんだね?」と声をかけた。ティンも自転車から飛び下りるなり、ひしとヒューを抱き締めた。この一年、二人はサイのことでひんぱんに手紙のやり取りをしていた。二人ともサイに対する愛情にかけては、誰にも負けないという思いがある。また、サイを誇りに思うと同時に、強い自責の念を感じる点でも、二人は共通している。まるで旧知の間柄のように、ひとしきり話に花を咲かせた後、ティンはランプを片手に台所へ足を運んだ。

仰向けに茹でた鶏肉を別の皿にひっくり返し、まるで生きた鶏のように盛り付けた料理は、姿形といい色艶といい食欲をそそらずにはいられない。その横には、蕪と春雨の炒め物とスープが並び、食塩に豚の血の煮こごりとライム、唐辛子、胡椒を加えたタレも準備してある。おまけに箸や、酒瓶や、茶碗にまでそれぞれきちんと紙が敷かれている。一目見るなり、妻の手助けと指図のおかげだとわかる。

ティンは満足そうにうなずき、「なかなかのできばえじゃないか。さああっちへ運ぶとするか」と言いながら、妻にランプを預け、自分で料理を運んだ。居間に入りながら、彼は上機嫌でみんなに声をかけた。

「さあ、お父さん、ヒューさん、こちらへどうぞ。おいサイもこっちに来んか。やあ兄さんも、ようこそ。こっちでご一緒しませんか。急ごしらえのものしかありませんがどうぞ。今日はついてますよ。

たまたま近くの村に用があって、ちょうど腰を上げかけたところへ、親戚の若い衆が来客だって呼びに来ましてね。まだ帰ったばかりで着替えする間もなくて、この格好で失礼します。あ、ヒューさんには、ぜひ聞いていただきたい話があるんですよ。今年はこの県一帯も記録破りの豊作でしてね。一人あたりの米の平均収量は、三十七・五キロにのぼります。川沿いの畑にはジュートや、大豆や、さとうきびを主に栽培してるんですが、こっちも一人あたり政府米十二、三キロと交換できるほどの収穫でしてね。米の蓄えが数百キロにのぼる家も珍しくありません。昔は主食と言えば、せいぜいとうもろこしやさつまいもやタピオカでしょ。それだって満足に食えない時もありましたよ。それが今じゃ、家畜の餌ですからね。さあさあ始めましょう。お父さん、どうぞ。ヒューさんも遠慮なく。兄さんも足を楽にして下さいよ。このお酒はお薦めでしてね。親戚の若い者が山へ伐採に行った時捕まえた生きのいいトカゲを、三キロの薬草に浸けたものなんです。薬草もこの地方の名産で、村によっては何万トンと採れる所もあるんですよ。さあどうぞ遠慮なく。そうそう今年は徴兵の方も記録的でしてね。この県じゃ、今年一年だけでこの十年間の三倍の入隊者があったんですよ。入隊志願者は多いし、銃後も食いはぐれの心配はないし、万事めでたしめでたしですな。兄さん、ちょっと火を取ってくれませんか。さあヒューさんも、我が家に帰ったつもりでくつろいで下さい。サイ、お前もどんどん食べんか。ここにいる間、自転車が必要なら、遠慮はいらん、わしのを使え、いいな……」

食事の間中、ティンはもっぱら料理をすすめるだけで、しゃべりづめである。食事がすむと、話相手になったのはヒューだけで、カン老人と長兄は客への義理でその場に座っていたものの、時折船を漕いでいる。そろそろ肝心の話を持ち出す頃あいだと考えたティンは、父親と兄に先に休むようすすめると、それを潮に二人は「どうぞごゆっくり」と言いながら席をはずす。その場に残ったヒューは、サイが入党できなかった理由の説明を始めた。

これは部隊の中で一年以上にわたって議論を重ねた難しい問題である。最後まで障害となったのは、妻の実家の階級成分である。サイ自身に関しては、党細胞の責任者はみんな好意的で、むしろ大いに同情してくれたほどだ。政治委員のド・マインをはじめ、同僚の誰もが不本意な結果を冷静に受け止めたサイの自制心の強さにあらためて敬意を深めている。こうした評価を聞きながら、ティンも弟の頑張りに胸をなでおろした。ヒューの言う通り、いずれサイは入党を果たし、どんな任務でも立派にやり遂げてくれるに違いない。

しかし、サイの南部への出征を知らされた時は、さすがにティンも驚いた。そして最初の驚きが治まるにつれ、体の中から熱いものが込みあげてきた。身内から危険な前線に志願する人間が出ることは、大変な名誉である。しかもサイはこの村から南部へ出征する初めての人間だ。南部ははるかかなたの地だが、おびただしい血が流れていることを人々はひそひそ声で語り合っている。そんな南への出征は、一種の英雄扱いである。

ティンはさっそくおじのハーに知らせるため、仰々しい手紙を書き、直接人に託して届けさせた。戦場に必要な携帯品もいろいろ揃える必要がある。ポリョート［旧ソ連製のねじ巻式時計］、懐中電灯、栄養剤、朝鮮人参など、サイの望むものは言うまでもなく、人伝に戦場で必要と聞いた物まで、手当り次第にティンは買い集めた。話を聞きつけた同僚たちも、あちこち奔走して品捜しを手伝ってくれた。ティンは、虎の子の貯金ですら惜しみなく使ったのである。

サイは実家にはわずか五日間しかいなかった。その間、夜はずっとヒューと同じ部屋で眠った。もうトゥエットとの仲をとやかく言う人間はいない。両親にとって、サイは自分たちの手を離れた大人で、今では彼に瓜二つの元気な孫までいるので、それだけで十分満足している。どんな任務につこうと（両親も他の人間も、まだサイの南への出征は知らされていない）すっかり信頼している。二人は、「お父っつぁんがおらんでも心配ねえぞ。よしよし、お前の面倒はじいちゃん、ばあちゃんが見てやるからのう」と言いながら孫をあやして楽しんだ。

しかし、トゥエットは、待望の子供を得たとはいえ、心の底には不満がつのるばかりだ。こんな状態なら、相手から怒鳴られたり、ぶたれたりする方がまだましである。どんなひどい扱いを受けても、夫の存在は感じることができるからだ。ところがサイは、彼女のことなど全く眼中になく、顔を合わせても一言も口をきかないばかりか、まるで癩病患者でも見るように身を避ける。ある時トゥエットは赤ん坊で気を引こうと、兄の部屋にいたサイを迎えに行った。ところがサイはわが子も無視し、さっさとよそに出かけてしまった。しかたなくトゥエットは、わざわざ長兄の家に出かけ、その子供たちから赤ん坊をサイに手渡してもらう始末であった。一事が万事この調子で、サイはわが子ですら決してトゥエットの手から受け取ろうとしなかった。

こんな仕打ちを受けても、トゥエットはただじっと我慢するしかない。以前とは風向きがすっかり変わっている。もう、サイに対し夫婦仲好く振る舞うよう忠告する人間はいない。ヒューも、打ち解けていろいろ話しかけてくれるものの、夫婦仲の話は一言も触れようとしない。かつてサイの同僚たちがあんなに気を使ってくれたのが、まるで嘘のようだ。ティンの態度も、あきらかに以前と違っている。サイには細々と気を使っているが、彼女には何か含むところでもあるのか、努めて顔を合わせないようにしている。トゥエットの知らないところで何かがあったに違いない。彼女は毎晩あれこれ思案しながら、いつも子供を抱いたまま泣き寝入りするしかなかった。これまで実家の父親や兄から、

「あの家の連中がどんな策を弄そうと、お前を追い出すことなどできっこない。いいな。ハーの奴やティン、それにサイごときにどんな仕打ちを受けても、絶対辛抱して、あいつらの鼻をあかしてやるんだぞ」とさとされてきたが、その戒めを守る気持ちもしだいに失せるばかりである。

五日間の休暇が終わり、サイが旅立つ日には、大勢の人間が見送りに集まってきた。おじのハーがわざわざ省からやってきたのをはじめ、ティンの県庁の同僚たち、サイの知人友人もたくさん顔を揃えている。しかし、新しい任務につくまでにまだ十日間の休暇が残っていた。実家にあまり長逗留したくないサイの気持ちがよくわかっているヒューは、自分の郷里で残りの休暇を過ごすよう気を配った。郷里の年老いた両親や妻のもてなしを受ければ、サイの気分も少しは晴れるかもしれない、と考えたのだ。ところがサイは、ここにもわずか三日滞在しただけで、「もう誰にも世話になりたくないんです。気を使うばかりですから」と、ハノイに帰りたいと言い出した。

サイの決意は固かった。ヒューも折れて、二人は第六十六駐屯地で残りの休暇を過ごすことになった。毎日ヒューは教育・文芸両班のための小道具を揃えたり、教科書を買ったり、読書をして時間をつぶした。サイは、電車でカウザイまで足をのばし、それからマイジックの方角へ散歩するのを日課にしていた。どこかに立ち寄る風でもないし、買い物をしている気配もない。そんな生活が四日間ほど続いた。そして四日目の夕食後、サイは突然こう切り出した。

「これからカウザイまで同行してくれませんか」

「やぶからぼうにどうしたんだい?」

ヒューはわざとそ知らぬふりで聞き返す。

「フオンの住まいをご存じでしょ?」

「ああ」

「じゃそこまで連れてってくれませんか」

突然の話に、ヒューはすっかりめんくらってしまった。今さら何のために？　自分は、サイとフォン夫妻を前にして、どう振る舞えばいいのだろうか？　フォンの気持ちが結婚直前に書いてきた手紙のままだとしたら。困ったことに、サイにはその手紙について何も知らせていないのだ。しかし、今さらサイに自分の困惑を打ち明けるわけにはいかない。

サイは、北を去る前にただフォンに一目会いたいと思っていただけである。洪水に見舞われた川沿いの土地や緑豊かなバイニンの村、嵐の海のように狂おしい夏の日々、そして第二十五連隊での過酷で充実した生活と一人密かに抱き続けたあてのない思い。過ぎ去りし日のこうしたさまざまな思い出をふりかえるのと同じように。

夕方五時に出かけた二人が、目的の場所に着いた時はもう夜の七時を過ぎていた。フォンの住まいは職場に隣接するバナナの木に囲まれた萱ぶきの建物で、いかにも郊外のたたずまいらしく、軒は低くその造りも簡素だ。フォンの住まいまでついて来たものの、ヒューはまだ迷っている。見かねて、サイが耳打ちした。

「ここで待っててくれますか。私が先に会ってきますから」

「君の好きにしたまえ」

「じゃ一緒に付いてきて下さい。お願いします」

うわずったサイの声を耳にして、ヒューはその緊張ぶりが手に取るようにわかった。しかしサイはもう引き返すつもりはない。そそくさと服のしわや髪の乱れを整えると、入り口の方へ進んだ。フォンはベッドに背を預け、分厚い本を一心に読み耽っている。時々何やら呟きながら、そばの手帳に書き込みをしている。半開きの扉越しに電燈に照らされた室内の様子はよく見えるが、彼女の顔はパーマをかけた髪に半分ほど隠れている。しかし生き生きとした目の輝きと、歯並びの美しい口元は、以前と少しも変わっていない。穏やかに微笑むその口元の魅力は、一目見ただけで誰にも忘れ難い印象を与えるに違いない。昔より少しほっそりしているが、フオンはさらにその美しさを増していた。サイの胸の鼓動は思わず高まる。奥の壁際に吊り下げられた蚊帳の中には彼女の夫が横になっているようだ。サイはその男に軽い嫉妬をおぼえた。つい衝動的に家の中に入り込み、フオンをそっと連れ去りたい誘惑にかられた。そのまま一晩中二人だけで過ごしたかった。彼女の胸にずっと顔を埋めていたかった。たった一晩だけでよい。それさえ叶えば、明日からはどんな苦しい試練にも耐えられる。つらい行軍も食料不足もマラリアも、激しい爆弾の雨も問題ではない。

サイの緊張の糸は今にも切れんばかりだ。息使いも乱れ、壁にしがみついてやっと体を支える。どうやらフオンの方も人の気配を感じて、時々入り口の方に視線を走らせている。不意に彼女が腰を上げると、サイはあわてて忍び足でヒューの所へ引き返した。まだ気づかないフオンは、コップを手にするとまた元の場所に座り、そのまま読書を続ける。サイのあわてぶりを見て、ヒューは笑いを押し殺すのに一苦労だ。彼はつとめて平静を装いながらサイに尋ねた。

「フオンの様子はどうだ?」

「外国語を勉強しているようです」

「一人か?」

「相手はもう横になっているようです」

「じゃもう帰るとするか」

「少し待って下さい！」

「どうしろと言うんだ？」

「ほんの少しでいいんです、中へ入って挨拶して下さい。私はここで待ってますから」

「このままそっとしといた方がいいと思うがな」

と答えたものの、ヒューにはサイの気持ちは痛いほどわかっている。彼女が自分のことをどう思っているか、最後にもう一度だけ確かめたいのだ。言付けなり約束なりがないかどうか知りたいのだ。こんな夜更けに他人の家を訪ねるのは非常識だということくらいよくわかっている。しかしこれはサイのたっての願いである。自分自身にもサイの面倒はとことん見ると言い聞かせてきたはずである。サイに悔いを持たせたままにするのはあまりに酷だ。

サイの姿が遠ざかるのを見届けてから、ヒューは中に入っていった。静かに扉をノックすると、中から、「どなた？」というフオンの声が返ってくる。

「夜分失礼ですが、こちらはフオンさんのお住まいですか？」

「どちらのフオンをお探しですか？」

「工科大学を出て就職されたばかりのフオンさんですが」

「失礼ですが、どんな用件でしょうか？」

「軍人のヒューという者ですが」

「えっ、ヒューさんですって！　本当！　キムったら、ヒューさんよ、ヒューさんがいらっしゃったのよ」

フオンは手にしていた本を投げ捨てると、駆け寄って戸を開けた。蚊帳の中で横になっていたキムも起き上がり、挨拶にやってきたが、フオンはヒューを質問攻めにして離さない。どうしてこの住いがわかったのか、ここ一月ほど音信のないヒエンから言付けはないかなどと一気に尋ねると、フオンは自分たちの暮らしぶりを話し始める。医大に通うようになってからキムは週末をここで過ごしていること、夫は近く留学資格試験を受けるので図書館に日参していること、ここに引っ越してから忙しくて家の中はちらかし放題であること、さらに彼女は息つく間もなく話し続ける。

「今私たち二人とも外国語に夢中なんです。主人は留学のため、私の方は、仕事柄外国の科学技術書をたくさん読まなければいけないからです。日曜はキムと三人で食事を作るけど、普段の日は時間がもったいないので共同食堂を利用してるんです。よろしかったら今夜は泊まっていらっしゃいませんか。主人はお客をもてなすのが大好きなんですもの。本当に気兼ねなどなさらないで」

ヒューは、部隊の所用でこのあたりに来たついでに、ふと彼女から聞いた住所を思いだし、ちょっと立ち寄っただけだ、と言い訳した。その一方で、例の夏休みの海辺でのキャンプ生活や、当時の部隊の多忙さを、ことさら話題に取り上げた。思い余ってサイの名前も出してみる。しかしフオンは、その名前を聞いても、関心を示すそぶりさえ見せない。とうとう、ヒューは次のように言った。

「サイは南に行くことになったよ、キム」

キムの方は飛び上がらんばかりに驚き、あれこれ尋ねてくるが、フオンは全く我関せずの態度を変えない。ついにヒューも腰を上げながら、「フオンにはまだ借りがあったな。いつか折が来ればその借りを返さないとな」とまで口にした。

「この次はぜひもっとゆっくりして下さいね。それから例の話はなさらないで。もうすんだことですから」

フオンの怒りは少しも解けていなかった。彼女がことさら、「主人」とか「私たち二人」などと口にしたのは、暗に夫を持ち上げ、自分を裏切った人間へ当てこするためなのだ。せめてもの救いはこの場にサイがいないことである。ヒューの気持ちは急速にさめていった。サイにははっきりと言い聞かせてやりたかった。「もうくよくよするのはよさんか。お前がいくら悩み苦しんでも、相手はケロッとしてるだけなんだから」と。

しかし実際にサイを目の前にすると、彼の気持ちはまたぐらつく。フオンの話の内容を待ち焦がれていた様子が痛々しいほどわかるからだ。ヒューは、ことさら陽気に話し始める。

「とても話がはずんだよ」

「そうですか。結婚相手の不平などもらしていなかったですか？」

「そんなそぶりもあったが、人前で口に出せる話じゃないからな」

「私のことまだ怒っているようでしたか？」

「たぶんな」

「私の置かれた状況をよくわかってくれてるんでしょうか？」

「おそらく全部はわかっていないだろう」

サイは溜め息を押し殺し、しばらく黙ったまま歩いていたが、また自分のほうから尋ねる。

「フオンは私が遠くへ行くのを知ってましたか？」

「わしが話したよ」

「何か言ってました？」

「君の意志の強さを褒めてたよ」

「それにしても彼女は何であんなにやせていたんでしょうね？」

「勉強のしすぎさ。仕事の合間を縫って外国語をやってるんだ。市内の学校までずいぶん遠いらしい」

「何でこんな外れに住んでるんですかね。彼女はとても暗がりが苦手なはずなのに、夜間に遠い学校へ通うんじゃ大変ですよ」

「職場がこの近くのようだ。それに自分の家を持つのはまだ先の話だろう」

「それにしても、彼女の相手ももう少しその辺に気を配ればいいのに」

しばらく沈黙が続いた後、突然明るい声でサイが言った。

「あっそうだ、ティン兄さんに手紙を書けばいい。でも…、兄さんはフオンを毛嫌いしていないかな…。いやどうしても兄さんに動いてもらうしかない。もしフオンへの手助けを拒んだら、もう絶交だ。手紙にはこう書くんだ。フオンは兄さんが考えるような人間じゃないから、ぜひ親身になってほしいって。あなたからも手紙なり、ハノイで会う機会でもあれば、ぜひティン兄さんに助言していただけませんか」

「何をだ？」

「昔私の家に疎開していた家族がいて、その人たちの家には二部屋ほど空きがあるんです。その家族は前々から、私や友人が勉強か仕事でハノイに住む時には喜んでその一部屋を貸してあげようと言ってくれてるんです。ですからティン兄さんに伝えてほしいんです。何としてもその部屋を借りるようにしてくれと。弟のたっての願いだからって」

「君のためならすすんで犠牲を買ってでるティンさんだ、骨身を惜しまずやってくれるよ」

「それはよくわかっています。ただこのフォンの件をかなえてくれないなら、もう金輪際頼み事はしないからと、ぜひ言い添えてほしいんです」

「よくわかった。だから君も安心して出征したまえ。ティンさんと相談して、必ず君の期待に添うようにするよ。具体的にはしばらく様子を見てのことになるがな」

「それはどういうことですか？」

「彼女自身がもっといい家を見つけることだってあるだろう」

「勿論それでもかまいません。彼女の通学に便利な家ならそれでいいわけですから。暗闇やお化けが怖くて勉強を途中で止めることさえなければ何の心配もありません」

サイの前途には硝煙に包まれた苛烈な戦場が待ち構えている。しかも何時果てるとも知れない戦争である。しかしその夜の高揚したサイの気分からすれば、どんな厳しい試練も物の数ではなかった。固い決意とゆるぎない信念に燃えたサイを、ヒューはただ静かに見守るだけだ。それは、当時新聞やラジオが国民の鏡としてこぞって宣伝した喜び勇んで前線に赴く兵士の姿そのものである。彼はサイのそんな姿がとてもかけがえないものに思えた。

＊

現在の幸福に満足している者は、もはや過去に未練をもたない。充実した日々を送る者は、それをことさら誇示などしない。

実はフォンは結婚する前から、今の夫に愛想をつかしていた。工科大在学中のフォンは、誰もが認める花形で、言い寄る若い講師にことかかなかったが、みんな彼女に袖にされていた。面目丸つぶれの彼らは、何ごともなかったようにとぼけるか、愛想笑いでとりつくろった。現在の夫のティンも講師の一人である。しかし他の教師と違い、彼だけはフォンから一度も無視されたことはなく、むしろ彼女から同情扱いされていた。

ティンは仕事一筋の努力家であった。講師クラスの中ではもう年配の一人で、目立つほどの才気はないものの、他人と比べ見劣りするほどでもなかった。つまりすべての面で平均的な目立たない人物である。三十五歳になっていたが、いまだに独身を通していた。口さがない女学生たちには、ひやかし半分、「社長さん」とか、「偏屈博士」とかいうあだ名をつけられていた。彼女たちは、彼ののぼせやすい性格をからかい、かってに各学科の選りすぐりの美人と結び付け面白がった。フォンも彼女たちの格好の標的となり、あれこれと噂を立てられた一人である。当のフォン自身も友人たちに向かって冗談まじりに「兵隊さんとは縁切れ、今度は博士さんね」などと口にしていたほどである。

確かにティンの一徹ぶりは度がはずれていた。いったん誰かが気に入ると、相手が何と思おうが全く意に介さず、あきらかな片思いでもいっこう平気であった。彼の面目躍如ぶりを示す逸話にはことかかない。ある時は恋人のいる女学生の後を一年間も追いかけまわしたことがある。おしゃべりしながら帰っていく彼女とその相手の男性の後を、毎日のように彼女の家まで付けていった。そして彼女が家の中に姿を消すのを見届け、おもむろに引き返す、そんな繰り返しを一年も続けた。しかも、その女学生に一度も話しかけたこともなければ、自分を気にかけてくれているかどうかにも全く無頓着であった。

フォンを見そめてからも、彼の行動は極端であった。例の夏休みのキャンプの時も、彼女の都合など一切お構いなしに、使い古しの軍人用リュックと湯冷ましの入った水筒をわざわざ持たせた。フォンが工場で実習を受けていた時は、ハノイから四十キロも離れていたにもかかわらず、日曜ごとに自転車で訪ねてきた。フォンの方は、居留守や仮病を使って彼を避けていたのだが、ある時ばったり工場の入り口で鉢合わせした。フォンもすっかり観念して、「先生のご熱意は本当にありがたいんですが、私には付き合ってる人がいますので、申し訳ありません」と、単刀直入に言った。

「かまわないさ。君の彼というのは兵隊さんのことだろう。僕は君たちの交際を邪魔するつもりなんか全然ないから安心したまえ。僕はただ純然たる君への好意で行動しているだけなんだ。もし君が僕と会いたくないと言うのなら、喜んでそれに従うよ」

フォンとしてはもうこれ以上何を話す気にもなれなかった。挨拶だけすませると彼一人その場に残し、さっさと工場の中に戻った。ティンの方は、その後数時間もその場に立ち続けたあげく、やっとハノイへ戻っていった。

その数日後、本当にフォンは病気で寝込む羽目になった。ところがどこでそれを耳にしたのか、今度はティンは半キロの砂糖にライム十個を携えて見舞いに来た。勿論フォンは丁重に断った。しかしあっさりと引き下がる彼ではない。

「今、ライムは安くて、十個でたったの七ハオなんだ。遠慮なんかしないでさあ食べて下さい」

フォンは苦笑するしかなかった。そしてきっぱりと命令口調で、「お願いです。せっかくですがみんな持って帰って下さい。今昼寝の休息時間なんです。申し訳ありませんが、そこにじっと座ってられるとみんなの迷惑なんです」と答えた。

さすがの彼も持参の品物をまとめて帰るしかない。まわりの仲間たちがとりなそうとしても、彼女は頑として耳を貸そうとはしなかった。ところがその後も、ティンの態度には何の変化も見られなかった。一方的に彼女に尽くすだけで、相手からは何の見返りも求めようとはしないのだ。

その頃フォンは、事情をよく知らない友人たちから「頭のいい素敵な兵隊さんは最近どうしたの」と聞かれるたびに、胸の奥深く秘めたサイへの思いに一人悩んでいた。どんなに思い詰めても、その行く末はあまりに漠としている。しかし、いつもはにかみがちで物静かな外見にもかかわらず、男らしい忍耐強さを秘めていたサイの姿は、彼女にとって少しも色褪せていなかった。フォンはただひたすら、いさぎよく自分に進学を譲ったり、一言も言わず入隊したり、独学で大学に進み尊敬の的になるほど優秀な成績を修めたサイを信じ続けていた。

ところがである。ある日思いもよらぬ話を耳にしたのだ。あろうことか、あんなに忌み嫌っていたトゥエットとすっかりよりを戻したというのである。半信半疑のフォンは、休みを終えて学校に戻る途中、友達と二人でハビ村に立ち寄ることにした。久しぶりのトゥエットはせりだしたおなかを抱え、いかにも得意げであった。それを目にしたフォンは、まるで頭をいきなりがんと殴られたように、その場に棒立ちになってしまった。友達の手前努めて平静を装ったものの、フォンの顔からはすっかり血の気が失せていた。やっと気を取り直した時には、もうトゥエットの姿は視界から消えていた。学校に戻った彼女はそのまま三日三晩寝込んだほどである。

そこへまた例の「博士」が、ライムを持って見舞いに来た。しかし彼を睨み付けた時のフォンの目は、思わず相手の身がすくむほどであった。今にも、「さっさと出てって。このうすのろ!」と毒づきかねない雰囲気であった。その時の彼女はどうやってサイに復讐するか、そのことで頭が一杯だったのだ。これまでいろんな人から寄せられた好意をすべて拒否してきたのは、何のためだったのか。

中にはサイよりも魅力にあふれた人間だっていた。そのあげくがこんな仕打ちとは…。復讐の念に取り付かれた彼女は、手段を選ばぬ切羽詰まった気持ちに陥っていた。突然、彼女はヒステリックに笑い出した。その薄気味悪さに、ティンも思わず逃げ出しかけた。一転して、彼女は真剣な声で「私のこと本当に好き?」と問いかけた。ティンは震えが止まらないのか、その場にしゃがみ込むと、まるで目の前の女性が妖怪に豹変したかのように、両手を合わせて許しを請うた。

「怖がることないのよ。答えて、本当に私のこと好きなの?」

努めて冷静な声でフオンは言った。ティンもやっと口を開く。

「あたりまえじゃないか。君のためならこのまま死んでも後悔しないさ」

「芝居じみた台詞はよして。さあ立ち上がって。そしてみんなにこう報告するのよ。大恋愛の末、二人は結婚するって」

ティンが有頂天になったことは言うまでもない。まるで神の命令に従う信徒のように、喜々として彼女の言いなりに事を進めた。そしてその半月後に、学校中の大騒ぎを尻目に新郎の実家でわずか十分足らずの簡素な結婚式が行なわれた。それ以来、フオンは周囲に対して申し分のない似合いの夫婦を装ってきた。そして今、彼女は三ヵ月目の子供をお腹に宿している。フオンは、ヒューの目の前でもあくまで幸せな家庭を演じ続けたのである。

＊

バク川を渡った次の夜、サイはとうとう倒れ込んでしまった。この三日間、彼は熱のため食事もろくにとれず、杖にすがって歩きづめだった。ついにその夜は全くの人事不省に陥ってしまった。その目は虚ろで、皮膚もどす黒く変色し、看護婦が懸命に飲ませようとする朝鮮人参も、顎が硬直して全く受け付けようとしない。しかたなく静脈注射を三本打つしか手立てはなかった。

戦場から丸一日がかりでこの野戦病院までサイを担いできた二人の兵士は、すぐにも前線の原隊へ帰りたがったが、野戦病院側のたっての要請を拒否できず、結局六ヵ月もいつくことになった。当時病院では、看護婦が水汲みの途中で負傷したりマラリアで寝込んだりして、人手が足りなかったからである。二人の兵士も、危篤状態の戦友をそのまま見捨てる訳にはいかなかった。そのうち病院も相次ぐ移動を余儀なくされ、負傷兵の数も日増しに増え、いつしか彼らは正式に第三十七病院の要員に任命された。

悪性のマラリアによる高熱と悪寒が続き、一時は絶望と思われていたサイの容体も、六ヵ月後には何とか起き上がれるまでに回復した。ただちに彼はセバンヒエンの南方にある要衝タオ沢を守る砲兵中隊の小隊長に任命された。もともと無口なうえに長患いのせいで、外見はまるで老人のようにふけこんでいたが、南の戦場で赫々たる功績をあげたいという決意は変わらず、今回の危険な任務は望むところであった。南の戦場に来てほぼ一年になるが、彼はまださしたる働きもあげていない。逆にまわりの仲間に苦労ばかりかけている。戦友たちのこれまでの恩に報いるためにも、立派な働きを見せたいと張り切った。

新しい部隊に着くと、サイはすぐ前線に出ようとした。しかし、中隊長は彼に一週間の休息を命じた。中隊長は彼を側に置き、自分の右腕として働いてもらうつもりでいた。連隊司令部で教官を勤めたサイの経験を買っていたのだ。当面は少数民族の新兵たちに対する読み書きと、中隊の報告文清書の二つの任務をまかせるつもりであった。

サイは二、三日のうちにすっかり疲れもとれ、おかず不足に悩まされるほど食欲旺盛になった。野菜不足を補うため、自分で探しに行こうとしたが、赴任したばかりでこのあたりの地理には疎い。その上この一帯のジャングルには枯葉剤が散布され危険である。そこで中隊長は連絡兵に案内を命じ、野菜や山菜を採るために同行させた。予定では二日がかりの行程だが、二人は余裕を持たせて四日分の食料を用意した。リュックと銃を背負って早朝に出発した二人が、シデやタガヤサンなどの高木が生い茂るジャングルにたどり着いた時にはもう昼過ぎであった。

このまわりは表皮が白くて釘のように固い木ばかりだ。連絡兵はテムという名前である。彼はジャングルの中を、まるで我が家の庭のように敏捷に動き回った。山菜やきのこの場所だけでなく、蜂蜜のありかや足元の小川の流れつく先まで、何でも熟知している。蜂蜜は明日水筒が空になるのを待って、それに詰め込む手筈になった。サイはてっきりテムがこのあたりに住んでいたのかと思ったが、ここに来るのはこれが初めてだと言う。すばしこいうえに大胆なテムはどんなに小さな物も見落とさない。二、三時間でたちまちリュック一杯のたけのこと二キロの木くらげが採れた。

その夜突然の雨にたたられさえしなければ、今回の行程は大成功のはずであった。雨の徴候は朝からあった。猛烈な蒸し暑さのせいで、二人ともすぐ汗ぐっしょりになっていた。夜になると、強風のために葉ずれの音がひっきりなしに聞こえていた。しかし昼間ほとんど人跡もないジャングルを見つけ、互いの身の上すらほとんど話すひまもなかったくらい、つい山菜やたけのこ採りに没頭し、天候のことはすっかり頭から抜け落ちていた。夜、乾燥食で簡単な食事をすませると、すぐハンモックに横になり、前後不覚に眠ってしまったのだ。

明け方、背中の寒けで目ざめたサイは、ハンモックが水に浸かっているのに気づいた。彼はすぐ傍らのテムに声をかけた。懐中電灯で照らしてみると、あたり一面どしゃぶりの雨だ。わずか数十メートル先を滝のように激しく水が流れている。ポンチョに降り注ぐ雨音は、激流の音にすっかりかき消されている。二人はあわてて水の中に飛び下りると、すばやくポンチョをほどいてひっかぶり、銃とリュックを担いで、ひたすら高みをめざした。

やっとのことで安全な場所を確保すると、寒さをしのぐためさんざん苦労して火を起こした。雨天下のジャングルという気の緩みから、二人は煙に対して全く無警戒であった。まさか飛行機に嗅ぎ付けられるとは、夢にも思っていなかった。ところがあたりが白み始める頃、突然一団の編隊から攻撃を受けたのである。爆弾は二人のいる場所のわずか十五メートル先で炸裂した。一瞬目の前が真っ暗になったが、サイはとっさに近くの大木の陰に身を伏せた。その大木のおかげで、サイは助かった。しかし木から体が少しはみ出ていたテムは、最初の一撃で負傷してしまった。

最後の攻撃を待って、サイが様子を窺ってみると、テムはうつぶせになったまま身動きもしない。サイは火をかいくぐり、テムの元へかけ寄った。爆弾の破片がテムの左尻をえぐり、ズボンの破れ目からのぞく傷口は手のひらほどの大きさに達している。さらに腿のあたりも三ヵ所負傷している。下半身はまるで血の海だ。

サイは動転した気持ちをかろうじて抑え、滑る手を衣類で拭いながら、傷口に包帯を当てた。しかし包帯は傷三ヵ所分しかない。残りの傷口は、胸ポケットにあった煙草の葉で止血し、ランニングシャツを裂いて上から縛る。応急措置をすませ、テムの胸に触れてみると、確かな鼓動が伝わってきた。ほっと胸をなでおろしたものの、激しい水流の音に新たな不安がもたげてくる。足下は一面水びたしで、道は跡形もなく消えている。しかもテムは瀕死の重傷を負っていた。出血の激しいテムを、部隊の駐屯地か野戦病院まで無事連れて帰ることができるだろうか。

しかし、あれこれ考えるより、とにかく体を動かすしかない。まず、着物や蚊帳で拭いたポンチョを木の窪みに敷き、その上にテムを寝かせた。もう一つのポンチョもきちんと水を切って、雨よけ用に木の枝にかける。

苦しそうな息遣いをしていたテムが、「水、水をくれ」と、叫んだ。その哀れっぽい声に、サイは胸がしめつけられた。すぐに一方の水筒から空の水筒に水をほんのわずか移しかえた。そして水の一杯入った水筒を幹の陰に隠してから、移し終えたばかりの水筒を相手の口にあてがってやる。テムは両手でその水筒をわしづかみにすると、まるでサイに取り上げられるのを恐れるかのように、素早く自分の口に押しつけた。水はわずか二口ほどでなくなった。それでもテムは水筒の口ばかりでなく、そのまわりまで執拗に舐めまわす。サイは涙を誘われたが、心を鬼にするしかない。相手の口に空の水筒を傾けてやりながら、サイは祈るような気持ちであった。テム自身も無意識のうちに、これ以上水を飲めば危険なことがわかっているようだ。

しばらく水筒の口をしゃぶっていたテムは、やがて寝込んでしまい、時折弱々しい呻き声を発するだけになった。サイは銃を手にして、あたりの茂みや丘を探索してみることにした。足元の腐葉土はまるで絨毯のように柔らかく、一歩歩くごとにすっぽり埋まってしまうほどだ。あたりを流れる水の勢いは相変わらずで、岩にぶちあたっては不気味な音を響かせている。

サイはへとへとになるまでそこらじゅうを駆け回ってみたが、結局脱出道は見つからない。一刻を争うテムの傷を考えると、いてもたってもいられなかったが、サイはついに精魂尽き果て、側の岩に座り込んでしまった。そして刺すように冷たいその岩に顔をあてしばらくじっとしていた。

万策尽きた彼は、数分後、ついに銃声で救助を求めることにした。ひょっとしてこの近くに味方の部隊が駐屯しているかもしれない。あるいは誰かが食料を求めてこの近くまで入り込んでいるかもしれない。サイは気力を奮い起こして岩の上に銃を置くと、狙いを定めた。銃口をやや斜め上に向け、二発続けて引き金を引く。しばらく銃声の余韻がジャングル全体にこだました。疲労が眠気となって襲ってくる。サイは銃身で身を支えるのがやっとだった。

しかし、このまま睡魔に身を委ねる訳にはいかない。サイは何とか銃を肩に担ぎ上げると、また歩き始めた。すると突然、前方斜め十五度あたりの山の麓に何か動く物が見えた。二人の兵士が、川を渡ろうとしている。迷彩色の軍服から見て、敵兵のようだ。ということは、彼らも自分たちと同じ丘で一夜を明かしたことになる。今朝飛行機を呼び出して爆弾を投下させたのも、彼らの仕業に違いない。

サイは銃を側の枝に据え、木の間越しに狙いを定めて二発ぶっ放した。あわてて川の向こう側にたどりついた敵兵は、山の中腹に沿って左の方向へ逃げていく。彼らが視界から消えても、さらにサイは銃を数発打ち続けた。追撃する余力も尽きていたサイは、威嚇射撃で相手を遠ざけ、自分たちの退路を確保しようとしたのだ。幸いにも朝から躍起になって探し求めていた濁流の渡河場所を、彼らは身をもって教えてくれた。敵兵の逃げた方に向かうのは、危険きわまりない。しかし大きな道に戻るには、水の流れ下る方向に沿って進むしか方法がない。目星をつけたところで、彼はテムのところへ引き返した。

テムは依然として喉の乾きに苦しんでいる。サイはまた二口ほど水を含ませてから、彼を抱え起こした。テムはただ舌舐めずりするだけで、もう水筒を握り締める力は残っていない。サイはリュックからハンモックを取り出し、両端を縛ってから肩越しに垂らした。さらにテムの片手を自分の肩に置き、もう片方の手に棒を持たせ、負傷した足はハンモックに乗せた。ずいぶん不自由な格好だが、サイに残った力では、このやり方しかジャングルから抜け出す手立てはない。目の不自由な人間のように、二人はおぼつかない足取りで一歩一歩山を降り、川を渡った。

突然、テムの息づかいが急に荒くなったかと思うと、サイを突き飛ばし、はずみでそのまま一緒に倒れ込んだ。そしてあえぎあえぎ、「み……み……水をくれ」と叫ぶ。サイはやっとのことで体を起こし、また水を含ませようとした。しかしテムは異様な力で、サイの手から水筒を奪うと、しっかり握って放そうとしない。そしてごくごくと水を飲んだ。口元からあふれた水は、襟元まですっかり濡らしてしまうほどだ。

サイは咄嗟に何が起きたか理解できなかったが、我にかえると、テムの手から強引に水筒を奪い返した。テムが怒りを露にしたことは言うまでもない。そしてサイを恨めしそうににらみつける。サイは相手の苛立つ顔を努めて見ないようにしながら、きつく水筒のふたを締める。巻き直すために水に濡れた包帯をほどいてみると、テムの腿からの出血は依然として続いていた。薬や包帯は使い切っていたし、止血に効く薬草も見つかりそうもない。鮮血に赤く染まっているその傷を見ると、もはや一刻の猶予も許されなかった。

ちょうど真昼時である。沢を流れる水の音以外は、全くの静寂があたりを支配している。不気味なほどの静けさだ。サイは一歩進むごとに、午前中目撃した敵兵が洞穴や岩陰や鬱蒼とした茂みから今にも襲いかかってはこないかと気が気でない。疲れきっていた二人には、抵抗する力などもはや残っていない。とにかく最後の力をふりしぼって前に進むしかなかった。茂みで引っ掻き傷を負おうが、木や岩に頭をぶつけようが構ってなどいられない。手足の感覚もすっかりマヒしている。空腹や滝のような汗も、全く気にならなかった。もはや、負傷した友を背負っているのか、引きずっているのかもわからなくなった。しかしなかなかジャングルから抜け出せない。テムの方はさっきから頭をサイの肩に預けたままじっとしている。どうやら眠ってしまったらしい。

そのうち、一部屋分は優にあろうかという、平べったい大岩に出くわした。高さはせいぜい膝のあたりまでしかないのに、サイにはもうよじのぼる力がなかった。その場に座りこんで少し休んでからもう一度試みる。しかし無駄だった。もはや体力の限界を越えていた。サイは疲労のあまりいつしか眠っていた。

テムもしばらく一緒に横になっていたが、痛みと喉の渇きに耐えかね、助けを求めて叫んだ。しかしいくら叫んでも、サイはぴくりともしない。サイは前後不覚に眠っている。しかたなくテムはサイの体から身を離し、両手で這って動きだした。いつしか、あたりは漆黒の闇である。水の流れる音だけが聞こえる。彼はその音に誘われるように、いざって行った。ともかくこの喉の渇きだけはどうにも抑えようがない。身を焼き尽くさんばかりのこの渇きを癒すためなら、たとえこのまま死んでも、浴びるほどの水を思いきり飲みたかった。足の負傷にもかかわらず、テムには腹這いになって動く元気がまだ残っていた。水音の誘惑がいっそう気力を奮い立たせていた。

沢にたどり着くと、テムは両手で体を支え、水面に顔をつけた。そして息つく間も惜しむように、ごくごくと水を飲んだ。腹が張り裂けるほど水を飲んでも、一向に渇きは癒えようとしない。テムはいつまでも冷たい水面に顔をつけたままである。水はまるで彼と戯れるかのように、時たまいきおいよくその顔を揺らす。無情な水は、渇きでほてったテムの顔に、これまでの生涯に一度も味わえなかったような大きな満足を、気前よく与えてくれる。この夜、テムは永遠に、希望と苦しみ、理想と愛憎の世界から解き放たれた。二十五年二ヵ月六日の生涯であった。

まだ夜更けなのか、それとも朝が近いのか。ここは海辺なのか、それとも薄暗い密室なのか。背中のあたりがやけにうそ寒い。手を動かそうとしても、全く動かない。まるで金縛りにでもかかったように一声も出ない。何とか体を動かそうともがいた末、やっと目が開いた。すぐ背中に手をやって見た。テムがいない。あたりをさぐってみたが、やはり彼はいない。全身からどっと汗が吹き出し、その場にへたばりかける。気を取り直して、懐中電灯であちこちを照らして見た。しかしあたりは敵兵が潜んでいそうな暗闇だけが広がる。大声で叫んでみようとしたが、喉がからからでとても声にならない。

少し気持ちが落ち着いたところで、サイは沢を探してみることにした。膝まで浸かりながら懐中電灯で探していると、水辺のあたりにうつぶせになっているテムの姿が見えた。サイはうれしさのあまり彼のもとへ駆け寄った。しかしテムの体に触れるやいなや、彼は思わずのけぞった。咄嗟になぜテムが顔を水面に付けたままであるのか了解した。あらん限り叫びたかった。しかし声にならない。思いっきり泣きたかった。しかし涙は枯れて出ない。ただ激しい自責の念だけが胸を締め付ける。

ついにサイは恐怖も忘れてテムを抱き起こすと、背中にかついで沢づたいに歩き出した。もはやテムの死は問題ではない。自分の背にその重みを感じるだけで心が落ち着く。そして本当に不思議なことに、サイは背中にテムの死体をかついだまま、十五時間近くもジャングルや沢を歩き通して、ついに連絡部隊の小屋までたどり着いたのである。

着くと同時に、サイはその場にぶっ倒れてしまった。倒れ込んだ二人は顔をくっつけ合って、まるで親しい友達同士話でも交わしているような格好であった。サイの手は相手の背中を抱え、一方テムの負傷した足は相手の体におおいかぶさっていた。近寄って見ると、二人の若い兵士は深い眠りをむさぼっているかのようにぴくりともしなかった。

＊

フォンはサイの父親の葬儀に出るため故郷に帰ることになった。葬儀の知らせは、ハノイで働いている同郷の知人が教えてくれた。元々フォンは夫に愛情こそ抱いていなかったものの、今や家庭の中心として、夫や子供に対してはよき主婦である。夫の親戚や友人たちに対しても、細かな心づかいを欠かさない。夫は、日々の暮らしに張りを与えてくれる彼女に、すっかり頼りきっている。

フォンは出がけに、「これから子供を連れて実家に帰ります。来週には戻ってきますから。食事は海老と肉の揚げ物が二日分、卵と腸詰めのおかずで二日分、日曜はアンさんに魚を買ってくれるよう頼んでいます。アンさんが焼いて下さるから、呼びに来たら取りに行って。御飯は毎日ちゃんと二度炊くんですよ。野菜も自分で茹でて」と言った。

「何もそんなにせくことないじゃないか。日をあらためてはどうだい」

「別にせいてなんかいませんわ」

「じゃ僕も一緒に帰るよ」

「無理なさらなくて結構です。また別の機会がありますから」

フオンもさすがに気がとがめたのか、「あれほど口酸っぱく言ってるのに、しょうがない人ね」と言いながら、夫の襟元のボタンを合わせ、さらに服の皺を伸ばしてやった。そんなにかいがいしくされては、夫の方も黙って相手の言うなりになるしかない。

フオンはクーアナムでシクロを止め、百合の花と線香を買った。さらに車でバン市場まで行き、あらかじめ待ち合わせていた二人の友人と落ち合った。そこから三キロ先の渡し場まで、友人の自転車に乗せてもらった。舟を降りてからサイの家までさらに一キロほどある。ハノイから五キロほどの道々、同じように線香、ろうそく、百合、花輪を手にした人々を何人も見かけたが、どうやら彼らもサイの父親の葬儀に参加する人たちらしい。彼らの話からすると、フオンたちも何とか時間に間に合いそうである。

「どうせ始まるのは四時か五時じゃて。空襲の一番激しい時間に葬儀は無理じゃ。それにしてもまあたくさんの人だこと」

葬儀は、このあたりではいまだかつてない盛大なものであった。何百頭もの豚や水牛が料理され、十日にわたって飲み食いが続いたと語り草になっているロイ村長の父親の葬儀でさえ、これほどの人出はなかったに違いない。実にさまざまな人々が出席していたのである。儒教的伝統に従い、敬愛する師に対し深い哀悼の念を抱いて各地からやってきた教え子たち。南の戦場で勇敢に戦っている兵士の父親に敬意を払って列席した人たち。今や息子のサイは、一人でアメリカの戦闘機を撃墜するなど数々の功績を上げ、H川沿いV村出身の英雄的解放戦士と報じられ、すっかり有名になっていたのだ。省や軍区の幹部からサイのかつての同僚たちも、揃ってこの葬儀に顔を揃えている。省の委員長は次のような弔辞文を寄せた。

「貴殿は末の子息を立派に薫陶教育され、その甲斐あって子息は今や全国あまねく知れわたる武勲を立てておられます」

さらに、親戚や隣近所の村人たち。一生清貧をつらぬき通したカン老人は、みんなの敬愛の的である。どんなにひもじい時も、けっして他人を羨むことなく、お粥や粗菜の食事に甘んじた。弟や子供には厳格だったが、後に彼らが革命に参加し逮捕された時は、その釈放に奔走した。カン老人は口癖のように、彼らに言い聞かせていた。

「肝心なのは後々まで尊敬されるよう行動することだ。誰でもいつかは年をとって一線から身を引かねばならん。いいな、お前たちも引退してからも尊敬されるような人間になるんだぞ」

そんなカン老人にも、一生の中で唯一つ悔やまれることがあった。サイを家から追い出し、あわや凍死寸前の目にあわせた例の事件である。老人はいよいよ息を引き取る間際になっても、「サイ、かんべんしておくれ。お前をあんな目にあわせた報いだ、お前はわしの死に目にも会えんことになってしもうた。かんべんしておくれ」と、許しを請うた。まわりの人々も、そろってすすり泣きをもらしながら、はるか遠い地で敬慕する父親の死も知らずにいるサイに思いをはせた。

葬儀には次から次と人がおしかけ、深い悲しみの中で故人との最後の別れを惜しんだ。しかし参列者の中には、まるで見ず知らずの人々もいる。彼らはお経の間もニヤニヤしたり、キョロキョロあたりを見回したり、堪えず落ち着かない様子である。この人たちは、故人とはまるで縁がない人々で、教育者として弟や子供を立派に育てた故人への尊敬もなければ、革命に貢献したこの一家への特別な思いもない。彼らは世間体のために参列していただけであった。彼らは故人をしのぶためでなく、半年前に県の党書記長になったばかりのハーや、県庁の総務係である次男のティンへの義理で参列していたにすぎない。中には忠誠心を見せようと、二日前の午後から顔を見せ、通夜に参列する者までいた。ついさきほどまで世間話に花を咲かせていたくせに、家の中に入るととたんに厳粛な顔を装う連中もいた。道すがらこの村のしきたりを尋ね、家に着くと万事そつなく振る舞う要領のいい人間もいる。

そんなハーやティンの心証をよくしようと目論む連中の一人は、うやうやしく線香を手に、「ホントゥイ村上地区の養豚係副主任をしておりますチャン・バン・ダットでございます。このたびは慎んでご当主のご冥福をお祈りいたします…」と、お悔やみを唱え、ひざまずいて深々と三拝し、立ち上がる時には目に涙まで浮かべ、小刻みに手を震わせながら霊前に線香を供えた。要はティンに感謝されるよう、うまく立ち振る舞えばいいわけだ。当のダットは、去り際にもう一度頭を下げたが、腹の中では、二週間後にティンに頼めばきっと申請中の瓦二千枚の都合をつけてくれるに違いないと、ちゃっかり計算していた。

彼らは、自分を売り込むためなら何度でもお悔やみを言いかねない。朝から待機していながら、ハーの到着を待ってやおら焼香を上げる現金な者もいる。生前の故人と何の面識もないこういう連中は、ハーと握手してお悔やみを述べれば満足なのだ。ティンに対しても同様で、彼らにとっては肝心のこの二人が自分たちの出席をおぼえてくれれば、それで十分であった。

しかし計算高いのは赤の他人ばかりではない。年に一度はおろか、金輪際寄り付こうともしなかった遠縁の者や、どんなに困ろうが芋半分すら分けてくれようとしなかった人間までが、ここぞとばかり愁嘆場を演じた。中でも最も人々の同情を買ったのは、長兄の嫁である。身をよじり、時々その場に卒倒しながら、息絶え絶えに号泣する。

「オーン、オーン、父さんが死んだら私たち子供は誰にすがればいいの。オーン」

「オーン、幼い孫たちはどうなるの。父さんは立派にわが子を育てたわ。孫たちもどこに出しても恥ずかしくない人間にしてちょうだい。オーン」

「オーン、わずか二日前のお昼よ。何かおいしい物が欲しくないって聞いたら、何もいらないって答えたわね。なのにもう子供や孫を捨ててどこかへ行っちゃうなんて。オーン、オーン」

トゥエットもこの兄嫁にぴたりと寄り添い一緒に泣き続けた。しかしティンの嫁は、老人が息をひきとる瞬間こそ号泣したものの、その後はびんろう、お茶、煙草の準備から、葬儀の楽団員の食事まで、万事一人でこの場をしきっている。どんな些細な用事まで、すべて彼女が気を配っていた。ティンにすれば、大勢の客の手前、自分の妻がいないのでは格好がつかない。そこで彼女を呼びにやった。

「おい、どこをうろついているんだ」

「あっちの仕事を全部ほっとけって言うの。誰一人手助けなんかしてくれないんですよ。嘘だと思うなら、見てらっしゃいな」

「わかったよ、すべてお前にまかせたよ」

ティンはしぶしぶ答えるしかない。いずれにせよ、彼の妻が親不孝者と後ろ指さされる懸念は全くなかった。この数ヵ月父親が病で伏せて以来、ずっと身のまわりの世話をしたのは彼の妻であることを、誰もがよく知っていたからだ。

フオンと二人の友人が着いたのは柩が運び出された直後である。参列者は一団となって家の前の路地に溢れている。彼女はそっと家の中に入ると、霊前に花と線香を供えた。あたりはシーンと静まりかえり、霊前の写真を見上げる彼女の目に涙が溢れる。写真は故人がまだ若い頃のもので、サイの十五年後、二十年後の容貌を思わせるほど二人はよく似ている。彼女の幼い娘はあまりの静けさに怯え、母親の袖を引いた。

それを潮にフオンはそっと涙を拭い、入り口で待っている二人の友人とこれから動き出そうとする葬送の一団に紛れ込んだ。埋葬場への道々、フオンの目からは止めどなく涙が流れ出た。目立たないよう、彼女は列の中に体を隠した。彼女の嗚咽は、まわりの人々の泣き声や、楽団の物悲しい笛、鉦《かね》、太鼓、竹の拍子などすべての音色と渾然一体となり、それがまた別離の悲しみをいっそう強くかきたてる。彼女の涙は故人への哀惜だけではない。この場にサイの姿がないことも悲しかった。さらに彼女は自分自身の不幸も重ね合わせていた。本当ならこの瞬間、彼女はこの家族の嫁として、遠くにいる夫の分もあわせて、故人の死を嘆き悲しんでいたかもしれない。サイ、こんなに辛いことってあるの。なぜ私たちはいつもあんなにいがみあい、苦しめ合ってばかりしてきたのかしら。周囲の目や手を引く四歳のわが子が気になりながらも、ハンカチを当てた彼女の目頭からは止めどなく涙があふれる。いよいよ柩が穴に下ろされる時、ハーはフオンの元へやって来て、彼女に声をかけた。

「よく来てくれたね。さっきから気づいていたんだが、手が離せなくて。あらためてお礼を言うよ」

埋葬がすんで、実家に帰る前に、フオンはティンにもあいさつを交わした。ティンは丁重にお礼を言った後で、「家には何日くらいいるんだい？　日曜には役所に戻るので、よかったら帰りのついでに寄っていかないか」と、さそった。

二人から親身に声をかけられ、フオンはそれが六、七年前のことだったらと、あらためて思った。今の自分はもうサイの出世や将来の妨げにならないと安心し、そんなにやさしくしてくれるのだろうか。あるいは私たち二人が嘗めた辛酸に心から同情し、かつての行為を悔いているのだろうか。しかしいずれにしても、今となっては取り返しがつかないのだ。

食事がすむと、フォンは子供に言った。

「いい子だからおばあちゃんと先に寝るのよ。お母さんはお仕事があるからね」

フォンはランプを置いた机に新聞を広げた。それは古い軍隊新聞で、サイの父親の死を知らせてくれた友人からもらったものだ。その中に、サイの武勲を紹介した写真付きの二頁にわたる記事が載っている。彼女は句読点まで諳《そら》んじるほど何度もその記事に目を通しているが、あらためてまた最初から読み直してみた。記事を読み終えると、今度は写真に目を移す。ぼやけた写真は見つめれば見つめるほど、誰が誰だかわからなくなってくる。しかし少し目を離すと、サイの特徴である悲しげな遠くを見る目付きや、固く結ばれたやや厚目の唇などが浮かび上がり、その顔には妙に見る人の心をとらえて離さない独特の魅力が感じられる。「人中の彫りが深い顔は福相」とか。キムからもっと早くその言い伝えを聞いていたなら、とフォンは思った。その新聞記事は次のような内容である。

――サイの指揮する工兵小隊は、俗に「露天」坂と、「迷路」川床と呼ばれた二つの難所を守備していた。彼らは昼夜を問わぬ奮闘で、山から岩や石を切り出し、何度も川の水面下の道を敷き詰め直したり、爆弾が大量に投下された急坂の応急修理にあたった。そのおかげで、車の立ち往生や積み荷の損失を未然に防ぐことができた。かつては、この二つの難所で毎晩のように車が横転したり、積み荷が散乱するなどの損害を被っていた。この任務について以来、守備隊は連日の夜間爆撃を耐え抜き、ある夜など五回にわたる波状爆撃を受けながら、そのつど三十分以内に通行可能にした。さらに「露天」坂に代岸とも改修を加え、この戦略道路の中でも最も渡りやすい地点の一つにした。川床道は両わる道として、あらたにコック森を抜ける安全な近道を作った。科学技術の知識と不屈の闘志を結合させ、彼の小隊は安全な道を新しく三ヵ所も建設した。敵にとっても全く予想だにできぬ事態であった。かつては幹線道路KとHを結ぶ重要なこの往還路も、難所の二ヵ所を攻撃するだけで、容易に支配できた。しかしこの一年は全く物資の流れを阻止できなかった。敵側の大隊長であった大尉は次のように証言した。

「われわれは川床道と急坂の二ヵ所を守備する部隊は、二中隊から一大隊規模と考えた。そこで戦闘機の支援を受けた一個連隊と、地方軍との協同作戦で、この要衝を占領し、幹線輸送路の流れを断とうと目論んだ」

ザン・ミン・サイ小隊長は、不審な徴候が二つあったと次のように語っている。まず第一は、朝の五時に爆撃を加えてきた点である。敵は疑わしい目標には四六時中爆撃をかけてくるとはいえ、いつもなら昼過ぎから深夜の二時、三時にしか爆撃しないからだ。二つ目の不審な点は、数百発の爆弾のうち、難所の二ヵ所にはわずか五発ほどしか投下せず、ほとんどの爆撃をわれわれが駐屯する丘の背後のジャングルに加えてきたことである。

——私は必ず何かが起こると直感し、小隊に緊急命令を発し戦闘態勢につけた。まず一分隊を、夜間の交通を確保するため難所の二ヵ所に配備し、残りの二分隊を応戦部隊とした。予想通り三十分ほどして、ヘリコプターの飛来音が聞こえてきた。私は必ず敵兵が降下してくると判断し、部下に丘の頂上に移動するよう命じた。私は号令をかけながら機関銃を肩に駆け出した。部下の兵士もいっせいに駆け出す。私は二つの分隊を沢を挟んで丘の両側に別々に配置した。私の指揮する分隊は、わが戦闘隊形の南側に陣どった。あたりはまだ火の海である。煙にむせかえりながらも、私はすばやく射撃態勢につくよう命じた。降下してくる敵兵はライフル銃で、ヘリコプターは機関銃で狙うためである。岩の上に機関銃を据え付けたとたん、すぐに三台のヘリが視界に入ってきた。その轟音はまるで頭に釘を打ち込まれるようなすさまじさである…。

本当にこれがサイの言葉だろうか？　普段誰にも口答え一つしたことがない彼とはとても思えない。どんなに怒っている時でも両耳を紅潮させることしか知らず、怒りが激しいほど誰にも告げずただ黙々と行動した彼。サイのことならすべて知り尽くしているつもりであったが、フォンは彼の生死をかけた決定的瞬間については何も知らない。

――先頭のヘリが高度を下げ、沢の上空で旋回を始めた。射撃態勢に入る。銃眼ごしにパイロットの姿がくっきりと見えた。絶好のチャンスだ。この瞬間を逃せば、パイロットはすぐ機体に隠れてしまう。歯を食いしばって引き金を引いた。銃声とともに、ヘリは一瞬ぐらりと傾き、そのまま丘の斜面を急降下し沢へ墜落した。部下の兵士たちは喚声を上げて喜んでいる。私自身はボーッとして、一瞬何が起きたのかわからなかった。ふと気付くと残りの二機があわてて飛び去ろうとしている。それをめがけて機関銃の残りの弾を浴びせた。ヘリを撃ち落とすのが狙いではなく、相手を追い払い味方の陣容を立て直すためである。撃墜されたヘリコプターには三十一人の敵兵が乗っていたが、生存者はわずか三人しかいなかった。捕虜となった大尉はその中の一人である。救出された時、彼の顔面は蒼白だったが、その態度は不遜そのものであった。容貌から見て、どうやら都会育ちか都会慣れしたインテリのようだ。そこで私が隊長だとわかるように、わざとそばの二人の部下に話しかけた。そのとたんに彼の態度が豹変した。私にすり寄ると、「た…た…隊長殿」と哀願口調で話しかけてきた。「君たちの計画を話さない限り、命は保証しない」と、私は厳しく言った。
「二人だけにしてくださいませんか」と、彼は小声で答えた。
私たちは、部下や二人の捕虜と少し離れた場所を選んだ。私は五分ほどで彼から作戦計画のあらましを聞き出し、それが嘘でない確証も得た。妻と子供がサイゴンにいることもわかった。妻の運動のおかげで、来月には首都特別部隊に転勤できるらしい。いずれにしても一つの作戦の全貌をつかむことができた…。

わずか一小隊の人数で、連隊規模の敵を迎え撃とうとしたのだ。フオンは昔のサイの優柔不断さがうらめしかった。これが出征前のあの一週間、毎日のようにフオンの家のまわりをただ さまよっていた彼と同じ人物だろうか。ヒューと一緒に訪ねてきた時も、入り口でじっとフオンを見つめていただけの人物だろうか。フオンの気持ちを確かめたくても、いつもヒューに頼むことしかできなかった人物だろうか。あの時のフオンは、サイへの不信感で一杯であった。それもこれもすべてサイのせいなのだ。もしサイにこの勇気の片鱗でもあったら、何もかも変わっていたかもしれないのだ。

——戦闘は三時間にも及んだ。空軍の支援を受けた二十倍もの敵に対し、わが小隊は敵機七機を撃墜したほか、数百名もの兵士を殲滅《せんめつ》した。そして付近の輸送所や道案内の兵士および運転手が支援にかけつけるまで、見事に陣地を確保した。わが軍の気迫に恐れをなした敵は、ヘリコプター十二機と二百七十三人もの死体を放置して逃走した。この英雄的戦闘を指揮した小隊長は、その夜、優秀戦士の称号とともに、人民革命党入党の栄誉を受けた…。

サイの出征が二、三年早ければあんなことも起きなかったのにとフォンは思った。ヒエンにも一言うらみが言いたかった。なぜ彼にあんな罪な行為を奨めたのだろう。親友のキムにしてもそうである。自分が悩みにたえかね通院を始めた時、すぐ事情を話してくれていれば、後でサイの復縁話を耳にしてもあんなに取り乱さなかったに違いない。

——YN野戦病院の幹部や兵士はこぞって、ザン・ミン・サイ同志の不屈の闘志を褒めたたえた。同志にとっては、刻一刻と生死を分かつこの戦闘も、まるで苦にならないばかりか、死も全く平気であった。いかなる困難も、自己の死さえも、同志の革命的情熱と不退転の意志を挫くことはなかった。同志の不屈の精神の拠ってきたる源は、実に明快であった。三年前、まさにジャングルに囲まれたこの同じ場所で、同志は戦友の死に遭遇していた。その戦友は、同志に同情し山菜採取の案内を買って出た。そしてその途中で、米軍機による爆撃を受け戦死した。この爆撃を通報したのは、敵側の情報員であった。深い悲しみが、その命を奪った侵略者や売国奴への限りない復讐心に変わった。さらにさかのぼれば、V村が被ってきた忍従の歴史に対する怒りがあった。長年にわたる洪水の被害、封建・帝国主義者による過酷な苛斂誅求《かれんちゅうきゅう》の歴史は、わずか十八歳の青年の胸に自ら戦場に赴き嚇々たる武勲を上げたいという願望を生んだのだ。

フォンはサイの深い悩みを誰よりもよく知っていた。洪水に見舞われたあの月明かりの夜、サイは

「軍隊に志願するよ。できるだけ遠くへ行きたいんだ。危険は覚悟のうえさ。たとえ戦場で死ぬことになっても、『あれ』と暮らすよりはましさ」と打ち明けた。

あの夜のことを今でもサイは覚えているだろうか？　遠い過去に思いをはせていたフオンは、再び新聞記事に目を移した。はるか遠い戦場でサイは何を考えているのだろうか。フオンにはあまりに大胆なサイの行動がとても心配でならない。フオンにはまもなく二人目の子供が生まれようとしている。もう自分の家庭を捨てサイの元に帰ることは許されない。しかしサイは彼女が愛したただ一人の人間であり、一生その思いは変わらない。だから夫や子供に尽くす自分を見ても、けっして悲しんだりせず男らしく黙って見過ごしてほしかった。しかし自分の本当の思いをサイにわかってもらえる時が来るだろうか？　それによってサイの苦しみがやわらぐ時が。それはいつのことか？

第二部…

第七章

サイは、過酷な軍隊生活が、今は無性に懐かしかった。十七年間の兵役中、十一年は最前線にいた。その間、一度も休暇は取らなかった。ひたすら死と向かい合っていた。妻の実家の「階級成分問題」がなければ、解放軍の英雄称号を得ていたかもしれない。しかし、彼のために犠牲になった仲間たちの死を思えば、それもささいなことだ。悪性の高熱に冒されたり、激しい敵の砲弾に晒されながら、彼をかばって命を落とした人間は数えきれない。自分の命を救ってくれた仲間への恩は一生忘れないであろう。とにかく、この十一年間、生きて帰れる日が来ると考えたことは一度もなかった。

戦争に勝利した直後から、人々は互いの消息を求めて奔走した。長かった別離や忍従の日々を埋め合わせようと、多くの人が故郷をめざした。彼の部隊の戦友も、故郷に帰れるよう休暇を申請したり、郷里の就職口を探し求めた。望郷の念にとりつかれた人々は、郷里の父母、妻子、兄弟へ自分の無事を知らせようと必死であった。サイとて例外ではない。

小海老を煮込んだタレで食べるとうもろこし団子を思い出すと、懐かしさに胸がつまった。小学校入学の思い出は、何度も繰り返し懐かしんだものだ。母と兄嫁が小舟を漕いで、四、五キロ離れた下宿先のおばの家まで送ってくれた。波に揺られる小舟に仰向けに寝転がって駄々をこねたのは、兄のティンが自分の焼きとうもろこしをかじったせいだ。母と兄嫁はぐずる彼をなだめすかしながら、小舟がひっくり返らないようゆっくり艪をこいだ。父の思い出もあざやかに目に浮かぶ。暗闇の中を、胸まで水につかりながら肩車をして、二キロ先のハーチャウ集会所《ディン》まで連れていってくれた。せがむサイに軍楽隊の公演を見せてやるためだ。

戦争の間に、その父も母もすでに亡くなっていた。帰郷しても、首を長くして待ってくれる人はいない。両親に代わって兄や兄嫁が懐かしがってくれるであろう。だが、彼はもう三十を越えていた。七つ八つの子供のように、何の気がねなく世話になる訳にはいかない。ましてやその名を聞くだけで気が重くなる女性と、一緒に食事したり同じ屋根の下で住むつもりはなかった。一人息子の世話は、南従軍優待給付を生活の足しに回し、兄のティン夫婦に頼むことにした。兄夫婦がめんどうを見てくれるなら後は何の心配もなかった。眠れぬ夜や食事の手を休めた時、望郷の念に胸が締めつけられることもあったが、そこから逃れたい気持ちのほうが強かった。

祖国は解放され、南北は一つになったのである。人々は再会を果たし、戦争の傷跡を癒そうとしていた。サイ自身はマラリアで生死をさまよったことはあったが、体に傷跡一つ残っている訳ではない。だが、帰るべき場所はどこにもなかった。これも彼の運命に違いない。青春の大半を棒にふったあげく、たった一人で自分の未来を決めていくしかない。ただこれまで一度も優しい言葉をかける気になれなかった、その女性のもとへ帰るつもりは全くなかった。

身の振り方をあれこれ迷っている時、サイは軍事技術大学へ配転命令を受けた。この機会に勉学に励めば、いずれ大学の教官になれるであろう。そうなれば、今後の生活だけは心配することはない。しかし、そのうち仕事が落ち着けば、孤独の空しさをどうやって癒していけばいいのだろうか。

サイが思案にくれていると、思いがけない人物が目の前に現れた。政治委員のド・マインである。

実に十二年ぶりである。その間に、ド・マインは、数多くの要職をこなしていた。師団の政治主任を皮切りに、副政治委員、政治委員を経て、現在は、総参謀本部直属である「精鋭」軍団の政治主任である。サイはひと伝てにうわさは聞いていたが、まさか自分を覚えてくれていようとは考えもしなかった。はるか目上の人間から訪問を受け、サイはすっかり気が動転していた。ド・マインは、サイの頭から爪先までしげしげと見つめた。その顔は終始笑みをたたえているが、さすがに歳は隠せず、短く刈り込んだ頭髪には白いものが混じっている。精悍な顔面は少しくすんで、目じりにも皺がふえている。

「ガリガリの青瓢箪だな」ド・マインは、ぼそっとつぶやいた。それから、雰囲気をやわらげるような調子で言葉を続けた。「あれから君がどこへ派遣されたのか知らなかった。その後、しばらく郷里とも音信不通だったようだな。数年後、官報で初めて君が前線にいるのがわかった。よく頑張った。本当によく頑張ったな」

ねぎらうように、ド・マインは何度もうなずいた。サイは、不意の来訪に加え、思いもよらぬ気遣いにすっかり面食らったままである。しばらくして、客人に水を持ってこようと立ち上がりかけると、

「まあまあ、座ったまま気楽にしたまえ。わしもすぐ出かけねばならん。ハノイに着いたら、人事部に移ったハーに会ってな。君の手紙を全部見せてもらった。たまげたよ、何もあそこまで怨みつらみを言うことはないじゃないか…」

穏やかな目をしたまま、ド・マインはほほ笑みながら、やんわりと諭す。サイは個人的事情に触れられすっかりドギマギし、赤くなった顔を伏せた。ド・マインは努めて淡々と話を続けた。

「ハーと相談して、君たちを〝解放〟することにしたよ。あの娘だって、このままじゃかわいそうだ

からな」

サイはポカンと口を開けたまま一言一言に聞き入っていた。

「ハーが向こうの家族と話し合って、あの娘にも納得してもらうつもりだ。どんなことがあってもきちんと話をつけねばならん。いつまでも互いを縛り合ったってなんの得にもならんからな」

サイは自分の耳が信じられなかった。

「担当の者とも話をつけてきたところだ。君は離婚届を書きたまえ。政治部が裁判所宛の文書を作ってくれるはずだ。必要なら君の地元に幹部を派遣して、軍の意向を説明してもいい」

話がのみこめるにつれ、サイは小躍りして叫びたい衝動にかられた。昔、母からも叫び出したいほど嬉しかったという体験を聞いたことがある。飢えのため人々が次々と野垂れ死んでいた時の話だ。クヒエン村の米蔵襲撃の命令が出ると、たちまち村中総出で喚声をあげて突進し、奪った米を持ち帰る時も小躍りしながら叫び続けたそうだ。何度思い返しても、まるで白昼夢のように、とても実際にあったとは思えなかったと言う。サイにとっては、自分の身に起きた話もこの八月革命当時の話のように、信じられないくらいあっけないものだった。心臓が止まったかと思うほどの驚きで、しばらく言葉にならない。

「今、一番考えなきゃいけないのは、子供のことだ。かりに母親の方が引き取ることになっても、君も最後まで面倒を見る責任がある。肩身の狭い思いをさせずに、だれにも負けない立派な子にしてやらなくてはな」

サイ自身、子供のためならどんな犠牲だって惜しむつもりはない。彼は涙が頬をつたうのもかまわず、ただじっと突っ立っていた。ド・マインも高ぶる気持ちを押さえかね、立ち上がりながら、「不憫なのは子供だよ」とつぶやいた。

「あの時、上官の方々や家族が無理強いしなければ、かわいそうな目をさせずにすんだんです」

「そうだ。その通りだ。だが、君は問題の本質を見とらん」

答えに窮するサイを見て、ド・マインは言葉を続けた。

「それはな、君自身に奴隷根性があったからだ。何もかも人の言いなりで、自分では何一つ決められん。子供の時はそれでもやむをえんが、ちゃんと学校を出て、一人前の軍人になっとるのに、なんで自分一人の身の振り方も決められんのだ。なぜはっきりと、いくら無理強いされてもその人とは一緒に住めません、それでもあなたたちが押し付けるなら裸一貫になってもかまいません、自由に生きます、と言わなかったんだ。奴隷は自分でくびきを解こうとはせん。はかない幸運をひたすら待ってるだけだ。わしのような政治委員ごときに、かみさんのことを決めてもらうなんぞだらしないぞ」

「申し上げます、当時は他人の目に怯えていたんです」

「その通りだ。そこに気づいとるならもう何も言わんでいい。わし自身人目を気にして、党支部や政治部の仕事によう口だしせなんだ。誰を何を気にしていたのか、よくわからん。しかし、そういう時代だった、誰を責める訳にもいかん。人を責めても何のたしにもならん。大切なのは、まず目の前の問題を片付けることだ。これからは自分のことは自分で決めるんだな。そうすれば、二度と間違いを犯すことはないだろう。実は、君には他にもいろいろ期待しているんだ。わしとハーがこの問題に〝けり〟をつけようとしているのは、君にもっと頑張ってもらいたいからだ」

＊

暗い少年時代も、死と背中あわせの戦場も、ハノイで暮らし始めると、はるか遠い昔に感じられる。サイは、いつもみんなの注意を引き、幸せを絵に画いたような日々を送っていた。大学では党幹部に抜擢され、学生の世話役にも選ばれた。戦場での武勲が評価され、三十四歳の若さで異例の准尉にのぼりつめていた。今や自信に溢れ、学業もずぬけていたサイは、目の肥えたハノイの女性たちにとっても、あこがれの的だったのである。

五年前に除隊したヒューは、病院の人事部長になっている。やや手狭であったが職員用アパートの一階に自分の部屋を持っていた。サイはしばらく出入りの便利なこの部屋にいそうろうすることになった。食事は共同食堂が利用できたし、ヒューも土曜の午後に帰省するので、週末は月曜の朝までサイは好き勝手に部屋を使えた。だが、部屋は鍵がかかったままになっているほうが多い。室内用のスリッパの位置まで、ヒューが出かけた時のままである。食事の誘いが引きも切らず、サイは知人の家に招かれることが多くなっていたからだ。こうした食事の約束で、週末の予定はずっと先まで埋まっている。小学校や大学の同級生やら、戦友やら、ハノイに住む親戚や同郷の人たちやら、実にいろんな人から声がかかった。誰も食事の席では、サイの逆境時代に同情を寄せ、現在の成功を褒めそやした。部屋に帰ればいつもドアに何枚もの張り紙があった。

「サイ、戻り次第遊びに来い」

「予定どおり、明日朝八時家で待つ」

「なぜ約束を守らなかった。がっかりしたよ。再度、明日日曜の夜七時半きっかり自宅に来られたし」

「サイさんへ、友達と来たのにあなたはお留守でした。今度またね」

名前を見なくても、誰の書き置きかすぐわかった。こうした熱心な誘いの動機はみな同じである。サイに女性を紹介しようというのだ。謳い文句もいろいろである。

「似合いのカップル」「君の境遇にぴったり」「夫唱婦随」「安定した職業と健康折り紙つき」「立派な住居と子思いの両親」「次官の子女、ただし容姿は十人並み」「医者、ハノイの住民票、子供の将来心配無用」

こうした自薦他薦にほんろうされて、サイはうんざりしていた。もうしばらく「お見合い」話は、こりごりという気持ちである。特に熱心なのはティン兄とハーおじで、二人とも口を開けば、都会の女性は信用ならぬ、郷里の嫁が一番だと強調した。実際にティンが紹介してきたのは、国営商店の売り子と、「高卒」の女性二人と、県の青年同盟員である。サイはもう田舎に帰る気はなかったので、おじや兄のもくろみに従うつもりはなかった。彼が求めていたのは、孤独だった少年時代を埋め合わせてくれる愛情である。それ以外は何も考えなかった。サイにつらい思いをさせた負い目がある兄たちは、彼の望みを尊重するしかなかった。

そんなある日、サイはおじのハーの知り合いという人物に会った。相手は自転車を停めると、やぶからぼうに話しかけてきた。

「いい娘を引き合わせようと思ってね。一度家に遊びにいらっしゃいませんか」

「はあ…」

「いつならよろしいですか?」

「ちょっと…この頃忙しくて」

「それなら来週はどうですか?」

「たぶん無理ですね」

「だめならこっちから連れていってもかまいません」

「急に言われても…めったに家にはいないんです」

「ではこうしましょう、時間ができたら電話をください。家にその娘を呼んでもいいし、そちらの家に案内してもかまいません。その娘はあなたのことよく知っててね。何でも中学生の時あなたの手柄話を聞いて、とても感動したそうです。ハーさんから聞いてますよ、あなたがとても面食いだということはね。まかせてください、気にいることは請け合います」

サイは苦笑いするしかない。

「評判の娘さんなら、恋人の一人や二人いるんじゃないですか」

「とにかく一度会ってくだされば十分ですから」

「ご好意はありがたいんですが、今一つ気乗りがしなくて…でもせっかくですから来週の土曜のお昼、あなたの家に私のほうからうかがいます。これならと思えば、その場でお二人を自宅におさそいするということでいかがでしょう。もし私が黙っていたら、縁がなかったということにしてくださいませんか」

ところが、一目見るなりサイはチャウというその女性がすっかり気に入ってしまったのだ。早速自宅にさそおうとしたが、その日の午後チャウは職場の会合があるとかで断られてしまった。ならばというわけで、別れ際サイはチャウにそっと言った。

「じゃ明日遊びにいらっしゃいませんか」

「ごめんなさい、ちょっと用事があるの」

「じゃいつか都合のよい時にあなたの家におじゃましてもいいですか」

「次の日曜、時間があいたらご自宅にうかがいますわ」

一目ぼれ、と言ってよかった。しかも相手の曖昧な態度がをますますサイを引きつけた。約束の日曜までまる一週間、サイは全く気もそぞろであった。前日の午後は休みを取り、羅紗地の士官服とシャツにアイロンがけをした。黒の革靴もピカピカに磨く。きちんとひげを剃り、お湯を浴びて体もサッパリと清潔にした。ヒューの留守中に散らかしっぱなしになっていた部屋のそうじもすませた。夜更けの十一時頃、わざわざサイは部屋を締め切り、用意した服と靴を身に着けてみる。上着もＹシャツも青色のセーターも黒い靴も、いざ身に着けると何となくぎこちない。これまで着なれたはずなのに、まるで他人の借り物のようである。

夜更かしをした翌日は、朝早くから目が覚め、全く落ち着かない。とりあえず湯を沸かし、魔法瓶に入れてから、気を静めるために、前の晩隅っこにしまっておいた水煙草を取り出し台所で吸ってみた。深く吸い込んだ煙を気持ちよく吐きだしながら、もう一度軍服のボタンを一つ一つつまんでみる。「錨」をかたどった鏡の前に立ち、あらためてボタンを実際にはめて、ぴったり合ってるかどうか確かめる。今日は昨日の晩にくらべれば幾分体になじんでいるようだ。

しばらく腕を振って歩調を取りながら、その場を行きつ戻りつして時間をつぶした。時計に目をやるとまだ七時半になったばかりである。そろそろ出入り口横の守衛所あたりから、何やらいろんな物音が耳に届いてくる。無意識のうちに、腕組みしたり腰に手を置いたり、立ちどまったり、その場に腰をおろしたり、かと思うと、部屋の中を見渡してから出入り口の方に聞き耳をたてたり、せわしない動作を繰り返す。十一時近くになると、もう煙草も吸いあきて、すっかり待ちくたびれてしまった。

突然、「サイさん、お客さんですよ」の声を聞き、慌ててかけだしたが、入り口にいたのは、パンパンに膨れ上がったビニール袋を三、四個さげて突っ立っている兄のティンである。サイはあてがはずれてがっかりしたが、正直少しホッとした気持ちもあった。思いがけない「差し入れ」が手に入ったし、兄がいてくれれば心強い。サイは今日の予定をかいつまんで兄に話した。

ところが、そのまま正午を過ぎても、何の音沙汰もない。急に用事でもできたのか、それとも住所を忘れたのだろうか。紹介者はハーおじの知り合いとはいえ、チャウ本人ではなく彼女の兄と付き合いがあるだけなのだ。その紹介者は「あなたへの傾倒ぶりについては聞いてますが、私自身はその娘に直接会ったことがないんですよ」と言ってたくらいだ。あんなに魅力のある女性が二十五歳にもなって、一人も恋人がいないというのも不思議である。紹介者も、「あの娘に言い寄ってきた男は数えきれないほどいましたよ。男前の大学院生もいたし、父親が次官という男性もいたみたいですが、結局は誰も気に入らなかったという話ですよ」と言っていたではないか。そんなにもてるチャウが自分ごときに関心を持つのもおかしい。サイの不安はつのるばかりである。

じっとしていてもしかたがないので、兄と連れだって正面のうどん屋《フォー》に行く。その店なら客がやって来ればすぐ目につくからだ。にもかかわらず、チャウはいっこうに姿を見せる気配はない。きちんと約束しなかったことがいまさらのように悔やまれる。具体的な時間はともかく、午前か午後かぐらい決めておくべきであった。このままでは時間の無駄であるばかりか、蛇の生殺しも同然である。イライラするサイをほうっておくわけにもいかず、午後いっぱい、兄のティンもお茶を飲みながら一緒に待ち続けた。

しびれをきらしたティンが一度だけ、「どうしたんだろうね」とぽつりと言った。

サイはただ、「僕もこの前会ったばかりだし、本当にその娘さんが来るつもりなのかどうか見当もつきませんよ」と答えるしかない。

とうとう時計の針が三時半をすぎ、ティンも帰りじたくを始めた。今からなら夜道になっても月明かりで何とか帰れそうだ。

サイがすっかり消沈していた時、やっとチャウと連れの女性が入り口に姿を見せた。不意をくらったサイがあわをくった顔で迎えると、彼女たちは挨拶もそこそこにサンダルを脱ぎ、部屋に上がり込んだ。チャウは花束を差し出しながら、落ち着きはらった声で、「花瓶はないかしら。そこの市場の前できれいな花を見かけたので買ってきたの」とサイに言った。

ボーッとしていたサイは、あわてて部屋にあった花瓶を手にし、流しへ急いだ。連れのギアという女性も流しにやってきて、話しかけてくる。

「チャウはわざわざ新年のお祝いに花を買ってきたのよ」

サイは今日が新暦の元旦だったことに気づく。ギアのさりげない一言で、張りつめていたサイの心がやっとほぐれた。

「君は今何してるの?」

「商業学校の二年生よ」

「家はここから遠いの?」

「チャウの家の二階に住んでるの。彼女の所へ遊びに来た時は私の家にも寄ってってって」

「でもチャウが招待してくれるかな?」

「きっとさそってくれるわよ」

「軍隊暮らしは長いけど、根は臆病なんだ」

「あなたはみんなの憧れの的よ。怖いもの知らずのはずでしょう」

「いやになるほど不器用でね」

「もっと自信を持ったら」

「自信？」

「自分さえ信じていれば、きっと何とかなるわよ」

ギアの言葉は決してお世辞ではなかったのである。

その夜、家まで二人を送る途中、ギアは友達の家に寄るとかで一人先に別れた。残った二人はチャウの住む通りまで戻ったが、彼女はそのままペダルをこいでタインニエン通りに向かった。しかし、タインニエン通りに着くと、入り口で彼女は引き返した。チャウは若者の溜まり場になっているこの場所を避けたのだ。それから二人は黙りこくったまま夜の十時すぎまで、通りから通りをずっと自転車に乗り続けた。サイは空腹のせいもあって途中で何度かどこかに腰を落ち着けようとさそったが、チャウはどうしても首を縦にふろうとしない。サイが話しかけるたびに、

「戦場では何日も我慢したんでしょう。もう少し辛抱して」

「どうしても食事がしたいのなら、もうこのまま帰るわ」

「兵隊さんは忍耐のお手本のはずよ」などと巧みにはぐらかされた。

しかしいくらチャウの気まぐれにほんろうされても、サイは彼女から話しかけてくるのを辛抱強く待った。そして突然チャウは、「たぶん私は一生結婚しないと思うわ」と言った。

思いもよらない話にポカンとするサイにかまわず、彼女は続けた。

「もうすっかり男性が信じられなくなったの。ごめんなさい、いきなり驚かせて。でもあなたのような軍人はまだおつきあいがないけど、ハノイの男性はみんないい加減な人ばかりで誰も信用できないわ。危なくて夜は外出もひかえめにしてるくらいよ」

ギアの話では、チャウは女友達以外と夜外出することはめったにないという。ギアと別れて二人だけになった後、かたくななまでに途中の店に寄ろうとしない訳がやっとわかった。警戒心の強いチャウが知り合ったばかりの自分に心を開いてくれたことがわかると、サイはすっかり感激した。

「今夜は、わざわざ付き合ってくれて本当にうれしいよ」

「そんなお礼を言われると私の方が困るわ。でも、わかって。男の人と違って私たち女性にはいろんな束縛があるの」

「だけど男はみんないい加減だなんておかしいよ。どうして一生結婚しないなんて思いつめるんだい」

「でもそんな人ばかりだもの」

「とても信じられないな」

「声をかけてきた人はたくさんいたわ。でも、みんな魂胆があるの。広い家が目当ての人とか、私の仕事が楽そうで家も近所だからという人もいたわ。私の兄がお役所の人事局長だと知って出世をもくろむ人もいたわ。肉販売店の副店長の親戚と、米販売店の友人を当てにした人もいたの。食いはぐれの心配をしなくてすむという訳ね。一、二度しか会ってないのにすっかり熱をあげてきた人もいたわ。その理由がおかしいの、私が病気しそうもないほど丈夫なので、世話の手間がいらないからですって。みんな見てくれればかりで、ありのままの私なんかどうでもいいんだわ。立派な家だとか、生活の安定だとか、そんな話はもう飽き飽きしたの」

いつも死にさらされてきた軍人であるサイは、どいつもこいつも計算高い連中ばかりで腹が立ってきた。それにくらべまだ二十五歳とは思えないほどしっかりしたチャウに、すっかり感心した。少し間をおいてから、サイは話を切り出した。

「戦場の兵隊たちの実際の様子、聞いたことあるかい？」

「ええ、あなたと一緒に山草を探しに行ってて一人の兵士が犠牲になったという話聞いたことある。あまりにかわいそうでつい泣いてしまったわ。その時から自分の犠牲もいとわないあなた方の生き方、とても憧れているの」

「本当にそんな生き方に憧れているの？」

彼を見つめたまま、チャウはこっくりと頷いた。

しかし、まだ気持ちの迷いがあるのか、チャウはためらいがちにつぶやく。

「でも結局はよくわからない…」

「兵隊も昔と違うと思ってるのかい？」

「そうじゃないわ」

「じゃ何？」

「実はね、私一度ある人を好きになったことがあって、そんなに深く付き合った訳じゃないけど、その人のために何も信じられなくなったの」

「僕も信用できないのかい？」

「いいえ。でもそんなに何もかも一度に聞かないで」

彼女と別れた時、冬空の下で長い間自転車に乗り続けたせいで、サイは疲れきっていた。しかし、まだ形はしかとは見えないものの、何かが生まれそうな予感に心が躍った。間近で触れた彼女の息づかいがなまなましくよみがえった。サイは彼女の言葉や表情を何度も反芻し、そこにどんな意味が込められているのか考え続けた。

＊

兄のティンはサイの好物である蕪《かぶ》を炒め、選り分けた一部をスープにもまぜた。鍋でむらしたご飯と一緒に、卵焼きやら蕪炒めやらスープやらを並べ、出かけたまま一向に帰ってこないサイを待ち続けた。しかし、もうスープは油の跡が器の縁に白く浮き出るほどすっかり冷えきっている。食事の準備にとりかかったのは、サイが見送りに出た直後の五時である。ところが、夜の十時を過ぎてもサイは帰ってこなかった。

手持ちぶさたのティンは、煙草を吸ったり少し横になったりして時間をつぶすしかない。それでも戻ってくる気配はないので、部屋の片付けを始めることにした。ベッドの下からはゴキブリの糞にまみれたスリッパやごみ屑、ライスペーパーのようにバリッと折れそうなカチカチの靴下が出てきた。ベッドの足元には丸めた軍服が捨てられ、敷物の下からは襟の真っ黒なシャツも見つかる。汚れ物は流しに持ち運び、石鹸でごしごし洗ったが、三度水洗いしても金だらいの水は真っ黒のままだ。洗濯をすませると、部屋の隅々までていねいにぞうきんがけをする。しかしこんなに待ちぼうけをくらっても、ティンは自分のことより弟が心配でしかたなかった。田舎では気にいらないと県庁の職員でも陳情に来た村長でも平気で怒鳴りつけ、客に握手を求められても鷹揚に手を差し出すほどの彼には珍しいことである。やはりサイのこととなると、つい我を忘れて一生懸命になってしまうのだ。ティンはハノイにやって来るといつも愛想笑いを絶やさず、どんな用件も嫌がらずに引き受けていた。サイの客には、誰であっても入り口まで出迎え、両手できちんと相手の手を握って挨拶を交わした。

どんな身なりをしてもどこかあかぬけして見えるハノイの人間に比べると、田舎の人間はいくら名士といっても野暮ったいものだ。弟の所へ来るたびに、ティンはいつも気のひける思いをしていたが、これまで辛い思いばかりさせてきたサイへの罪滅ぼしと思えば、少々のことは我慢できた。勿論それればかりではない。彼は今や郷里一円は言うに及ばず、ハノイでも注目と賞賛をあびる人間になってくれたのだ。サイに対する賞賛を耳にする度に、ティンも内心の喜びを抑えることができなかった。

「ティンさんの家の弟はとても優秀だってね」

「いや実際ティンさん夫婦のような弟思いは珍しいよ」

「サイの今があるのも全くティンさんの薫陶の賜物さ」

世間の人があれこれサイを褒めそやす時、いつも兄の彼の存在も口にのぼる。名前を思い出せないような人まで「サイは本当に立派な兄さんを持って幸せだよ」と口にする。

逆に、サイが離婚した時には、人々は「ティン夫婦が弟の嫁を嫌ったせいだよ」とか、「二人はうまくいってたのに、相手の親を気に入らない兄のティンが、県庁での顔を使って仲を裂いたのさ」などとしたり顔に噂しあった。しかし、ティンはそうした憶測にもあえて反論しようとしなかった。

実際彼は、トゥエット家の両親や、日頃からうらみを買う連中に訴えられ、何度も事情聴取を受けた。噂に尾ひれがついて、あげくにはトゥエット署名の訴状が、中央の人事部門や司法機関にまで送られた。「今度ばかりは奴もグーの音も出ないだろう」と言われたほどで、もし県の党執行部の介入や、ハーおじの顔利きがなければ、ティンの面子も丸潰れになっていたかもしれない。

しかしティン自身は、トゥエット側が腹いせにおこした訴えの累がサイに及ばぬよう、すべて自分一人で泥をかぶるつもりであった。もう五十に手が届き、あと七、八年もすれば定年という歳にもかかわらず、ティンは地位もお金もすべてをサイに注ぐ覚悟であった。それくらい前途有望なサイの将来を、自分の楽しみにしていたのだ。

その夜、待ちくたびれたティンは先に一人で食事をすませた。おなかが落ち着くと、またサイのことが気がかりになった。やっとサイが帰ってきたのは、夜更けの十一時すぎである。一日中片付けやら気づかれやらでくたくたになっていたにもかかわらず、ティンはわざわざお茶を入れてサイの話相手になった。話の成り行きを聞いておかないと、明日の朝安心して帰れない。ところが、ティンが口を開く前に、サイの方から「兄さんはどう思う?」と聞いてきた。

「まあまあじゃないか」

サイはその「まあまあ」という返事が不服であった。これまで周囲に紹介されてきた女性やティン自身がすすめた娘に比べれば、はるかに魅力的だと思ったからだ。弟の不満そうな顔を見て、ティンも慎重に言葉を選びながら続けた。

「なかなかの美人だし、体も丈夫そうだね。あの歳で六十三ドンの給料ならたいしたもんだ。ちゃんとした家もあるようだし…」

サイにとってみれば、これだけ条件が揃えば十分である。しかしあくまで自分をおさえながら、「家なんかどうでもいいでしょう。そんなこと口にしたら、家が目当てと勘ぐられますよ」と言った。

確かに当面、家の心配はない。ティンには数千ドンの貯金がある上、しかる所に〝口添え〟を頼めば数十坪くらいの土地ならいつでも手に入る。その他にも土地を探す手段はいろいろ考えてある。県の資材部に渡りをつければ、材木や、レンガや、瓦や、セメントや、石灰なども、数部屋の間取りの家ならすぐ調達できるに違いない。

「家のことはまかせろって、兄さんも言ってたはずでしょう。問題はあの娘本人の印象ですよ」

「そうだなあ、見たところ礼儀正しいし、話し方もとてもしっかりしてたようだな」

大学を出ているハノイの女性なら、そんなことはいまさら口にするまでもない。ティンから見ても、その娘自身に文句のつけようはなかった。弟の嫁としてどこに出しても恥ずかしくないほどだ。気がかりがあるとすれば、むしろサイののぼせぶりの方である。

ティンは、このままいくとサイの気持ちがその女性にすっかり移ってしまうことを恐れたのだ。これまで保護者としてふるまってきた自分の役目はもう必要なくなる。彼は心のどこかに、自分のお膳立てに素直に従ってくれる嫁を望んでいた。できれば、自分たち兄弟や親戚とうまく折り合っていける嫁であってほしかった。わずか一時間程接しただけでも、チャウにそんな期待などできないのは明らかである。それどころか、サイを虜にして、自分の尻に敷きそうな気配すらある。サイがそんなていたらくなら、自分たちがどう扱われるかは推して知るべしである。

「兄さんの心配は、あの娘が都会育ちの大学出という点だけだよ。だってそうじゃないか、自分たちは田舎者で、親戚の連中も人はいいが頭の程度は低いし、子供たちだっていつも汚れて見苦しいしね。だから、親戚が寄り集まった時、きっとあの娘に場違いな思いをさせると思うんだ」

「どうせ僕はここに住むんだし、田舎にもせいぜい年に二、三度帰るだけだから、大袈裟に考えることないでしょう。そのうち何とか慣れてくれると思いますよ。それより僕をどう思ってるのか今一つよくわからなくて…」

「いや勿論例えばの話として言ったまでだよ。こちらの家族の事情はそのうち彼女の耳に入れとけばいいさ。ところで、話ははずんだのかい？」

「どうですかね」

「花を持って来たところをみると脈がありそうじゃないか。お前も結構さまになってたぞ」

「でもハノイの女性の頭の中はよくわかりませんから」

「そうだな、まあ気長にやるしかないさ。別に急ぐこともない。いずれにしても一度しくじってるんだから。お前は苦労する星に生まれてるのかもしれんな。あの時ちゃんと話をつけていれば、こんな苦労をしなくてすんだし、フオンを諦めることもなかったんだ。そうそう、あの娘は今本当に立派な女性になったよ」

話は意外な方向へそれていった。ティンが思わず口にしたフオンの話は、この場にはそぐわなかった。しばらく二人とも黙っていた。二十年ほど前、やはりこのように兄弟が黙ったまま向かいあっていたことがある。その時も、フオンに対する二人の気持ちはずいぶんかけ離れていた。今も心の中でフオンの姿を思い浮かべながら、二人は全く異なった感慨にとらわれていたのである。

＊

サイが学長と面会した時はもう夜の七時近かった。学長との約束は授業終了後の四時半だったが、サイは七時前にやっと教室を抜け出すことができた。ここひと月、サイは朝の七時前に学校に姿を見せ、家路につくのはいつも夜の七時すぎである。授業がすんでから、勉強の遅れている級友の補習を引き受けていたからだ。家でもたいがい夜更けまで机に向かい、翌日の予習や読書に精をだした。熱中するあまり登校時間まで徹夜で本を読みふける時もあった。

授業や友人の補習や学校の集会以外にも、党支部や青年団やクラスの用事もこなしていた。しかも何をやらせても人の手本となるような優秀な成績をおさめている。文字通り寝食を忘れるほどの忙しさにもかかわらず、体からは生気が溢れんばかりである。いつも絶えない笑い声は、まるで疲れを知らぬかのようだ。彼のエネルギッシュな活動ぶりも、当然といえば当然と言えた。サイは生まれて初めて自由の身を謳歌できたからだ。ふりかえると、これまではただひたすら他人のために生きていたようなものだ。今は食事も仕事も恋愛もすべてが新鮮である。まるで失われた日々を取り返そうとするかのように、彼は学業や活動に没頭した。そのうえ彼をはつらつとさせるもう一つ重要な訳があった。サイは恋していた。しかもかつてのように人目を忍ぶ恋ではない。

今夜の学長の話は、半年間の彼の努力に充分報いるものであった。テトの後、研究生枠の留学試験を受けるように、という内容である。外国留学そのものは、特に珍しいことではない。しかし彼にとっては大きな意味がある。この十数年の試練が報われ、晴れて正々堂々と胸を張ることができるからだ。このまま順調に成果を積み重ねていけば、さらに大きな飛躍も夢ではない。

翌日の土曜の夜は、チャウとの約束がひかえていた。花束をもらった最初の出会いを含めると、すでにチャウとは三度会っている。二度目の時は、日曜の朝に、ギアと連れだってチャウが彼の家を訪ねてきた。その次はサイの方が彼女の家を訪問し、「ギアと共通のお友達のサイさんよ」と母親に紹介された。二度目の時は出口で、「今夜よかったら待ち合わせしないか」と小声で誘ったが、「今日は予定があるの」と断られた。三度目の別れ際の時は、「そんなにせっかちにならないで。来週の土曜の夜ならあいてるわ」と彼女は気を持たせる返事をした。

「じゃ何時？」

「七時にして」

「場所は？」

「通りの入り口で待ってて」

次の待ち合わせまでのまる二週間、サイは心おきなく学業に専念できた。そして待ちに待った土曜の午後がやって来ると、はやる気持ちをおさえ、初対面に着た軍服を身につけてみた。しかし午後になるとたんに時の歩みがのろくなってくる。ついに六時が来ると、途中で自転車が故障した場合も考え、約束に遅れないよう早めに出かけることにした。

しかしどんなにゆっくりペダルをこいでも、十五分足らずで待ち会わせ場所に着いてしまう。しかたなく、近くの店に腰をおろして、お茶と煙草で時間をつぶすしかない。三度店を変えてみたが、それでもまだ七時には十分ほど間がある。もうじっと腰を落ち着けていられず、サイは通りの入り口付近の大木に身をひそめて待つことにした。そこからだと五十七番地のチャウの家がよく見渡せるのだ。

その家には農村でよく見かけるニョンという伝統的な水汲みの道具の形に似たバルコニーが、通りにせりだしている。サイは煙草をくゆらせながら、何度もチラッチラッと時計に目を走らせた。刻一刻と約束の七時が近づいてくる。戦場で味方の車両通過時間を待つ時のように、彼は緊張の極に達していた。あらためて髪と服をもう一度手でさっと整え、あの素敵な笑顔を迎えるべく身構える。

だが、時計の針はむなしく約束の時間を越えていく。七時十分すぎ、出かかる溜め息を嚙み殺すしかない。七時十五分、胸の動悸のため顔が紅潮してくる。七時二十分、何か急用でもできたのかと自問自答を重ねる。七時二十五分すぎ、さすがに自分がみじめになった。何てざまだ、生まれて初めて十歳近くも若い小娘に約束をすっぽかされるとは。七時半きっかりになったら帰ろうと腹を決めた。

ところがその決意もすぐあやしくなる。ほんの些細な行き違いでむざむざ会いそこねるのはつまらない、もう二、三分待ってみよう。時計が狂っているのかもしれない。家からここまで来るのだって二分はかかるはずだ。しかしついに七時三十三分が来た。我慢の限界であった。自分にもプライドというものがある。さすがにここまで馬鹿にされては許せない。やっと彼も腰を上げ帰る踏ん切りをつけた。

それでもゆっくり自転車を引きずりながら、もう一度通りの入り口を振り返って見る。しかし気持ちが動転しているせいか、通行人の見分けはほとんどできない。サイはそこに忘れ物でもしたかのように、大慌てで自転車に飛び乗り、元の場所へ引き返した。あたりを行き交う人々を一人一人確かめて、やっと彼もふっきれた。もうこれで終わりだと思うとかえって気が楽になる。

自転車に乗る前に、煙草に火をつけた。顔を上げると、街灯の下をこちらにやってくる笑顔がある。とっさに怒りが込み上げ、一言思い知らせてやろうと身構える。ところがチャウの優しい声を聞いた途端、まるで冷たい飲み物が喉元を通りすぎていくように、腹立ちはスーッと消えてなくなった。

「ずいぶん待たせた？」

サイは口元をゆるめ、「少しね」と答えた。

サイは都会の女性のやり口にまるで無知であった。知り合ったばかりの頃は、わざと約束時間に遅れて相手をじらすのが、彼女たちの常套手段なのだ。そんなことも知らず、刺すような寒風の下で待ち続ける羽目になったサイこそいい迷惑である。しかし彼の腹立ちはもうすっかり消えていた。

「後ろに乗せてってくれる？」

「勿論さ、君さえよければ一生乗せてってもいいよ」

「まあ、ちょっと聞いただけなのにずうずうしい人」

「君は特別な人なんだ。それくらいわかるだろう」

「冗談がお上手ね。ティンさんは仏様のようにおとなしい弟だとこぼしてらしたのに」

「君子だって豹変するって言うじゃないか」

「兵隊さんのへらず口には、降参するしかないわ」

冗談が自然と口をついて出るようになったのは、確かに軍隊生活のせいである。今も、細かいことにこだわる小心者ととられないよう、サイはとっさに得意の冗談をとばしたのだ。しかし、しばらくすると生来の気弱な虫がもたげてくる。長い間待ちこがれた瞬間がついに現実のものとなって、内心の不安は隠しようもない。

しばらく二人は、タインニエン通りの入り口にあるリー・トゥ・チョン［仏植民地時代、十八歳で処刑された革命家］像そばのベンチに腰掛けていた。夜の冷え込みのせいか、話の糸口をつかみかねるせいか、彼の体は小刻みに震えている。サイは内心の動揺を押し隠そうと、うつむいたままの顔を両手で覆った。チャウは、相手の心のうちはすべてお見通しと言わんばかりに、口元に微笑を浮かべている。

「聞いていいかしら」と彼女が話しかけてきた。

顔を上げ相手の目を見つめたまま、サイは次の言葉を待つ。

「私を本当に好き？」

彼は嬉しさのあまりあたりかまわず叫びだしたかった。つかえていたものを一気に吐き出すように、

「何を今更そんなことたずねるんだい」と答えた。

彼女はとても真剣な表情で、「じゃどうして私が好きになったの？」と聞いてきた。

喉につかえた唾を何度も飲み下だしたが、彼の声はかすれていた。

「何て言えばいいのか、言葉が出てこないんだ。僕たち軍人は、信念を行動で示すしか能のない人間だからね」

叱られた子供のように哀れっぽい声は、チャウの心を動かすに十分であった。にもかかわらず、彼女は燃えたぎらんばかりの情熱的な目をじっとサイに注ぎ続けた。まるで、「もっと何もかも話して」と訴えかけるかのようだ。

「九歳の時僕の身に起きた事は、もうティン兄さんやハー叔父さんの知り合いから聞いてるね。その時から、僕は遠くへ逃げることばかり考えてた。二度と帰らなくてすむんなら、たとえ死と隣り合わせの危険な所でもすすんで行ったよ…。僕は今のこの瞬間のために、すべてを捨て去ってきたんだ…。だから一時の思いつきで好きだと口にすることなんてありっこないじゃないか」

彼女はじっと彼を見つめたままである。その思い詰めた瞳から、二粒の涙が静かに溢れ出た。そして突然両手で顔を覆うと激しく泣き出した。嗚咽はだんだん激しくなってゆき、どんなになだめよう

とも止まらない。サイは後悔の念にとらわれた。自分の暗い過去は、この都会生まれの若い女性にはあまりにも理解しがたいことかもしれない。この女性に、家族のしがらみや世間の思惑を一緒に乗り越えるよう求めるのは荷が重すぎる。サイはうちのめされたように茫然としていた。

しばらくして、チャウはハンカチで目頭をおさえ、乱れた髪を整えると、「もう帰りましょう」と言った。サイは黙りこくったままその言葉に従った。もうこれで終わりだとすっかり観念していた。何て愚か者なのだろうか。つい激情にかられ、二人の間に越えることのできない深い溝を作ってしまったのだ。帰り道の沈黙は、芽生え始めたかに見えた二人の愛情に絶望的な影を投げかけているようであった。ところが、別れしなにチャウは優しく、「明日の夜、またここで待っててね」とサイに声をかけたのである。

*

——私が初めて恋したのはまだ十八になる前、大学の試験に合格したばかりの頃よ。私たちの学校はその頃山間の村に疎開してたの。最初の一ヵ月は、防空壕を掘ったり、土普請をしたり、萱を刈ったりして、校舎を作るのを手伝ったわ。私たち女生徒は、二十束分の萱を割り当てられてね。刈ってきた萱を乾燥させてから、竹のひもで結わえて、一メートル半位の束を二十作って学校に渡すの。そのために午前中はいつも山に萱を刈りに行ったけど、午後からは沢に降りて小石を拾ったり、魚を捕まえたりしてすごしたわ。その魚は丸くて平べったい形をしてて長い尻尾もついてるの。うちわの形にソックリ。でも大きさはボタンより少し大きい位かしら。石にへばりついてるので、石を持ち上げてその底を掬えば、簡単に取れるのよ。好きなだけ取れるので、おかずの立派な補給源になったわ。午後になるといつも大騒ぎ、だってみんな競争でその魚を取りに駆けていくんですもの。わざわざハンカチを使う子もいたわ。でもいつも面白いように取れるので、澄んだ沢に逃がしたの。私たちは毎日のように十人位のグループになって、沢に入りその魚を捕まえたわ。魚を取ったり、山で花を摘んだり、こんななぐさめでもなかったら、本当に泣きたいほど淋しかったのよ。

私たちの疎開場所に、ある薬品企業の工場があったの。もう何年も前からここでやっているという話だったわ。この工場の空き家や、貸し家に、私たちも住むことになったの。私ともう一人の子が住んだ家は、ある電気工のすぐそばだったわ。その頃私たちは十六、七でしょ、十近くも年上の男の人はみんな「おじさん」て呼んでたの。「おじさん」て呼べば、相手もなれなれしくできないでしょ。でも私たちを子供扱いする人は、こちらから敬遠したわ。その電気工の「おじさん」は、私より九つ年上、ちょうどあなた位。でもその人はね、ごめんなさい、気を悪くしないでね、その人は色白の美男子で、二十二、三にしか見えないの。物腰もしゃべり方もとても丁寧なの。どこで仕事してるのかよくわからないけど、帰ってくる時はいつもこざっぱりとした身なりだったわ。暑い時は、緑色のズボンと白いYシャツ、寒い時は半袖のセーターで、木綿の上着はたまにしか着てなかった。最初の十日は、庭を通るとき毎日顔を合わせていたけど、どちらからも挨拶しなかった。ある日、私たち二人の木靴の鼻緒が外れて、釘を探したんだけど、どうしても見つからないの。みんな私にもらいに行けって、その役を押しつけるのよ。それでしぶしぶ行ったの。向こうには釘なら一杯あるのわかってたから。入り口の近くまで来て、何と呼べばいいか迷って立ち止まったの。その人はクラスの同級生と話す時、自分をおじさんて言ってたから。どうしようかためらっていたら、「そこの子、何の用事?」って優しく声をかけられたの。

小馬鹿にされてムッとしたけど、仕方ないので「あの、こちらに釘があるでしょうか?」って返事したわ。

「鼻緒を留めるんだね。おじさん持ってるよ」

その時は、そんな言い方をされる位なら、釘一本が一ドンもしたってさっさと金を払ったほうがましだと思ったわ。そうすれば、こちらだっていつまでも子供扱いされずにすむもの。

「ペンチや金槌もありますか?」

「うん、あるよ」

「指当てに使う皮かゴムはありませんか」

「それはないねえ。そうだ、自転車を縛っているヒモならあるけど、それでいいかい?」

「はい、それで結構です。どうもありがとうございました」

両方とも妙に馬鹿丁寧で、もう少しで吹き出すところだったわ。でもその人は何をするにも本当に控え目だったのよ。いつも喜んで手助けしてくれたけど、全然恩着せがましくないの。ギターや歌も上手という噂なのに、人前では歌おうとしないの。毎晩のように、工員の人たちがおしゃべりに来たわ。中にはその人より年くってる人もいたわね。だけどその人は、あまり興味がないらしくいつも家で本を読んでたの。そんな状態が二、三ヵ月も続いた頃かしら、だんだん工場の技師や薬剤師、それに学校の先生や同級性の男の子が煩わしくなってきたの。とうとう我慢できなくて、ある日その人のところへ本を借りに行ったの。その人の本は数こそ少なかったけど、アイマートフとか、プーシキンとか、ポートフスキーとか結構読みでのある本があったわ。他にも『何をなすべきか』『ジェーンエア』『レ・ミゼラブル』『アンナ・カレーニナ』とかね。オーストリアだかオランダだか忘れたけど、ステファンツバァイクという作家の『見知らぬ女性からの手紙』というタイプで打った小説も貸してくれたわ。大学時代、自分で訳したんですって。

私小さい頃から本を読むのが大好きだったわ。そうね、中学生の頃からかしら。一番夢中になったのは、高校の時よ。勉強に差しつかえるからといって、お母さんから小説を取り上げられた位。だからどんなにボロボロの本でも、私にはとても新鮮だったの。本を読んでいれば、人と顔を合わせなくてすむし、山へ花摘みに行ったり小川へ魚を取りに行かなくても別に淋しくなかったわ。

そうこうするうち自然にその人と親しくなったの。本を読みたい時、ギターや歌を聞きたい時、その人はいつも相手になってくれたわ。私たちは本当の血を分けた肉親みたいに、とても気が合ったの。そんな風に毎日のように会ってたら、ある日彼が突然私に気持ちを打ち明けてきたの。あまり急だったので最初は怖かった。でもすぐに私も真剣な気持ちになったの。それからしばらくしてよ、彼には奥さんと二人の子供がいることがわかったのは。思いもよらなかったわ。とてもつらかった。でも自分の気持ちを裏切ることはできなかった。その人が本当に好きなら、他の人のことなんか関係ないと考えたの。だから彼に言ったの。私を奥さんに会わせてって。会えたらこういうつもりだった。「お互い女性として何も恥じることなんかしていません。だから好きな人に愛される権利は同じはずです。私たち二人のうちのどちらの愛を選ぶか決めるのは彼です」って。だって彼は私のためならなんでもすると言ってくれたんですもの。

でも彼は何もしようとしなかった。彼は言ったわ、僕に任せろって、そんなに大騒ぎする必要ないって。私その言葉を信じたわ。私の目の前で彼はままならない身の上をなげいて何度も泣いたのよ。

私に会えて幸せだって、うれし泣きしたこともあったわ。「この世に本当の幸せ、本当の愛情があるとしたら、それは君が与えてくれたものだよ。僕にとって君は無二の親友、偉大な教師なんだ」って彼は言ったわ。でも彼には何にもできなかった。やはり受け身のままで、はっきりした結論を出そうとしなかった。それに気が付いたので、きっぱり言ったの、もう別れましょう、私を思いつめるのもやめにしなさいって。あなたに誓ってもいいわ。彼を本当に好きだったけど、後悔するようなことは何もしてない。今みたいに彼と遊びにいったことなんか一度もないわ。でも、その時から何も信じられなくなったの。今だに誰も信じられないの…。

「今も、人の心が信じられないままなのかい？」

チャウはただかすかに溜め息をついただけである。サイの心の中を静かな感動がよぎっていく。こんなにひたむきに自分の情熱を生きる女性がいるだろうか。激しさと毅然とした態度。過去の挫折を決して包み隠したり避けようとしない誠実さ。何も恐れない真摯な姿勢。自分自身にこんな厳しい女性がいようとは。ややうつむき加減の彼女の顔を見つめながら、「今度は僕が君の心を奪ってもいいかい？」とサイは言った。

静かに顔をあげた彼女は、口を堅く結んだまま湖面の夜霧に見入っている憔悴したような相手の顔を見つめた。チャウは、初めて会った時から、この青年は嘘をつかない誠実な人間だとわかっていた。まさに彼のような人物を求めていた。お世辞は下手でも、自分を心から気づかってくれる人間を求めていた。

「僕なら傷ついた君の心を癒してあげられると思うんだ。信じてくれるかい？」と彼はまるで自分に罪があるかのように、言葉を続けた。

チャウは小さくうなずく。

「本当を言うと今までは君の美しさや頭の良さしか気がつかなかったんだ。でもさっきの告白を聞いて、自分に厳しい女性だということがとてもよくわかったよ。僕は君の素晴らしさも欠点もすべてが好きだよ」

サイは憑かれたように話し続けた。相手が自分の気持ちを理解してくれているのか不安であった。まるで二人の間の虚空に向かってしゃべっているようなもどかしさがあった。チャウはうつむいたまま何か考えこんでいる。サイもついに黙りこんだ。

「何かしゃべって」しばらくして彼女は口を開いた。

「君は僕を好きじゃないみたいだね」

「本当にそう思ってるの？」

「君が望むなら、今すぐにでもこのタイ湖に飛び込むくらい僕は真剣だよ」

「じゃ飛び込んでみて」

相手に自分の真剣さを見せようと、サイはさっと立ち上がった。そしてしぼり出すような声で言った。

「いい加減にしないか。からかわれるのはもうごめんだよ」

「私があなたをからかってるっていうの？」

「そうじゃないけど、いつまでも君が黙ってると不安なんだよ」

「あなたをからかうために、わざわざここまで付いてきたんじゃないわ」

「じゃ僕を安心させる返事を聞かせてくれたっていいじゃないか」

「あなたは口約束だけで満足なの?」

「そうじゃないさ。でも僕にとってその言葉はとても大事な意味があるんだよ」

「でもこれまでに真剣にたずねたことあったかしら?」

「わかったよ…、本当に好きかい?」

彼女は微笑みながら軽くうなずいた。その後で、口元に笑みを浮かべたまま、静かに首を横に振った。サイは根が用心深いだけに、何事も納得がいかないと、安心できない。チャウのあいまいな態度に、溜め息は押し殺したものの、顔にははっきり落胆の色が浮かんでいる。サイはうつむき加減のまま、風が吹き渡る湖のほうをぼんやり見つめた。その時、突然彼の頬に生暖かいものが触れた。サイは素早く振り返ると、笑みをたたえたその顔を抱き寄せ、自分の冷えきった顔に重ねた。カサカサに乾いた唇が、笑みで溢れる白い歯に触れた。緊張の一瞬は過ぎ去ったのである。彼は彼女の華奢な背中をしっかりと抱き寄せる。まわりの湖も木々もネオンに包まれた向かいのタンロイホテルも、みな揺れている。燃え上がる二人の若い情熱を押しとどめるものはもう何もない。

あたりのベンチや木の下に人影がなくなった頃、チャウは喜びに声を震わせながら「これで安心したでしょ」と囁いた。サイもただ黙ってうなずくだけである。言葉はいらない。この夜から苦しみも喜びも共にする人生が始まるのだ。タイ湖のこの夜は二人にとって忘れられない思い出となったのである。

第八章

「それなら私がいい人紹介してあげようかしら」フォンはサイにこう話しかけた。

殺風景なサイの部屋の空気は、重苦しさを募らせる。サイが復員して以来、週に二、三度のわりで、フォンが訪ねてくるようになっていた。フォンは毎朝、夫と子供の食事の世話をすませると、勤め先へ出かけ、机の前で小一時間ほど書き物をしたり書類に目を通してから、「市場にちょっと寄ってくるわ」と言伝てをして外出した。担当地区へ出向くとか、他の役所との打ち合わせを口実にすることもある。当時は、それなりの理由さえつければ、仕事中に席にいなくても誰も気になどしない時代であった。男女が人目を避けて会うには、むしろ勤務時間中が一番都合よかったくらいである。大人は職場に、子供は保育園や学校に出かけ、団地はすっかり人通りが絶えている。当然部屋の中は、二人だけの別世界である。勤務時間の終わる前に職場へ戻り、恋人との逢瀬などそしらぬ顔をしていれば誰も気づきはしない。そして家に帰れば、真面目に勉強しろとか、立派な行ないをしろとか、子供に説教を垂れればすむのだ。

勿論フォンはそんな不真面目な人間ではない。確かにフォンは、夫や職場の同僚に、サイとの交際を隠している。しかし、彼女は、家庭とサイとの間に、はっきりとした一線を引いていた。サイはこれまでに好意を抱いた唯一の人間である。夫に劣らないほどの思いやりや心配をサイに払うのは、彼女にとってごく自然のことである。しかしそれは完全に精神的なものに限られていたのだ。彼女にも、十年以上喜怒哀楽を共にしてきた家族がある。三十四歳という年齢も、もう無鉄砲が許される年齢ではない。家庭の崩壊など一度も考えたことはなかった。フォンの心には、いつも二つの相矛盾する気持ちがせめぎあっている。サイの結婚によってこの葛藤から解放されたいと願いながらも、サイが別の女性のために苦労するのではという心配も消えない。いつまでもサイは初恋の人でいてほしい反面、自分の家庭の崩壊は考えたこともない。そうした相反する思いを抱え込んだまま、彼女はサイとのつきあいを続けていたのである。

サイの場合は、やや事情がちがっている。戦争中は、なんとかして妻子の束縛から解放されフォンが自分の元に戻ってくれることだけを願っていた。少なくとも、フォンの気持ちだけはいつまでも変わらず、二人の思いは十数年たっても少しも褪せていない、と信じ続けていたかった。サイにとってフォンは生きる希望であり、彼女のためならどんな試練も耐えていける気がした。一生フォンと暮らせたら、フォンがそばにいてくれたら、そんな夢をいつも心の底に抱き続けていた。

ところが、南の戦場から復員すると、前の妻との離婚が思いのほか簡単に実現し、たちまちたくさんの縁談が身にふりかかってきた。有頂天になったサイにとって、フォンへの愛情は過去の美しい思い出にすぎなくなった。もうフォンは、ずっと彼の心をとらえて離さなかった理想の女性ではない。今や誰にも気がねなく、若い女性の中から自分にふさわしい相手を自由に選ぶことができる。かつてのフォンのように魅力的な女性とだって一緒になれるかもしれない。そうなれば、若い連中の羨望の的となるばかりか、郷里の人々の鼻をあかすことだってできる。新しく選んだ女性は、かつての妻とは比べものにもならないはずである。今のサイは、人間の幸福はまわりの人々から妬まれれば妬まれるほど大きいという格言を地で行く心境である。ただサイは、フオンの気持ちを傷つけることだけを恐れていたにすぎない。

ハノイに戻ったサイが、真っ先に足を向けたのはヒューの所で、いの一番にフオンに連絡をとってもらったのである。久し振りの再会をはたしたサイは、別れ際にフオンを家まで送ろうとしたが、彼女は「もう私には気をつかわないで。今度こそきちんと結婚してね。あなたさえよければいい人紹介してもいいわ」と言った。

サイは、「僕はもう誰とも結婚するつもりはないよ」と答えるだけであった。

その後、周囲の人間からいろんな女性を紹介されるようになっても、サイはフオンの前では努めてもの寂しそうな様子をとりつくろった。そんな素振りを見せつけられると、フオンの方もサイの孤独な身の上が自分のせいに思えて、つい何かと世話を焼いたのである。ヒューと自炊を始めたと聞くと、人に頼んで配給の列に並んでもらったり、自分で手料理を作ってわざわざ家まで届けたこともある。

ヒューが家を空けている時はサイに、豆や、肉や、味の素や、ヌクマムの使用量から調理法まで、一から料理の手ほどきをしたこともある。ヒューが家にいないと、いつも台所は散らかしたまま、食事は不規則になりがちだったからだ。女手のない生活を見ていると、ついフオンは手を貸してあげたくなるのだ。

こうして彼女の気持ちは、主婦として守らねばならない家族への義務感と、世間的には許されない初恋の人に寄せる思いとの二つの間で、揺れ続けることになったのである。

サイがはもはやかつての純真素朴なハビ村の青年でないことは、フオンも頭ではわかっている。今のサイは、若い女性の魅力や思わせぶりな仕種にすぐコロリとなってしまう浮かれた気持ちがある。

しかしフオンは、サイの誠実そうな言葉や態度につい同情してしまうのだ。長い沈黙の後、いかにも考えあぐねた末の結論という風に、「たぶん、僕が誰かと結婚すればそれが一番いいのさ」とサイは言った。

フオンの気落ちした顔を見ながら、「二人で一からやり直そうと言った時、君がついてきてくれたら、今になってこんなこと言わなくてすんだんだけど」と、彼は言葉を継いだ。

フオンは熱くなった目頭を押さえながら、「私だって何度も考えたわ。でもそれはとてもかないっこない望みなの…」と言った。

「じゃ僕が結婚しても、訪ねてきてくれるね」

「そんなこと言われても」

「やっぱり僕の結婚が嫌なんだ」

「だって相手の方がなんて思うかわからないもの」

「平気だよ。これまでの友達づきあいをやめることないさ」

フオンはおし黙ったままだ。あわてて彼は、「もちろん僕たちの関係はだれも知らない特別なものだけど」と、言い添えた。

この後、かつてあんなに長い間思いを寄せ合っていたことなどまるでなかったように、二人の行き来が途絶えてしまった。ただもう一度だけ二人が顔を会わせる機会があった。サイの結婚話を耳にしたフオンが、いてもたってもいられず彼の元を訪ねたのである。いつものように重苦しい沈黙が続いた後で、彼女から口を開いた。

「なぜそんなに急ぐの」

「君がすすめたんじゃないか。早くいい人と結婚しなさいって」

「人のせいにするのはよして。相手がすてきな人だからなんでしょ」

「じゃ僕がお化けみたいな顔の女性をもらえば、君は満足なんだね？」

「そんなこと言ってないわ」

サイはイライラをつのらせた。

「君が何を考えてるのかさっぱりわからないよ」

「二十年もの付き合いなのに、まだ私の気持ちがわからないの？」

「だって僕は何度も君に相談したじゃないか」

「あなたの結婚に反対してる訳じゃないわ」

「反対してなくたって、僕の結婚を聞けばこうして不平を並べてるじゃないか。ここで先月会った時君に言われた通りにしてるはずだよ。なのに今になって…」

「あなたはきっとだめになるわ」

「なぜだい？」

「あなたは自分を見失ってるもの」

「どうして？」

「今のあなたは相手に合わせようと背伸びして、その他のことは何も目に入らないんだもの」

「僕はそんなだらしない人間にはならないよ」

「きっとそうなるわ」

「なぜさ？」

「あなたにはそれに逆らう強い意志なんかないもの」

「何を根拠にそう決めつけるんだい？」

「私だってこの二十年近く、あなたのこと考え続けてずいぶん苦労してきたつもりよ。その辛い体験から、私には何でもわかるの」

「もういいよ、何が言いたいのかよくわからないけど、君の気持ちがおさまるなら何でもするよ。さあ今僕にどうしろというんだい」

その言葉に促されるように、フォンは胸の中の思いを打ち明けた。


――何もわがまま言ってるんじゃないの。家庭や子供が大事だからといって、あなたのことをないがしろにするつもりはないし、あなたの幸せを妬いてる訳でもないわ。私の結婚の事情やこれまでの家庭生活は、よくご存じの通りよ。自分が惨めで、子供を抱いて泣いた夜も数え切れないほどあったわ。今の夫はとてもいい人よ。ただ私とはどこか合わないの。その辛さはあなたもよく知ってるわね。ただその相手との結婚は私が決めたことなの。だから不幸はすべて私が負わなくてはならないの。あなたが南に出征した後、初めてあなたの子供ができた原因を知ったわ。その時、あなたをかわいそうだと思った、恨みもしたわ。私の不幸な運命に涙を流し、自分自身を責め苛んだこともあったわ。その時願ってたことはただ一つだけよ。今度あなたが北に帰ってきたら、どんなことがあっても一緒になろうって。だって私以上にあなたを理解してる人間はいないし、誰よりも私をわかってくれたのはあなたしかいないんですもの。でもついにその願いは叶わなかった。私はただ自分の子供の世話を支えに生きるしかなかったわ。でも家庭と子供の世話にいくら心を打ち込んでも、あなたのことは一時も頭から離れなかった。いつ戦場で死ぬんじゃないかと心配でたまらなかったわ。あなたへの思いが募れば募るほど、家族の方々、特にハーおじさんや、ティン兄さんやヒューさんがとても身近に感じられたの。あなたの肉親や一族は、私にとっても血を分けあった親戚同然だったわ。そのうち一番心配になったのは、あなたが帰ってきた時、身を落ち着ける場所がどこにもないということなの。二人目の子供を生んでから、トゥエットさんにも一度会ったわ。トゥエットさんに言ったの、お互い憎み合うのはもうよしましょう、つらいだけよって。考えてみたら、彼女もかわいそうな人よ。彼女泣きながらこう言ったわ。

「私だってサイさんが苦しんでるのを見てると、ちっとも幸せな気分になれないわ。私はサイさんが大好き、でも彼は私を愛してくれない、だから歯を食いしばって耐えるしかなかった。本当にあなたの言う通りよ、まだ小娘の時にたった一度夫に目をかけられただけで、後はただ子供の世話、それでも夫婦と言えるかしら。彼が家から去っていく前は、いつも空しい期待をしながら夜を過ごしたわ。あなたもわかるでしょ、娘の頃っていくら食べても眠っても、物足りないわね。それなのに床に横になって、毎晩起きて待ってるの。こんなに辛いことってないわ。でも私の実家は絶対家に帰してくれなかった。『いったん嫁いだら、死ぬ時もその家のお墓に入れ。サイがお前を離縁しない限り、この家の敷居は二度とまたがせないぞ』っていつも言われたものよ。小さい頃は逆らえなかったけど、大きくなるとだんだん離縁された方がいいと思うようになったわ。もしぶって私を追い出してくれたら、言い訳も立つでしょ。でもサイさんも、私の実家やハーおじさんやティン兄さんを恐れていたのね。兵隊に入ってからは、部隊の上の人の評判をいつも気にしていたみたい。だから自分からは離縁しようと言い出さなかったわ。彼はかたくなに私を避けて、できるだけ遠くへ逃げることしか考えていなかったの。私だって知ってるわ、彼がなぜ兵隊に入ったか、なぜ南の戦場を志願したかってことくらい。幸い今の私にはこの子がいてくれる。ここでこの子を育てていくわ。彼が誰と一緒になろうと、もう平気。私この子とずっと暮らしていくの。もう誰も私を追っ払ったりできっこないわ」ね、わかるでしょう、トゥエットも私も子供を支えに生きてるのよ。思いはそれぞれだけど。私は、子供が不憫で、自分の気持ちを犠牲にしたの。私の本心は、あなたに似合いの人を選んであげたいだけよ。あなたをよく理解し、私に代わってあなたの身のまわりの世話ができる人をね。そういう人なら、あなたの過去をちゃんとわかってくれるばかりか、これからの仕事にもきっとプラスになるはずよ。私信じてるの、あなたは誰にも負けない立派な仕事ができる人だと…。

この半年間の自分を振り返ってみるのは、サイにとってもしばらくぶりであった。自分を気遣う相手の思い詰めた気持ちもよくわかった。その一言一言には、彼女が流した涙や煩悶から得た真実が込められているに違いない。しかし彼の決意は変わらなかった。チャウと真剣に愛し合っていれば、不可能なことはないと思った。チャウは物の道理をわきまえないほど愚かな女性ではない。今まで特に食い違う所もなかったし、それどころか、二人の考えがあまりによく似ているので驚いたこともしばしばあったくらいだ。フオンに対し、サイは誓うように、「安心して。君にはけっして心配かけないから」と言った。

もう何を言っても無駄なことは、フオンにもよくわかっていた。サイの最後の言葉にかすかな慰めを感じるしかない。しかしサイの結婚式が近づくにつれ、彼女は気が抜けたようにぼんやりとしていることが多くなった。そして当日の夜七時半、式場前で祝いの爆竹が鳴り響く頃、フオンはついに耐えきれず泣き崩れてしまった。自分自身にも何がそんなに悲しいのかよくわからないまま、その夜は一睡もせず泣き続けたのである。

＊

フォンや周囲の忠告に耳を貸すこともなく、サイはチャウとの結婚を押し通した。この恋愛に有頂天だった彼は、突然訪れた幸福のとりこになっていたのだ。時々ささいなことで喧嘩もしたが、それは誰にもよくある話にすぎない。とにかく息が詰まるほどの幸せに、夢心地だったのである。タイ湖のほとりで将来を誓い合ったあの夜に、二人は初めての関係を結んでいた。幸福に酔いしれた瞬間、チャウは涙にむせびながらサイにすがりつき、「私を捨てちゃいやよ」と叫んだ。この期に及んでも、サイは「後悔しないね？」と聞かないではいられなかった。過去に何度も失望を味わってきたハビ村育ちの用心深さが抜け切れないのだ。その瞬間チャウは女性本来のいたわりの気持ちにつき動かされ「あなたが望むならいいわ」と囁いていた。

その日からしばらくして、「大変よ、どうもおかしいの」と、心配そうにチャウは言った。そんな相手の不安そうな顔を見ながら、サイは天にも登らんばかりに喜んだ。長い間待ち望んできた願いが、今この手にあるのだ。喜びのあまり、サイは息が詰まるほど相手をきつく抱き締めた。

「本当なんだね」と彼は言った。

チャウは軽くうなずきながら、「その日家に帰ってからも何となく変だったの。それから数日たったけど、今もないの。とても心配だわ」と、答えた。

「何を心配してるんだい。僕たちの子供が欲しくないのかい」と彼は言った。

チャウは体を起こすと、サイの頭を固く張った自分の乳房に引き寄せ、もう一方の手で幼子に乳を与えるように相手の背中を軽く撫でた。かつて二十年ほど前、フオンも同じような仕種をしたことがある。それ以来の長い空白を埋め合わせようとでもするように、彼は目の前の乳首を舐め続けた。その無邪気な格好はまるでお腹をすかせた赤ん坊のようだ。彼女は片方の乳房を手に取って、「ほら、痣がついたじゃない」と、甘えた声で言った。笑いではちきれんばかりの顔を上げたサイは、しばらく彼女を見つめた後、再び目を閉じ元の姿勢に戻った。

「あなたったら」と、彼女は呼びかけた。彼はじっとしたままである。

「それとも…」

サイが依然黙ったままなので、彼女はややためらいがちにもう一度繰り返す。

「それとも…」

「病院に行くつもりなのかい？」と、サイもやっと事が飲み込め、尋ねる。

彼女はしぶしぶと頷く。サイは起き上がり、服を直しながら、「もし君がそうするつもりなら、僕たちはもう別れるしかないさ」と、強い調子で言った。

「私を脅すつもり？」

「そうじゃないさ、でも子供ができたのになぜ喜ぼうとしないんだい」

「まわりの人に合わす顔がないわ」

「結婚すればいいじゃないか」

「だって私たち知り合ってまだ三ヵ月しかたってないのよ」

「三ヵ月のどこがいけないんだ。別に知り合ってすぐ子供ができたっていいじゃないか」

「どう考えたって早すぎるわ」

「じゃ、二ヵ月ということでいいじゃないか」

「それでも、今すぐ結婚しないとだめだわ」

「今から準備しても結婚式まで二週間はかかるよ。それに七ヵ月で生まれる子供だってそんなに珍しくないさ。心配いらないよ。かりに僕たちが結婚前に関係していたと考える奴がいても、無視すればいいさ。別に平気だよ」

「女姓の場合はそう簡単にいかないわ」

「大袈裟だなあ。世間の人は今、米やパンや灯油や薪を買うため列に並ぶことで頭は一杯だよ。他人のこと考える余裕のある人なんかいないさ。あれこれ言う奴がいたら、僕を呼んで悪いのはこの人ですと指差すんだよ。奥さんに子供を生ませた亭主に向かって悪人呼ばわりする奴はいないはずだよ」

チャウもさすがに吹き出す。

「もうわかったわ。屁理屈ばっかり並べるんだから。でもどうやって二週間で式をあげるつもり？」

「まかせてくれよ。明日の朝までに、細かい段取りを作って君に見せるからさ。君は僕と一緒に必要な手続きを二、三すませれば、それで終わりさ。後は僕一人でやるから、何も心配いらないよ」

サイの性格はよくわかっていた。普段はだらっと寝そべっているだけだが、いったん事があると、がむしゃらで怖いもの知らずなのだ。どんな状況にも音をあげない強い意志は、きっと軍隊時代の影響に違いない。サイがその気になってくれれば、もう何も口をはさむ必要はない。すっかり安心しておしゃべりしていると、突然チャウの腹痛が始まった。驚いたサイは、相手の体を支えながら、どこが痛いのか根掘り葉掘り聞き出そうとした。しかし、チャウは返事もできないほど苦しがっている。「送っていくからね」と、心配そうに話しかけるサイに、チャウはただうなずくだけで、自転車の後ろにおとなしく腰かけた。

帰る道々、心配のあまりサイも押し黙ったままだ。しばらくしてやっと、「どんな具合？　家に薬はあるの？　それとも救急病院へ行こうか」と聞いた。

チャウはただ首を振るだけである。その様子からは、薬がないのか、病院へ行かないのか、それとも物が言えないのか、サイにはかいもく見当がつかない。

家に着くと、サイは母親の許しを得て、そのまま上がり込みチャウの様子を見届けようとしたが、彼女は手振りで追い返した。きっと母親には、彼と一緒の時お腹が痛くなったことを知られたくないのだ、だから彼にいてほしくないに違いない。そう思い込んだサイは、素早く自転車に飛び乗り、通りの入り口まで引き帰した。そこで、チャウの部屋の明かりがつくのを見届け、大慌てで家に帰った。

家に戻ると、ヒューを叩き起こし、腹痛の顛末とそれがいかに危険な状態かをくどくど説明する。しかしサイには、どんな痛みか、どの箇所が痛いのか、まるで雲をつかむような状態である。ひとまず二人は、ヒューの知り合いの医者に相談に行くしかなかった。

翌朝まだ暗いうちから、サイはチャウの家へ出かけていった。三十分ほど待って、やっと母親が起きてくる。顔を洗って台所で食事の準備を始めた母親に「お早うございます」と挨拶をすませると、サイはチャウの横に座った。

「具合はどう？　痛み止めや、ビタミンB1、B12、それに総合薬ももらってきたよ。もしこれで効かなければ、ヒューの知り合いの医者が見てくれることになってるんだ」と言いながらサイは薬をチャウの枕元にひろげていく。すると、向きなおったチャウは、薬をわしづかみにするとサイに投げつけた。

「持って帰って。あなたって最低！」

ただならぬ剣幕に、サイはわが目を疑った。きちんとした教育を受けた娘の言動とはとても思えない。顔面蒼白になった彼は、怒りのあまり体の震えが止まらない。しばらく沈黙した後、彼は立ち上がると真っすぐ入り口へ向かった。あわててチャウは、相手の腕にしがみつく。

「離せよ」

「ごめんなさい、あなた」

一呼吸おいてからやっと、「さっきの仕打ちは何だい？」と彼はたずねた。

「だから謝ってるでしょう」

「謝るには訳があるだろ？」

どんな怒りも萎えるような甘い声で「だってあなたってとてもつれないんですもの」と、彼女は答えた。

「薬のために僕は一晩中医者を探したんだよ。そのあとすぐここに駆けつけ、一時間近く外に立ってたんだ。君が眠ったのを見て、それから家に帰ったのさ、三時頃だったよ。七時にはまたここに戻って来たんだ。これほどまでしてるのに、つれないって言うんなら、もうお手上げだよ」

「そうじゃないの。あなたは女性の気持ちを全然わかってないわ。あの時、ほんのふたことみこと優しい言葉で慰めてくれれば、痛みも少しは和らいだと思うの。なのにあなたは、むっつり黙りこくったままなんですもの。辛いったらなかったわ」

「だって僕が尋ねても、君は一言もしゃべらなかったじゃないか」

「人が死にそうに苦しんでるのに、裁判官の尋問みたいな口調で聞くんですもの、誰が答える気になるのよ」

サイは肩すかしをくった気持ちだった。優しい言葉一つですむのなら、どんなずぼらな男でもできる。

「あなたも言ってたでしょう、病気や辛い時こそ最愛の人のなぐさめが身にしみるって」

「なぐさめだけですむなら簡単な話さ。なにもあくせく駆けずり回ることもなかったよ」

「一緒に暮らせば、あなたもすぐわかってくるわ。慣れさえすれば簡単なことよ」

ところが、こうした戸惑いは次から次へと起きたのである。確かに、少し気をつければすむ問題とはいえ、あまりに些細な取るに足りない話ばかりで、正直なところサイはうんざりしてきた。

チャウの兄の家を訪ねた時のことである。丁寧に挨拶をすませた後、サイは自分でお茶を入れ、それから両手で煙草の箱を差し出しうやうやしく相手に勧めた。

帰り際、自転車に腰掛けると、「なんであんなことしたの」と、チャウは不平を鳴らした。

「いつも通りのことをしたまでだよ」

「あなたが誠実だってことよくわかってるわ。だからこそ好きになったんですもの。でも今日はかえって誤解を与えたかもしれないわ」

「どうしてさ」

「知ってるでしょ、兄は人事局長なのよ。毅然としてない人はいつも小馬鹿にしてるの。自分に媚びる人間には何か魂胆があるにちがいないと思ってるのよ」

「別に下心なんかないよ」

「わかってるわ。あなたは人に頼らなくても、実力でやっていけること位。ただね、あなたは相手の妹と結婚するのよ、それを忘れないで。今日の態度を見たら、きっと兄はこう考えたと思うの、こいつ妹と結婚できるんで、すっかり有頂天になってやがるって。だから兄は私たち二人を小馬鹿にしてると思うわ。今日はおっとり構えて、こいつが先にほれてきたから、その気になったまでで、そうじゃなければ願い下げだね、今日来たのもそちらの招待だからで、丁重に客扱いしないならこっちにも考えがある。頼みごとをされてもしかるべく対応してやる、って態度を見せるべきだったのよ」

その時のサイの情けない顔といったらない。まるで生徒が初めて授業を聞くように、口をポカンと開けたまま、チャウの話を聞いていた。

こういうこともあった。ヒューと二人で、ハーおじとその知り合い、そしてチャウを食事に招いた時のことである。食事の間中、チャウが遠慮してあまり箸をつけないので、彼はまめまめしく小皿に御馳走を移してやった。その夜またチャウの愚痴が始まった。

「あなたって、おかしな人。少しは頭を使いなさいって、あれほど言ってるのに。そりゃ、あなたのようにかいがいしい夫を嫌う人なんかいないわよ。でも時と場合があるでしょ。食事の時のあなたのしぐさを見て、ハーおじさんさんやヒューさんに、なんて思われたかわかってるの？　こののぼせようじゃ、そのうち自分たちのことは眼中になくなるぞって、あきれてるわよ。赤の他人に馬鹿にされるのだってしゃくなのに、ましてや親しい人に相手にされなくなったらおしまいでしょ。頼れるのは妻一人になっても、あなたは平気なの？　しかも、つわりで気分が悪いことよくわかってるくせに、御飯は山盛りにするわ、お肉は一杯押し付けるわ、本当にあきれてものも言えない」

＊

チャウへの気遣いに振り回されるにつれ、その他の付き合いはすっかりおろそかになっていた。サイはもともと人の集まりが好きで、いつも話の輪に加わり最後に腰を上げる質である。目上の人間が多かろうと仲間内の時であろうと、たいていその場の中心にいた。彼は成績が優秀なばかりか、日頃からとてもめんどう見がよかったからだ。ぼうようとした憎めないその風貌も、友人たちに頼りにされる理由の一つである。やっかいな問題は、サイに頼めば何とかなる、サイに頼んでだめならあきらめもつくと言われるほど、すっかり信用されていた。

それだけに、サイがチャウと付き合いだすと、「もうサイは当てにできんな」とみんなしきりに残念がった。あんな小娘ごときに腑抜けになるとは、とあきれる者もいた。戦争中、弟のようにサイを目にかけ、好意的な記事を書いてくれた記者もその一人である。年上にもかかわらず、その記者はいつも折り目正しく、サイの方が恐縮するほどであった。今回も記者は真剣な表情でサイに話しかけた。

「耳に痛い話かもしれませんが、あの娘はよしたほうがいいと思いますよ。あなたさえよければ、似合いの娘さんを紹介してあげますから。とにかくもっと純情な人でないとうまくいかない気がしますがね」

サイは心外であった。もう硝煙下の戦場でジャングル暮らしをしていた十数年前の青二才ではない。

「ご好意はうれしいんですが。これまでにもいろんな人が、自分の眼鏡に適う理想の女性とやらを紹介してくれましたよ。でも僕にはしっくりこない人ばかりでしたから」

「安心して下さい。あなたにふさわしくてしかも器量よしの娘さんを紹介してあげますよ」

サイは自分が買い被られている気がした。もう三十四歳で離婚歴だってある。それでもチャウ以上に魅力的な人が見つかるというのだろうか。

チャウの評判はもううんざりするほど聞かされている。二人の相性が悪いとか、「君の人生はあの娘によって台無しさ」という声がある一方で、チャウはしっかり者の奥さんになるという人もいたが、サイの身になれば、結婚はこの自分のためだ、という心境である。

かりに二十年前に自由な恋愛が許されていたら、こんなにためらうこともなかったはずだ。二十歳そこそこなら、たとえ一度失敗してもまたやり直せるし、次の機会はいくらでもある。若いうちは、歯の浮くような台詞でもご愛嬌ですむ。「君を愛してるよ」と告白したその舌の根の乾かぬうちに、別の女性に「僕の心は君への思いで一杯さ」と平気でささやくこともできる。そんな安っぽい台詞を拒否されても、別に自信を失うことはない。とにかく一つ一つの仕種や言葉使いに気を使う必要はないのだ。

ところがこの年齢になるとそうはいかない。内心の不安を見透かされないよう、言葉や態度に細心の注意が必要である。相手にどう見られているか、馬鹿にされていないか、いつも神経をすり減らす。しかし、どんなに慎重になっても、取り返しのつかない間違いを犯すのではという不安は付きまとったままだ。その結果、すっかり平静を失ってしまうのである。

しばらくしてサイは目の前の記者に向かって、「実を言うと、もう式の日取りは決めてるんですよ」

と答えた。

「あなたのためによかれと思って忠告したまでですよ。もう決まっているのなら、口をはさむつもりはありません」

相手が納得しかねているのはよくわかっていたが、いまさら予定を変えるつもりはなかった。話が決まっていることを知らされると、その記者も「結婚式実行委員会」に加わり、二人の写真や招待状やら結婚通知などを、わずか一日で準備してくれた。

サイたちが式を挙げることに決めたわずか五日後、「実行委員会」の最初にして最後の集まりが開かれた。サイは事前に、それぞれの人に役割分担を依頼していたので、会合といっても単なる顔合わせほどの意味しかない。

この日から休暇を取っていたチャウがサイの家に行くと、すでに全員顔を揃えていた。それぞれ政府機関や軍隊の関係者で、サイの無二の友人ばかりだ。ハノイの人間だけでなく、郷里の人々も同席していた。

サイは手際よくことを運んでいく。まるで信頼の厚い上司が、自分の部下に指図するように、まず大筋をきちんと押さえてから、細部にもぬかりなく目を配った。渉外担当のクアンには、役所に届ける書類の日時を確認させる。会場係のトゥーには、予約の有無を尋ねる。兵站部に勤務するホアには、お菓子、煙草、ビールの手配状況を聞く。林業関係の仕事につくタインには、ベッドや家具類の手配を尋ねる。画家のディンには、会場の飾り付けと何人くらいの手伝いが必要か質す。だれもが自分の番になると思わず首をすくめたが、チャウには苦笑いしながら目配せを送ってよこした。最初は当惑していたチャウも、サイの友人たちの心遣いや屈託のない態度に、次第に好感を持ち始めた。

部屋は、十数人もの人いきれでむんむんしている。とても全員が座りきれないので、みんな立ったまま機嫌よくしゃべっていた。どの用件もめんどうで急を要したが、準備は思いのほか順調に進んでいた。チャウ自身、短時間にこんなにうまく事が運ぶとは思いもよらなかった。家に帰る道すがら、嬉しさを隠し切れず、「自分の頼みなのに、まるで人に指図するみたいだったわ」と、彼女はあきれてみせた。

「友達や兵隊仲間だぜ、お互い様さ」

「でもあなたのやり方ってとても強引なんだもの、そういう所大嫌い」

「昔から言うじゃないか、女性の大嫌いは、大好きの意味だって」

「馬鹿にしないで」

「おいおい、あまりすねると、おなかの子に笑われるぞ」

チャウはつられて笑いかけたが、内心の不安を押さえるように、下唇を噛んだ。その仕種から彼女の不安が、サイにも伝わってくる。彼女は将来生まれてくる子供のことを考え、喜びと不安が交錯しているに違いない。不意に彼の胸に厳粛な気持ちが込み上げてきた。自分の人生にかけがえのない幸せをもたらしてくれた相手に、なぐさめと感謝の言葉をかけてやりたいと思った。しかし、彼は口に出さなかった。言葉ではとても言い尽くせるものではないと思ったのだ。ただゆっくりとペダルをこぎ続けた。優しく保護するように片手を相手のハンドルの上に添え、恥ずかしそうにうつむく相手の目元を、静かに微笑みながら見つめていた。

＊

サイはチャウを伴い、親戚へのあいさつを兼ね郷里に帰ることになった。式の日取りを決めた後、サイは「実行委員」の一人に、前もって兄のティンの元へ手紙を届けさせておいた。

――テトの後も、留学準備のため学業に専念しなくてはなりません。チャウのおばあさんも体の具合が思わしくありません。書面での報告になりましたが、もし家族のみなさんのご同意が頂けますなら、この十七日に式を挙げたいと思います。なにぶん急ではありますが、兄さんにもお力添えお願いします。具体的には以下の手筈を整えて下さい。まず、来る九日、報告かたがた私たち二人帰省しますので、その準備をお願いします。結納の品は、びんろうの実百個、ターイの茶一キロ、蓮の実一キロ（上京の折買って下さっても結構です）、トゥドー煙草［フィルター付き最高級品］一カートン（ハーおじさんが手筈を取ってくれています）、ルアモイ酒［米を原料とする蒸留酒］一瓶、以上です。それから現金で二千ほど用立てて、私の友人に手渡して下さい（半分は持参金に、残り半分は家の敷金に使います）。足りない分は、友人に頼んで何とかします。式がすんでから、友人たちと簡単な祝いごとをする予定ですので、それもよろしくお願いします。人数は三十人前後になると思います。それから…

サイは手紙一つ出したきり、実家の負担や都合など少しも気にかけなかった。手紙で頼めば、きっと兄のティンの方で手筈を整えてくれるはずだと信じていた。兄の役目は、費用の捻出にあたる出納係か、上司の意向に忠実な総務課長と変わらない。さすがのティンも少しムッとしたが、それを態度に表したり、口に出したりはしなかった。南の戦場から引き揚げてきた時と同様、今回の帰省もサイは手ぶらで帰ってきた。弟の振る舞いはいつものことなので、ティンも別に気にとめてはいない。それよりも、一緒に帰ったチャウのかいがいしい態度が、ティンをいたく感激させたのである。ひと通りみんなに挨拶をすませた後、彼女は小声でティンに尋ねた。

「あの、先祖様の祭壇は…」

「それは本家の方にあるが」

「そうですか…、お線香とお花をあげたいと思って」

やっと話が飲み込めたティンは、大声で長兄の名を呼んだ。

「兄さん、弟の嫁がお供えの線香と花を買ってきてるんだ」

その場にいた長兄は、あわててサイとチャウの所へやって来た。チャウは小机の上に、線香、花束、びんろうの実、キンマの葉、バナナ、みかんなどをうやうやしく広げる。おじのハーが、少し堅苦しくなった雰囲気を和らげようと、チャウに聞いた。

「実家にも祭壇があるのかい?」

「家にはそまつなものしかないんですが、母は毎年テトになると先祖様に線香をあげているんです」

チャウはそう答えると、次にトゥドー煙草をティンに差し出し、「これみなさんでどうぞ」と言った。

それがすむとチャウは手提げを持ち、兄嫁に挨拶するため台所へ足を向けた。生みの親同然にサイの面倒を見てくれた兄嫁に敬意を表すためだ。

「姉さん、つまらないものですが、子供たちにあげて下さいね」と言いながら、チャウはお菓子を手渡した。

中には、ビスケットとチョコレートが入っている。ありふれたお菓子だが、台所のしきいで挨拶を受けたティンの兄嫁は感激を隠せない様子だ。これまで夫や子供のために身を粉にしてきたが、直接お土産をもらうのは初めてである。お菓子を買ったりもらったりしても、いつも夫が子供たちに分け与えるか、子供たち同士で分けるにすぎない。夫や子供たちがもらった贈物は、はなから自分には関係ないと思ってきたのだ。

「ほんとにすまないね」と言いながら、ティンの兄嫁は心からうれしそうに贈物を受け取ると、側の夫に手渡しながら、「お父さん、これ預かっといて。後で、子供たちにあげて下さいな」と言った。

そして、チャウの両手を握ったまま、さとすように話し始めた。

「いいわね。今度からもう何も買ってこなくてもいいのよ。お金の無駄だから。あなたはお勤めしてるけど、都会では、楊子ひとつだってお金がかかるんだもの。これから生まれてくる赤ちゃんのために貯金しなくちゃね。サイさんは気前がいいから、財布はあなたがしっかり握ってなきゃだめよ。男の人って全然当てになんかならないんだから。そうそうこれから毎月、子供に味噌ダレを届けさせるからね。野菜にかけたり、それで魚を煮るとヌクマムよりおいしいのよ。とにかく節約にこしたことはないわ。サイさんの両親はもういないし、兄弟もみんな遠くに離れて暮らしてるから、あなたも一人で大変ね。でもお産の時は、子供に手伝わせるから、洗濯なり食事なり買い物なり何でも言いつけて。さあ私はいいから、向こうに行ってみんなとお茶でも飲んでらっしゃい。ここに長居してると、せっかくの髪も埃まみれになるわよ」

「じゃそろそろおいとまするか。向こうでは親戚や県のおえらがたも待ってるからな」とティンも上機嫌で、言い添える。

彼はチャウの気遣いに、すっかり満足していた。サイの用件でここ一週間目の回るような忙しさだったが、その苦労も十分むくわれたのである。家の中は笑いが絶えない。チャウはみんなの気持ちをすっかりとらえている。まだどこかぎこちない所はあったが、申し分のない立ち居振る舞いである。

この晴れの場にふさわしくとても豪華な料理が用意されている。丸々とした鶏肉の丸焼き、艶の良いハム、揚げ春巻き、ブロッコリーと小海老と豚皮と内臓の炒め物、鶏肉と蟹と海老入りの燕の巣風スープ、そして赤飯。これだけのご馳走は、ハノイでもめったに口にできない豪勢なものである。

客たちがお茶やコーヒーになる頃、台所にひかえていたティンの妻と十人近い子供たちは、残り物のおかずを囲んでいる。長女が幼い子供たちによそったご飯は、二、三掻きでその口に吸い込まれていく。みんな自分にあてがわれたハムや鶏肉や揚げ春巻きを箸でしっかり押さえ、一方の手でお茶碗を差し出し、母親にとうもろこし団子をねだる。

台所にやってきたティンは、にこにこ上機嫌でその場の光景を見ていたが、子供たちが自分にご飯をすすめるのを見て、驚きの声を上げた。手を上げて子供たちを制しながら、ティンは「母さん、こんな日に何で子供たちに団子しか食わせないんだ？」と聞いた。妻は黙ったまま側にやってきて、彼に囁いた。

「お米を百キロほど残しておくつもりなの。お正月三箇日の子供たちの分と、サイさんの所に届ける分と。だから子供たちには、お米の代わりにあり合わせのものですませるよう言ったの。それより、お父さんはそろそろ向こうでお相手しないと」

「お父さん、早く行かないとチャウさんが呼びに来るわよ」と長女も急かせた。

サイは一人で親戚を訪ね、あいさつがてら家に寄るよう声をかけて回った。チャウと一緒に一軒一軒親戚回りをする手間を省くためだ。ここ数日、近々サイが大学出の美人を嫁にもらうという話は、近所中の評判になっていた。招かれていようといまいと、御馳走の皿が運ばれる頃から、近所の人々は三々五々集まってきた。たいてい両隣の家に寄って、しばらく時間をつぶし、会食の終わりを潮に連れだって家の中に入ってくる。真っ先にやって来たのは、年配の男性や、孫や子供連れの老人である。年配の婦人や若い女性たちは、びんろうの実と石灰をくるんだキンマを嚙みながら、ひそひそ声で品定めに余念がない。

しかし、一番騒々しいのはやはり子供たちである。連れだってきた母や姉はそっちのけで、庇の下から中を窺っている。今日はさすがに叱りつける者など誰もいない。すべての目は、こぼれんばかりの笑みを浮かべびんろうやお茶を勧めて回るチャウに、釘付けである。中でも目立つのは、年の頃十歳前後の色黒の痩せた子供であった。どの村のどこの家の子供か、この辺では見かけない顔である。身に着けている軍服は、体にくらべて小さすぎるせいかやけに窮屈そうに見える。仲間は四、五人いるが、その風采から見て、さっきまで水牛やあひるの世話をしていた子供たちのようだ。連れの仲間は庭の隅に突っ立っているが、その子供だけは人垣をすりぬけ、なんと家の中にまで入り込んで、しげしげとチャウの顔を覗きこんだ。そして、「おい、すげえ別嬪だぜ」と大声で叫んだのだ。周囲の舌打ちをよそにその子は一目散に逃げ去り、仲間の連中も遅れまいと必死で後を追いかけていった。

ちょうど潮時と見て、おじのハーはその場を収拾するために立ち上がった。物珍しさの一心で集まって来た村人に引き取ってもらう頃あいである。

「私どものサイとチャウは、これまで長い間交際を重ねた末、本日、親戚一同に式の日取りを報告するため、里帰りした次第です。さてもう日も傾いてきました。帰り道どんな難儀が起こるやもしれません。明日からの仕事に差し障りの出ないよう、そろそろ二人をハノイに帰らせますので、どうかお引き取り願います」

おじの機転にチャウもほっとした様子で、周囲の人々に挨拶をすませるとすぐ台所へ行った。サイとティンもその後に続く。

兄嫁は、「あなたたち、急がないと遅くなるわよ。それからお父さん、ついでにこの手提げに、結納の品持って帰ってもらったらどうかしら」と言った。

「そいつはいい。じゃ母さん、チャウさんの手提げに品物を詰めてくれよ」とティンも相づちをうつ。

兄嫁は小声で言い添えた。

「蓮の実と煙草代のお金、忘れないようにね」

「うん、わかってるよ」

サイは、帰り支度で気もそぞろである。子供たちに指図して、チャウのためにスカーフと、外套と、手袋を持ってこさせる。慌ただしくバイクで立ち去る二人の後を、子供たちは喚声をあげながらいつまでも追いかけていった。

*

誰もサイの結婚への固い意志を変えることはできなかった。これまでサイの後ろ盾となってきた三人も、相性、学歴、将来の見通しなどあらゆる角度から検討を加えた末、ついに同意することにしたのである。そして三人はそれぞれ重要な役目を引き受けることになった。結納と結婚式の場で新郎側の代表を務めるのはおじのハー、「実行委員会」の責任者として内輪の祝いを含め舞台裏の仕事すべてを取り仕切る役目はヒュー、金の工面に奔走する役目は当然兄のティンである。

三人の中で今回の結婚を一番感慨深く思っていたのはヒューに違いない。サイが南に出征して以来、ヒューはずっと家族の一員扱いを受けていた。家族の相談ごとにも必ず顔を出し、進んで手を貸してきた。しかし、話し合いの際に助言はしても、終始ひかえ目な姿勢を通し続けた。復員してきたサイと同居を始めると、整理の行き届いていたヒューの部屋は、まるで鼠の巣のようにちらかり、生活のリズムもすっかり乱されたが、彼は不平や小言一つ口にしなかった。フオンに対するサイのおざなりな態度についても、何度か忠告すべきだと考えたが、結局思いとどまった。

サイの行動が目に余るようになったのは、チャウと付き合い始めてからである。二人に部屋を空けるため、昼寝や夜中の最中に叩き起こされたこともある。その他の細々とした頼みは、数えきれない。たいてい、直前まで何の相談や耳打ちもなく、いきなり用事を頼まれることが多かった。実の兄であるティンから見ても、サイに対するヒューの気遣いには、頭が下がるほどであった。家族が集まって何か決める時、長兄がいないと示しがつかないように、重要な話し合いには、必ずヒューも呼ばれたのである。ヒュー自身も家族の集まりに顔を出すため村に帰り、翌早朝また引き返すこともいとわなかったほどだ。

いずれにしても三人の目配りのおかげで結婚式の準備は順調に進んだ。日取りが近づくとティンはハノイに腰をすえ、式当日まで残りの二人と準備に意を注ぐことになった。ハノイに住む親戚縁者は勿論、休暇中のサイの軍人仲間にも連絡する必要がある。すべての面で対照的な両家の格式にも、遺漏のないよう気を配らねばならない。新婦側の代表が人事局長である新婦の兄なら、新郎側の代表も財務局長のハーおじという具合だ。新婦の付き添いが流行に身を包んだ美女ばかりなら、新郎側の付き添いをつとめる親戚の青年も、外国帰りの美男を揃えた。新婦の出向えの人選も、サイの友人や親戚の他に、ハノイに住む同じ村の人間にも声をかけた。田舎の兄弟やその子供たちは、車で後ろからついて行く手筈になっている。

おじのハーはハーで、色々と手をまわしていた。子守歌のように静かな音しかたてない最新の日本製発電機を借り、街路樹の下に置いて停電に備えた。ヒューも旅行社に勤める弟から、新婦の出迎え用にもう一台予備の車を手配した。これは、用意した車が満席になったり故障した時に備えてのものである。式をもりあげる爆竹の手筈もぬかりはない。ティンの妻の親戚に二十年以上爆竹作りをしてきた職人がおり、この人物が式の前日からハノイに滞在し、当日は自ら火付け役を買って出る予定になっている。

ここまでの準備は水も漏らさぬ用意周到ぶりと言ってよかった。しかし、サイ家の側はまだ一抹の不安が残っていた。それは花嫁であるチャウのことである。おじのハーには、自分の一族は村のどの家にも見劣りしないという強い自負がある。科挙試験のあった頃には、同じ村から県の役人まで出世した者もいたが、一族の中には省の試験に首席で合格した人物がいた。植民地時代にはロイ村長が羽ぶりをきかせたが、ハーは村の最初の革命家として名をあげている。格式、名声、見識、いずれを取っても、お手本となるような家柄に恥じない。新しく生まれ変わりつつあるこの時代においても、人々の先頭に立つ意気込みだけはどこの誰にも負けないつもりである。

ハーとティンは、一目見た時からチャウの魅力に圧倒された。近づきになればなるほど、彼女には非の打ち所がなかった。しかしその完璧すぎる点が、逆に不安である。彼女の魅力に対し、一族が誇れるものがあるとすれば、学問の分野しかない。この道を進めば、サイの将来はとても有望であり、必ずや社会に貢献できるはずである。しかしサイ自身が、彼女の魅力におぼれ自分を見失いかねない危惧がある。もしそうなれば、両家の間だけでなく、二人の間も、ぎくしゃくしかねない。少し気がゆるんでいるこの頃のサイを見ると、これまでの積み重ねがすべて水の泡になる心配がある。誰もがうすうす気づいていながら、あえて口に出さないだけのことである。てきぱき段取りを運んできた三人が、最後まで不安をふっきれない原因も、そこにあるのだ。

結婚式を目前にひかえ、両家の態度はまるで正反対である。新郎側は、盛大な準備に大童《おおわらわ》で、その力の入れようは県下一円の知るところであった。一方の新婦側はまるで他人事のように冷ややかな態度である。娘の結婚は、配給の魚が明日売り出されるというニュースほどの関心も呼んでいない。こうした態度には、勿論それなりの事情があったのである。この家ではチャウの「恋人」とか「式の日取り」話はもう耳にたこができるほど聞かされ、すっかり慣れっこになっていたのだ。チャウが家族にサイを紹介した時も、結婚の承諾を求めた時も、いたって簡単に許された。誰も反対もしなければ、これといって障害もおきなかった。

理由は至極単純である。八年前、あの電気工との恋愛沙汰の時、母親を先頭に家族中が大反対して以来、これまで誰も覚えていないほどたくさんの恋人が現れていたからだ。「日取り」まで決めた男性だけでも三人いた。そんな事情があったので、自宅に遊びに来る男友達は、誰でも歓迎された。気に入った人がいれば、誰と結婚しようが反対されなかった。過去に結婚歴はあっても今は独身であればよかった。これまでに現れた恋人の中には、ほれぼれする美男子や、名門校卒業者や、きちんとした職場に勤める人や、どこから見ても似合いの男性もいたのである。何とかあの電気工を忘れさせようと、家中の者が色々お膳立てした時期もあった。とりわけ人事局長の長兄は、父親のように心を痛め、何度も相談相手になっていた。しかし、結局はどの男性も気にいらず、どうしても電気工への未練を断ち切れなかった。

今回の結婚に無関心であったもう一つの理由は、チャウがもともと貸す耳を持たない性格だったからだ。「放っておくしかないさ。あの子もいい大人なんだから、自分のことはもう一人で決めるさ」と人々はあきれ、半ばサジを投げていた。長兄ですら妹が本気だと初めてわかったのは、出勤途上に一緒に区役所に寄り、婚姻届けに立ち会った時である。しかしそれでもなお家族の人々は、安心していた訳ではない。彼女の性格と、相手の軍人にありがちな一本気な性格からして、とても円満な夫婦になれるとは思えなかったのだ。かすかな保証といえば、わずかに手相見の話だけである。それによると、二人の相性は最高という見立てであった。

＊

本当に自分をわかってくれる男は一人もいない。どの相手もさえない男ばかりで、チャウはすっかり失望していた。彼女は何とか片思いの相手を忘れようと、自分なりに真剣に思い詰めていた。しかし目の前に現れる男は、揃いも揃ってどこか物足りないのだ。外見は立派で学業も優秀な人物は、本以外のことはまるで何も知らない。折り目正しい紳士的な人物は、力強い情熱に欠けている。自分自身に厳しい男は、友人や家庭に対する思いやりがまるでない。話の内容は立派でも、細かな配慮に欠ける人物がいた。取り柄は誠実だけで、すぐ飽きて退屈になる人物もいた。思い切って結婚しようとしたことも何度かあったが、日取りが近付くにつれ、どうしてもその欠点が鼻につく。いつまでたっても電気工への未練を捨てさせるような男性は、現れなかったのだ。

チャウは電気工を通して、人間に対する様々な見方を学んでいた。彼によって、人間関係の機微を見抜く目を持つようになっていた。二人が愛しあっている時、チャウは自分がいつも子供だと感じていた。甘えたり、せがむのはいつも自分のほうなのだ。怒ったり、すねたりすることもよくあった。相手は優しくなぐさめてくれる時もあったが、厳しく叱ってくれることもあった。逆に、チャウの追及に対し、泣きながらひざまずいて謝ることもあった。しかし、彼女が相手の職業を小馬鹿にすると、さも軽蔑したように毅然と別れる強さがあった。彼は恋人であるばかりか、友達であり、兄であり、そして人生の教師でもあった。

その上に、彼女が誰にも明かしていない秘密があった。大学一年の夏、彼に体を許していたのである。それ以来、彼女は何度相手と縁を切ろうとしたことか。しかしこの十年あまりの間、いろんな男性がチャウに近づいてきたが、トアン――電気工の名前――に比べれば、ただの青二才にすぎない。どんなに憎んでも、どうしても彼を忘れることができなかった。一度味わった喜びが蘇る度に、体の奥底から熱いものが込み上げてくる。別の相手と付き合うようになってからも、普段の勤めの日にトアンを訪ね密会を重ねた。他の男性では満足できないと思いつめた彼女は、彼と家庭を持つためなら、すべてを投げ捨てる覚悟であった。トアンも将来の夢を口にし、もう少し辛抱するよう彼女をなぐさめた。相手の約束を信じ、彼女がひたすら待ち続けていた間に、子供を始末したこともあった。それでも彼女は相手を信じ続けていた。

そして、彼女は自分から積極的に相手を誘い、再び妊娠してしまったのだ。ほとんど乱れたことのない生理が、十日も止まった時、彼女はそのことを相手に告げた。しかしトアンは「知り合いに頼んで、すぐ始末しろよ」と言った。

「嫌よ。約束はどうなったの。将来君と一緒になろうって、何度も言ったじゃない」

「落ち着けよ。今すぐは無理だよ」

「いまさら何が怖いの？」

「別に怖い物なんかないさ。でも、まず冷静でなくちゃ名案も浮かばんさ」

「じゃあなたの名案とやらを聞かせてよ」

「いいかい、僕を信じて前のようにすませるんだ」

「二度とだまされるもんですか。私にも覚悟があるわ」

「どんな覚悟だい？」

「今までの約束、絶対守ってもらうわ」

「もし守らなかったら？」

「そんなの許さないわ」

「馬鹿だなあ。男はね、愛する相手には、どんな約束だってするさ」

「どういうこと？」

「つまりさ、恋人のためなら男は太陽だって引きずり降ろしてみせるって、約束するもんだよ」

目の前が真っ暗になりながら、チャウは必死で食い下がる。

「甘く見ないでよ。私から逃げようたって許さないから」

「いい度胸じゃないか。じゃ僕だってはっきり言わせてもらうぜ。僕は誰が何と言おうと、自分が必要ないと思うことは、絶対やらない主義なのさ」

「やらせてみせるわ」

「無理さ。いくら君が脅したって駄目だよ。ついでに、もう一つはっきりさせておくけど、僕は今の自分を変えるつもりは全然ないからね。もし、君さえよければ、僕たちはこのままいつまでも…」

怒りにかられたチャウは相手に平手打ちを食わせた。サイと知り合って、わずか一週間後のことである。恋愛経験に長けた彼女が、いとも簡単にサイに身をまかせたのは、こういう事情があったのだ。しかし、彼女は初めからサイをだますつもりではなかった。もともと彼女にはそんな必要はなかった。その気になれば、事を穏便にすませるのは、そんなに難しい話ではない。彼女の美貌と魅力を持ってすれば、これまでのすべてを告白しても、計算高い男や情熱的な人間はもちろん、ちょっとした家柄の男性でも好意を寄せてくれる人間は何人もいたに違いない。

チャウがサイを選んだのは、自分を裏切った相手に復讐するためであるが、サイの誠実で真剣な愛は、彼女の冷えきった気持ちを、暖炉の炎のように暖めてくれたことも事実である。ずるずると引きずってきた過去をきれいさっぱり断ち、暖かい家庭を作って妻と母の務めをはたしたいと願っていたその時に、サイが現れたのだ。彼女にはサイのいろんな欠点も、相性が必ずしも良くないことも、よくわかっている。それだけに、精一杯サイに尽くし、誰にも負けない家庭を築く意気込みに燃えていた。にもかかわらずチャウの心はまだ揺れていた。きっぱり過去を清算したいと切に願いながら、すべてを捨てて新しい幸せに身をゆだねることにまだためらいがあったのだ。

婚姻届けを出した後二人は新しい家に越したが、一緒に過ごしたのは昼間だけで、チャウは夜の十時前に実家に帰った。結婚式をあげるまで、世間の目を気にしたのである。

ある朝突然、サイの尊敬する、後見人とも言うべき、政治委員のド・マインが訪ねてきた。すっかりあわてたサイは、とりあえず挨拶をすませると、カーテンの背後にいたチャウを呼んだ。ちょうどその時、彼女は初恋の男を思い出し、恨みつらみと恋しさで涙にくれていた。涙で枕がぐっしょり濡れるほどである。サイは事態が飲み込めず、ただひたすら頭を下げ、顔を拭いて客に挨拶するよう頼むばかりだ。自分の気持ちが整理できない彼女は、サイのたっての願いをどうしても聞き入れようとしない。喉元まで出かかった怒りをやっとのことで抑え、風邪で寝込んでいますのでと、彼は拙い言い訳をせざるをえなかった。

その日の午後、二人は明日に迫った式の招待客に、誰か漏れている友人がいないか、もう一度確認し合った。朝の件を根に持っていたサイは、「トアンさんは入れたよね？」と聞いた。

チャウは、思いもよらない問いに、「どのトアン？」と何気ないふりをして尋ね返した。

「君が忘れてるなら、僕がじかに呼びに行ってもいいよ」

サイは相手がわざととぼけていると思ったのだ。些細な点にこだわる小意地の悪い性格がもたげ、サイの顔に皮肉な色が浮かんだ。チャウがまじまじと見つめるので、彼はついどぎまぎしてうつむく。つと二筋の涙が頬をつたったかと思うと、チャウは黙ったまま笠《ノン》を手にし、自転車に乗って実家に帰ってしまった。翌日ヒューが何度も頭を下げ、サイに謝らせて、やっと彼女は式に出ることを承諾したのである。

第九章

ふと目覚めたサイは、ベッドの端に座ったままじっとしている妻の姿に気づいた。背中を壁にもたれ、両手で枕を抱えながら、小机に置かれた電灯の明かりに視線を注いでいる。寂しげな妻の表情を目にしたサイは、体を起こし、「どうしたの。眠れないのかい?」と小声で尋ねた。

耳に入らないのか、答えたくないのか、彼女は黙ったままだ。

サイはすっかり起き上がって、「いったいどうしたんだ?」と聞いた。

ふと我に帰ったという様子で、ぼんやりしていた彼女の目に焦点が戻り、口元には微笑がひろがる。サイの乱れた髪を撫でながら、もう一方の手で相手の手を自分のお腹の上に乗せた。サイはこわごわそのせりだしたお腹を撫でる。予定では後一ヵ月ほどで誕生のはずだ。サイはまぶしそうにチャウを見つめる。突然チャウは着物の裾をたくしあげ、固く張った自分の乳房を相手の頭に押し付け、サイの視線をさえぎった。自分の悪戯がすっかり気に入ったのか、彼女は満足そうにほほえんだ。サイは何とか逃れようと首を揺すったが、彼女はあやすように優しくその頭を撫で続ける。そのうちサイもおとなしく妻の行為に身をまかせた。

これはサイにとって、新婚当初の忘れ難い思い出の一つである。その夜から、サイはますます妻に対する献身の気持ちを強くしていった。

研究生試験の通知を受けた時のことである。サイは、「おい、どうしようか？」と尋ねた。

「あなたには研究を続けてもらいたいわ。でも……」

言葉を濁したものの、サイにはチャウの気持ちがよくわかっていた。試験を受けることにすれば出産に立ち会えない可能性がある。だが自分はとにかく外国語の勉強に没頭しなければならない。歳を取ってからの語学学習は、会話一つとっても容易ではない。お産を間近に控えたこの時期に、受験勉強に精神を集中させなくてはならないのだ。勉強の成果を上げようとすれば、妻子の面倒など見る余裕はとてもないだろう。だが他の人間に世話を頼んだとしても、自分自身が落ち着かないに違いない。

「じゃまたの機会にするか。君のお産がすんでからでも」

「あなたの好きなようにすれば」

「それなら、相談もへったくれもないじゃないか」

「私は側にいてほしいわ。でもあなたの将来の邪魔になるといけないでしょう」

「僕の将来はすべて君のためじゃないか。よし、じゃ今度にするよ」

彼女の目に喜びの色が溢れた。サイは、その瞳のためなら、一生を棒に振っても惜しくないと思ったくらいだ。彼は思い切って軍籍を離れ、政府機関の組合の仕事に転職することにした。妻の世話のために時間に余裕のある仕事を選んだのである。

サイは、毎朝妻と一緒の時間に起き、食事の手伝いを始めた。なれないうちは、側に座ってあれこれ指図を待つだけで、せいぜい箸やお玉やヌクマムや味の素の瓶などを渡したり、にんにくの皮を剝いたりといった程度の雑用しかできなかった。ところが、そのうち御飯を炊いたり野菜を茹でたり、肉をぐつぐつ煮たり、卵焼きを作ったり、何でも自分からすすんでこなせるようになっていった。サイ自身台所仕事がすっかり面白くなってきたのだ。

一方チャウの方は、お腹が大きくなるにつれ辛そうな様子をすることが多くなった。そのうち、妻にもっと楽をさせてやろうと、サイは一人先に起きるようになった。食事の準備が整ってから、チャウを起こすために声をかける。ゆっくり横になっていられるので、彼女の体調もしだいに良くなってきた。しかし、起き上がる時は世話になってるせいか、どことなくだるそうにしてみせる。チャウが食事をしている時、サイは急いで二人の弁当箱にご飯やおかずを詰めこむ。いつもチャウの方におかずを多くするので、彼女もつい不満を口にした。

「まず食事をすませたら。本当にせっかちなんだから」

「先にやっとけば安心して飯が食えるじゃないか」

チャウが身なりを整えている間に、サイは食事とその後片付けをすませ、自転車の空気を入れる。後で洗うからとチャウがいくら言っても、サイは時間を無駄にしたくないだけさ、と全く取り合おうとしない。チャウの支度がすむ頃、たいていサイの仕事も片付いている。「そんなにあくせくしないで、午後にでもやれば」と彼女が文句を言っても、彼はお構いなしだ。何事も後回しにするのは我慢できない質なのだ。

出勤する時は、妻を自転車の後ろに乗せ勤め先まで送り届けてから、自分の職場に引き返す。夕方も食事の準備や洗濯を、朝と同じように一人でこなした。毎日判で押したような食事と洗濯の繰り返しも全く苦にはならなかった。

まだいくらでも余裕のあった彼は、米穀手帳と配給券を妻から預かり、職場の暇な時間や昼休みを利用し、行列に並ぶこともある。時には人に頼んで、油、米、小麦粉、肉、魚、豆腐、味の素、ヌクマム、砂糖、石鹸などを買ってもらった。行列に並ぶのはさすがにくたびれるが、人がおおげさにこぼすほど苦痛ではない。

表向きすべて順調に見える二人の生活は、はたの誰もが羨むほどだ。夫婦共稼ぎの上に、サイは専門職の六号俸、チャウは技師の手当を得ている。住居や家具も一応揃い、まだ子供のいない二人の暮らしは、毎日の生活にあくせくしている周囲の人々と比べとても恵まれているように見えた。

にもかかわらず、二人の夫婦生活に不安を抱く人がいなくなった訳ではない。その一人は、兄のティンである。結婚後三ヵ月を過ぎても、何の音沙汰もないばかりか、テトの時でさえ何のあいさつもないのだ。じっとしていられなくなったティンは、鶏と糯米を子供に持たせ弟夫婦の元へ届けさせた。それでもサイからは、「忙しくてとても帰る時間がない」と一言いってよこしただけである。

さすがにティンも不安になって、自分の方から上京することにした。真っ先にヒューの所へ寄り、二人連れだってサイの家を訪ねた。ヒューの方も、このところサイがさっぱり寄り付かないので、気にかかっていたところだ。今回もティンは卵のおみやげをわざわざ持参し、食事や健康についてくどくどと忠告する。

チャウは、台所仕事は自分にまかせ兄とヒューの相手をするよう、サイに言いつけた。ところが、勝手仕事が習慣になっているサイは、じっと座っていると妙に落ち着かない。お茶を注ぎ終えるのもそこそこに、台所に引き返し、魚を揚げているチャウの傍らで、吹き出し始めたご飯を掻き混ぜる。一度煙草を持って客間に戻り、お茶を入れ替えたが、二人の客が口をつける前に、再び取って返して御飯の水切りをし、さらに野菜を茹でるため鍋に火を付ける。

チャウが、「おかしな人。私にまかせなさいと言ったでしょ」とあきれると、「身内の人間だろ。別に気を使う必要ないよ」とサイは答えた。

「だめよ。早くあっちに行って」と彼女も譲らない。

やっとしぶしぶサイも部屋に戻って行く。今度こそ腰を落ろして一緒にお茶を飲むつもりである。ちょうど兄のティンとヒューは、子供たちの躾の難しさを話題にしている。二人の話に口を挟もうとした矢先、サイは摘んだばかりの野菜を水がめの蓋の上に置き忘れたことを思い出した。あわててもう一度引き返し、野菜を洗って塩水に浸しておく。終始落ち着きのないサイに比べ、食事はチャウの腕前のせいで、心のこもった家庭料理に仕上がった。帰り道、兄のティンは、「雑用もほどほどにしないと本業がおろそかになるぞ」と忠告した。

サイは兄の考えこそ時代遅れだと思った。昔のように大きな目的のために個人の生活を耐え忍ぶという時代ではない。田舎暮らしの兄なら大きな顔して指図するだけですむかもしれないが、都会の暮らしや人間関係はまるで違うのだ。自分は大学出だが、チャウだって技師であり、学歴も給与もほとんど変わらない。せいぜい亭主面できるのは、たまに田舎に帰省して雑用から解放された時くらいである。サイは兄の忠告がどうしても承服しかねた。しばらくしてサイは言った。

「彼女は身重で僕より大変なんですよ。それなのに勤めから帰っても、すべての家事をまかせろと言うんですか」

「お前の心掛けの問題を言っただけだよ。彼女の手助けをするのは当然じゃないか。亭主として当たり前のことだよ」

家に戻ってみると、汚れた食器はそのままになっている。サイを見るなり、チャウは、「あれほど口酸っぱく言ったのに、ちっとも守らないんだから」と愚痴った。

た。

「何のことだい？」

いらいらしていたサイは、つっけんどんに聞く。彼の仏頂面にはお構いなく、チャウはさらに続けた。

「何事もきちんとしてといつも言ってるでしょ。それなのに寝台の上に料理を並べないで、床にござをひいてたじゃない。まるで居そうろうの食事みたいで、だらしないったらありゃしない」

何事かと身構えれば、あまりに些細なことである。彼は少し拍子抜けしながら、「だってみんな身内の人間じゃないか。気遣いなんかいらないよ」と言った。

「あなたたちだけなら好き勝手にやって構わないわ。でも私がいる時は、ティン兄さんを床に座らせるのはやめて。しかも今日はヒューさんもいたのよ。一緒に暮らしてたんだから、あの人がどんなに身だしなみに気をつけてるかわかってるでしょ。あれじゃまるで寝台が汚れるのを私が嫌がってるみたいじゃない」

「二人がどう思おうと僕のせいじゃないか。君には関係ないよ」

「あなたのせいで、結局私が悪者になるのよ。今頃、なんてけちくさい女だってあきれてるわ。亭主も亭主で、奥さん怖さに客を寝台にも座らせないんだってね」

「恐妻家で結構じゃないか。別によその奥さんを怖がってる訳じゃないんだからさ」

サイは、こんなたわいない話はこれきりのことだと思っていた。兄弟や友人に遠慮したり、妻に気を使ったりすることなど思いもよらなかった。しかしチャウにとっては、決して些細な話ではすまなかったのである。それどころか、一緒に暮らすうち互いの違いは少しずつなくなっていくにちがいないという期待がいかに甘い考えか、気づかされる一つのエピソードであった。

サイは、ある時は客の前でズボンを膝の上までたくし上げ、まだ汚れたままの足を椅子の上に乗せて平気な顔をしていた。汗をダラダラ流しながら、いつも騒々しい音をたててスープを飲んだ。食事時、人目もはばからず楊子を使うばかりか、歯に詰まった物を指を突っ込んで取ろうとしたこともあった。チャウが、人前で赤恥をかくのは私だからといくら口酸っぱく言っても、馬の耳に念仏で、注意するのも馬鹿馬鹿しくなった。しまいにはチャウも我慢するしかなかったが、いらだちは胸の奥にしだいにつもっていった。こうしたささいな齟齬が後の二人の対立の始まりである。横暴にどなりちらす亭主関白よりも、ささいな齟齬の方がはるかに深刻な結果を生むことがあるのだ。

＊

サイも自分なりに気を使ってはいたのである。自分ではごくあたりまえと思うことも、チャウの気に入るよう改めようとした。しかし心の底では、彼女の要求は今一つ納得しかねた。例えば、両親にしつけられた礼儀作法を卑屈な媚びだと言われたことがある。同郷の人や戦友に対するあけっぴろげな振る舞いを、下品だと言われたこともある。

命の恩人である戦友と再会した時のことだ。相手はサイの体の上におおいかぶさり、身代わりに腿に敵弾をあびた男である。それほどの戦友に対しても、握手や話し方には節度を持つべきで、大声を上げて抱き合うのは大人気ないと言われた。郷里や遠方から親しい友が訪ねてきても、なつかしさのあまり少々羽目をはずすのは許されても、相手の袖を引いたり、帽子や手提げを隠してまでして、いつまでも引き止めるのはやりすぎなのだ。知り合いが訪ねてくるたびに、わざわざ妻も側で相手をするのは、ただ意味なく疲れるだけだと愚痴られたこともある。
サイから見れば、どれもこれも単に体裁を気にしているだけにすぎない。そのうち、サイは、チャウの言いなりで、いつも自分を抑えている気がしてきた。しかし自分が選んだ相手である以上、互いの違いを何とか折り合わせる努力を続けるしかない。

にもかかわらずチャウの感情の起伏は日増しに激しくなり、時には訳もなく苛立ちを爆発させた。途方に暮れたサイは、近所の主婦たちに弱音を吐くこともあった。団地の人々は同情を寄せつつも、奥さんは身重なんだから少しは我慢しなくちゃ、と忠告した。確かに身重の女性が怒りっぽくなるのは、よくある話だ。お産までの辛抱よ、というなぐさめに気を取り直し、サイはこれまで以上に辛抱強くチャウの面倒をみたのである。

三ヵ月すぎの一番危険な時期になると、後ろの座席にチャウを乗せていても、今にも水の溢れそうなコップを乗せているようで、気が気でない。万が一の事を考え、自転車を降りて引いて歩きたいと、何度も思ったほどだ。しかし、サイの計算は一ヵ月ほどずれていた。

一方のチャウも、内心では申し訳ないと思いながら、かいがいしく世話を焼くサイに素直に従っていた。ただどうしても我慢ならないのは、サイは決して頭の巡りは悪い方ではないのに、肝心な時に全く無神経な点だ。そのたびに、忘れようとしている過去の苦い記憶がよみがえり、彼女を苦しめた。昔の恋人は、チャウが口に出さなくても、いつも自分の気持ちや癖をわかってくれた。チャウの気にさわる行動は努めてさけ、決して嫌がることをおしつけようとしなかった。しかし、サイときたら……。

体の調子が思わしくなく、チャウが寝込んだ時のことだ。いつもどおり勤め先に出かけたサイは、しばらくして家に舞い戻りベッドの隅に腰を掛けると、医者が往診するように妻の額に手を置きながら言った。

「すぐに三五四病院［軍隊系の中級病院］の友人が来てくれるよ。まだ気分は悪いかい？」

目を閉じたままかたくなに口を開こうとしない妻を見て、彼は自分の非に気づいた。立ち上がって一服つけ、思い直してもう一度妻の側に座る。今度はゆっくりとチャウのこめかみ、肩、腕を順に揉んでいく。

彼の気づかいにやっと機嫌を直し、チャウは相手の手を自分のおなかにのせた。衣服の上からもおなかの中の動きが、はっきりと彼の手のひらに伝わってくる。サイはその動きに合わせ、自分の手をそっと這わせた。チャウも夫の手に自分の両手を重ね、満ち足りた表情をしている。しばらくして、

「食べたい物があれば、何か買ってこようか？」とサイは尋ねた。

「いいの、このままじっとしてて」

サイの不安は次第に薄らいでいく。

「もう少しの辛抱だよ。頑張って元気な子を生んでおくれ」と語りかける彼に、チャウはしおらしくうなずく。この時のチャウの愛くるしさは、男なら誰でもゾクッとするほど魅力的であった。

往診に来たサイの知り合いの軍医は、処方した薬を飲めばすっかり良くなる、何も心配はいらない、と二人に言った。そして、「しっかり食事をとるのが一番肝心だよ」と言い残して帰って行った。

早速サイはチャウに、何か欲しい物がないか、繰り返し熱心に尋ねる。あまり食欲はないが、医者の忠告を聞いたばかりのせいもあって、とうとう彼女は根負けし、「じゃ、うどん《フォー》を買って来て」と返事した。サイは飯盒を片手に小躍りしながら近所のフォーの店に駆けつける。店に着いてから、鶏肉入りか牛肉入りか、どちらにするか尋ねもしないで出てきたことに気づく。一瞬どちらにしようか迷

ったが、結局店の器を借り両方持ち帰る。せっかくの好意を無駄にすまいと、チャウは我慢してやっと鶏肉入りのフォーを口に流し込んだ。その様子を見たサイはさらに、牛肉入りフォーも一口勧める。さすがに彼女もうんざりという様子で、持ってこさせた水を一口飲むとすぐ横になった。フォーの臭いが鼻につき、胸のむかつきがとれないのだ。

サイの方は、フォーなら何とか口に合いそうだと早合点し、夕方になるとまたフォーを買ってくる。その後も、丸二日間、サイは食事のたびに鶏肉入りフォーを買ってきた。一口箸を付けていることもあったし、全くそのままの時もある。しかしサイの方はそんなことにおかまいなしであった。

三日目のことである。この日サイはフォーを買って家に帰ると、すぐ職場の会合に出かけて行った。チャウはフォーの入った飯盒を目にするだけで、今にももどしそうになった。仕方なくチャウは台所の目につかない場所に、ひとまず片付けた。しかし部屋に戻っても、フォーの臭いがあたりに染み付いて離れない。無理に吐き気を押さえていると、チャウは自分がみじめで涙が止めどなく溢れてきた。いつも側にいる夫が、少しも自分の気持ちをわかってくれないほど情けない話はない。気持が萎えがちな病気の時に、辛さを分けあってくれるどころか、一人寂しさを募らせながら耐えしのぶしかないのだ。しばらく考え込んでいた彼女は、手元の衣類だけまとめるとシクロを呼んで、さっさと実家へ帰ってしまった。

帰宅したサイは、事の顚末にすっかり驚いた。周囲の人々に、寝込んでいる妻への思いやりが足りなかったと忠告され、サイはあいた口がふさがらない。それからの丸三日間、二度の食事と勤めの時以外は、町じゅうをぶらぶらして時間をつぶし、チャウの実家には一度も足を向けなかった。またしても、致命的な過ちを犯していた。身重の妻をほったらかしにしたまま、サイは呑気に遊びほうけていたのだ。どうせ一度離婚した身であり、また別れ話が出ても怖くも何ともないと開き直ったのである。話を耳にしたチャウの姉は、サイの不可解な行動が信じられず、妹夫婦の住む団地に出かけて、事の真相を確かめてみた。だいたいの事情がのみ込めると、彼女はサイの職場に足を運んだ。

「妹をほったらかしにして、いったい何してたの?」と彼女は聞いた。

「もう何をしていいのかわからなくて…。悪者扱いされるならそれでも結構ですよ」と彼は答えた。

「もっと大人になったら。あなたを見込んでわざわざ相談に来たの。あの子はまだ若いんだし、もう少し優しくしてあげて。あなたは軍人だったんだもの、お愛想の下手なことぐらいわかってるわ。でも、何事も習うより慣れろというでしょ。だから今度だけはあの子に合わせてくれないかしら。姉だから弁護する訳じゃないけど、あの子は別にわがまま言ってるんじゃないの。今は身重だし少し気が立ってるのよ。だから我慢してあげて。それくらいわかるでしょう」

「だって、あいつに買い惜しみしたことなんか、一度もないんですよ…」

「その話も聞いたわ。些細なことじゃない。あなたは、フォーだけは口に合うと思って、あの子のために三日も四日もそればかり買ってきた。一方あの子は、気持ち悪くてずっと我慢してた、それでこじれただけのことでしょ」

「他に食べたい物ないかって何度も聞いたのに、黙ってるだけなんですよ」

「女の方からあれ欲しいこれ欲しいって言えないでしょ。そこはちゃんと察してあげなきゃ」

「わかりました、姉さんにそこまで言われたらもう兜を脱ぎますよ」

サイはそう言うと、黙って腰を上げた。その夜、おじのハー、ヒュー、そして近所の主婦まで伴って、サイは仲直りのためにチャウの家へ出向いた。チャウの家では、彼女の母や兄弟が一家総出で出迎えた。両者とも和気藹々のうちに、些細な理由で喧嘩した若い二人を優しく諭した。一緒に助け合って暮らすよう何度もくどいほど念を押されてから、二人は一つの自転車に乗って家路についた。

＊

喧嘩はいとも簡単だが、仲直りはなかなか難しい。自分から折れれば、相手に弱味を見せることになる。もっともらしいきっかけを作っても、相手がすんなり受け入れてくれるとは限らない。一度譲れば、この先もずっと風下に立つ羽目になるかもしれない。二人とも、互いに相手の様子を窺いながら口を固く閉じたままであった。結局、家に帰り着くまで、二人は一言も会話を交わさなかった。

ところが、二人にとって実に都合のいいきっかけが待っていたのである。それは政治委員のド・マインである。彼は、留学先から帰国したばかりの自分の甥を伴って、サイたちの留守中に訪ねてきたのだ。サイたちが家に戻ってきた時、ちょうど引き返そうとするその二人とばったり出くわした。サイはわざわざチャウに、客人の話相手をするようにとは言わなかった。しかし、チャウも自分が席をはずせば失礼にあたることくらいはわかっている。お茶を入れてから、そのまま側の椅子に腰を掛け、仕事や健康や暮らしぶりなどについて聞かれると、しおらしく応対する。サイが立ち上がりかけると、夫に目配せしてから、彼女は言った。

「よろしければコーヒーを召しあがりませんか」

「ありがたいが、夜眠れなくなるんでね」

「じゃ、お菓子でもお出ししたら」と、サイが促す。

政治委員は遠慮したが、チャウは皿に一杯お菓子を並べて差し出した。以前から不満に思っているサイの習癖の一つは、大事な客が訪ねてくると、かならず飲み食いでもてなすやり方だ。別に物惜しみするつもりはないが、客に応じたもてなしをすべきだとチャウは思っている。目の前に出したビスケットは配給物の固いものだし、レモン飴もせいぜい子供やごく親しい友人に出す粗末なお菓子である。それを少将を務める軍団の政治委員、しかも、人生の恩人とも呼ぶべき人に差し出すのだ。夫の指図である以上、いつまでも躊躇する訳にもいかず、チャウはおずおずとお菓子の皿をテーブルの上に置くと、そのまま席を外そうとした。すると、政治委員はにこにこしながら言った。

「一緒に腰をかけたらどうだね。この歳になると、めっきり消化が悪くなってな。こういう物が一番体にいいんだよ」

サイはすばやく菓子皿を両手で持ち上げ、二人の客にすすめる。チャウは「かえって失礼よ」と口をはさみかけたが、結局自分もお菓子を手に取り、みんなと一緒にそれを口に入れた。さすがに、政治委員も彼女も、二つ目には手を付けようとしない。まだこりずにもう一度皿を持ち上げようとするサイを、今度は彼女も目で合図して思いとどまらせる。そしてさりげなく、「お茶のおかわりはいかがですか」と聞いた。

「そうだな、白湯を少しいただくとするか」

頃合を見て政治委員は横に座っている甥を紹介し、今後互いに近付きになるようすすめた。甥はサイよりも二、三歳ほど年下だが、上背があるせいか、物腰はサイより落ち着いて見える。二人はすぐに打ち解け、話が弾んだ。政治委員の方は、もっぱらチャウの話相手をつとめた。この間の事情は薄々察しているのか、ド・マインはサイの美点を褒め上げると同時に、不慣れな環境の中で、サイが陥りやすい欠点も包み隠さず指摘する。チャウは親身に話してくれる政治委員の一言一句に、真剣に耳を傾けた。

彼女の苛立ちはほぼ毎日のように起きていたが、サイにそのすべての責任があると思っているわけではない。人に言われなくとも、サイの長所はよくわかっている。ただ彼女が望んでいた「頼りがい」という点になると、サイにはそれが全くと言っていいほど欠けていた。何か気に入らないことがあると、よく亭主関白丸出しで大声を上げて怒鳴り散らし、とても教育のある人間とは思えない品のない態度を取る。また、些細なことでひがむ子供っぽい一面や、女性のように甘えてくることもある。チャウが男性に期待する頼もしさが、サイにはまるでない。サイの頼りなさに気づくにつれ、彼女は自分の軽はずみな選択をだんだん後悔するようになった。

しかし、チャウもサイも自分から別れ話を持ち出す素振りは、露にも見せなかった。二人とも、子供の誕生に一縷の望みを託していた。子供さえできれば、母親としての自覚も生まれるし、何よりその子供の存在が大人の気持ちを和ませるはずである。

首を長くして待ち望んだその日がついにやって来た。二人の子供ではないのに、お産が近づくにつれ張り切るサイを見ていると、彼女の懸念もいつしか消えていた。二人があらかじめ予定していた日より三十五日ほど早い出産である。結婚式から数えると、二ヵ月と七日足りない計算だ。しかし、二人はそんな勘定など全く気にしていなかった。周囲の口さがない声も耳に入ってきたが、サイは妻の裏切りなど夢にも考えていなかった。

陣痛が始まった妻を産院に送り届け、家に引き返すと夜の十時である。それから明け方近くまで、彼はほとんど一睡もせず、おむつ、蚊帳、衣類、出生届け、哺乳瓶、ミルクを溶かす鍋、風船、木馬などをあらためてもう一度点検した。まるで不意の非常招集に備える新兵のように、買い揃えた物から人にもらった物まで、必要な時にはいつでもすぐ取り出せるよう整理しておく。

その夜、チャウはベッドの柵を強く握り締め、汗まみれになりながら、激しい陣痛に必死で耐えていた。あまりの痛みに耐えかねてこのまま舌を嚙み切って死にたいと、何度も思い詰めたほどである。まわりに同じように、苦しさのあまりわめき散らしている妊婦たちがいなければ、チャウはこの世に自分ほど辛い人間はいないと思ったに違いない。妊婦たちは、「あのろくでなし」、「こん畜生」、「人殺し」などと聞くに耐えない言葉を吐いている。いよいよ彼女が産室に運ばれたのは五時十五分前である。そして一時間後には、三・二キロの男の子を無事出産した。元の部屋に戻って来た時は、まるで大手柄をたてた英雄か何かのように、誇らしい気持ちでいっぱいであった。

十五分ほどうつらうつらして目覚めた彼女は、今や遅しと夫や友人の祝福の一瞬を待ち受けた。息せききって駆けつけた夫は、枕元にひざまずき彼女の乾ききった唇に感謝のキスをしながら、「本当にありがとう。よく頑張ったね」と囁いてくれるはずだ。彼女の大好きなカーネーションを花瓶にいけ、ベッドの側のテーブルに置いてくれるかもしれない。そして父親になった実感を嚙み締めながら、誰よりも早くこの喜びを分かち合ってくれるに違いない。

そのうちあたりは出入りの足音や祝福の笑い声で騒々しさを増してきた。周囲のベッドでは、かいがいしく世話をする人々の様子がいやでも目に入ってくる。しかし、チャウの所だけ、まるで家族も身寄りもいないかのように、ぽつりと取り残されたままである。仕方なく彼女は壁に向いて、眠ったふりでもするしかない。部屋中に、赤飯や、もつ入りのお粥や、ハムの匂いが立ちこめ、スプーンや茶碗の触れ合う音に混じって、産婦たちにごちそうを勧める声が聞こえる。耳に入ってくる音は、彼女の食欲をますますそそる。しかし、目が回るほどの空腹に苛まれているにもかかわらず、サイの姿は依然として影も形もない。ついさっきまで、あれほど夫を口汚なく罵っていた女性たちも、今はみんなおだやかな表情で祝福を受けている。しかしチャウだけが、あれだけの劇痛に声も上げず耐えぬいたにもかかわらず、一人放ったらかしのままだ。今になってみると必死の我慢が馬鹿馬鹿しくなり、チャウの胸に怒りがふつふつと込み上げてくる。

「あの大間抜けが。今頃どこでくたばってるのよ」

サイは、朝の四時には病院の前に来ていたのである。しかし二階建てのその建物は、まだひっそりと静まりかえっていた。チャウが出産したかどうか確かめようにも、中に入ることはできない。チャウの実家を訪ねるとしても、まだあたりは暗い時間だ。しかたなく空が白み始めるまで、その辺をブラブラして時間をつぶすしかない。

ふたたび産院に戻って来た時は、すでに六時を回っていた。ちょうど宿直が黒板に、グエン・トゥイ・チャウ——男児——ザン・ミン・トゥイ、三・二キロ、と書き込んでいるところであった。サイはすぐ中に入って、子供の顔と妻の様子を知ろうとした。しかし、正門は閉じられたままである。サイは、後ろの門から簡単に入れることなど思いつかなかったのだ。

そこで彼は自転車に飛び乗り、真っ先に妻の実家にかけつけ、チャウが三・二キロの男の子を無事出産したことを知らせた。次に家に引き返し、団地の隣に住む主婦とその娘に、赤飯、鶏肉、新米などを料理しておくよう頼んだ。それから市場に駆けつけると、茹で卵や、ハムや、お餅や、バナナや、オレンジなど、目の前にある物を手当たり次第買いそろえた。市場で買った食べ物は、頼んでおいた鶏肉、赤飯、新米、肉田麩、それにきちんと火を通したしょうが、胡椒、塩などの薬味と一緒に、病院へ持っていくことにした。コップやお椀も忘れずに二つの買い物籠に詰めこんだ。いよいよ出かける時はハンドルにバナナと飯盒をさげ、後ろの座席にアルミの金盥《かなだらい》を乗せ、さらに自分の肩にオレンジの袋をかけ、左手でお湯の入った魔法瓶を持つというぎょうぎょうしさだ。これだけ周到な準備にもかかわらず、産院に着いた時はまだ九時過ぎである。出産休暇に入ってから、チャウは朝食抜きで昼にまとめて食事をとっているので、サイはまだこの時間なら早すぎるくらいだと思っていた。かいがいしい亭主ぶりに、サイは自分をほめてやりたいくらいであった。

肩や小脇に山ほど荷物を抱え、彼は得意気にざわつく部屋に入っていく。こちら向きにふせていたチャウは、顔いっぱいに笑みを浮かべた夫を目にすると、くるりと向こうをむいた。彼女の母と姉も、怒りのせいか顔がこわばっている。てっきりサイが真っ先に来て付き添っていると思った二人は、八時過ぎに訪ねてきた。ところが、チャウはたった一人ポツンと空腹のまま放ったらかしである。二人があわてて有り合わせの食べ物を買い、つきっきりで世話したおかげで、やっとチャウも人心地がついたのだ。

そんなこととはつゆ知らないサイは、丁寧に挨拶をすませると、テーブルの上に自分が持参した食べ物を並べ始めた。産後の体に差し障りがないかどうか、目の前の二人に見てもらおうというつもりだ。サイが次々と並べる食べ物を見ながら、二人はやっと彼の遅くなった訳がわかった。チャウの好物をちゃんと忘れずに用意しようとしたその心遣いには、感心せざるをえない。しかしそれにしても、あきれるほどたくさんの食べ物である。気持ちの動転ぶりが手にとるようにわかるほどだ。産後の妻を空腹でほったらかしにするほど要領の悪いサイに、二人は同情した。

チャウもチャウである。サイの性格がよくわかっているのなら、必要なことは前もってきちんと言い聞かせておくべきだった。ただ黙っていては、相手がいくら頭をめぐらしても手抜かりは目に見えている。田舎育ちの上、その後ずっと軍隊生活しか知らないサイに、都会育ちのチャウのような気難しい女性のご機嫌取りなど、そもそも無理な話なのである。チャウの姉は普段から口が酸っぱくなるほど、何度もチャウ本人や家族の者に説明していたくらいだ。

とにかく今日のところは、どちらかに責任を押しつければそれですむ場合ではない。いずれにせよ、二人はまだ世間知らずで、互いのこともよくわかっていないのだ。チャウの姉は機転をはたらかし、しばらく自分たちがここにいるので、当面必要な物だけ残し、家で休むよう、サイに耳打ちした。その上で、午後の三、四時頃、もう一度戻ってくる時に買い足しておく物の指図をしてやる。サイは妻の家族の中では日頃から一番親身になってくれるこの姉に、兄ティンの妻のような親しみを感じていた。彼女は「サイさんに送ってもらったら」と言って、母親も一緒に帰らせた。

チャウの姉は一人だけになると、さっそく洗濯やまわりの片付けに取りかかる。チャウには、食べ物とか体の動かし方とか細々とした注意を忘れなかった。お昼過ぎ、妹がぐっすり眠ったのを見届けてから、やっと彼女は帰っていった。姉のいき届いた忠告や、サイの差し入れてくれた食べ物を目にして、目覚めた時にはチャウの腹立ちもほとんど消えていた。

しかし夕方になって、チャウが努めて機嫌良くふるまおうとしたのは、もう一つ別の理由があった。それは、十二時半か一時頃のことである。チャウがうつらうつらしていると、誰かがベッドの側に立ち、自分を静かに見つめている気配があった。眼を覚まそうとしたが、一方でそのままずっと目を閉じていたいという気持ちもあった。この人はこんなところで何をしているのだろうか？　よほど「どなた？」と叫ぼうかとも思ったが、その声を聞きつけたまわりの人から、「何寝ぼけてるの」と言われるのも嫌であった。それに、小物棚に入っている食べ物のほかに、人に盗まれるような物は何もない。そんな風にあれこれ思いながら、彼女はもう一度眠ろうとした。そのうち不審な人物も静かに部屋から立ち去ったようだ。ぼんやりした不安から身を隠すかのように、彼女は寝返りを打ち、壁の方に体を向けた。

午後二時過ぎになると、周囲の人はみんな目を覚ましたが、チャウだけは疲れが抜け切らないのかまだうとうとしていた。ふと隣のベッドにいた若い女性が、大きな声を上げた。

「すごいじゃない。チャウさんのカーネーションとても綺麗」

その声で、チャウも目覚めた。頭はまだぼんやりしていたが、最初に目にとまったのは見慣れぬ花瓶である。中には、十三本の花が投げ入れられている。チャウはこの十三という数字を、何度忘れようと努力しただろうか。忌々しい十三日。今日でちょうど丸九ヵ月と十日になる。あの男がまた訪ねてきたに違いない。先刻、一眠りする前に子供に乳を与えに行った時、チャウはその子のふさふさした長い髪に、思わずドキッとした。その髪を切り落としてしまいたい衝動にかられたほどだ。そこまで思いつめている自分の心をまるで逆なでするように、あの男はノコノコ訪ねてきたのだ。チャウは、あの時目を開けて相手を睨み付け、「恥知らず。二度とその面を見せないで」とキッパリ拒絶しなかった自分を悔やんだ。

「旦那が持ってきてくれたのかい」

「ええ…」

「見掛けによらずしゃれたことするじゃないの」

「本当は友達夫婦のプレゼントなの」

その日の午後サイが顔を出した時、チャウがことさら機嫌よくふるまったのはこうした訳があったのだ。あたりが暗くなって二人だけになると、彼女はサイの手を握り、「もっと側に座って」と言った。

「今朝はおなかを空かせたままにしてすまなかったね」

「ううん、もういいの」

「なにせ初めてだろう、すっかり面食らってね。用があれば、今度からちゃんと僕に言うんだよ」

彼女は素直にうなずく。相手をとりこにするいつもの仕種だ。

「これからはちゃんと言うわ。あなたも無駄遣いしちゃだめよ。食事や睡眠には気を付けてね。いまあなたが病気になっても、誰もそばにいないんだから」

「うん、気をつけるから大丈夫さ」

サイは相手の思いやりに胸を詰まらせた。この時ほどチャウの気遣いが優しさと愛情に満ち溢れたものに感じられたことはない。部屋の外は十度以下の寒さだが、もし私のためにタイ湖に飛び込んでとチャウに言われたら、今度こそサイは従ったに違いない。感激に声を震わせながら、サイは言った。

「もう子供もいるんだ。これからは、怒る前に僕になんでも言うんだよ。僕をあまり悲しませないでおくれ」

相手を優しく見つめながら、チャウはもう一度素直にうなずく。胸がいっぱいのサイは心からその仕種を信じた。しかし、機嫌が良い時の女性の言葉を真に受けるのは、愚かな男だけである。

＊

チャウの出産を聞き、兄のティンはさっそく親族会議を開いてお祝いの手筈を決めた。両親が亡くなって以来、家長として一族の重要事を仕切るのはティンの役目になっている。話し合いの結果、長兄の妻の引率のもとに、お祝いにかけつけることになった。付き従うのは、ティン、親戚三人、子供四人である。長兄の妻は、何度か辞退しかけたが、とうとう口をさしはさむことができなかった。表面は晴れがましく装っていたが、気がすすまないのは明らかである。話が終わりかけた頃、突然ティンの妻が、「私にも言わせて」と口を開いた。

「今回は私もご一緒するわ。結婚式も失礼したんですもの。私なんかが晴れの場にいようがいまいが大した違いもないでしょうけど、ただ今度も義理をかくと先方さんがあれこれ気を回すかもしれませんから。子供たちも手伝いの人数だけで十分。物見遊山じゃあるまいし、そんなに大勢でいくのはみっともないわ。ハノイ見物は別の機会にしましょう。ただ娘のフンだけは、そのまま残ってサイさんたちの炊事洗濯や買い物を手伝ってちょうだい。一年ほど休学することになるけど、家に帰ったらまた学校に通わせて、必ずきちんと卒業させてあげるからね」

フンはまだ六年生、十三歳になったばかりである。さっきから泣きべそをかいているが、母親の命令にはさからえない。赤の他人と違って、おじさんの家に住み込むのだから心配ない、と説得されたのである。

翌日になって、一行のメンバーが少し変わることになった。「あなたにまかせるわ。私、人様との応対ろくすっぽできないもの」という長兄の妻に代わって、引率者はその夫になった。

厳しい冷え込みにもかかわらず、あたりが暗いうちから人々はティンの家に集まり、お土産の点検に大童である。めいめいに、緑豆、バター、鶏、落花生、バナナ、卵などを持ち寄ったが、そのほとんどは気持ちばかりの品数で、あらかたはティン夫妻が準備したものである。その分、今年のテトは少し倹約しなければならない。ただ去年の今頃、物入りだったサイの結婚式の費用を何とかやりくりしたことを思えば、今回の出費など物の数ではない。

七羽の鶏のうち五羽、新米は二十五キロのうち十八キロ、糯米十キロのうち七キロ、卵五十個のうち三十個、緑豆も五キロのうち四キロは、ティンの負担である。落花生二キロ、タピオカ粉一キロ、バナナ三束だけはほかの人にまかせたが、その代わりライム三十個とそぼろ肉二十キロは、ティンが自分で準備した。

用意した六台の自転車のうち、後ろに人が乗るのは二台で、あとはお土産が括り付けられた。風の噂で、渡し場へ向かう道沿いに住む人々も、ティンの家族が弟の嫁の出産祝いにハノイへ出かける話を聞きつけていた。この村では米があまり作れず(赤っぽくてくずになりやすい陸稲は別として)、懐に余裕はないにもかかわらず、人々はわざわざ自家米をお土産にと持ち寄ってきた。

もともと手狭なサイの住まいは、田舎の人々のこうした心づくしのお土産のために、はるばる郷里からきた一行が腰をおろす余地もないほどである。しかたなく長兄とティンは隣の家にやっかいになり、無聊をかこちながら水煙草を吸うしかない。その横でおばの一人もキンマを噛んで一緒に時間をつぶす。結局赤ん坊をあやしながら、チャウとおしゃべりできたのは、ティンの妻と、親戚の嫁だけである。

一方サイと手伝いの子供たちは、食事の準備でてんてこ舞いである。チャウは鶏をさばくようサイに言いつけたが、ティンの妻はおおげさなもてなしを丁重に断った。お米は新米でなく、配給の物で結構、後はサイのために麵類が少しあれば十分と言う。

結局、おかずもありあわせのものですますことになった。蕪の炒め物と、茹でた青菜《ムオン》で、青菜《ムオン》はヌクマムとライムとにんにくを混ぜたタレで食べる。それに高菜と魚の煮付け、これはサイがこの二、三日主食にしているおかずだ。最後は昨日の朝から早く処理するようチャウに言われていた冷凍肉の料理で、お客が来たのでこれ幸いと作ったものだ。

わずかこれだけの料理でも、サイと子供たちにはなかなか骨の折れる仕事である。しかし、郷里の人たちは普段口にできない御馳走にあずかれてすっかり満足している。

食事がすむと、もう慌ただしい帰り支度になった。村に帰ってもしばらくの間は、素晴らしい料理、魅力に磨きがかかったチャウ、そしてハノイの人の親切なもてなしなどが、語り草になるに違いない。チャウは、夫の一族に対し、まるで自分の家族のように終始ニコニコ愛想よく応対した。郷里へ足が遠のいていることについても、仕事や家事に追われているせいで、ここにいない人たちにその旨よろしく伝えてほしいと、何度も念押しする。その場に居合わせた人々は、さすがに教育のある女性はどこか違うものだとしきりに感心する。特にチャウのそつのない話しぶりには、誰もがその魅力のとりこになったのである。

帰り道は冷たい雨にたたられたものの、親戚の一行は、チャウと二言三言でも話ができた満足で、おしゃべりに花が咲いた。家に着いた時には、ずぶ濡れだったが、丁重なもてなしを受けた余韻のせいで、みんな口元をゆるませている。特に、今回の訪問の音頭を取ったティンの得意は、推して知るべしである。残してきた自分の娘も、いずれすぐ慣れるだろうと、何の心配もしていない。サイ夫婦の元で暮らせば、子供にとってもいい社会勉強になるはずである。勉学は一年遅れても、それに代わる貴重な経験が得られるに違いない。それよりティンにとって一番嬉しかったのは、かねてから心配していた彼の妻とチャウの間の気兼ねが、今回の訪問ですっかりなくなったことだ。とにかく、その日の彼はすこぶる上機嫌で、帰りがけ、目を泣き腫らしながら別れの挨拶をする子供に、「できたらお父さんもここに一緒に住みたいくらいだよ」と冗談を言うほどであった。

両親の眼鏡にかなうだけあって、その子は七人の子供の中でも特にのみこみが早く、働き者である。上から三番目だが、兄や姉よりも聞き分けがあり頭もいい。父母や親戚の一行が帰ってしまうと、もう涙を拭い、水道で顔を洗って、食事の後片付けを始めた。

午後にはサイに代わって、盥《たらい》に山盛りのおしめとチャウの衣類を一人で洗濯する。戸の隅に突っ込んである悪臭プンプンのサイの軍服まで持ち出し、特に念入りに洗ってくれた。それから、食べ物のしみがこびりついたり、かびが生えたりして汚れたままの茶碗や鍋や瓶も、きれいに磨き上げ、きちんと整頓する。台所が一度に広くなったように感じられるほどである。

市場や配給の買い物も、すぐ場所を覚えてくれた。行列に並ぶ買い物も上手で、ちゃんと言いつけ通りの物を買ってくる。

チャウが入院していた間と、家に帰った当座、つきっきりで世話をした彼女の姉は、その後も時々妹の様子を見に訪ねてきた。その姉も、サイの姪のかいがいしい働き振りに、すっかり感心した。チャウも、「あの子は、のみこみが早くて本当によく気が付くの。全く亭主以上よ」と相槌を打つ。

「まあよく言うわ、サイさんだってよく働いてるじゃない」

「どこが働き者なのよ。姉さんだから話すけど、もうほとほとあいそがつきたわ」

一般的に女性は、人前では自分の夫をくさすものである。夫の知り合いの若い女性がすべて、ふしだらで鼻持ちならない存在に思えてしまうように。

いずれにしても、サイは何でも妻の言いなりになるのが一番楽だと考えるようになった。自然とチャウの方は怠け癖がつく結果になった。働きざかりの夫が、自分からすすんで世話を焼いてくれるので、彼女から見ると理想的な召使いを一人かかえている気分である。とにかくサイの気の遣いようといったら、住み込みのお手伝い以上であった。言いつけた用事は、体裁など気にしないで何でもやってくれる。気に入らないことがあれば、わざとすねればよかったし、気分が良ければ相手の心をくすぐることも忘れない。

そんな風に意のままに相手を操っているチャウは、身内の両親や姉が訪ねてきても、いつもと勝手が違って煩わしく感じるほどになった。さらには、毎日顔をつきあわせる夫の姪も何となく目ざわりになってきたのである。

産後の一ヵ月がすぎると、チャウはまた身なりにきちんとかまうようになった。そして、さらに一ヵ月ほど無給休暇を取ったが、彼女は独身の頃よりずっとはつらつとしていた。この間、薬草詰めの蒸し鶏、豚足、緑豆、糯米、圧力鍋で蒸した蓮の実などの御馳走を毎日のように口に入れていたせいか、会う人みんな、チャウがふっくらとして以前よりも若く見えることに驚いた。かつて評判の的であった頃よりももっと魅力に溢れ、まるでミス・ハノイだとお世辞を言う人まで いた。

一方、サイと姪のおかずは、たいてい茹でた青菜《ムオン》くらいで、たまに配給の魚や豆腐か、肉の脂身や皮を口にする程度である。残りの赤身肉の部分はチャウに取っておくのだ。時には、チャウのために作った豚足の煮込み汁をすすって食べることもあった。

サイは昼間、仕事の時間を縫って、栄養になるおかずの材料を求めてあちこちかけずり回る。夜は夜で、赤ん坊にミルクをやるために少なくとも二度は起き、しかもおしっこのたびに寝冷えしないようすぐおしめを換えてやる必要がある。それぱかりか、チャウの機嫌を損ねないよう、毎日姪の仕事の指図や監督にも気を配らねばならない。

もともとサイはチャウより十歳ほど年長だが、ここ一ヵ月ばかり妻の世話にかかりきりで、目は落ちくぼむやら頬はこけるやら、そのうえ不精髭まではやし放題で、二十二、三歳そこそこに見える若々しいチャウにくらべ、まるで四十七、八の中年に見える。実際、初対面の客の中には本当に父親と娘に間違える人もいたくらいだ。そのため彼と面識のない職場の同僚や古い友達が家に来る時は、チャウも客が中に入る前にさり気なく、「うちの人」とか「あなた」と呼んでサイを紹介した。

チャウとサイの一族との間にさざ波が立ち始めたのは、ちょうどこの頃からである。最初のもめごとは、あまりにも狭い部屋がきっかけだ。サイの姪は台所に一人、サイとチャウと子供は別の部屋に寝ていたが、三人の部屋は、おしめ、哺乳瓶、魔法瓶、汚れ物を入れる盥などでいっぱいで、息が詰まるほどの狭くるしさであった。特に、子供がミルクを飲んだり、おまるを使っている時に、停電でもあろうものならお手上げである。

妻の苛立ちに配慮して、サイは折り畳み式のベッドを借り、後片付けがすんだ台所の横にそのベッドを広げることにした。ベッドの下には、瓶や、鍋や、籠のほか、野菜や米櫃《こめびつ》なども置くことができる。ちょうどうまい具合に、そのベッドは食器棚と二台の自転車の間にすっぽりおさまった。これでやっとチャウも、ベッドに横になってから朝目覚めるまで、サイが起きだすたびに立てる耳ざわりな音に煩わされず熟睡できるはずである。

その一方で姪は、ヌクマム、酢、油などが染み付いた臭い台所に寝かされても、一切チャウに不平をもらそうとしなかった。ところが、チャウの方はだんだんその姪の存在が、うっとうしくなってきたのだ。自分の気に入らない粗《あら》が目に付きだすと、チャウは姪の一挙手一投足に目を凝らし始めた。

ある時、「あなた、このミルクの鍋を見て」と言いながら、チャウは吹きこぼれたミルクの跡が付いている鍋を、夫の目の前につきつけた。姪はおしめを洗いながらミルクを沸かしていて、気づいた時にはもう間に合わなかったのだ。チャウは皮肉たっぷりに、「何度も私がやるからと言ったのに」とあてこする。一度など、サイもおしめの汚れがよく取れていないのを目にして、自分で洗い直したことがあった。しかし、自分でやってみると、真っ白なおしめについたうんこをきれいに洗い落とすのはけっこう手間がかかった。

またある時は、「ひどいったらありゃしない。これじゃ、買い替えるだけ無駄だわ。みんなだめにしちゃうんだもの」と言いながら、チャウはカラメルを作っていて底を焦げ付かせた鍋を、サイに見せた。この時は、姪は魚を捌いていてうっかり忘れてしまったらしい。こうしたトラブルが起きる度に、サイは自分の腹いせをまだ十三歳の姪にぶつけた。

「何度言ったらわかるんだ、このうすのろめ。すべてぶちこわしじゃないか。一つを片付けてから次の仕事をしろと言っただろ、いい加減なことばかりしくさって。実家では何しようと構わないが、ここではきちんと仕事しなければだめじゃないか……」

鬱憤ばらしもあってサイの叱責はずいぶん厳しかったが、姪のためにもそれくらい言ったほうがよいと考えていた。姪はサイの怒鳴り声に思わずびくっと体を震わせたが、チャウの不気味な沈黙に比べればまだ我慢ができる。チャウは姪の仕事ぶりが気に入らなくても、一言も文句を言わないし、そんな素振りさえついぞ見せない。ところが姪の姿が見えなくなると、ここぞとばかりサイに愚痴をこぼす。まだ十三歳の幼い姪もそれに気づいており、おじに対してすまない気持ちで一杯であった。自分のために、辛い目にあっているおじが、気の毒でならない。いつしか姪は、田舎の両親が事情をのみこんで自分を許してくれるかどうか不安はあったものの、夜一人になると涙にくれながら家に帰してもらうきっかけをあれこれ思いめぐらすようになった。

そんなある日、市場から帰った姪が、裏口から家に入ろうとした時のことである。部屋の奥で、知り合いに愚痴をこぼしているチャウの声が耳に入ってきた。

「野暮天の亭主一人でも閉口なのに、その上に性格のそっくりな姪まで居着く始末なのよ。とにかくいい加減でだらしないの。それに本当に不潔なんだから。もう頭がおかしくなりそう」

姪は野菜やおかずの入った買い物かごを手に提げたまま、黙って通りへ引き返した。三十分ほど時間をつぶしてから、今度は正面の入り口から帰ってきた。それから三日後、ちょうど日曜日の機会をとらえ、姪は久し振りに両親や兄弟に会うため二、三日家に帰らせてほしいと言った。

最初サイは、「そのうちまたお父さんが訪ねて来るじゃないか」と、煮え切らない返事をした。

「あなたもにぶいのね。お母さんや兄弟を思い出してホームシックにかかってるのよ。それをだめだなんて」と、チャウはしたり顔に言った。

結局いつものように妻のいいなりだが、家長の威厳をとりつくろいながら、サイは姪に尋ねた。

「じゃ何日くらい帰るつもりなんだ?」

「二、三日で十分です」

「ならいいさ。二、三日したら、また赤ちゃんとおばさんの世話を頼むよ」

もうその時には、チャウは赤ん坊をあやしてミルクを与える準備をしていた。二人の話には、全く我関せずの態度を装っていた。

しかし、その後姪がもう二度と戻ってこないことがわかると、チャウの怒りは止まる所を知らなかった。誰彼なしに憤懣やるかたないといった口調で、「亭主の姪っ子に一杯食わされちゃったわ。それにしても下手な芝居を見せられたものね。あの子がいなくても痛くも痒くもないけど、何もあんなにこそこそ逃げちゃうことないでしょ。あきれたことに、あれからうんともすんとも言ってこないのよ、本当に失礼ったらありゃしない」とあたりちらした。

それ以来、彼女は事あるごとにこの一件を取り上げ、「向こうがそのつもりなら、こっちだってまともなつきあいなんか真っ平よ」とサイの一族や親戚をなじるのであった。

＊

今やすべての雑事がサイにふりかかっていた。その結果、彼には夜昼の区別もほとんど意味がなくなっている。朝四時に起きてお湯を沸かすことから彼の一日が始まる。真っ先に魔法瓶のお湯を入れ替えるのだが、冷えたお湯は捨てないで、それで急須の茶滓をきれいに洗う。その次はゴムの乳首、哺乳瓶、ミルク用の魔法瓶をお湯で煮沸する。ただし、お湯の温度は、それぞれに応じて変えなければいけない。哺乳瓶にミルクを溶かし、六時に赤ん坊に飲ませる。保育園に持参する魔法瓶にも、溶かしたミルクを入れておく。

それから朝ご飯の用意である。お米は、麦を混ぜた国営店の配給品と、新米の二とおりを炊かねばならない。おかずも、鍋は別々だ。一つの鍋には、鶏肉や赤身肉、あるいは心臓、子袋などの臓物が入っている。どの料理にも、しょうが、唐辛子、胡椒が惜しげもなく使われている。出産から半年が過ぎようというのに、いまだにチャウの栄養に気をつかっていたからだ。もう一つの鍋は、豆腐、魚、小海老、豚の皮といった料理である。こちらもこの半年全く変わっていない。共通のおかずは、茹でた青菜《ムオン》と豆類くらいだが、たれのヌクマムは別ごしらえである。

この時刻になってやっとチャウは起きだしてくる。顔を洗い終えたチャウが赤ん坊におしっこをさせている間に、サイは洗い物を抱えて洗濯に行く。赤ん坊のおむつ数十枚、肌掛け二、三枚、セーターとズボンそれぞれ二、三着。前の晩の食事で汚すため、いつもこんなかさばった量になる。その上たいてい、「ついでに、私の服もお願い」とチャウの声がかかる。しかし、このついでがまた大変なのだ。シャツ、スラックス、そして下着まで洗う羽目になる。

これだけの洗い物のためには、どんなに身を切られるような寒い日であろうと、目覚めてすぐにバケツを二つさげ共同ポンプの列に並ぶ必要がある。ポンプのそばにも、二杯分の水が入る金盥を置く。他の仕事をしながら、自分の番が来る頃を見計らって、バケツの列に戻る。バケツの水はいったん金盥に移した後、再びそのバケツを持って最後尾に並び、まわりの人に一緒に移動させてくれるよう頼む。何ヵ月かたつうちに、こうした水の確保もだいぶ楽になった。ポンプの列に並ぶ子供や年寄りの間で、「サイのバケツ」がすっかり有名になり、黙っていてもすすんでバケツを移動し、その水を金盥に移して、また列の最後尾に置いてくれるようになったからだ。どんなに口うるさい人でも、「サイのバケツ」に文句をつけることはない。

ご飯を炊いたり、野菜を茹でたりしながら、水の順番に気をもんでいた彼も、今では石鹸で丁寧に揉み洗いをすませ、後はポンプの場所へ持って行って濯ぎをするだけですんだ。順番を待つ煩わしさが省けるため、手早くしかもきれいに洗濯できる。チャウにも「この頃ずいぶん要領がよくなったわね」と、褒められるほどだ。

洗い物がすむと、チャウの食事をテーブルに並べなくてはならない。彼女は食事に時間をかけるので、いつも十分前に一人で先に食べ始める。チャウが食事をしている間に、サイはおしめや衣類を干す。最近は、二人の弁当箱におかずを詰める仕事は彼女の分担になっている。チャウは、申し訳程度に自分の肉の一切れか二切れを、サイの方に移しかえる。

食事が終わると、彼女が赤ん坊にミルクを飲ませる間に、サイの方は汚れた食器を洗い、自転車に空気を入れておく。出がけに子供を近所のおばあさんに預けなくてはならない。彼は子供と、おしめや衣類の入ったバッグを持ち、チャウはミルクの入った魔法瓶と、瓶やコップを入れたバッグを小脇にかかえ家を出る。

子供を預けてからやっと出勤である。以前のようにチャウを後ろに乗せることはないが、途中までは二人一緒だ。彼の自転車には、編み籠、バッグ、弁当箱、ナップサックなどがいつもくくり付けてある。勤務時間中でも、配給品の買いだしに行かなければならないからだ。ただ買い物をするだけではなく、傷みやすい物は、あらかじめ茹でたり炒めたりして調理しておく必要がある。

夕方、子供を迎えに行く役目はチャウにまかせ、サイは市場に立ち寄って、国営店か闇売りの野菜を買うため列に並ぶ。家に帰ると、彼女が赤ん坊と遊んでいる間に、朝からたまっているおしめの洗濯と食事の準備に追われる。食事後、たまにチャウの方から「子供を見てくれれば片付けを代わってもいいわ」と声をかけてくるが、今では皿洗いも自分の方が手際いいので、いつも通り赤ん坊は妻に任せ、さっさと後片付けをすませる。

楊子片手にお茶を飲む間もなく、もう溜まり始めた汚れ物のおしめが気になってくる。それから明日のために、水汲みや野菜の皮剝きなどをしておく必要がある。夜いざという場合に備え、お湯を沸かして瓶を洗い、魔法瓶にも注いでおく。乾きの悪い衣類やおしめには、アイロンをかける必要もある。

九時近くになるとミルクを沸かして子供に飲ませる。ついでに、十一時と一時に飲ませるミルクも魔法瓶に入れておかなければならない。言うまでもなく、夜赤ん坊のおしめを換えたり、ミルクを飲ませるのも彼の役目である。子供の世話で疲れたチャウを、ぐっすり眠らせてやりたいという配慮からだ。

毎晩彼が床につくのは、やっと十一時になってからである。しかし目を閉じることができるのも二時間たらず、一時にはまたミルクと下の世話で起き出さなければならない。結局、丸一日の用事から解放され本当にくつろげるのは、一時半か二時頃であった。

しかしこうした目まぐるしい日課も、あくまで最低限の仕事にすぎず、しばしば突発事態が生じたのは言うまでもない。天候不順、交通渋滞、盗難騒ぎ、買い物の行列待ち、子供の病気。あわててつい物を壊すこともしょっちゅうである。それこそ、あれが足りないこれが気に入らない、味が濃い薄いなどのいさかいは、枚挙にいとまがない。口喧嘩が高じて、妻から悪し様にののしられることも日常茶飯事である。

こうして結婚して一年近く、出産から数えれば半年ほどの間に、サイは十一キロあまりも痩せ、十歳は老けこみ、そのすっかりやつれた格好は、徹夜で駅前にたむろするシクロ引き同然であった。この四ヵ月近く、兄のティンを始め親戚は誰も尋ねて来る気配がなかった。腫れ物に触るような態度は、友人たちも同じである。おしめや哺乳瓶のちらかる部屋にサイを訪ねるのは、誰しも気後れがしたのだ。

用事で友人の家を訪ねても、サイはまるで人に追われている盗人のように、ソワソワと落ち着きがなかった。この一年、新聞に目を通したり、ラジオのニュースに耳を傾ける余裕すらろくになかった。テレビを見せてもらいに近所へ出かけるなど思いもよらない。

しかしサイには、自分はただ尻に敷かれっぱなしのだらしない男ではないという強い自負がある。もしそんな陰口を叩く人間がいればそれは単なる妬みにすぎない、と思っていた。たとえ目上の人間であろうが、古くからの友人であろうが、そんな奴はこちらから願い下げで、二度と顔を合わせるつもりはない。この家のすべては箸の一本にいたるまで自分の甲斐性で築いたものであり、それがわからない奴の目はふし穴同然だ。

サイは、自分の結婚や家庭に妬みを持つ連中が、根も葉もないデマを言いふらすのだと思っていた。チャウとの結婚にすっかり満足しているサイは、他人の手助けの必要など全く感じていない。自分に頼りきっているからこそ、チャウだって「どんなことがあっても私を捨てないでね」と甘えてくることもあるのだ。時々チャウがイライラするのは、互いに理解し合う時間がまだ十分でないうちに、妊娠とその後の子育てに追われることになったせいで、もうしばらくの辛抱だ…。

さすがに腹にすえかねる時は、今は産後の気まぐれだからとサイは自分に言い聞かせた。しかしあわただしい毎日の繰り返しの中で、ふと不安がもたげることがあった。それにしても、この気まぐれはいつまで続くのだろうか?

第十章

「えっ、今何と言ったの」とチャウはヒステリックに尋ねた。

いつも相手の言いなりになっているサイも、彼女のその剣幕には、さすがにカチンとくる。

「だって君の言った通りにしただけじゃないか」

「バラの花を全部入れたの？」

「そう全部さ」

「この大馬鹿」と、チャウは思わず叫び出しそうになった。そんな風にどやすことができたら、これまで溜まりに溜まった鬱憤も、少しは晴らすことができたかもしれない。しかし、彼女は努めて自分を抑えて、「花びら十枚って言ったはずよ。それをあなたったら、全部入れるんだものおかしくなるのはあたり前じゃない。とにかく子供を見てて、薬を取りに行ってくるから」と言った。

それだけ話すと、彼女は家を飛び出した。その場にいれば、ポカンと突っ立っている相手の顔にまるで泥水でも浴びせるように侮辱の言葉を注ぎかねない。
二、三日前子供を抱いて散歩していたサイは、知り合いに出会い、ついわが子の自慢に夢中になり風邪をひかせたのだ。今朝、チャウは大きめの白バラと金柑の実をもらってきたが、職場の急用ですぐにまた出かける必要があった。そこで、出掛けにチャウは、金柑の実一つとバラの花びら十枚をさかずきに入れ、それに蜂蜜を二、三滴加えた後、湯気で熱処理をしてから、一度に二、三滴ずつ子供に飲ませるよう、サイに頼んでおいた。

妻からあれこれ指図を受けることに慣れきっていた彼は、適当に聞き流し、金柑の実三個とバラの花びら百枚ほどを全部茶碗に入れ、普通の水のように一度に飲ませたので、子供はただちに下痢をしたのだ。まだ七ヵ月の赤ん坊が、脱水状態に陥るほどの激しい下痢である。チャウは母や姉から、下痢はいったん癖になると直すのは難しいので、くれぐれも気をつけるよう言われていた。サイから事情を聞いたチャウは、あまりの情けなさについ涙を浮かべたほどである。

これまで付き合った男性の中には、将来性のあるしっかりした人間もたくさんいたのに、結局この不器用な田舎者をつかんでしまった。いつもまわりの目に怯えているくせに、戦争でアメリカに勝ったことをいつまでも自慢し、自分に不可能はないと過信している。大学院で一年学んだだけで、すっかり満足し、もう誰の意見にも謙虚に耳を貸そうとしないばかりか、この頃では新聞や本を手にしてもすぐ顔を覆って鼾をかく始末だ。結婚後、チャウは彼が何かに真剣に取り組んでいる姿など、一度も目にしたことはない。妻の尻に敷かれサイはあたら将来を棒に振っているなどという風評を耳にするたびに、チャウは心外であった。

チャウにしてみれば、自分も勤めの身であり、家の中で暇そうにしているサイを見れば、ついあれこれ言い付けてしまうのだ。サイを見ていると、研究などに頭を使うより、体を動かす方がはるかに性に合っているように思える。しかしもしサイが何かに打ち込むつもりなら、チャウはそんな夫を誇りにすら思い、喜んで雑用を引き受けるつもりだった。夫の将来性の芽をつぶすなど、考えてみたこともない。しかし、今やチャウは自分の見通しがいかに甘かったかを、とことん思い知らされたのである。

薬をもらって家に帰ってみると、子供はさらに六、七回も下痢をしていた。わずか一時間足らずの間にである。朝から数えるとすでに二十回近くになっている。大慌てでチャウは、ライムに詰めていた薬を取り出して、炭火で焼いて灰にし、その灰を湯冷ましに溶かして子供に飲ませた。この家伝の処方ならたったの三粒で、百人が百人の子供に効くはずなのに、六粒飲ませても下痢はいっこうに止まる気配がない。近所の主婦も心配のあまりかけつけ、明礬《みょうばん》とグァバの実を炒って煎じるとよく効くとか、ひまし油とすべりひゆの茎を混ぜて飲めばよいとか、あれこれすすめたが、いずれも効き目はなかった。ミルクはもう全く受け付けようとはしない。おこげを白湯に溶かして飲ませても、口に入れたはなから、下に流してしまう。ハノイ中の有名な漢方医の秘薬や薬草を試みてみたが、すべて無駄である。

チャウの母、姉、その子供たちも総出で駆けつけ、大急ぎで病院に連れていくよう、サイたち二人を急かした。チャウの兄は自分の職場の車を手配し、赤ん坊を救急病院に運ぶ処置をとった。すっかり気を動転させながらも、チャウは身内のありがたさをしみじみ感じた。それに比べ、サイの親族からは、何の手助けもない。確かにあれこれどなりつけたのは少し度が過ぎたとはいえ、肝心のサイにしてもどこか投げやりな態度である。もとをただせば、今回の事態を引き起こした張本人は彼なのだ。

病院に担ぎこまれた赤ん坊の脱水症状を一目見るなり、医者は「近くに住んでいながらなぜもっと早く連れてこないのか」と、二人を叱り付けた。脈は弱々しく、血圧も危険な値にまで下がっている。目はすわり、かさかさの唇は、水を求めて時折微かに動くだけだ。しかし、熱は四十一度二分にまで上がり、水を飲ませる訳にはいかない。ちょうど折しも、救急処置台に伏せていた三ヵ月の赤ん坊が、やはり下痢による脱水症状で息を引き取ったところだ。

その子が人に抱き抱えられて脇を通り抜けた時、チャウはショックのあまりその場に倒れこんでしまった。今度はチャウが成人用の救急室に、担ぎ込まれる始末である。危篤状態の赤ん坊に加え、チャウまで卒倒し、家族の表情は、刻一刻と沈痛の色を濃くしていく。サイを見る目付きは、まるで犯罪人扱いだ。二人にもしもの事があれば、当然その罪は彼にある。サイも、人々のそうした視線は痛いほど感じたが、気持ちがすっかり動転している上に、極度の疲労も重なって、まるで操り人形のように、苛立つ人々の指図にただ右往左往するだけで、自分自身何をしているのか全く上の空だ。

世故にたけたチャウの兄は、危急の事態を見てとると直ちに車を飛ばし、ハノイでも有名な小児科病院の副院長である友人をこの場に呼び、医師団が付きっきりで赤ん坊の集中治療にあたる体制を整えた。その副院長は他の医師たちの反対や懸念にもかかわらず、熱と痙攣を止めるため、あえて水分の補給を決断したのである。

その後の十二日間、水分と血液が規則正しく一分間に六十滴前後流れるよう、サイは赤ん坊の点滴の針を指で押さえ不眠不休で看病を続けた。点滴が多ければ、ショックを起こす心配があり、逆に遅い場合流れがつまったり、水分や抗生物質の供給が不十分になる恐れがある。こうして一滴一滴子供に注がれた水分と血液の量は、十リットルにのぼったが、その間サイは、点滴の流れがわずかでも早くなったり遅くなったりしていないかどうか息をこらして見守り続けた。

後になって当時をふりかえった時、サイはなぜ十二日間一睡もしないで看病できたのか、自分でも不思議に思うほどであった。そして、子供のこめかみや額や足首に点滴の針が突き刺される時の身を切られるような痛みが、いつまでも生々しく思い出された。ぐったりしたままの赤ん坊の静脈にうまく針が突き刺さらないと何度もやり直し、その度に血が滲み出た。あごがたるむほど太った看護婦が、「どうもうまくいかないわ」とこぼしながら、その丸々とした指で何度も子供の頭に針を刺すのを見て、サイはつい、「あの、もう少し…なんとか…」と哀願したこともある。

「そんなにかわいそうなら、家に連れて帰ればいいでしょ」と看護婦はにべもなく答えた。

その後も、「下痢」という言葉を耳にするだけで、体がびくっと震えたほどである。


子供を救急室に担ぎ込んだ夜、ショックで寝込んだチャウも、翌日には起き上がることができるまで回復した。さっそくサイの傍らで一緒に点滴の様子を見守る。食事や煙草を吸うためサイが席を外す時は、チャウが代わって点滴の針を押さえた。夜はまだ体調十分でないチャウを休ませるために、サイが寝ずの番をする。

しかし、こうしたサイの献身的な看病ぶりも、妻の家族らの彼に対する決定的不信を解くことはできなかった。今回の事件が起きる以前は、彼の辛抱強さや誠実さや素朴さを好意的に見る人が多かった。時折くどくど言い訳をすることはあったが、それは田舎者の性分で、けっして悪い人間だと見られていなかった。むしろしっかり者の妻と比べ、あまりに要領の悪い彼に、同情的であった。しかし、今度の件で彼の常識のなさをいやというほど見せつけられ、人々の評価はすっかり変わっていた。あまりにも世間知らずの人間に対しては、まともに相手にしないか、小馬鹿にするのが普通だ。いかにお人好しのサイも、さすがに妻の親族の冷ややかな態度に気づかざるをえなかった。

チャウは救急治療室を出るほど回復すると、赤ん坊の看病のために病院に寝泊まりすることにした。その代わりに毎日サイがおしめや食事を運ぶことになった。チャウは病院の食べ物が口に合わなかったのだ。自分の過ちを償うかのように、サイは産後の時と同様、チャウにごちそうを食べさせようと懸命に気を配った。部屋の人から、「素敵なご主人ね」と褒められ、チャウのわだかまりも少しずつほどけていった。

しかし、彼女の胸の奥に芽生えた不信感はもう決して消え去ることはなかった。彼女の口数は極端に少なくなった。何かの指図以外には、赤の他人に接するように、優しい言葉一つかけようとしない。チャウと付き合い始めた頃、サイは彼女の家族がどんなに冷淡でも、本人さえ自分を信頼してくれればそれで満足であった。結婚してから、チャウの高慢な態度に当惑したが、今度は彼女の家族の同情によって、サイもずいぶん心強い思いをしたものだ。

しかし、今やその双方から不信の目で見られるようになった。サイは、これまで幸せという果実を求めてひたすら努力してきたつもりだ。そしてやっとその果実をつかみかけたと思った瞬間、それはまだはるか先の幻影にすぎないことを思い知らされたのだ。このままあきらめれば物笑いの種になるのはまちがいない。かといってさらに頑張る気力も失せかけている。結婚して以来初めて、ゾッとするようなむなしさに襲われ、もう何もかもすっかり投げ出したかった。そして、妻やその家族の冷ややかな視線や話し振りを心底うとましく感じるようになった。もはや睦まじい夫婦関係は望むべくもない。サイが何とか取り繕うとすればするほど、事態はますますこじれていくばかりである。

＊

ティンが退院した赤ん坊の見舞いにやって来た。立場上しぶしぶ顔を出したティンの気持ちは重かった。娘の一件があったからだ。娘が家に逃げ帰ってきた時、妻と一緒に一晩がかりで赤ん坊の世話に戻るよう説得に努めたが、娘の方はかたくなに口を閉じたまま一言も口をきこうとしなかった。業を煮やした彼は、「服をまとめて置け。もう相談もくそもない。明日朝出かけるぞ」と強い口調で言った。父親の一存には逆らえない。もはやこれまでと、わっと泣き出した娘は、「お父さん、お母さんお願い、死んでもいいから、もう二度とあの家に行かせないで」とひざまずき、両手を合わせて懇願した。

娘から子細を聞いて驚いたティンは、ヒューやサイの友人に会って話の真偽を確かめるため、わざわざハノイに出向いた。ところが、最近サイの家に足を運んだ者など誰もいないことがわかった。ただ色々な噂話から判断すると、自分の娘ばかりかサイまでが召使い同然の扱いを受けているらしい。事の真相を知ったティンはすっかり落胆して家に帰った。

その一ヵ月後、おじのハーが南の出張から戻って来た折をとらえ、ティンはこの間の事情を打ち明け、都合のいい時にサイの相談にのってやってほしいと頼んでみた。

「そんなことしても無駄だよ」

おじは冷ややかに言い放った。ティンは沈黙するしかなかった。おじはさらに続けた。

「この頃のお前たちときたら、おどおどしてまるでなっとらん。一度あいつを怒鳴りつけたいくらいだ。何をそう独楽鼠《こまねずみ》のようにあくせくしとるんだとな。ところがあいつときたら、今の自分にすっかり満足の体だ。それどころか、あのかみさんを得意に思っとるんだから世話ない。あいつは自分を非難する人間とは喜んで絶交する腹積もりだ。われわれだって、結婚話では一度あいつに恨みを買っとるしな。とにかくほっとくしかない」

これまで三度ほどハノイに出かける用があったが、ティンはサイの家を敬遠してきた。彼にとって一番のショックは、弟に抱いていた期待が無残にも崩れ去ったことだ。田舎者の自分の妻が、ハノイ育ちの弟の嫁から慕われ、一族が仲睦まじく寄り集うという願いもむなしくついえた。これまでサイのために尽くしてきた骨折りも全くの水の泡である。さすがに今回だけは、妻と娘にせかされ重い腰をあげたものの、ティンの心は暗かった。

家に向かって来るティンの姿を目敏く見つけたチャウは、すばやくカーテンの奥のベッドに横になり、子供を抱いて寝たふりをする。窓ガラスごしに、台所で立ち働くサイの姿が見えたが、ティンは一応扉をノックしてみた。野菜を洗う手を休めないで、サイは返事した。兄の声を聞き付けると、あわてて入り口へやってくる。ティンはそっけなく尋ねた。

「赤ん坊の具合はどうかね?」

「ええ、もうすっかり」

サイは、つい今しがた横になったばかりのチャウに、声をかけた。返事はない。ティンは、そのまま寝かせておくようにと言った。この時間にまだ起きてこないのは不自然だが、ティンはあえて無関心をよそおう。そしてまるで見知らぬ赤の他人に話しかけるような態度で、サイに言った。

「赤ん坊はいつ退院したのかね?」

「三日前ですよ」

「最近ハーおじさんは忙しく、誰も田舎に来ないんで、何にも知らなかった。お前も何も言ってよこさないしな。今日たまたまハノイに来る用があって、人づてに子供の病気を知ったという訳だ」

そう言ってから、ティンは水ギセルで一服し、そそくさとお茶を飲み干すと腰を上げた。

「さてと、子供が元気なら、もう帰るとするか」

「兄さん、ご飯でも食べていって下さいよ」

「飯はもう食った」

「どこで？」

「ここに来る途中、こざっぱりした店があって、そこへ寄ったんだ」

昔から、兄は一度も外食などしたことはない。しかし、妻が顔を合わせるのを避けている以上、兄が居残ってもばつが悪いだけである。しかたなくサイはティンを見送ることにした。

「忙しそうだから、無理せんでいい」という兄のよそよそしい口調に、サイは胸がつまった。しばらく連れだって歩いてから、サイは重い口を開く。

「兄さん、この頃家の方はどんな具合なの」

「何が？」

「姉さんや子供たちは…」

「別に、時々調子が悪いと横になってるだけだよ」

「そんなら、薬が欲しいと言ってくれればいいのに」

「なに、ただ腹をすかしてるだけさ。田舎じゃ、体の具合が悪いくらいで薬を飲む者なんていないよ」

「姉さんに、ずっと無沙汰で申し訳ないと言っといて」

「いいよ、お前は忙しいんだから、よけいな気遣いしなくても」

とりつくしまもない兄の態度に、さすがのサイもムッとしてきた。子供が瀕死の目にあっていた時、自分がどんなに辛かったか、兄はまるっきりわかろうともしない。一族の絆の強さについて、日頃から相手の家族に自慢していたくせに、この間誰も姿すら見せなかったのだ。娘のフンが嘘をついて田舎に帰った時も、その後詫びの一言もなかった。サイから見れば、自分の一族の無礼な振る舞いのせいで、ずいぶん肩身の狭い思いをさせられたのだ。そのあたりの事情をくんでくれるどころか、訪ねて来ても嫌味ばかりで、我慢にも限りがある。しかし、別れ際の兄の言葉に、サイは自分の身勝手さをいやと言うほど思い知らされた。

ティンは自転車にまたがりながら、「家族に米を食わせるために近くこの自転車を売る予定だ。この頃やりくりが苦しくてな」と言ったのである。

兄の言葉は、サイの耳にはまるで、「離婚したトゥエットへの慰謝料やら、お前の結婚式や新居の費用やらで、自分の家族は飯もろくに口にできんのだ。それなのに、お前ときたらまるで他人事みたいじゃないか。四十面下げて人に金をせびるのは、相手が実の兄でも情けないはずだ。一生の恥さらし同然だぞ」とこぼしているように聞こえた。

子供の病気以来、サイへの不信を募らせていたチャウは、ティンの訪問によって、格式張った夫の一族に対する嫌悪がぶりかえし、とても相手をする気にはなれなかった。さいわい、顔は合わせなくてすんだものの、ティンのよそよそしい声はいやでも耳に入ってくるし、しかもあてつけがましくわざと大きな声でしゃべっているように思えた。そのうち、二人して出かけていったが、きっと自分には聞かせたくない話をこそこそ相談しているに違いない。そんな二人の姑息な態度が、ますます鼻に付いてくる。

二十分近く過ぎてもサイが戻ってこないので、チャウはさっさと自分一人で食事をすませた。この頃はおかずを大皿に盛り合わせることにしていたが、彼女は肉と海老の炒め物も野菜も付けタレも自分の分だけ小皿にとって食べた。サイが戻ってきたら、一人で勝手に食事すればよいというあてつけである。

サイが家に帰ると、汚れた箸やお椀は盥に投げ入れたままで、チャウはまた横になっていた。ザルに残ったわずかな野菜とおこげがこびりついた釜を見ただけで、サイはこちらに背中を向けて寝ているチャウのふてくされた顔がありありと目に浮かんだ。チャウの帰りが遅くなる場合には、サイは、必ず箸やお椀を揃え、ご飯は火からおろし、おかずもちゃんとよそっておくことにしている。普段ハノイ育ちを鼻にかけるくせに、やることといったら全く自分勝手としか言いようがない。サイは苦々しく思いながら、しかたなく自分でおかずをよそい食事をすませた。味気ない食事をすませると、汚れた食器や鍋釜の後片付けをし、さらに子供のおしめの洗濯をしてから、勤めに出かける。

退勤時刻になり周囲がざわついても、サイは慌ただしいだけの毎日が何となく無意味に思われ、しばらくぼんやりしていた。いつものように脇目も振らず一目散に家に帰る気が起きない。自転車を引いて門の外には出たものの、どこかへ行く当てもまるでない。しかたなくホアンキエム湖やトゥエンクアン湖のまわりをぶらついてから、タイ湖まで足をのばし、その周囲を回って時間をつぶした。

知り合いや友人の家の前も何度か通りすぎたが、気後れが先に立ってただやり過ごす。家族団欒の邪魔になるかもしれないし、急な用事や約束の都合があるかもしれない。これまでの自分の身勝手も恥ずかしかった。結婚以来生活に追われ、薬をもらうとか何か緊急の用以外に知人の家を訪ねることはほとんどなくなっている。今になって愚痴をこぼすために訪問するのは、あまりに虫がよすぎる。

夜の十時過ぎになると、さすがにもう時間のつぶしようがなく、サイは家に帰るしかなかった。何度も声をかけた末、やっと十一度目にチャウは戸を開けてくれた。露骨に嫌な態度を示してから、彼女はすぐまた蚊帳の中に入っていく。サイは電灯を点け、自転車を台所にしまおうとした。すると突然チャウが起き上がり、電気を切ってから、「赤ちゃんが目をさますじゃないの」と怒鳴りつけた。

しかたなくサイは、マッチを擦って石油ランプを点ける。盥の中はおしめで山盛りになっている。その横のバケツも汚れ物の食器であふれているが、釜のご飯はからっぽである。おかずの肉や野菜も、どこにも見当たらない。チャウは自分の食べる分だけしか作っていないのだ。気を取り直してお米をといで火にかけた。そしてご飯が炊ける間を惜しんでおしめの洗濯にとりかかる。ご飯の水切りがすむと、戸外のポンプで洗い物の濯ぎをする。食事を終えると、いつも通り二人分の食器や鍋の後片付けが待っている。深夜には、赤ん坊のミルクとおしめの取り替えもやらなければならない。

その後の数日間、依然として食事は別々のままだったが、それ以外の家事はこれまで通りサイが一人でこなした。そんな状態が五日ほど続いたが、周囲の人々の目には、とりたてて変わった様子には見えなかった。他人に対しては、二人はいつも通りにこやかに振る舞っていたからだ。

その週の日曜日、チャウの姉の子供が二人で訪ねてきたのをさいわい、みんなで市場に買い物に行き、四人分の御馳走を作ることにした。こうして、何事もなかったかのように、サイとチャウは再び一緒の食卓につくことになった。しかしその五日間の齟齬は、いつまでも二人の記憶の隅に残り続けたのである。

＊

しかし二人は、それぞれ別の思惑から何とかこじれていた関係を取り繕おうとした。チャウの場合は、女性特有のしたたかな計算があった。過去の恋愛関係で生じた問題を後腐れなく清算しておきたかった。彼女自身はいつも恋愛に関してとても大胆であったが、世間の噂の種になることを恐れていた。サイとの結婚のおかげで、こうした弱味から解放され、今は身持ちのしっかりした女性として、若い姪たちに説教をたれても、ふしだらな女を悪し様に非難しても、誰にも恥じることはない。もともと結婚する前から、サイと一緒に暮らせばささいなもめごとは避けられない位わかっていたのだ。ただ彼女にとっては、子供さえ無事に産めれば結婚相手は二の次であった。

チャウに目算違いがあったとすれば、彼女の若さと魅力を周囲の男たちが放っておいてくれないところにある。子供がよちよち歩きする頃になると、チャウにも気持ちのゆとりが生まれ、あらためて独身の時よりさらにあでやかさを増した自分自身に気付く。万事そつのない彼女にとって、言い寄る男の十人くらい手玉に取るのは訳もない。

中には、自分の娘ほど若いチャウにのぼせ、家庭をほったらかしにして、配給の列に並んで米や小麦粉を届けてくれる五十すぎの中年男もいた。その男の付け届けは、食用油、ヌクマム、砂糖、石鹸、米、年末配給券から、子供の薬、映画の切符にまで及んでいる。お願いと一声かければ、取り巻きの男たちは喜んで手を貸してくれた。彼女は一方で良妻賢母の役を演じながら、他の男たちとも自由気ままに付き合っていたのだ。世間の主婦が他人をあしざまにののしるのは、自分の潔白を信じて疑わないからだが、彼女は好きなように羽をのばしながら、やましさなど一度も感じたことがない。

外での適度な付き合いがだんだん楽しくなるのとは逆に、一方の家庭生活はしだいに堪え難いものになっていった。まわりの男性たちは親切でよく気を使ってくれるのに、サイときたらいつも苦虫をつぶしたような顔で鬱陶しいことこの上ない。映画の招待券でも手に入れ、たまには夫と連れ立ってと思っても、周囲の好奇の目を考えるとつい二の足を踏んでしまう。

彼女には全く異なる二つの顔があった。職場や外出先の彼女は、愛想よくいつも笑みを絶やさない。その上物腰は控え目で、誰の目にも申し分ない女性に見える。一方家の中では、いつもがみがみヒステリックに小言をいい、態度は冷淡そのものである。しばしば口喧嘩の末、サイは職場で寝泊まりする羽目になったが、その後家に帰る許しもすべて彼女次第である。腹を立てた時、サイにあびせる罵詈雑言は、とても人前で口に出せるものではない。しかし世間は、喧嘩の落ち度はいつもサイにあると見ていたのである。誰の目にも、万事不器用で無骨な彼には、優しい扱いになれたハノイの女性の相手は荷が重く映ったからだ。

しかしサイ自身は、自分の性格や行動が周囲に与える印象など全く気にしてはいなかった。いったん家の外に出れば、どんな些細な問題でも決して妥協しようとしなかったし、仕事となると無駄口を嫌いひたすら不言実行で通した。元々の性格にしても、二十年近くの軍隊生活で培われた気風にしても、それを世間に合わせて変えるつもりは毛頭なかった。サイの実直さを知り尽くしている古くからの友人たちですら、もう少し社交上手になればと思うほどである。

にもかかわらず、家に帰るとたんにサイはすべてに対して事なかれ主義で、チャウの言うなりのだらしない人間になった。男らしさを見せようと力めば力むほど、かえって女々しい優柔不断な人間に成り下がっていった。妻に対して聞きわけ良い夫であろうとすればするほど、実際には自己嫌悪に陥るほど卑屈な態度に終始していた。

職場の仕事に充実感をおぼえて帰宅しても、遊びに出かけた子供がまだ戻っていなければ、もうあたふたと駆け出していく有様だ。おまけにけつまずいてサンダルが脱げ、親指の爪を剝がすにいたっては、威厳も何もあったものではない。

夫婦の「力関係」において、自分が上に立とうとすればするほどあてがはずれ、その結果ますます無理を重ねることになった。そして彼が必死で頑張れば頑張るほど、二人の溝はますます広がっていった。知人の中には、そもそもの始めから相手に飲まれていた彼に勝ち目はないと、したり顔で言う人間もいた。面と向かってそこまで言われては、さすがの彼もカチンときた。サイは決して自分を恐妻家とは思っていない。自分を抑えて譲ったり、機嫌をとったり、要するに相手を立てているだけで、怖がっているなどとんでもない言い掛かりだと考えていた。ただ内心そう反発していても、時折隣近所の夫婦がうらやましく見えることも事実である。

二号俸の機械工と保育園勤めの夫婦の場合、二人の給料を合わせてもせいぜいサイ一人分の給与といったところだが、傍目にも仲むつまじい。夕方になると、子供を抱いた妻を後ろの座席に乗せ、いつも二人一緒に帰ってくる。ハンドルの両側にぶら下がる袋には、それぞれ子供の衣服と野菜やおかずの材料が入っている。自転車を家の中にしまってから、夫は子供を抱いて散歩したり、近所に出かけて将棋を指す。食事の準備がすむと、妻は子供を迎えに来て、「お風呂に入れるから子供をよこして。お父さんにチュしましょ。さあ帰ってジャブジャブしましょうね」と夫に声をかける。一風呂浴びてさっぱりしたところで、夫婦と子供三人は食事のテーブルを囲む。食卓の上にはいつも、バラや季節の花を活けた花瓶が置かれている。

化学工場の技術者と輸出入会社の裁縫工の夫婦も、夫に来客があれば、妻は手際よくお湯をわかしてお茶を入れ、「おかまいもできませんが、どうぞごゆっくりくつろいでらして下さい」と笑顔で挨拶する。

十五歳も年の離れた副工場長と技術者の夫婦は子供が三人いる。サイは、共同ポンプの水汲みを通じてこの夫と顔見知りだが、大変なサッカー狂で、うらやましいことに主な試合は欠かさず出かけている。

瓦工場の音楽好きな男の家には毎晩のように来客が押しかけ、夜遅くまで高歌放吟でにぎやかである。その妻は煙草の煙が立ち込める中で、子供を寝かしつけてから、客が帰るまでお湯を沸かしかいがいしく世話を焼く。客が帰ってから机や椅子を元に戻し、煙草の灰やお茶殻の後始末に小一時間はかかった。朝の二、三時まで腰を据える客のために、時には汗みずくでピーナツを炒ったり、自転車で酒の肴を買いに出かけることもある。中には部屋で嘔吐する客までいたが、その妻は夫に嫌み一つ言うでもなく、逆にむずかる子供たちに、

「静かにしなさい、お父さんが目を覚ますじゃない」

「お父さんの仕事の邪魔をしちゃだめよ」

「今お父さんが作曲してるんだから騒ぐと承知しないよ」と叱りつける。

自分の境遇に比べれば、同じ団地のどの夫婦も、羨ましいかぎりである。サイの妻は客が来れば、カーテンでさえぎられたベッドに姿を隠すか、さっさとどこかへ出かけてしまう。しかも客が帰った後できまって、「私は疲れてるのよ。今度客をよぶ時はその前に私たち親子をこの家から追い出してからにして。こんな猫の額みたいな家じゃ、煙草の煙がたまんないったらありゃしない」と、目を吊り上げて愚痴るのだ。

家事の途中にたまたま来客があって、ついやりかけにしておこうものなら、客が帰るやいなや、「お客の相手で忙しいんなら、事前に言っといて。こっちにも都合があるわ」と必ず一言釘をさす。

最初の頃はサイもついムカッとなって、言い返すこともあった。しかしその度に口喧嘩となり、あげくには彼の方が家を飛び出し、そのまま夜は職場の机の上で寝る羽目になる。そのうち、互いに面と向かってののしりあうことはなくなったが、それでも友人が訪ねてくる度にサイは気が気でなく、こっそりと妻の鼻息を窺った。仕事の相談や顔見知り程度の相手の場合は、さもとりこみ中という素振りを見せ、立ち話で用件をすませる。さすがに親しい友人の場合は、

「食器洗いがすむまで座っててくれないか」

「おしめを絞っているのでちょっと失敬」

「ちょうど米を炊くところで取り込み中なんだ」などと一言断ってから、水汲み場や台所へ案内する。

接客中も手を休めないで話をしたり、時には友人に手伝ってもらうこともある。サイにとって一番の心配の種は、郷里の人間が訪ねてくることだ。幸いなことにここ一、二年ほど、郷里から誰も姿を見せず、一応とりこし苦労ですんでいる。ただこんなありさまでは、身内や友人の足も自然とサイの家から遠のくしかない。

しかしサイはいつまでもチャウの言いなりになるほど、意志薄弱な人間ではなかった。いくらチャウがハノイの女性とはいえ、学業にも仕事にも誇りを持ち、人一倍忍耐力の強いサイをいつまでも尻に敷ける訳はない。とはいえ根は農民であり、生まれつきの口下手はすぐに変わるはずもない。サイは自分なりにいろいろと考えをめぐらし、じっと辛抱していたのである。とにかく一度離婚の経験があるだけに、女性関係にだらしない男だという評判は何としても避けたかった。

サイにはチャウに心底惚れた弱みもある。大きな手違いをしでかすたびに、誠心誠意そのつぐない

も果たしてきたつもりだ。ところが思惑に反して、事態はどんどん悪くなっていくばかりである。時には疲労困憊のあまりつい弱気になることもあったが、二人の相性が悪いという風評だけは意地でも認めたくなかった。サイは生まれつきの性格や長い間の習性を、チャウに合わせて変えようとしても、簡単にいかないこと位わかっている。だからこそ、面子にこだわらず自分の事は常に二の次に考え、懸命に努力している。チャウと結婚して以来、あれほど肌身離さず大切にしてきた背嚢の中の記念品ですら、もう長い間、タンスの上や、扉の後ろや、ベッドの下や、屋根裏にほったらかしにしていたほどだ。

ところが今朝、たまたまチャウが掛け布団を干そうと椅子に上がった時、背嚢の中の飯盒に頭をぶつけてしまったのだ。腹いせに彼女はナイフで背嚢の肩紐を切り、それをベッドの上に放り出した。その夜枕に頭をのせたサイは、その下に何かごつごつした物があるのに気づいた。何だろうと一瞬戸惑ったが、背嚢の肩紐や天井に掛かった掛け布団が目に入るにつれ、昼間起きた事態が飲み込めた。背嚢を切りつけた時の妻の顔までありありと目の前に浮かんだ。彼は体はくたくたに疲れていたが、胸苦しさのあまり、どうしても目を閉じることができない。ただひそかに溜め息を噛み殺し、妻が明かりを消すのを待って、やっと背嚢の中の物を一つ一ついとおしむように撫で回した。五年近くすっかり忘れていた物を撫でているうちに、かつての過酷な日々が突然鮮明によみがえってきた。

マラリアによる高熱、爆弾の雨、飲料用の水筒の小便。そして小川のほとりでテムが息絶えたあの夜。あの時、この水筒や背嚢を身につけ、テムを背負ってさまよい歩いたのだ。テムはすでにことされ、その死体を背負った自分自身の感覚もすっかり麻痺していた。そしてこの鉄製のコップ。死の前の晩のことだった。乾パンを飲みくだせるよう、このコップに水をついで手渡した時、「もう少し飲ませてくれ。そんなにけちるなよ」とテムは懇願した。確かに死の前の晩だったろうか？
――テム、すまない、もう長い間君の両親や兄弟を訪ねていない。君を思い出す余裕さえほとんどない有様だ。今ではこの忘れ形見すら、もうその置き場所もない。この家には僕自身の身の置き所さえない。僕は居候同然の身にすぎないんだ…。

その翌朝サイの顔は、一晩まんじりともしなかったせいでやつれは見えたが、表情はすっきりとしていた。一晩いろいろ思い詰めた末、彼はある決意を下していたのである。もうこれ以上自分を見失ったままの生活を続ける訳にはいかない。自分を殺しながら何とか努力してきたが、結局徒労に終わるばかりか、周囲の失望を買うだけだ。自分からもう一度結婚生活を壊すのは、彼自身にとっても不本意である。しかしみんなの言うように、二人の相性はあまりに悪すぎるのだ。一時の感情におぼれて夢見たバラ色の家庭生活を、いつまでも空しく追い求める訳にはいかない。今必要なのはこれまでの生活を思い切って変えることだ。しかしどうやって？　彼にはすぐその答えは見出せなかったが、変化が避けられないことだけは確かに思えた。

この時から彼はすっかり落ち着き払った態度に変わった。不平不満も自分の胸におさめ、以前のように腹いせに職場で寝泊まりすることもなくなった。二番目の子供の出産が迫っていたが、もう以前のようにいそいそと彼女の送り迎えをすることはなかった。チャウもさすがに彼のよそよそしい態度に気づき、少しうす気味悪くなった。それからしばらくして、ある喧嘩をきっかけに、彼女がさっさと実家に帰ってしまったのは、このサイの変化が関係していたに違いない。

＊

サイが家の近くまで帰ってくると、道を横ぎっている子供たちの前で急ブレーキをかける自動車が目に飛び込んできた。一団の中に自分の子供を見つけた彼は、慌てて自転車をその場に放り出し、道路の向こうに駆け寄って子供を抱き上げた。汗と埃で真っ黒な顔をした子供は、今し方の危険など全く意に介せずキョトンとしている。子供は無邪気に笑いながら、まだ恐怖でひきつっている父親の顔を泥まみれの手で撫で回す。子供を抱え、もう一方の手で自転車を引っ張って家に戻ったサイは、呑気に本を読んでいる妻を見て、先ほどの恐怖がまたよみがえってきた。手早く自転車を壁に立て掛け家の中に入ると、サイは罰として子供にタンスの中に入るよう命じた。子供は父親の命令を無視し、何ごとかと顔を上げた母親に助けを求める。

「トゥイ、中に入るんだ」とサイはもう一度言った。

子供はわっと泣き出したかと思うと、母親の胸に飛び込んでいく。チャウは何食わぬ顔で本に目を落としたまま、片手で子供を抱き寄せる。サイは子供の手を引っ張りながら、「タンスに入れと言ってるだろ」と怒鳴った。

子供は腕を振り払うと、母親にしがみつき大声で助けを求める。やっと顔を上げたチャウは、うんざりといった顔付きで、「何を大騒ぎしてるのよ」と言った。

「何が起きたか知ってるのか。お前がここでのほほんと本を読んでる間に、子供が死ぬ目にあうところだったんだぞ」

本から目を離さず、「いくら子供でも、ポル・ポトみたいなやり方じゃ逆効果よ」とチャウは言った。

「甘やかすだけ、後で泣きを見るのはお前だからな」

「もういい加減にして。腹を痛めたのは私なのよ。他人につべこべ言われる筋合いはないわ」

サイは相手のあまりの剣幕に一瞬ひるんだ。いつもならさらに、「もし私の家族の機転がなかったら、あなたは私の子供をバラの花で殺すところだったのよ」と追い討ちがかかるところである。彼はしばらくその場にじっと立ち尽くしていた。以前ならここで啖呵を切って、さっさと家を飛び出していたはずである。しかし、一呼吸おくと彼は水ギセルを探しながら、「君の好きなようにすればいいさ」と言っただけであった。

翌日の午後サイは、今度はチャウがある男と一緒にいる場面を目撃したのである。サイは、自分たち二人の不毛な関係に何らかの決着をつける良い機会だと考えた。今の生活をこれ以上続けて行く気力が萎えかけていた。最近とみに妻に対する関心が薄らいだばかりか、他の男への嫉妬さえなくしかけている。いずれにせよ具体的な証拠を摑もうと、彼は二人をつけることにした。

その日の午後、サイは三時すぎに取引先の会社に立ち寄り、ついでに配給の野菜を買い、早目に子供を迎えに行くことにしていた。その時偶然、米袋を後部座席に乗せた男が、彼の妻と大声でしゃべっているのを目にしたのだ。気づかれないでじっくり観察できるようサイは自転車の速度を緩め、適度な間隔を保って後をつけていった。二人が自転車から降り、ディエンビエン通りの喫茶店に入ると、サイは向かいの本屋で新聞を買い時間をつぶした。二十分後にその店を出た二人がタインニエン通りに曲がって行くところまで見届けてから、サイは引き返した。

予定していた取引先の会社への立ち寄りと買い物をやめ、真っすぐ家に帰ったサイは四時半までベッドにごろんと横になってから、子供を迎えに行った。いつも通りたんたんと一つ一つ仕事を片付けていく。子供を風呂に入れ、ご飯を炊き、近所の人に分けてもらった野菜を茹でる。一口ずつ子供にご飯を与えている時、妻が自転車に重い荷を積んで帰ってきた。時計の針はすでに六時を十分ほど回っている。この米袋は、きっとあの男が大通りまで運んできて、路地の曲がり角で妻の自転車に積み替えたに違いない。しかしチャウはそ知らぬ顔で、まるで自分が列に並んで、やっとここまで運んで帰ってきたと言わんばかりの、さも疲れきった様子をしている。そんな姿を目にした団地の人々はすっかり彼女に同情し、身重の妻をそんな目にあわせるサイにあきれている。サイは米袋を受け取りにあわてて駆け寄りながら、「僕が買いに行くと言ったじゃないか。もしものことがあったらどうするんだ」と叱った。

「だって、ついでがあったの。いつもあなた任せにしてたら、亭主を尻に敷いてって笑われちゃうわ」

米袋を開けながらサイは、「上等な米じゃないか。きっと大勢の人が並んでたろうな」と言った。

「並んだのは四時半からよ。ちょうど私の番の時に、係の交代で三十分ほど休憩になったの。やっと六時前に買えて、大急ぎで帰ってきたのよ」

サイは胸のあたりがかすかに痛んだが、すぐに平静さを取り繕った。サイの演技も、皿洗いをしていた時チャウが何気なく話しかけるまでは、なかなか堂に入ったものであった。

「あなた、今夜映画を見に行かない？」

「何ていう映画だい？」

「題名は忘れたけど、アメリカ映画の幹部用試写会らしいわ」

「へー面白そうだね。でも子供は誰が見るんだい」

「もし一緒に行くんなら、お母さんに預けてもいいわ」

「それなら、お前一人で見てこいよ。子供は僕が面倒見るからさ。夜子供を連れ出すのはよくないからね」

「おかしな人。私一人で行ってこいなんて」

サイはふたたび背筋に冷たい物が走るのを感じた。そして、「誰かを誘えばいいじゃないか」とことさらゆっくり言った。

「誰を？」

チャウのとげを含んだ答えに、サイは思わず口走った。

「男の知り合いぐらいいるだろう」

「誰よ、名前を言ってみて」

「お前なら映画に連れていってくれるような男には全然不自由しないはずだろう」

「何よその言い草は。焼き餅焼いちゃってみっともないったらありゃしない」

サイは体の力がスーっと抜け、心臓が飛び出るほど激しく鼓動しているのを感じた。しかし自分を抑え、「嫉妬なんかじゃないさ」と言った。

「そんなこけ脅しは田舎者には通じても、ここじゃ屁にもならないわ」

「田舎者の脅しが都会の人間に通じないと言うならそれもいいさ。だがな、田舎者はいい加減なことは言わない。いったん口にするにはそれなりのちゃんとした証拠があるんだ。出るところへ出ればきちんと言うさ」

「じゃ言いなさいよ」

「まあそうむきになるなよ。それに僕なんかが話すより、ご当人たちにすすんでしゃべった方がもっといいはずだぜ」

今日はいやに落ち着き払い、いつもすぐ頭に血が上るサイとは別人である。サイは、まずチャウがあくまで白を切ろうとしている今日の午後の件を問題にするつもりであった。そして事の成り行きによっては、彼女のこれまでの付き合いを洗いざらい白状させる腹づもりであった。サイは、嘘で塗り固められたこの生活に、心底けりをつけたいと思っていたのだ。

チャウはいつもと違うサイの様子に、不安を募らせた。一ヵ月ほど前、自分とトアンが交わした会話がサイの耳に入っているのだろうか？

その日チャウがたまたま用事でマイジックに出かけた帰り道、トアンは密かに彼女の後を尾行していた。クーアナムに戻ってきた時、突然トアンはチャウの自転車を追い越し、その前に立ちはだかった。びっくりして咄嗟に口のきけないチャウに、彼は、「驚かしてすまない。ただ一つだけ教えてほしいんだ。子供は元気かい？」と尋ねた。

チャウは怖い顔で、「あなたとは絶交したはずよ」と答えた。

「わかってるよ。でも子供が恋しくていてもたってもいられなくてね。一晩中外をうろつき回ることもあるんだ」

「もうあなたの嘘なんかこりごり。声を聞くだけでぞっとするわ」

「何と言われようが悪いのは僕さ。でも…」

「いい加減にして」と言いながらチャウは逃げ出そうとしたが、相手はぴたりと寄り添い離れようとしない。しかたなく彼女は、人目につく恐れのあるハンボン通りを避け、ファンボイチャウ通りへ曲がり、相手の腹の底をさぐることにした。

「君は絶交すると言ったけど、どうしても子供が忘れられないんだ。いざとなれば君の亭主に、お前は僕の子供を世話する資格なんかない、とぶちまける覚悟だってあるんだ」

あまりのずうずうしさに、チャウは自転車ごと相手の顔面に投げ付けてやりたいくらいであった。頭にきた彼女は、せきを切ったように侮蔑に満ちた言葉を相手に投げつけた。

「いいこと、耳をかっぽじって聞くのよ、この破廉恥漢。あんたがこれ以上付きまとうなら、あんたかあたしのどっちかがおっちぬしかないのさ」

チャウの凄まじい憤怒に気圧され、さすがのトアンもすごすごと別の通りへ去っていく。一方のチャウは、でこぼこの悪路もすれちがう車も無視し、まるでトアンの出現が引き起こした恐怖から逃れるように脇目もふらず自転車を走らせた。それにしてもなぜ今頃になって、彼はいけしゃあしゃあと自分の前に姿を見せたのだろうか。そして最近のふてぶてしいまでに落ち着いているサイの変わりようときたら。彼女の意地悪に対しても以前のように癇癪を破裂させないどころか、妙に聞き分けがよいのだ。


不安にかられた彼女は、顔を覆ってしゃくり上げ始めた。

「こんなひどい亭主、どこにいるのよ。おなかに子供のいる妻を平気で苛めるなんて。もう我慢できないわ」

「そんなに嫌なら、この家を出ていくがいいさ」

「私を追い出そうって魂胆？」

「とんでもない誤解だよ。ただお前が出ていきたいというなら邪魔はしないさ」

「ふん、とうとうあなたの化けの皮が剝げてきたわね」

「今頃わかってももう後の祭りさ。でも万事窮すかどうかは誰かさんの心掛け次第だがね」

まるで神経を逆撫でするようなサイの話し方は、彼女のイライラと不安を高じさせるばかりである。いずれにしてもここまでコケにされては、この家に居すわる気になれない。自分を見下す夫の態度も我慢ならないが、すぐトアンに会って事の次第を確かめたかった。

「わかったわよ。あなたに追い出されなくても、こっちから願い下げよ。少しおつむがいいからといって思い上がるのもいい加減にして。たかがしみったれのお上りさんじゃない」

サイはゆっくりキセルに煙草を詰めながら、「買い被りすぎてるのは君だよ。僕は一度も都会面したことなんかないさ」と皮肉たっぷりに言った。

「減らず口ばかりたたいて、もううんざり」

窓の外で聞き耳を立てている団地の主婦や子供たちに気がねし、チャウの腹いせは尻切れトンボ同然になった。周囲の人の説得で子供もサイのもとに置いていくしかない。母親から引き離された子供が布を引き裂くように大声で泣き叫ぶので、たまりかねた近所の子供が一時その子を両親の目から離れた所へ連れていき、懸命にあやしたほどだ。まだちゃんと口も回らない子供には、あまりにつらい体験に違いない。

一人きりになると、サイはちらかった部屋の片付けにとりかかった。がらんとした部屋にいると、もうチャウは二度と戻ってこないような気がする。四十にもなって、今後どうしていくのか、また元の木阿弥である。しかし他にどうしようもない。このままチャウと一緒にいれば、自分がだめになっていくのは目に見えている。

ふと幼い子供のことが頭の隅によぎり、彼はあわてて預かってくれた所へ引け取りに行った。トゥイは父親の顔を見るや、泣きじゃくりながらすがってくる。

「ママはどこ？」

「お仕事だよ」

「いつ帰ってくるの？」

「いい子で寝てたらママは帰ってくるよ」

「パパも一緒に寝る？」

「ああ」

「じゃ一緒にいい子で寝てたらママは帰ってくるね」

しばらく親子でひそひそ話を交わしていると、また不安そうに子供が、「パパ、ママはもう帰ってきた？」とたずねてくる。

「トゥイがいい子で寝てたら帰ってくるって言ったろう」

「でも昨日は、トゥイが寝る前に帰ってきたじゃない？」

「うーん、その時はママは職場に行かなくてよかったんだよ」

「パパ、職場って何のこと？」

「職場はお仕事をする所さ」

「お仕事って何？」

「お仕事というのはね…、つまりお給料をもらう所さ」

「なぜお給料をもらうの?」

「お菓子を買うためだよ」

「わーい、パパ、じゃお菓子を買いに行こうよ。ね、一緒に行こうよ」

子供はすっかり機嫌を直していた。サイは奮発して、子供の好物である緑豆菓子や、胡麻せんべいや、落花生を買い与えた。チャウがいれば、寝る前にそんな甘い物ばかり与えたら、大目玉を食うところである。だが子供をなだめすかすにはこれ以外考えつかない。帰り道、トゥイはお菓子を両手に握りしめたまま父親の背中で船をこぎはじめた。手元から落ちた豆菓子を踏んづけ、初めてサイは子供が眠ったことに気づいた。ところが深夜になって、再び子供が目を覚まし、まるで火が付いたように泣き叫びだした。

「ママ、ママー。パパ、ママはどこ? どこなの。まだ戻らないの?」

「さあ眠るんだ。朝になったらママは帰ってくるからね」

「いやだーい…。トゥイはもう眠くなんかないもん。寝てる間にママがまたどっかに行っちゃうかもしれないもん。パパ、ママの所に連れてってよ。ママは職場じゃないよ、パパがママを追い出したんだい。ママー、ママー」

子供の泣きわめく声を聞きながら、サイは胸をかきむしられる思いである。両目にはつい涙が溢れてくる。こんな目にあう我が身が、心底情けない。とうとう子供を抱いて起き上がると、電気を点け、おもちゃやお菓子でなだめにかかる。しかし子供はどのおもちゃもはねつけ、その代わり緑豆菓子をねだる。残っていた落花生を与えると、「これじゃない」とごねて、いつまでも緑豆菓子をせびる。妖怪やお化けの真似をして脅したり、お話や歌でなだめたりして、やっと子供を寝かせつけた時はすでに二時を回っていた。

明け方近く少しまどろみかけたと思うと、もう目覚めた子供が蚊帳の外でしくしく泣いている。しかたなく彼も起き上がり、子供を抱いてなだめようとした。しかし何を言っても、母親に会いたいの一点張りである。ようやくのことで子供の顔を洗って服を着替えさせ、自転車の後ろに乗せてうどん《フォー》を食べに出かけた。ついでに子供の機嫌を取るため、ポケットに残っていた小遣いをすべてはたき、緑豆菓子とかバナナとか茹で卵とかバインチュン［代表的正月料理。材料はもち米、緑豆、豚肉など］を買い揃えた。

その日、子供は一日中おやつを口にし、まともな食事を一度もとらなかった。サイの勤務時間中は、職場の若い事務員や庶務の女性の後を追いかけ回して遊んでいた。勤務が終わると、サイは自転車に子供を乗せ、いきあたりばったりにペダルをこいだ。忙しくて昼食も口にしていないサイは、ポケットにしのばせたかちかちの黒パンを、小出しに千切って口に放り込み腹のたしにした。自転車のハンドルを握ったまま、一口ずつ千切っては、まるでつまみ食いでもするようにこっそり噛み下す。一柱寺、ホーチミン廟の前、タイ湖のベンチなどで時間をつぶし、家に戻った時は九時過ぎである。

明かりの消えた暗い部屋は寒々としている。昨日から魔法瓶に入れたままの生温かいお湯で、子供の体を拭きやっと寝かせつけてから、お湯を沸かす。お湯は冷ましてから哺乳瓶に入れ、残りは魔法瓶に注いでおく。それから洗濯をすませ、ついでに大きなバケツに水を汲み、餌と一緒に鶏に与える。

一通りの仕事を片付け、サイはやっと手にした自由な一時を心ゆくまで味わうように、ゆっくりと水煙草をくゆらせた。束の間とはいえ、これまで気持ちの休まる時のなかったこの部屋を、誰の指図も受けず誰に気兼ねすることもなく、今やわが物にできたのだ。しかしいざこの部屋の主となり自由な時間を手に入れてみても、何をしていいのか思いつかず、ただ途方に暮れるしかない。

その後の三日間、ちゃんとした食事を作ったのは休日の昼だけで、いつも何かに追いたてられるように時間が過ぎ、夜子供の寝静まった後やっと一息ついたが、次の日のあてはまるでなかった。トゥイは頑として保育所へ行こうとしないので、しかたなく昼間はいつも二人一緒に外でぶらぶらして過ごすことになった。食事も睡眠も全くでたらめになっている。蛙の親子のように、子供は四六時中父親の背中にしがみついたまま離れようとしないのだ。母親恋しさのあまり、いつも目を赤く泣き腫らしている。職場の経理の事務員から前借りした百ドンは、あっという間に使い果たし、次の給料日まで、金を借りる当てもどこにもない。またティン兄に連絡を取って、誰かを手伝いに寄こしてもらおうかと考えていた矢先、とうとう子供が病気にかかってしまった。母親が家を出て五日目のことである。

前の日から急に子供の食が細くなっていたが、サイは全く気付いていなかった。その日もいつものように職場に連れていった後、女性の事務員やよその子供たちと勝手に遊ばせていた。お昼近くになって、子供を抱えた事務員がサイの元にやって来ると、「あきれたったらありゃしない。ちゃんとわが子の世話してるの？　庶務の部屋の隅で熱を出してぐったりしてるというのに、能天気なものね」とプンプンしながら怒鳴った。

サイは慌てて子供を抱き寄せた。確かに子供の体は火のように熱い。急いで上着を脱いで子供にひっかけ、職場の同僚に頼んで自転車の後ろ座席に乗せてもらって家に戻った。とりあえず子供の服、哺乳瓶、コップ、スプーンをバッグに詰め込むと、また同僚の自転車に便乗して病院へ行こうとした。その時近所の老婆がやって来て、しげしげと子供の具合を見てから言った。

「この子ははしかじゃよ。ほら顔が真っ赤で、目やにが出て、耳も冷たい。おまけに咳が出とる。このまま家に寝かせて養生すりゃいい。とにかく生水や冷たい物は口にしちゃいかん」

サイは人生経験の豊かな老婆の忠告に従った。団地の主婦たちも、男手一つで面倒を見ているサイの境遇に同情し、あれこれと助言をしてくれる。それからの数日間、カーテンと蚊帳で隔離したベッドの上で子供を抱きかかえ、サイはつきっきりで看病をした。開けっ放しの台所には、毎日近所の主婦が交替でやって来て、二人の食事を作ってくれる。お米は当座の蓄えでしのぎ、おかず代はサイが手渡したお金でやりくりする。食事の中身は近所の老婆の一存で決められた。夜サイが洗濯や掃除で手があかない時、老婆はわざわざ子供の看病までしてくれる。団地の人々の心のこもった協力のおかげで、サイの精神的負担もずいぶん軽くなった。チャウが出て行った当初、一人ではとても子供の面倒を見ていけないと悲観的になったサイも、だんだんこうした暮らしに慣れていった。それでも、心の底ではチャウの帰りを密かに待ち望んでいたのである。しかし子供がはしかにかかって丸二日たっても、チャウはいっこうに姿を見せようとしない。

チャウは家を飛び出たその夜、知人に頼んで自転車の後ろに乗せてもらい、さっそくトアンの元にかけつけていた。そして彼が自分の恐れていた振る舞いなどしてないことを確かめると、やっと安堵の胸をなで下ろして実家に戻った。いかにも思わせぶりなサイの態度は、てっきりトアンのせいだと疑ったのだ。心配が杞憂に終わるとチャウは、自分を裏切った初恋の相手と、急に刃向かうようになってきた夫に対し、猛烈に腹が立ってきた。家を飛び出したのは軽はずみだったにしても、この際焼き餅焼きの夫にはいい薬になるに違いない。人づてに子供の病気を聞いた時は、さすがに心が動いたが、いつものようにサイのほうから折れるまでわざと無視することにした。

サイに対し団地の主婦も口を揃えて、「子供が病気なんだからもういい加減に仲直りしたら。それに奥さんも身重だしさ」と忠告した。

サイはただあいそ笑いでごまかすだけである。たとえこのベッドで親子二人死ぬ目にあおうとも、自分から折れるつもりはない。まわりの人の善意や親切はよくわかっているが、今度ばかりは自分から譲歩するつもりはなかった。これまで周囲の思惑をあまりに気にかけすぎて、こんな腑甲斐ない自分になってしまったのだ。

四日目になると、目やにのせいで、子供は目を開けることもできなくなった。泣き声も、ガリガリにやせこけた猫のように弱々しい。

「おばあさん、いっこうに熱が下がらないんだけど」

「ちょうどおできが膿んでるとこじゃからな。香菜の種を買ってきたで、これを子供に塗ったらええ。子供をこっちによこすんじゃ。今日はわしが世話をするで、あんたも少し骨休めしなされ」

早速老婆の言い付け通り、子供のおできに塗るため、サイは香菜の種を煎る。老婆はそれを子供に塗ってから、このまま安静にしていればもう何の心配もいらないと太鼓判を押した。ホッとしたサイは、「おばあさん、食事を作るから一緒に食べていって下さいよ」と言った。

「わしのことより、少し外の空気でも吸って、一服してきたらどうじゃ。それから一風呂浴びてさっぱりすれば気持ちいいじゃろ。あんたの食事はいつものように若いもんが作るから、何も心配せんでええ」

サイはしばらくぶりに、まるで実の母親の世話を受けているような気持ちになった。老婆の親切に対して感謝の言葉も出ないほどである。

道路脇の茶店でサイが煙草をくゆらせていると、チャウの友達のギアが、「まあ、病気の子供をほったらかして、ずいぶん呑気ね」と声をかけてきた。

ギアにとってチャウは今でも憧れの的である。サイたちが結婚してからも、ギアは時々二人の家に遊びに来ていた。チャウの実家でも、その近くに住むギアとサイはよく顔を合わせたが、たいていあわただしく立ち話をするくらいで、あまり話し込むことはなかった。今日は子供の病気の噂を聞き、見舞いがてら訪ねて来たのである。子供の病気を尋ねてもおざなりな感謝の言葉しか口にしないサイに、ギアはあきれて、「この頃のあなたって、まるで赤の他人みたいね」と不満を言った。「せっかくチャウと結婚できたのに、これまでの習慣を改めようともしないなんて、それじゃまるで猫に小判よ。そのくせとても嫉妬深いんだから。ハノイ広しといっても、チャウくらいすてきな人間はそんなにいないのよ。わかってるの？　あなたが苦労するのも、家庭のぎくしゃくも、すべて曹操のように嫉妬深いあなたの性格のためじゃない」

「冗談じゃない。僕は嫉妬したこと一度もないよ」

「本当？」

「嫉妬してどうなるというんだい。夫だからといって、自分の妻のあいそ笑いや、他人へ送る流し目を、禁じられっこないさ。それでも嫉妬するのはよほどのまぬけだけだよ」

「口だけはご立派ね。でもあなたのやってることは、まるでその反対じゃないの」

サイは、相手が悪気などないことはよくわかっているので、少しくらいきつい言葉を言われても、腹を立てる気にならなかった。そして、サイの方から、「じゃ、僕が嫉妬深いというんなら、証拠を見せてくれよ」と尋ねた。

「本当にいいの？」

「ああ」

「焼き餅焼きじゃなきゃ、なぜむきになって奥さんを追っぱらったりするの？」

「チャウがそう言ったのかい？」

「彼女から聞かなくたって知ってるわ」

「君は何もわかっちゃいないよ」

「わかってないのはどっちよ。あなたに秘密を教えて上げるから、ちゃんと真剣に考えて。チャウはね、子供を堕ろそうとしてるのよ」

サイはわが耳を疑った。思わず腰を浮かせた彼の顔面は蒼白であった。

「ごめんなさい、そんなにびっくりするとは思わなかったの」とギアは謝った。

しばらくして落ち着きを取り戻したサイは、遠くを見つめたまま、他人事のように尋ねた。

「チャウから聞いたのかい？」

「ううん。でもわかるの。誰にもこのこと言っちゃだめよ。チャウにもね」

「わかった。秘密は守るよ」

「とにかく、あなたがしっかりするしかないんだから。いがみ合いもほどほどにしないと本当に心配だわ」

「でも僕は別に干渉するつもりはないよ。彼女が望むなら勝手にそうすればいいさ」

「まあ、どうして二人ともそんなに薄情なの」

そのまま連れ立って家に帰るまで、二人とも固く口を閉じたままであった。老婆の腕の中でぐったたりしている子供を目にしたギアは、自分にとって憧れの夫婦であった二人の身勝手さにただあきれた。幼い子供をこんなになるまで放ったらかしておくほど、二人の確執は根が深いのだろうか？

第十一章

ド・マイン少将は、ハノイ近郊に駐屯する軍団の政治委員に昇格していた。仕事柄、たびたび首都との間を行き来する機会がある。今ではハーを介して、フオンとすっかり親しくなっている。ヒューの家で初めてフオンを紹介された時、「初めてお目にかかるが、あんたのことは以前から話に聞いて、ひそかに敬服しとったよ」とド・マインは彼女に優しく言葉をかけた。

ある日曜日、ド・マインは、フオンや知人を連れ、ハーの下で県の党書記をつとめる甥を訪ねることになった。ド・マインはこの甥を連れ、一度新婚当時のサイを訪ねていたが、その後のサイの消息は人伝に聞いてつぶさに知っていた。

甥のもてなしによる食事がすみ、一座にお茶が出た時、ド・マインはふと思い出したかのように、サイの家庭の様子を尋ねた。その場にいたハー、ヒュー、ティンの三人はそろって、もううんざりという顔付きで、最近のサイの投げやりな行動に非をならした。ド・マインは、舌打ちしながら、

「ここまでこじれた以上、自分の撒いた種は自分で刈るしかないな。だが、二人とも物の道理がわからん人間じゃない。でなければ、まわりがいくら心配しても無駄だし、勝手にさせとけばいい。おそらく当人は今の事態をよくわかってるはずだ。そこでだ、ハーもみんなもあれを避けて近寄ろうとせんのは感心せんぞ。一番苦しんでるのは、まさに当人なんだからな」と言った。

この話はその場限りで終わった。お菓子や煙草でくつろぐうちに、次々といろんな話に花が咲く。しかし今回の甥訪問の目的は、サイの話を持ち出すことにあったのだ。ド・マインはうすうす、ハーやティンがサイにすっかりあいそをつかしていることを知っていた。そこで、肉親としてサイの窮状にもっと理解を示すようこの訪問を考えついたのである。ただ彼の昔からの流儀らしく、あくまでさり気なくこの話題にふれたにすぎない。食後のくつろいだ席であっても、ハーやティンにその意がちゃんと伝わることを、彼はよく心得ていた。フオンを同行したのも、サイの一族に示す彼女の深い愛情にひそかに敬意を払っていたからだ。

しかしフオンは、内心忸怩《じくじ》たるものがあった。サイの結婚以来、彼女は自分の気持ちにこだわるあまり一切関わりを避けていた。サイ本人ばかりか、彼の友人や一族までも遠ざけていたのである。その後一年ほどして、サイがしばしば家を飛び出しあちこち泊まり歩くらしいという話を耳にし、ふたたびヒューや、おじのハーや、田舎のティンの元へ足を向けるようになったのだ。彼女自身、自分のこうした気持ちの変わりようはよくわからなかった。ただサイに対しもっと親身になるよう仕向けた少将の今回の計らいに、彼女はひそかに感激していた。なぜだか、彼女はこれをきっかけに、サイの家族との絆がさらに深まっていく予感がした。

帰り道、たまたま横に並んだティンに向かって、フオンは自分の見聞きしたサイの窮状を子細に話して聞かせた。耳を傾けながらティンは、あらためて弟に対する自分のつれない仕打ちを悔いていた。ティンは実の妹に話しかけるようにしんみりと、「お前はそばにいるんだから、私の代わりにあいつを励ましてやってくれ」とフオンに言った。

フオンはつい「ええ」と相槌をうったものの、どうその信頼に応えていいか自信はなかった。

フオンは仕事の帰り道、時々サイの職場の方に寄り道しても、彼の姿を目にするとあわてて身を隠していた。それでも何とか力になりたいと、いろいろ気を遣い、手袋、灰色の半袖セーター、紫色の帽子、青色の靴下など、サイが身に着ける物を自分で編んだり、留学先から親戚の子供が送ってきたソ連製の髭剃りをプレゼントしたりしていた。栄養剤や、抗生物質や、時には煙草代がわりにお金を届けることもある。こうした贈り物はすべてヒューを通し、当のサイは勿論、誰にも内緒にするよう頼んだ。彼女には、いまさらサイの注意を引こうという気持ちはない。若い頃の思い詰めた気持ちはもうなかった。ただサイが気の毒だという思いだけである。かりに愛情と呼べるものがあったとしても、それはもう過去のものでしかない。今のフオンには、口にすることも、自分自身に認めることも許されない感情である。時折チャウに会って、サイの誠意やその苦しみをわかってあげるよう、親身に助言したいという衝動に襲われることもあった。しかし、赤の他人である自分にそんな資格があるだろうか？　かつて彼に思いを寄せていたことがわかったら、何と言い訳するのか？

あげくのはてては、サイにかかずりあうのはもうよそう、彼の苦労は自業自得なのだと思うこともあった。もとはといえば、はるか年下の美人にのぼせ、まるで飛んで灯に入る夏の虫のように、事を急いで結婚したのはサイ本人である。

しかしそんな考えも長くは続かず、フオンはいつまでも気持ちの整理がつかないまま、自分で自分を持て余していた。ヒューの元へサイのプレゼントを預ける時も、彼女の気持ちはいつも揺れていた。その帰り道、自分の行為が軽率で無意味に思えてならない時があった。しかしもう一度ヒューの元に引き返し、そのまま手元に置いておくよう頼むのもためらわれた。

真近にせまったチャウの出産も、フオンの心を不安にさせた。二人目の子供が生まれれば、チャウもサイに対する邪険な態度をあらためるかもしれず、その上もう少し歳をとれば、過去は水に流し円満な家庭を築いていくかもしれない。サイがそうした幸せな家庭を得た時、自分はどんな気持ちになるであろう？　フオンは両手で自分の頬をぶつと、後は顔を覆ってもう何も考えまいとした。

*

ギアがサイにもらした話と違って、チャウは子供を堕ろさなかった。単なる脅しだったのか、実家の反対のせいで思いとどまったのか、それとも他に理由があったのか、サイにとってはどうでもよかった。ただサイは、言い出したら引かないチャウにしては、不可解な今回の行動に、どこかはぐらかされた思いである。これまでのように、相手の気持ちなどおかまいなく、いったん口にしたことはやり通すふてぶてしさがない。いずれにしても、彼はひたすら我関せずの態度を取り続けていた。

一方チャウは、ギアから子供の病状を知らされると、母や、姉や、嫂まで連れ、急いで家に帰ってきた。自転車を横付けすると、彼女は家の中に飛び込んでいった。子供愛しさ、夫憎さ、さらに気も動転して、彼女は今にも泣き出さんばかりだ。近所の老婆に抱かれた子供が目に入ると、やっと落ち着きを取り戻して、「おばあさん、本当に感謝の言葉もありませんわ。私に抱かせてちょうだい。この二、三日、子供が病気してたなんて、思いもよらなかったわ。きっと夫もつきっきりで看病してたんでしょうね」と言った。

「誰でも一度はこの病気にかかるもんじゃや。ここんとこあんたの亭主も、そりゃてんてこ舞いじゃったよ。よいかの、このおできが潰れるまで、これを何度も塗ってやりなされ」

しげしげと腕の中の子供を見つめたチャウは、そのやつれぶりにあらためて胸をつかれた。溢れ出る涙が子供をくるんだ衣服にしたたり落ちる。うつらうつらしながらも、子供は母親の胸に抱かれているのがかすかにわかるらしい。朦朧とした意識の中で、再び母親に置いていかれるのを恐れてか、子供は、「ママー、ママー、待ってよ、待ってー」と叫んだ。

「ママよ、ママはここよ」と呼びかけながらチャウは、ひしと自分の胸に子供を抱き締める。「トゥイ、さあ目をさまして、ママを見て。ほらママが帰って来たんだから」

チャウの声に気づいた子供は、可愛らしい手で懸命に目の前の母親の手を掴もうとする。母親を取り逃がさないよう、必死でしがみつこうとすればするほど、その指はもどかしく空を掴むだけである。落胆のあまり、目やにでふさがった子供の目から、涙が滲み出てくる。チャウはすばやくハンカチを取りだし、涙と一緒にその目やにを拭ってやる。やっと子供は目を開くことができたが、その目の中も、おできでいっぱいだ。それでもかさかさの唇には、満ち足りた安堵の笑みが浮かんでいる。めざとくその笑みに気付いたチャウは、思わず何かに跪いて感謝したいほどの気持ちにかられた。子供に頬ずりしながらチャウは、「僕いい子ね。ママを許してくれる?」と尋ねた。

子供は懸命にうなずく。

「ママ、トゥイ大好きよ。だってとても頑張り屋さんだもの。いい子で我慢すればすぐなおるわ。さあおばあちゃんにもお礼を言いましょうね」

ぎこちない仕草で子供はコックリとうなずいた。先ほどからベッドのまわりで、チャウの母親や兄弟、そして近所の人々も、母子二人の仲睦まじい様子をじっと見守っていたが、老婆の一言を潮時に家族以外はいとまするることになった。別れ際に老婆はもう一度看病の注意をチャウに念押ししながら、もう一安心という様子で帰っていった。

先ほどからチャウの母親やその場の人にかいがいしくお茶を入れていたサイは、チャウの姉の指図に従い、自転車でおかずの買い物に出かけた。チャウの姉は、長い間ちらかし放題になっていたタンスの中の衣類や、食器棚の片付けにとりかかり、見る間に居間や台所を整頓していく。もともと自分の家族に強い誇りを持つチャウだが、中でも万事気のきくこの姉が自慢の種である。

その一方、チャウの目から見ると、サイの一族は揃いも揃って不潔でだらしなく、そのくせ明らかな落度のたびにいくら口酸っぱく注意しても、自尊心だけは強いせいかいっこうにあらためるそぶりはない。家庭の中が気まずくなる一方で、たまに息抜きに外の空気を吸いたくなるのは当然だ、ということになる。チャウに言わせれば、その原因はすべてサイの側にあり、こんな簡単なこともわからないその一族にほとほとあいそをつかしていたのだ。

片付けと食事の準備をすませたチャウの姉は、子供を自分の腕に引き取りながら、「さあ、お食事にしましょう。あなたたち、おばあちゃんを呼んできて。今夜は孫にゆっくり会わせてあげましょう」と言った。

姉はさりげなく二言めには、「あなたたち」とか「お二人」とか「若い夫婦」と呼んでサイたちに気をつかう。姉がいとまを告げる頃には、もう夜の九時を回っていた。姉は妹夫婦の仲直りにホッと胸を撫で下ろしたものの、別れ際にチャウを外に呼び出し、「いいこと、お互いに譲り合って、人様から笑い物にならないように努めるのよ」と諭した。

姉にくどくど言われるまでもなく、力を合わせてやっていくしかなかったし、自分の責任の方がいっそう重いこともチャウにはよくわかっている。

翌朝、母の見送りを頼む時、チャウは早速サイに、「あなた、お母さんを見送るついでに私の職場に寄ってきて。子供の世話で休むからって一言お願い」と親しげに声をかけた。

以前なら、こんな風に優しい声で頼まれれば、サイは張り切って駆け出したはずである。しかし、ただそっけなく「ああ」と答えただけだ。それから、病気の子供に気をつかい、台所で水煙草を一服付けてから、やおら出かけていく。サイのやけに落ち着いた態度に、チャウはいらいらを募らせながら、どこか薄気味悪さも感じない訳にいかない。

サイはもう彼女の思惑など一切気にしないことにしていたにすぎない。ただ思いやりの気持ちさえ持っていれば、後は何も恐れることはない。いつもびくびくしているから、かえってすべてが台無しになるのだ。サイは、妻と子供に対し誠心誠意接することだけを心がけた。自分のできることは、労を惜しまないつもりだ。しかし能力を越えていると思えば、単なる見栄だけで無理を重ねるつもりはもうない。チャウがこのやり方に満足しようがしまいが、その結果はすべて自分が引き受ける覚悟である。

まもなく子供は、以前の食欲も戻り、外に遊びに出かけるほど元気になった。久し振りにくつろいだサイは、その夜は六時から翌朝八時まで、こんこんと眠り続けた。チャウから、先に出かけるから子供の面倒を見てと声をかけられ、サイはすっかり寝過ごしたことに気付いたほどだ。しかし、そんな安閑とした日々も長くは続かなかった。子供の病気が直って五日目に、今度はチャウが救急病院に担ぎ込まれる騒ぎになった。流産の兆候か単なる腹痛の一種か判断しかねていると、突然陣痛が始まったのである。七ヵ月半の早産であった。

結婚してすでに四年、いくら共稼ぎとはいえ、出産や子供の病気の連続で出費はかさむ一方である。その上、新居や家具の購入の際に、兄のティンや友人たちから借りた借金もある。さすがにもう兄や友達をあてにできないので、自分一人で歯を食いしばってでも頑張るしかないが、急な事態で蓄えはないに等しい。おしめや産衣《うぶぎ》だけは、上の子供のお古で何とか間にあわせできるが、日々のやりくりもほとんど限界に近い。

さしあたり、子供が病気の際借りた数百ドンの返済繰り延べを頼む必要がある。貸し主たちは気の毒がって、支払い猶予どころか、さらに二、三十ドンずつ貸してくれる。それでも足りない分を埋め合わせるため、こっそり人を介して、除隊の際支給された軍服まで売ることにした。さらに戦争中の忘れ形見に大事にとっておいた黒の革靴や、パラシュートで作った上掛けも売り払った。こうして、何とか千ドンそこそこの金を集めることができた。戦争中の記念品を手放すのは身を切られるほどつらいが、新しい子供のためには背に腹はかえられない。

ガラスの保育器に入れられた七ヵ月半の未熟児は、見るからに黒ずんだ皮膚をしている。その子を見るたびに、チャウは恥ずかしさのあまりさめざめと泣いた。口の悪い人の中には、子犬の丸焼きのようだと言う人もいた。サイは、「僕たち二人の子供なんだよ。こんな子ほどかえって不憫じゃないか」と言って、何度もチャウをなぐさめた。

ところが、チャウの家族の方では、ホーチミン・ルートで罹ったマラリアのせいだとか、ジャングルに撒かれた枯葉剤を浴びたせいだとか、醜い子の責任はあげてサイの側にあると言い出したのだ。チャウまでが、自分や実家にとんでもない災難をもたらした張本人はあなただと言わんばかりの非難がましい目をする。しかし、サイの方はそんな非難にかまってなどいられなかった。とにかく山のような仕事が、彼を待っていたのである。時々団地の人々が手を貸してくれたり、チャウの友人が卵やミルクを持って病院を訪ねてくれたりしたほかは、両方の家族ともほとんど顔を出さなかったからだ。

出生届、戸籍や配給の変更届の他に、列に並んでの買い物、洗濯、妻の食事と赤ん坊のミルク、上の子の朝晩の食事と保育園の送り迎えを一人でこなす必要がある。一日中目が回るほど忙しく働いてから、夜の十時過ぎうとうと眠る長男を自転車の後ろに乗せ病院へ駆けつけることもあった。体はくたくたに疲れているにもかかわらず、夜寝床についても頭が冴え、いっこうに眠りが訪れてくれない。眠れずいつまでも鬱々としていると、つい、チャウの親族の家を一軒ずつ叩き回って、「あんたらが枕を高くして眠れるのも、気楽なお役人稼業で賄賂や横領に精を出せるのも、誰のおかげなんだ。マラリアを病んだり、爆弾の雨に晒されて何十年も戦った人間がいたからではないか。その上、テレビや、冷蔵庫や、ソファーに囲まれ安穏に暮らしているくせに、やれ生活が苦しいの、社会道徳が乱れてるのと、減らず口をたたくとは、どんな神経の持ち主だ」と思いきり鬱憤をぶつけたい衝動にかられた。

しかしそんなことをしても、「みんなあんたの自業自得じゃないか。今さら戦争の話をむし返したって、世間の失笑を買うだけさ。他人の行ないにいちいちけちを付けるのは、げすの勘ぐりにすぎん」と一笑に付されるのがおちに違いない。

チャウにも、「まったくあきれちゃうわ。どんなに勇敢な兵士だったか知らないけど、行列に並んで野菜一つ買うことも満足にできないの。もういい加減に戦争は卒業して、人並みになってよ。このまじゃ家族揃って飢え死にしちゃうじゃない」とあからさまに嘲笑される始末なのだ。

こんな連中が世間では「世渡り上手」ともてはやされているのだろうか？　サイはただあきれるばかりで、もう口を開く気にもなれない。今や鬱憤は胸にしまい込み、じっと黙っているしかないのだ。

そのうち、赤ん坊の皮膚は、まるで一皮剝けたかのように、普通の子供と同じ白い肌に変わっていった。子供の肌が白くなるにつれ、サイから受けた戦争後遺症という話もだんだん立ち消えになった。ところが、数日すると、また別の事件が持ち上がったのである。

サイがお米と砂糖を買いに行った時のことである。配給所に行くと、その日は珍しいことに、手に入りにくい味の素が売られていた。あいにく手持ちの袋は一つしかなかったので、サイは米を詰めた袋の中ほどを紐で縛り、上半分の空いた所へ味の素を詰め込んだ。この後、さらに百貨店に回り砂糖を買う必要があるので、袋の口は手持ちの紐で縛り、後座席に乗せて運ぶことにした。しかし案の定、途中で紐が切れてしまい、中の味の素がこぼれてしまった。味の素を拾っている時、ちょうどそこへギアが通りかかったのである。見かねたギアは、自分も自転車を停めて手伝い、その上、砂糖を買う列に並ぶわずらわしさを省くため、知り合いの店まで紹介してくれた。

一緒に並んで自転車を走らせながら、彼女は、「てんてこ舞いで本当に大変ね。もう気の毒で見てられないわ。でも…（真剣そのものの声で）これから言うこと、チャウには絶対内緒よ」と言った。

「だしぬけに、何だい？」

「あなたを信用してるけど、これだけは確かめないでいられないの。一つ聞いていい？」

相手を安心させようとサイはうなずいた。ギアは続けた。

「チャウが早産になったのは、あなたが邪険にしたからじゃない？」

「チャウがそう言ったのかい？」

「違うわ。これは私の勘よ」

「君の勘は結構当たるからな」

「だから、あなたに確かめてるんじゃない」

「じゃ、君は僕がそんなことする人間だと思ってるのかい」

「そうじゃないわ。でも私のまわりはみんな口うるさいの。だからついあなたに会って確かめてみるって言っちゃったのよ」

「えらく大げさな話になってるんだね？」

「この話、絶対誰にも言わないでね」

サイは胸の奥からふつふつとわき上がる不快さを押さえつけるように、顔をしかめた。しかし、ギアを安心させるため、その場では努めて平静を装い、うなずき返したのである。ずっと後になっても、親しい友人や郷里の人々まで、真顔で同じような問いをサイに投げかけてきた。しかし、サイはあくまで沈黙を守り、一言も言い訳などしなかった。ただ、ギアから話を聞いたこの日は、彼女と別れてから、気が動転したあまり自転車のハンドルを切りそこね、頭から道路脇へ突っ込んでしまったほどだ。激しい痛みのせいか、自分の腑甲斐なさのせいか、思わず涙が込み上げ、あわててセーターの袖で顔をぬぐった。幸い、その時通りに人影はなく、なさけない顔を見られずにすんだ。しかし、まわりのすべてから不信感を持たれ、どこに怒りのやり場を持っていけばいいのか、サイは途方に暮れるしかなかった。

＊

いよいよ赤ん坊の退院が迫ると、チャウは、「実家の方では、しばらく母の所で暮らせば、親戚も手伝いに来てくれるし、いざという時も心配がないって言うんだけど。あなたどう思う？」とサイに尋ねた。

以前であれば、サイはすぐさま、「うん、それはいいね。お母さんや親戚の人たちにお願いできれば、僕も二、三日助かるよ」とそのすすめに合わせたはずだ。

しかし、彼はためらいがちに、「家族別々になるのはどうかな…。しかもお前と赤ん坊は病み上がりなのに、僕だけ…」と答えた。

サイの本心は別のところにあったが、世故にたけたチャウも見抜けず、額面通り受け取った。夫がこんなに優しい言葉をかけてくれたのは珍しい。彼女も機嫌良く、「母や親戚にお世話になって、あなたにも少しはのんびりしてもらわないとね」と答えた。

「でも迷惑じゃないかい？」

「遠慮するなんておかしいわ」

「なら僕はかまわないさ。じゃお母さんの所で、二、三日過ごしたらいいよ。問題はトゥイだけど、一緒じゃお母さんが大変だし、僕と二人じゃきっと寂しがるだろうしね。いっそ田舎に連れて行ってやろうかな」

「それもいいわね。でも田舎の溜め池には気を付けて。とても心配だわ」

「本当に信用ないんだなあ。大丈夫、ちゃんと子供の面倒は見るよ」

「だって、あなたっていつもぼんやりしてるんだもの。それから体を洗う水にも気を付けて。すぐ吹き出物ができちゃうから」

サイは少しイライラしてきた。

「わかったよ。じゃお前がお母さんの所にいる間、のびのび子供を遊ばせてくるからね」

サイは二、三日息抜きするつもりであったが、兄夫婦をはじめ郷里の人たちに迷惑をかけたくなかった。兄夫婦のきりつめた暮らしはよくわかっているだけに、親が生きていた時のように甘え続ける訳にはいかない。それでなくとも、兄には多額の金を借りたままであり、顔を合わせるたびに、いつも負い目を感じていたほどだ。まず自分の力でできるだけやってみることがいかに大切か、サイは痛感していた。他人に頼れば、相手だって最初はほどこしのつもりでも、いつ気が変わってその返礼を求めてくるかわからない。きちんと返礼できなければ、恩知らずの汚名を着て一生負い目を感じることになるのだ。

田舎の人間の性格を嫌っていながら、サイ自身同じような傾向がある。頑固者のくせに、いったん考えを変えると、極端から極端へ走ってしまうところである。他人に頼らないと決めて以来、チャウにも内緒で配給の米を買いため、誰かの家に食事に呼ばれたら必ず後でお返しするよう心がけていた。しかし、チャウからお米を少し郷里に持っていってあげたらと言われると、身内の貧しさをあてつけられたようで、サイはとたんに不機嫌になる。

「田舎じゃ、お米なんか珍しくもなんともないよ」

「持っていってあげたら。今、農村は大変らしいわよ」

「明日にも飢え死にするほどならともかく、そんな必要なんかないさ」

実際には、郷里ではまた食料難が起きていたのである。一日二回食事できるのは、よほどの余裕のある家にかぎられ、そういう所でも朝は小振りの芋類、夕方は蕪《かぶ》、白菜、大根、さつまいもなどを混ぜたおかゆがせいぜいであった。残りの家は、一日一回の食事がやっとのありさまで、中には一食分を二回に分けてひもじさをしのぐ家族もあった。

　毎日の食事に頭を痛める点では、ティンの家庭も例外ではない。それでも何とか弟の出産祝いとして、ティンは鶏二羽、卵二十個、糯米十キロの工面をつけたが、すっかり時期を失していた。妻から早く弟の元に届けるよう何度も催促されたものの、遅くなった言い訳をあれこれ思案しているうちに、日にちだけがいたずらに過ぎていた。ちょうどそんな時に、サイが子供連れで帰って来たのである。サイから近況を聞くと、ティンは上機嫌で答えた。

「遠慮はいらんよ。出産祝いも用意していたところだ。何なら息子にバイクを運転させるから、先にお祝いを運んで、またそれに乗って戻ってくればいいさ」

　結婚前に戻ったような、まるで下にも置かない兄の振る舞いに、サイもすっかり面食らった。しかし、どことなく不自然に感じたサイは、「いえ、結構ですよ。向こうでは何不自由してませんから」と断った。

「何言ってるんだ、水臭いぞ。遠慮は無用だよ」

「でも、そのしわよせで、兄さんの子供たちがひもじい思いをするんじゃ申し訳ないですから」

　気まずい空気を察して、嫂は唇の端についたキンマの汁をぬぐいながら、二人の話に割って入った。いつもの彼女らしく、両者を立てながら話をすすめる。

「サイさん、そんなに遠慮しなくていいのよ。私たち、こんなもので恩なんか着せるつもり全然ないの。いつも主人には言ってるのよ、できる範囲の事をしてあげればいい、余裕がない時は無理することないでしょうって。あなたもあなたよ。気前よく大盤振る舞いしておきながら、そのことをいつまでも恩着せがましくしゃべるでしょ。それじゃまるで、借金の取り立てと同じですよ。いいこと、これからはあなたもサイさんも、へんに意地など張らないでちょうだい。お金やお米なんてもともと天下の回り物じゃない。よそ様はいざ知らず、そんな事にこだわるのはみっともなくってよ」

サイたち二人はなんともばつが悪かった。ちょうど折よくその場へトゥイが駆け込んできて、「いろんな人から、君のお父さんはサイという名前かって聞かれるの」と父親に言った。

サイにとって今回の帰省は、思いがけないことの連続であった。これまではたまの里帰りの際村人たちとすれちがっても、あいさつらしいあいさつも交わすことはなかったが、今回はまるで親戚のように親しげに声をかけられる。

「この頃、嫁さんは元気でやってるかの。どうして、嫁さんと赤ん坊を一緒に連れてこなかったんじゃ？」

「おやまあ、あんたもえらく老けこんだねえ。まるで別人だよ。すんでのところで、バイ市場の竹売り爺さんと間違うところだったよ」

「ねえ、私を忘れたの。ほらドゥックよ、あなたの父さんの妹にトーっておばさんいたでしょ、その娘よ。ほんとにびっくりしたわ。ティンさんより年上に見えるんだもの。ハーおじさんとくらべてもどっちが上かわからないくらい。ハノイのお仕事って、きっと大変なのね」

誰もが、笑顔を浮かべて家に遊びに来るよう誘ってくる。人々に囲まれてあいそ笑いを振り撒いているサイの様子を、しばらくながめていた年の頃十七歳くらいの愛くるしい少女は、彼の腕を引きながら、「今夜私の家に遊びに来てね？」と声をかけた。

「君はどこの子だっけ？」

「ほら、本家の娘じゃないか」周囲の人々は大笑いである。

その少女もくすくす笑った。

「おばさんがトゥイを生んだ時、私も訪ねていったじゃない」

サイがとんちんかんな答えをするたびに、周囲に爆笑の渦が広がる。サイのつてで軍隊の学校で学んでいる前妻の息子も、休暇で村に帰っていた。その息子は、腹違いの弟の格好の遊び相手になってくれた。すっかりなついたトゥイは、父親よりもその子と遊びたがったほどである。サイは、「いいか、弟から目を離すんじゃないぞ」とその息子に何度も言い聞かせた。

トゥイは前妻の息子の言うことは、何でも素直に従った。その息子も、聞き分けのよいトゥイがすっかり気に入ったようだ。サイがトゥイを連れて出かけたのは隣近所のあいさつの時だけで、その後は腹違いの兄にすっかりまかせ、毎日ティンと一緒に、親戚や村の幹部の家を訪ねて回った。なるべく長居しないよう気をつけたが、一週間かけても、まだ訪ねきれない家がいくつも残った。

誰と会っても、サイは自分から打ち解け、快活によくしゃべった。年齢が離れていたり少し気難しい人間でも全くおかまいなく、サイはすぐ懇意になった。訪問を受けた人たちも、「サイもずいぶん陽気になったもんじゃ。あれなら、どこへ行っても好かれるじゃろうて。兄さんより、よほど頭が切れそうじゃな。やっぱり学問のある人間は、どこか違うもんじゃ。何でもよく知っとるし、とにかく話題に事欠かんからのう」と口々にサイを褒めそやした。

まる一週間もの間、どの家を訪ねても、まるで自分の家のように寛ぐことができた。両親の知り合い、兄弟の友人、遠い親戚、あるいは初対面の人でも、みんな心からもてなしてくれた。サイは故郷の人々の人情に胸が熱くなった。厳しい労働と貧しさにもかかわらず、実に思いやりに溢れた人々である。サイはふだん都会で出くわす人間とつい比べてみた。ぜいたくで身なりは立派だが、まるで盗人や闇屋やチンピラのように、社会的責任とか義務などはなから無縁な連中ばかりで、このままでは自分たちの目標である社会主義の行く末が不安である。しかし、故郷に帰るとそんな不安も吹き飛び、どんな厳しい試練が待ち受けていようと必ず克服していける気がしてくる。農民たちは底抜けに人が善く、貧しさに直面しながらも決して音を上げようとしない。

この村は昔から後進地域として目立っていた訳ではなく、時には他の村よりも一歩先んじていたこともあったくらいだ。互助組合、低級合作社、高級合作社、そして請負制［請負地の生産物販売を自由化した制度］と、どの政策にも忠実に従ってきた。しかし、懸命に取り組んできたにもかかわらず、どこの村と比べても飢えと貧困は深刻である。いろいろ考えてみても、サイにははっきりした理由が見出せない。ただ、たまにしか帰らない自分から見ても、旧態依然な様子はすぐ目に止まる。

例えば、ロイ村長の家の入り口に昔から吊るしてある鐘も、その一つである。かつて村の六つの生産隊すべてが、この鐘の合図で、草刈りや会合に出かけていた。この二十年間、合作社の議長や指導部は何度も交代したが、今もこの鐘をあいかわらず使っている。これは一九四六年末、村のゲリラが線路を破壊した時盗んだ鉄の枕木で、その後長い間捨ててあったのを互助組合の時代、鐘代わりに使うようにしたものだ。今では真ん中は凹み、頭と底もひび割れと錆が目立ち、昔の音色に及ぶべくもないが、いまだに仕事始めや、休憩や、集会時間などを知らせるため、生産担当の副議長が日に五回自分の息子にこの鐘を叩かせている。

この仕事始めの時間も、誰が決めたのか、サイが入隊した頃から全く変わっていない。季節や、収穫物や、天候の違いなど一切お構いなしである。しかし、朝七時に仕事始めの鐘が鳴っても、人々が揃うのはせいぜい八時半。午後の鐘は二時に鳴らされるが、人々が作業に出かけるのは三時半かそれ以後のありさまだ。

サイは午後になると、毎日かかさず村を散歩することにしていたが、思わず首をかしげたくなる光景に出くわした。土地の利用一つとってもおそろしく杓子定規《しゃくしじょうぎ》なのだ。小高い所には陸稲を、低い場所にはさつまいもを植え、湿地には水をひく溝が掘ってあるが、陸稲にあてられた広い畑には肝心の水路が引かれていない。水が必要な時は、毎回鶏や豚をさばいて県のおえらがたをもてなし、ポンプを借り受けるのである。この賃貸料だけで、収穫による利益を食い潰してしまうのだ。しかもこの中には、歓待のための豚、鶏、米、酒などの費用は含まれていない。稲作隊の労働点数が一単位わずか五十グラムにしかならないのは、こうした無駄な諸経費のためである。

村の外れの長さ十キロ、幅半キロから一キロの川沿いの畑もまるで計画性は見られない。ライラック、もくまおう、バナナ、落花生、胡麻、とうもろこし、陸稲、タピオカ、さつまいも、タロ芋、かぼちゃ、うり、へちま、きゅうり、蕪、煙草、ねぎ、さとうきびと、実にさまざまな作物が無秩序に植えられているだけだ。しかもこの土地はすべて家族ごとの請負になっている。そのためめいめいが自分の好き勝手な物を植え、その収穫はとうもろこしに換算し、合作社に納入する仕組みである。

サイは村の様子を見聞きすればするほど、もっと良いやり方や、工夫がありそうに思え、もどかしくてならなかった。しかし、どこの誰に相談すればいいのだろうか？　これまでにも、役人や専門家などがいろんな意見や忠告を出し、さまざまな試みがなされているはずである。確かに外観だけ見れば村の変化はめざましい。農業で生計を立てる人以外に、勤め人や商売人が増え、中には外国帰りの人も珍しくない。服装は華美になり、バイク、ラジカセ、ラジオなどが目立って増えている。結婚式も年々派手になり、拡声器や中にはワイヤレスマイクを使うケースもあるくらいだ。問題はこうした表面の変化にもかかわらず、依然として変わらない貧しい村の暮らしである。この村に生まれ育ち、その後広く見聞を深める機会に恵まれた人間のはしくれとして、サイはこの現状を何とかしたいと願わずにはいられなかった。

*

県の党書記長ティエンは、自転車から降りて部屋に入りかけた時、自分の名を呼ばれ、思わず振り返った。ほんの一瞬、相手をいぶかしげに見つめた後、「やあ、サイさんじゃないですか。いつお帰りになったんですか？　すっかりお変わりになられたので、誰だかわかりませんでしたよ」と言った。

ティエンが初めてサイの噂を聞いたのは、戦争中の一九六三年、まだ高校一年生の時である。たまたま夏休みにおじを訪ねた時、サイの秀才ぶりを聞かされ、ティエンは一目その素顔を見たくなり、何度もサイの所属する連隊司令部に足を運んだことがある。その後、おじに連れられあらためて帰省中のサイを訪ねたが、話はおじとサイが中心で、ティエンは自分の気持ちを打ち明ける機会を逃していた。

部屋に入るとティエンはさっそく、お茶と煙草をすすめながら、当時の思い出から切り出した。それから、サイに聞かれるままに、その後の経歴をかいつまんで話した。高校卒業後、ソ連に留学し機械部門を専攻。帰国後、第四区の県の一つに配属され、二年後に入党。党支部の執行委員に当選後、トラクター隊の責任者を経て農業担当副課長に昇進。さらに、研修生として、ソ連に再留学。二年後帰国し、農業省に配属。その後、地方に戻され、省の農業部門の副主任を経て現在に至っていた。

「それにしても、いつ帰られたんですか？　もっと早目にわかってたら、こちらからうかがう所でしたよ。ここ一ヵ月ほど、用事で村にいるんですが、なかなかティンさんの家に立ち寄る時間もなくて。たまにハノイに出かけることはあるんですが、いつも忙しくて、本当に御無沙汰しています」

ティエンは、もてなしの用意をするよう係の者に言いつけたが、サイは、明日ハノイに帰る準備があるから、とその申し出を断った。

「じゃ、こうしましょう。あなたの予定には差し障りないようしますから。ちょうど、明日、たまたまわたしもハノイに行く用事があるんですよ。よければ、朝六時にお迎えに行きますから、一緒にどうですか。この機会を逃すと、いつまたお目にかかれるかわかりませんから」

相手の熱意に折れ、サイは少し時間をさくことにし、「このハビ村には、よくいらっしゃるんですか？」と尋ねた。

「いやなかなかそうもいかなくて。この二年あまりの間に、三回ほどですかね」

「ここの現状をどうお考えですか？　ぜひご意見を聞かせて下さいませんか」

「いや、実はわたしもこの村には、頭を痛めてるんですよ。県の中でもこんな肥えた土地は少ないのに、逆に暮らしは一番貧しい状態ですからね。ここ十年ほどの実績を見ても、国への供出はせいぜいが、毎年、豚数トン、鶏数百羽、バナナ数十ダース、緑豆十五ダースくらいで、後は落花生や大豆が申し訳程度です。それでも村にとってみれば、結構大変なようですが、この程度ならちょっとした宴会を二、三回やれば、あっというまになくなる数字ですよ。毎年県は、百トン近くの米を安く供給してるんですが、それでもいっこう食料不足は解消しないいんですからね」

「でも、県全体から見ると、この村の成績は平均よりやや上のはずでしょ？」

「そこなんですよ、問題は。羽振りのいい連中、例えば、ドンビエットとか、ダイトゥアン、ビンメといった村の場合は、毎年のように生産高が伸び、供出量だってノルマを越え、省全体でも一、二を争う金持ちですよ。ただ、こういう村は徴兵義務なんかになると、いくらはっぱを掛けても、毎年目標以下ですからね。堤防補強、水路浚渫、道普請などの労働奉仕ときたら、あの連中は、かわりばんこに県のビリを記録してますよ。ところがハビ村は、自分の割り当てをすませるだけでなく、雇われてよその村の肩代わりまでしてますからね。最近では、大がかりな工事のノルマをかかえると、土方仕事はハビ村にまかせれば安心という訳で、争ってこの村の人間を雇いたがるくらいですよ。結果として徴兵義務も労働奉仕も、ハビ村が一番になるんです。自分たちで竹や石を持ち寄って、堤防補強もやるし、学校やら、病院やら、集会場やらなんでも作ってますからね。集会で報告や成果を発表する時、いつもこの村が表彰されるのは、そういう訳なんですよ。ただ、慢性的な食料不足だけはお手上げでね。勿論、県が安く米を供給しないからといって、飢えて死ぬなんてことはありませんよ。でもこのままでは本当に心配ですね。わたしもそんなにあちこち出かけた訳ではありませんが、こんな貧しい村はあまり見かけないですね。お正月とか病気以外には、お米を口にしない家だって珍しくありません。村人はまさかの時のために、救援米も手をつけないんです」

「何が原因だとお考えですか？」

少し考えてから、ティエンは話を続けた。

「実は、わたしにとっても、かねてからの疑問でしてね。いまだに省の執行委員会でもきちんとした結論は出ていないんですよ。ただ、わたし個人は、やはり村の指導部にその一番の問題があると思ってるんです。もっと言いますとね、仕事熱心で責任感の強い人間がたった一人いれば、この村はずいぶん変わるはずだと思いますよ」

「しかし、これまでにも優秀な人間の一人や二人はいたはずでしょう？」

「私だっていたと信じたいですね。でもそういう人材がいたとしても、上級組織にその人間を信用していろんな権限を与え、一緒になって村の問題点を真剣に考えてくれる幹部が必要です。いずれにしても問題は、世間への見栄とか、他の実績でごまかすのでなく、これまでのやり方や慣行を根本から改め、実状に一番合った方法を見つけることですよ。しかし現実には、村に優秀な人間がいても、県が足を引っ張ったり反対することが多いんです。県自体だって、派閥の争いや、部署ごとの足の引っ張り合い、省の鼻息ばかり窺う雰囲気、そりゃあもう問題山積ですからね。そんな有様ですから、県でも骨のある人間はなかなかいません。ところが、この村の幹部連中ときたら、県や省のおえらがたの顔色ばかり窺ってる始末ですからね」

「村人たちの目先のやりくりしか考えない風潮も、幹部連中の目にあまる汚職のせいですかね？」

「勿論、そうした風潮も問題ですが、根本的な問題じゃありません。ある程度の生産高があれば、少々くすねられても、まだいくらかは残るじゃありませんか。ところが、全体の生産高が低いうえに、汚職が追い討ちをかけてるんですから、村の疲弊は当然ですよ。勿論、わたしだって、ただじっと手をこまねいている訳じゃありません。この二年の間に、汚職の嫌疑で、すでに党の支部を二つほど解散させています。どの県にも、警察や、裁判所や、検察庁などを含め、十指にのぼる機関が、常時、法律違反に対し目を光らせていますし、村人たちの協力だってありますから、汚職撲滅も時間の問題ですよ。ただ、このハビ村だけは、わたしたちの信頼に足る人がいなくて困ってるんです」

「今の書記長は、熱心で人当たりもいいし、しかも最近就任したばかりのはずですよ」

「人柄は確かに申し分ないですよ。でも問題は、〝頭〟ですからね。もののよくわかった人間がいなければ、熱意だけではいい成果は期待できませんよ」

「じゃ県の方で、人材を見つけだし、育ててみたらどうですか」

「何度もやってみましたよ。でも独り立ちした頃あいを見て、県が手を引くと、そのままこけてしまってもとのもくあみなんです。それに、県の方でも、いつまでも一つの村だけにかかずりあっていられませんからね」

サイは当初、村の党書記に会い、村民の窮状を訴えてみるつもりだったが、たまたま会えたティエンが、とてもよく事情を呑み込んでいたので、すっかり聞き役にまわってしまった。食事の準備ができたと知らせに来た庶務部長に話の腰を折られるまで、二人の会話は続いたのである。腰を浮かせかけたティエンは、その時初めて、自分がまだ汗まみれの作業着姿のままであることに気づいた。ティエンは、一浴びするために部屋を出る時、「どうですか、一緒にハビ村を救うための妙案を考えてみませんか？」とサイに声をかけた。

食事の席につくと、ティエンはまず互いの湯呑みにお茶をそそいだ。酒を飲む前に素面で忌憚なく話したいという意志表示である。サイも慎重に言葉を選びながら先ほどの問いに答えた。

「わたしはここで育ったんですが、入隊してからずっと故郷を離れているので、村の人からもよそ者に見られてるくらいなんですよ。ですから、どこまで村の事情を理解してるか、あまり自信はないんですが、ただ、一つだけ不思議に思ってるのは、なぜこの土地に合った商品価値の高い作物を集中的に栽培しないのかという点です。努力次第で、どこと競争しても負けない、そういう特産品を生産できると思うんですがね」

ティエンはわが意を得たりとばかり、体を乗り出しサイに握手を求めてきた。

「そうですよ。全くその通りですよ。県に用事があって、初めてこのハビ村を通った時から、ここへ立ち寄る度にいつも腹立たしく思うのは、土地のいい加減な使い方なんですよ」ティエンはサイの手を離しながら、さも残念という顔を浮かべ、話を続けた。「わたしが合作社の議長になる訳にもいきませんしね。ここの幹部連中は、私の意見を村人にも口がすっぱくなるほど伝え、いろいろ努力してると言うんですがね」

ハビ村の現状についていつまでも話を続けていると、再び庶務部長が入り口に姿を現した。それを潮時に、ティエンは立ち上がりながら、「機会があれば、ぜひこの話の続きをしたいですね。どうも、お互いこの村への愛着では誰にも負けないようですから」と言った。

別れ際に、ティエンはチャウや生まれたばかりの子供の様子を尋ね、赤ん坊にミルク二缶、トゥイにも外国帰りの友人からもらったお菓子をわざわざプレゼントした。サイにとって今回の帰省は、ティエンと交わした話を含め、あらためて故郷への親近感とその現状への不満を強く意識するきっかけになった。断ちがたい絆を感じる一方で、簡単には埋めきれない深い溝も痛感させられたのである。

帰り道、ちょうどバイ市場のあたりで、サイは誰かに呼び止められた。声の主は、ここ数年近く顔を合わせていないフオンだとわかり、サイはすっかり面食らった。サイはヒューから手渡される贈り物が誰からの物か、とっくに気づいている。彼は内心フオンにとても感謝していた。サイはかねてから、どんなに水臭いと嫌がられようと、いつか顔を合わせる機会があればきちんとフオンにお礼したいと思っていた。彼女のおかげでずいぶん冬の寒さをしのぐことができたからである。

この時まで二人は相手が村に帰っていることを全く知らなかった。二日前に村に帰ったものの、フオンはまだティンの家に足を向けていなかったからだ。サイは自転車を降りると、フオンの後について歩いた。人通りの絶えた所で、サイは相手に近づき、「いろんな贈り物はうれしいけど、そのお金の工面はどうしたんだい」と尋ねた。

「藪から棒に何よ。それより、ちゃんと秘密にしてるの?」と、フオンは心配そうに答えた。

「大丈夫、気づかれてなんかないよ。あいかわらず心配性なんだね」

「あなたこそ、そんなに高をくくってて、もめごとの種になっても知らないわよ」

「僕が慎重居士だってこと君もよく知ってるじゃないか」

「そうね、人に気を使いすぎるからこんな目になったのよね」

その一言はサイを沈黙させるに十分であった。フオンも少し言葉が過ぎたと思ったが、あえて言い訳しなかった。実家に戻ってから、彼女はあらためて、サイの家庭の様子を尋ねた。

「僕の家庭の事情は、君も耳にしてるだろう?」

「何も聞いてないわ」

「ヒューさんやティン兄さんから何も聞いてないの?」

「わたし、一度もあなたの話を尋ねたことないもの」

フオンがその二人から直接サイの話を聞いたことがないというのは、本当である。しかし、彼女はサイの家庭で起きたことは自分なりに知っていたのである。フオンがあらためてサイの口から直接聞きたいと思ったのは、チャウに対する本当の気持ちと、自分自身に対する誠意である。かつて彼女の忠告に耳を貸そうとしなかったサイに、その非を認めさせたい気持ちもある。サイは自分の夫婦関係を、つつみかくさず打ち明けた。フォンは、これまでの経緯は水に流し、今後子供のために互いに譲り合うよう、忠告するしかなかった。

「そうだね、そうするしかないよね」とサイも答えた。

フォンは溜め息を押し殺しながら、ただ黙っていた。別れ際、家の中に誰もいないのを見て、サイは思わず彼女の手を握り締めた。咄嗟にその手を強く払い除けながら、フォンはこわい顔で、「おかしな人、二度とこんなことしちゃだめよ」と言った。

フォンに対して、サイはこんなに自分を恥じたのは初めてであった。三年後ふたたび故郷の村で二人は再会したが、サイはその時も、月明かりの下で赤く頬を染めたフォンの顔を正視できなかったほどである。

第十二章

「ねえ、あなたもう知ってるの?」

かつての親友であるギアが、さも重大事と言わんばかりにチャウに話しかけてきた。

ここ二、三年、二人は路上で出くわしても、軽くあいさつするくらいでそのまま別れることが多かったが、ギアはサイに対してばかりでなく、トアンにも同情を寄せていた。そのため、チャウは時々路上ですれちがうギアの表情で、トアンの身に何か変わったことがあるかどうか察しがつくほどであった。

ところがこの日、ギアはチャウの顔を見ると、大声で呼びかけてきたばかりか、すんでのところで目の前の自転車とぶつかるほどあわてている。すでに結婚し子供もいたギアは年相応にふけているが、生まれつきのそそっかしさだけは昔と少しも変わっていない。ギアの興奮した様子とは対照的に、チャウは、あいかわらず冷静である。

「別に、これといった話は聞いてないけど」

「あのトアン夫婦が離婚したのよ!」

チャウは声を荒げ、「それがわたしと何の関係があるの!」と言った。

相手は、その剣幕に気圧され、首をうなだれた。しばらくして、おずおずと、「だって、あなたにとって…」と言いかけたが、チャウは、「あんな男にまだ未練を持ってると思ってるの！」と冷たく言い放った。

ところが、友達の前では毅然とした態度をとって見せたものの、家に帰る道すがら、チャウはこの知らせにすっかり心を奪われていたのである。チャウはかつてトアンが自分にささやいた言葉を反芻していた。

「君以上に、僕は気をもんでいるんだよ。でも問題が複雑に入り組んでてね。一気にけりをつけようとしても無理なんだ。機が熟するまで辛抱しないとね。今僕たちの関係が知られたら、すべてぶちこわしさ。だから、僕を信じてくれ。いいね？　君は冷静に見えるけど、時々無鉄砲になるんでそれが心配なんだ」

チャウの記憶にあるトアンは、一度も彼女に怒ったり、恨みがましい顔をしたことはないし、自分の頬をぶたれた時でさえ、一言も愚痴をこぼさなかった。彼と一緒にいると、なぜかいつも子供のようにわがままを言ってみたくなった。どんな無茶を言っても、彼はいったん聞き流し、日をあらためてその話を持ち出した。冷静になって考えると、後悔と恥ずかしさで、「もうやめて、お願いだから」と相手の口をふさぐこともあった。

つい昔のことを思い出し、チャウは思わず顔が赤くなった。そんな思い出にひたった自分自身が腹立しい。もやもやした気持ちを振り払うように家路を急いで、うっかり買い物を忘れてしまうありさまだ。家に戻ると、すでに保育園から帰ったサイが、子供をあやしている姿が目に入る。

「野菜を買ってる時間がなかったの。ひょっとしてあなたも遅くなれば、子供一人で待ちくたびれてるんじゃないかと思って」と彼女は言い訳した。

「かまわないさ、ありあわせの物ですませても。さあ食事を作るから、君は子供と遊んでてくれ」

チャウはこの時ほど、夫や子供の存在がありがたく思えたことはない。とりわけ、サイの大らかな態度と人の良さが身にしみる。その夜、子供たちが眠りにつくと、欲望と不安の混じりあった衝動を抑えかね、彼女は自分からサイのベッドに入り、相手に腕を回してせがんだ。まるで逃げ去ろうとする相手にすがるように、夢中でサイにしがみつく。

「わたしを捨てないでね」彼女はあえぎながら囁いた。

サイは大儀そうにうなずいた。

「どうしたの、この頃あまりしゃべらないのね」

「疲れてるだけさ」

「何か不満でもあるの？」

「べつに」

「うそばっかり」

サイはわだかまりがすっかりとけた訳ではないが、チャウのいつにない積極的な行為に心を動かされていた。

翌朝、いつも通りサイは早く起き、食事の準備をすませ、まだ起きてこないチャウに代わって赤ん坊のミルクを沸かした。いつもより遅く目ざめたチャウが、トゥイの顔を洗っている間に、サイは赤ん坊を抱き、その口を塩水で拭ってから、ミルクを飲ませようとする。ちょうど哺乳瓶を含ませようとしているところへ、台所から血相を変えたチャウがかけ寄ってくると、いきなり哺乳瓶をもぎ取った。

「どこに頭が付いてるの！　なんでこんなミルクを飲ませるのよ！」

哺乳瓶のミルクを流しに捨てながら、彼女は毒づく。

「気の休まる暇もありゃしない。なにをやっても、いい加減なんだから。いい歳こいて、やることといったらまるで子供と同じだわ。どこに目が付いてるのよ。こんな古いミルク、平気で飲ませるつもり？　おかしいと思ったら、わたしに聞けばいいじゃない」

サイはその場にじっと座ったまま、ただ黙って聞いているだけである。一度喧嘩になると、チャウはけっして自分から折れようとしないので、また互いに口のきかない状態が続くことになった。ただ、二番目の子供が生まれてからは、いくら冷戦状態になっても、以前のようにチャウだけ別に食事をとったり、サイが職場で寝泊まりすることはなかった。

最近のサイの沈黙は、チャウにとって薄気味悪いだけでなく、なぜそんなに辛抱強くなったのか理解に苦しんだ。友人や兄弟の入れ知恵で妻と子供の世話に追われる生活に嫌気がさしてきたのだろうか。チャウはあれこれ自問してみたものの、これといって思いあたるふしはない。彼女はまだ相手を自分の思い通り操れるはずだと高をくくっていたのだ。

その後の一週間、二人ともそれぞれ決められた分担をこなして過ごした。食事、洗濯、トゥイの送り迎え、米や食用油や臨時の品の購入は、サイの仕事である。チャウは、赤ん坊のミルク、子供の風呂などの世話と、毎日のおかずの買い物を担当した。二人は、必要最小限しか口をきかず、たいがいのことはトゥイを介して互いの意思を伝えた。子供の方は、片方から言われた用件を別の相手に伝えるというこの役目がすっかり気に入っていた。いきおい大の大人が子供のたどたどしい伝令に従う格好が続いたのである。

いつもなら一週間くらいで仲直りするのだが、何となくきっかけがつかめないでいた時、チャウは路上でばったりトアンと出会った。ちょうど子供を自転車の後ろに乗せ、友人の結婚式に出かける途中である。子供が母親の袖を引っ張りながら、叫び声をあげた。

「ママ、ホンおじさんだよ、ほらホンおじさんだよ」

「ホンおじさん？」

「いつも保育園にお菓子やおもちゃを持ってきてくれるおじさんだよ」

チャウが相手に気づく前に、トアンの方から先に近づいてきた。トゥイは体全身で喜びを表しながら、「わー、やっぱりホンおじさんだ。わーい、うれしいなー。おじさん、こんにちわ」と声を弾ませる。子供がいつも持ち帰っていたおもちゃやお菓子が、トアンの贈り物だったことを知って、チャウは驚いた。しかし、彼女はいつものように相手を面罵することなく、ただ顔をしかめ、「なんで、そんなまねをするの？」と言った。

トアンは、何をなじられているかすぐ気づき、チャウの真近に顔を寄せ、小声で言った。

「許してくれ。どうしても息子が忘れられなくてね」

チャウがギョッとして後ろを振り返ったので、あわてて言い直した。

「君の子供にとても会いたくてね。仕事以外の楽しみといったら、トゥイと遊ぶことしかないんだ」

チャウは相手の視線を避けたが、その細面の顔に浮かぶ寂しげな様子には、同情をそそるものがある。離婚後、トアンは妻と二人の子供と別れ、今は全くの一人暮らしなのだ。心の動揺のせいかハンドルを握る手が小きざみに震えたが、彼女は努めて強い調子で言った。

「いいこと、もう二度とこの子に近づかないでちょうだい！」

相手のきつい調子に、トアンはビクッとして思わず目を閉じる。深い溜め息をついてから、「わかったよ、もう君が嫌がることはしない。じゃ、これを息子に、失礼、君の子供にやってくれ」と彼は言った。

トアンは流行りのしゃれたナップサックを、すばやくチャウのハンドルに掛けた。とっさのことで、チャウがまごついていると、「さあ、誰かに見られないうちに、二人とも帰りなさい」と淋しげに言い残して、トアンは去っていった。せめて一言お礼すべきであったと、チャウはさすがに気が咎めた。

トゥイが、また母親の服を引っ張りながら言った。

「ママ、ホンおじさんはどこへ行っちゃったの？」

「家に帰ったのよ」

「おじさんの家はどこなの、ママ？」

「ママも知らないわ」

「どうして？」

「あまり親しくないもの」

「じゃ、今度ホンおじさんの家に遊びに行こうよ？」

「だめよ」

「だって、ママ。あのおじさん、トゥイをとても可愛がってくれるんだよ」

「いいからもうその話はおしまい。ママは疲れてるんだから」

「うん、じゃいつかホンおじさんの家に行こうね」

チャウは子供を連れて結婚式に出た後、その帰りに実家に立ち寄った。子供と母親が遊んでいる間に、彼女は別の部屋で、ナップサックの中身を調べて見た。中には、子供用のジーンズの上下、セーター、毛糸の帽子、それにお菓子や砂糖、ミルクが入っている。その上に、ミルクコーヒー色のチェックの生地も入っていた。これは、自分へのプレゼントに違いない。二週間前、とても気に入ったミルクコーヒー色のチェックの生地を予算がなくて諦めた、と職場の同僚に話したばかりだからだ。それにしても、なぜそんなことまで彼は知っているのだろうか！　チャウはまるで隠し事がばれるのを恐れるように、急いで並べた物を元通りしまい込んだ。お菓子と、ミルクと、砂糖は、母や兄弟からもらったことにし、布や子供の着物は、実家に預けることにした。

トアンに出会ったり、昔の関係を思い出すたびに、チャウは、サイに対し不安と負い目の混じった複雑な思いにかられた。内心の動揺を見透かされまいと、普段以上に夫や子供の世話をやき、家族の団欒を求めずにいられない。家に戻ると、サイは先日米を運んでくれた知り合いと立ち話をしている。それを見て、チャウは内心ホッとした。気持ちの動転している時、仏頂面の夫と二人きりで顔をつきあわせるのは、さすがに気が重い。さらに、彼女にはもっと先を考えた目論見も浮かんだ。

チャウは、日頃からサイが自分の交遊関係に疑いを持っていることを知っている。チャウにとっては、どの相手も一方的にあれこれ手助けしてくれる、ただ親切な知り合いにすぎない。彼らとの付き合いは、何ら疚しいところなどなく、サイの疑念はたんなる想像の産物でしかないのだ。ちょうどこの機会に、親しげな素振りをふりまけば、サイの疑いが一層募るかもしれない。そうなれば、話をふくらませ、自分の夫はたんなる知人まで疑ってかかる、大変なやきもち焼きだと周囲に思わせることができる。いったんそういう風評ができてしまえば、もし自分とトアンとの関係が疑われた時も、人々は嫉妬にかられた妄想とみなし、はなから気にもとめないかもしれない。この知り合いは、チャウのこうした目論見にぴったりである。

ところが、目の前の訪問客に対してサイは、とても親しげに話を交わしている。チャウは、二人のその親密な様子が、不可解でならない。

数日後、チャウに聞かれても、「君の知り合いだろ、親切にもてなすのはあたりまえじゃないか」と、サイはそっけなく答えるだけであった。

実際は、ずいぶん前にチャウの嘘を知ってから、彼女が誰と付き合おうと、もう気にかけなくなっていたのだ。どうせなるようにしかならないと、すっかり腹をくくっていたのである。サイの目には、その訪問客は、ただ若い女好きの男という印象しか受けなかった。そして、ズボンをたくし上げおできをボリボリかく相手の仕草や、そのよれよれの服装を見ていると、やり手の妻がこの風采の上がらない男を利用しているだけだということもすぐわかった。かえって、サイはこの相手が気の毒になったくらいである。二人が、まるで昔からの知り合いのように親密にしていたのは、こういう訳だったのだ。

チャウは、愛想良く客に声をかけた。

「今日は、一緒に食事でもしてらして。ちょうど食事時ですもの。たまには奥さん以外の料理もいかが」

躊躇する相手を見て、サイも助け船を出す。

「遅くなったら、私がお送りしますから」

「ご親切はありがたいんだが…」

「じゃ遠慮はご無用よ。さあ、あなたは子供と一緒にお相手をしてて。その間に、食事を作るから」

「そんなら子供の面倒は見ますから、こっちは構わんで下さい」

この夜を境に、二週間近く続いたいさかいから、やっと一息つけることになった。うっとうしい毎日にけりがつき、また平穏な日常が期待できそうであった。その夜サイは、ベッドに横になると、すぐ深い眠りに陥った。チャウは夫の規則正しい寝息を耳にしながら、ますます孤独感を募らせていく。サイは、喜怒哀楽を分かち合ってくれる伴侶というより、たまたま一緒に暮らす風変わりな異性にすぎない。

その時、赤ん坊の泣き声が耳に入り、チャウは現実に引き戻された。チャウはすばやく体を起こし、電気を点けてから、赤ん坊のおしめを換えてやる。この赤ん坊は、上の子供と違い、夜はミルクをやる手間がかからない。夜の八時にいったん横になると、父親に似てすぐ眠ってしまう質《たち》だ。それに比べ、トゥイの方は眠りが浅い。眠っている時は、いつも何かの苦痛に耐えているように眉間にしわを寄せ、その表情を目にするたびに、胸が締め付けられる。急にいじらしさが募り、チャウはトゥイの頬や髪に何度もほほずりをした。側の赤ん坊が驚いてワッと泣き出すと、彼女はあわてて「おーよし よし、よしよし」とあやしたが、トゥイはひしと抱きしめたままである。この子の面倒を見てやれるのは、腹を痛めた自分しかいないという熱い思いが、チャウの全身に徐々に広がっていった。

*

恋にあこがれる若い女性には、女心の機微に長けた経験者の方が、まじめいちずの男よりも、はるかに魅力的である。背伸びしたがる若い女性が、一度でも妻子を持つ男に惚れ一緒に暮らしたりすれば、自分と同世代の男性を物足りなく思うのはごく自然である。トアンは、チャウがつれなくすればするほど、激しくののしればののしるほど、まだ自分に未練があることをよく知っていた。女性が胸にすがってくる行為と、平手でその相手の頬をぶつ行為は、ともに恋愛には付き物の擬態で、彼には不思議でもなんでもない。また、田舎者の元軍人では、チャウの気持ちをとらえるのはとうてい無理だとわかっていたので、縁談話を耳にしても、少しも心配しなかった。

チャウと付き合っていた当時から、トアンは一方で彼女の気持ちをとりこにしながら、気持ちの冷えきった妻と別れるつもりもなかった。家庭はそのままにして、恋愛関係、この頃はやりの言葉で言えば「愛人」との関係も、保ち続けようとしたのである。家の中では、年取った妻にあきあきしていたが、自分と二人の子供の世話にかけては、申し分のない主婦であった。しかし一歩家の外に出れば愛人との密会ほど、胸のわくわくする刺激はない。中でも、チャウの魅力は格別である。あまたの男を袖にして自分に靡いてくれたばかりか、愛人の地位に甘んじ、その上おろした胎児も含めれば二人も自分の子供を宿してくれたのだ。

同情を買うため、彼はいつも憂鬱そうな表情を作り、しつこい妻にまとわりつかれ困りはてている夫を演じていた。そして、チャウには、いつか離婚し一緒になってくれるという期待を抱かせ続けた。トゥイをおなかに孕んだ時、チャウが捨て鉢な行動に走ったのも、その期待が裏切られたためである。

トアンの方は、この二、三年の間に、上の子供は軍隊に、下の子供も研修で外国に行き、かろうじて繋がっていた家族の絆も、すでになくなっていた。夫婦二人だけになると、妻はいつも夫の機嫌ばかりうかがい、一種のノイローゼにかかった。外出する時ばかりか、夜寝る時でさえ、どぎつい化粧をしたままである。夫が外出先や職場から帰ってくると、必ずその日の出来事を、根掘り葉掘り詮索せずにいられない。とうとうトアンは、女性心理の不可解さにほとほと音をあげた。他の女性と浮気している最中は、品行方正な夫として露も疑われなかったが、浮気相手に見放され家庭に戻る気になると、今度は猜疑の眼で見られてしまう。口論は日常茶飯事となり、時には互いに手を出すことさえ珍しくなかった。そのあげく、トアンの方から一方的に裁判沙汰にしてしまったのである。

一年に及ぶ和解調停も実らず、結局裁判所は二人の離婚を認めた。チャウは、以前からトアンの離婚を予感していたものの、まさかそんなに簡単に実現するとは思ってもみなかった。いざ離婚が現実のものとなると、あてつけに結婚した自分の行為がだんだん浅はかに思えてきた。今さらもう取り返しはつかないにせよ、何か相手に気の毒なことをしたような後味の悪さが残った。


「ホンおじさんて誰?」

「友達のお父さんだよ」

「友達の名前は?」

「えーと誰だったっけ、また忘れちゃった」

「だめじゃないの。いいこと、名前はロン君でしょ。さあもう一度聞くわよ。友達の名前は?」

「ロンだよ」

「ロン君のお父さんは?」

「ホンおじさんだよ」

「そう、ちゃんとできたじゃない。もう忘れちゃだめよ、いい?」

「うん、もう大丈夫さ」

「じゃ、今日どこへ行ったか答えてごらん?」

「ママの職場だよ」

チャウは、こんなやりとりを根気よく子供と続けた。職場の帰り道、子供と同じ保育園に通うロンの父親ホンに会い、それ以来トゥイが何度も遊びに行きたいとせがむので一度訪ねてみた、という筋書きである。実際に、職場の行き帰り、何日もかけて繰り返し子供に復唱させ、念には念を入れていた。にもかかわらず、いざトアンの家の前に来ると、チャウはまるで悪寒に襲われたかのように体の震えが止まらない。五年前まで、よく訪ねた専用階段付きの二階の部屋が、目の前にある。トアンの妻がバンディエン燐肥料工場へ勤めに出ている時間を盗んで、チャウは自分の家同然にくつろぎ、時には食事や昼寝をして過ごした場所である。ふたたびその部屋を目の前にして、チャウの心は激しく揺れ動かずにいられない。離婚後独り寂しく暮らすトアンに、トゥイに会うなという要求はあまりにつれないに違いない。それでもチャウは、何度もためらった末、やっと思い切って子供を連れてここまできたのである。しかし、近くのアイスクリーム屋の前でぐずぐず躊躇しているうちに、その決意も揺らいできた。

「ママ、いつまでここに立ってるの？」

「アイスキャンデーを買いたいけど、人が多くて迷ってるのよ」

「じゃ、買って食べようよ。ね、いいでしょ」

しかたなく、チャウは列に並んでいる人に頼んで、子供にアイスキャンデーを買い与え、やおら歩きかけたところで、ばったりトアンと鉢合わせしたのである。

「親子揃ってどこへ行くんだい？」

「職場へ行く途中だけど、この子がアイスキャンデーをねだってきかないの」とチャウは顔を赤らめながら言い訳した。

「わーい、ホンおじさんだーい」と、トゥイは大喜びで、身を前に乗り出す。トアンはその手を摑むと、自転車の後ろ座席から自分の腕に抱き寄せた。

「少し子供と遊んでいいかい」

「だめよ、そんなこと」

チャウのためらいなどお構いなしに、トアンはトゥイを抱いたまま、空いた手で自転車を引っ張り、さっさと路地へ入って行く。二人の姿が視界から消えるまで立ち止まっていたチャウは、あたりをうかがってから、やっと自分もその路地に足を踏み入れる。チャウが階段を昇りかけたところへ、ちょうど上から降りてきたトアンが声をかけた。

「子供と部屋で待っててくれ。僕はちょっと煙草を買ってくるから」

部屋に入ると、磨き上げられた床は元のままだが、タンスや、扇風機や、ミシンや、ベッドなどの家具がすっかりなくなっている。きっと、トアンの妻が持ち去ったに違いない。だだっ広い部屋に残っているめぼしいものは、小机と粗末な椅子がいくつか目に付く程度だ。ベッドにかかったままの蚊帳はすり切れ、壁ぎわの棚に洗濯物やシーツが無造作に丸めてある。几帳面なトアンでも、女手がないせいか、部屋はまるで下宿も同然の変わりようである。

やがて、トアンがトゥイのためにちまきと大きめのハムを買ってきた。その他に、チャウの大好物であった熟しバナナと、蓮の葉に包んだコム［糯米の早稲で作ったおこわ］も買ってある。部屋は外部からすっかり隔離されているせいか、チャウも少し気を許し、

「何でそんな無駄使いするの。私たちはすぐ帰るんだから」と言った。

「やだい、バナナとコムを食べるんだい」とトゥイは駄々をこねる。

トアンは、チャウの言葉に取り合おうとせず、「せっかくだから、トゥイに食べさせてやれよ」と言った

トゥイはコムを手にして母親の所へ駆けよる。せがむ子供に根負けし、チャウはしぶしぶ腰を下ろして、コムの包みをほどいてやった。

「一口でいいから食べてくれよ。それで、僕の気もすむからさ」と、トアンはチャウにもすすめる。

トゥイもコムをつかんで彼女の目の前に突き出した。当惑した彼女が顔を上げると、「さすがに血のつながった親子だけあって、気持ちは一つさ」と言わんばかりのトアンの目と、つい視線が合ってしまう。とっさにチャウは、赤くなった顔をそむけた。結局、チャウは午前中一杯ずっとそこで過ごすことになったのである。

帰り際、トゥイは上機嫌で先に部屋から駆け出していった。その背を見ながら、トアンが、「こんなに長く一緒にいられるなんて、思ってもいなかったよ。君にはほんとに感謝の言葉もないくらいさ」と囁いた。

チャウは笠《ノン》を手にすると、相手の体の横をすりぬけ、走り去るように部屋を出ていく。

「もうここで失礼するわ」

「うん、じゃあね」

その日の午後、職場からの帰り路、偶然チャウはヒューに会った。ヒューのさそいをこれ幸いと彼の家に立ち寄り、あたりがすっかり暗くなってから家路についた。チャウは帰る道々、「ヒューおじさんの家で遊んで来たんだよ」と答えるよう、何度も子供に言いきかせた。

その日サイは、いつも通り四時に家に帰っていた。五時になっても、母親と上の子が戻ってこないので、近所に預けている赤ん坊を迎えに行った。それから赤ん坊をあやしながら食事にとりかかり、その準備が終わると、先に赤ん坊にミルクを飲ませ、ついでに洗濯まですませたが、その時間になってもまだ二人は帰ってこない。いい加減しびれをきらしていたところへ、元気なトゥイの声が、入り口から聞こえた。

「パパー、ママとヒューおじさんの家に遊びに行ったんだよ。ヒューおじさんから、パパにお土産があるんだ。ほら、ママのバッグに煙草が入ってるよ」

二人が遅くなった事情を知って、サイもすぐに機嫌を直した。しかし、チャウが遅く帰った理由を隠した一件は、その二日後に起きた衝突に比べればほんのささいな話にすぎない。

その日サイは、翌朝早く南へ出張する大臣に提出する資料作りに、夜八時までかかりきりであった。疲労と空腹で目が回りそうだったが、手持ちの金は五ドンを切っている。これではちゃんとした食事もできないし、たとえ小遣いがあったとしても、もったいないと思う気持ちのほうが先で外で使うつもりはない。ここ二、三年、ほとんど外で食事することはなく、どの店のうどん《フォー》がうまいかもまるで見当がつかなくなっている。空腹を我慢したまま家に戻ると、妻が仏頂面で蚊帳を吊っていたので、彼は遅くなった言い訳をした。彼女は一言も口をきかず、蚊帳の中へ入った。

サイは、食べ物を物色するため台所に行ってみた。ごはんを炊いた釜は地べたに放り出され、皿にのった野菜には布きんもかけていない。スープの鍋も見当たらない。サイはスープがないと食がすすまない質だが、その日はくたくたのうえ、冷や飯しか残っていないので、なおさらスープが飲みたかった。しかしどこを探しても見つからず、しかたなく妻に尋ねた。

「スープが見つからないんだけど」

返事がない。

「スープは残ってないかい？」

「豚にやったわ」

「なんだって？」

「だから言ったでしょ。もう帰らないと思ったので、豚にやったって」

思わず怒りで顔が紅潮し、野菜皿を持った手の力が抜けていくのがわかった。かろうじて、皿を食器棚にのせ、その棚に寄り掛かったまま、長い間立ち尽くしていた。空腹と疲労に、鬱憤が加わって、サイの体は今にもそのまま崩れ落ちそうである。しばらくしてやっと気を取り直した彼は、窓際で外の空気にあたって少し頭を冷やしてから、部屋に戻り、煙草を吸った。そして紙の束を持って台所へ行き、小椅子を机がわりにして、何やら一心不乱に書き始めた。十二時過ぎまでかかってやっと書き物が終わると、寝室に戻り、蚊帳越しにぐっすり眠る二人の子供を見つめた。強く抱き締めたい衝動にかられたが、手前で眠るチャウが邪魔になっている上、子供たちを起こしてしまう恐れもある。今後父か母のいずれかに引き取られていくことも知らず、あどけない顔で眠る二人の子供がいじらしくてならない。

「どうか、お父さんを許しておくれ。お父さんだって、お前たちと別れるつもりは全然ないんだ。でも、お父さんの忍耐ももう限界だ。このまま一緒に暮らしても、お前たちを幸せにする自信がないんだよ。お前たちが大きくなった時、お父さんをいくら責めてもかまわないが、どうか今夜の行動だけで判断しないでおくれ。もうずいぶん前から、お前たちに罪なことをしてきたと思ってるよ。多分、お父さんは生まれた時から、重い罪を背負う運命だったのかもしれないんだ」

彼は子供たちを見つめたまま、いつまでもじっと立ち尽くしていた。口元のあたりだけが微かに震え、その表情から内に込み上げるものを必死で耐えている様子がうかがえる。チャウの起き上がる気配で、彼も現実に引き戻された。彼女は、赤ん坊のおしめを替えるために明かりを点けた。彼は、何事もなかったように、自分のベッドに腰を下ろす。蚊帳から出てきたチャウは、濡れたおしめを台所の金盥に投げ捨て、自分もトイレをすませてから、部屋に戻ってくる。サイは部屋の入り口に立ち塞がりながら、「ちょっと、君に話したいことがあるんだ」と言った。

「今何時だと思ってんの、いい加減にしてよ」

「じゃしかたない、僕の話を聞いてくれるだけでいいよ」

「話したければ、一人でご勝手に。そこどいてよ。早く寝ないと、明日も仕事があるんだから」

「まあ僕の話を聞けよ。もう僕たち、一緒に暮らすのは無理だと思うんだ」

「なによ、そんなことだったの。じゃ簡単じゃない、離婚届けにサインすれば、それで解決よ」と、チャウは皮肉っぽく言った。

「離婚届けはもう書いてあるんだ。君も目を通して、納得がいくならサインしてほしい」

「そんな手間必要ないわ。ペンを貸してよ」と言いながら、彼女は離婚届けを手にすると、サイの名前のすぐ横にサインをした。それから、ペンをサイのベッドの方に投げ返すと、落ち着き払ったまま自分のベッドにもぐりこんだ。

＊

チャウは、自分から持ち出さない限り離婚の可能性などありえず、サイの行為はたんなる脅しと高をくくっていた。しかし、裁判所からの呼び出し状を目にすると、さすがに驚き、まず頭に浮かんだのは世間体のことであった。ただ、周囲の人間には、「変わり者の亭主を持つと、ほんとにおかしいったらないわ。だって、ほんのささいなことで、すぐ裁判沙汰にしたがるんですもの」と、苦笑まじりに話す余裕はあった。彼女にはまだ、事の重大性がよくわかっていなかったのである。

その後の半年間に、当事者の意見陳述のほか、調停も三度開かれ、彼女はあくまで和解を表明したが、サイはかたくなまでに性格の不一致を主張した。その理由として、「一緒に生活したこの四年間に、食事を別にしたのが十九回、家出が二人合わせて十一回」などと、事細かく数字まで並べ立てた。ようやく彼女も、この一年あまり不可解に思っていたサイの沈黙の意味に気づき、もはや離婚は避けられないと覚悟を決めたのである。

当のチャウですらこの程度の認識だった位だから、外部の人間は親族も含め、サイの突然の変わりようにただ驚くばかりであった。兄のティンは、離婚調停裁定日の二週間前にその通知を受け取ってから、あわててハノイに上京し、その対応を話し合うためおじのハーやヒューに声をかけ、家族会議を開くほどの狼狽ぶりであった。その席で、ハーは冷ややかに言い放った。

「いまさら何を話し合うつもりだ？　あいつの事は、本人にまかせるしかないさ。お前だって、これから先いつまでもあいつの面倒を見る訳にもいかんだろう？」

思いがけない反応に、ティンは親に叱られた子供のようにすっかりしょげかえった。しかし、せっかく上京しながら、このままおめおめと帰っては立つ瀬がない。

「頼りはあなただけなんですから。とにかくこうなった経緯だけでも知っておかないと、後で世間の人にとやかく言われても、対処のしようがないではありませんか」

「世間体ばかり気にするからいつまでも気苦労が絶えないんだ。自分は自分、世間は世間だよ。他人の顔色ばかりうかがって、それで自分を縛るなんて愚の骨頂じゃないか。まあ、いずれにしても、サイを呼んで本人の言い分だけは聞いておくのもいいだろう。ヒューの所から電話して、今日の昼サイにここに来るよう手筈をととのえてくれないか」

サイが顔を見せたところで、ティンがまず、由緒ある一族の体面だとか、どんな小さな意見の食い違いもあってはならないとか、あらゆる結果を想定してきちんと話し合うべきだとか、大真面目で長口舌をふるった。その場にいた残りの三人はすっかり興ざめしたが、一応ティンの顔を立て、神妙な面持ちで聞いていた。しかし、熱の入った話しぶりに比べ、その内容は全く陳腐そのものである。もともと、みんな昼休みの合間をぬってこの場に顔を出しており、職場に戻ってからの仕事も気にかかっている。三人とも、ただ右の耳から左の耳へと通りすぎていくティンの発言を眠気をこらえながら、聞く振りをしていただけである。ティンは長い話をやっと締めくくった。

「さあまずサイの話を聞こうじゃないか。その後で、ヒューさんにも加わってもらって、ここは身内同士みんなで知恵を出し合うことにしよう。とにかくこれで二度目なんだから」

サイは他人の忠告にはほとほとうんざりしていた。今また兄から「二度目」と言われ、「何度目であろうとだめなものはしかたありませんよ。いずれにしても一週間後には裁判所の裁定が出ますから、それから話し合った方がいいんじゃないですか」と自嘲気味に言った。

「つまりここにいるおじさんやわしたちの意見は、屁にもならんという訳だな」

「兄さん、それは誤解ですよ。これまでだって、兄さんたちに不義理をした覚えはないはずですよ。僕はただ、自分のことを他人に決められるのはもうこりごりなんです」

「じゃ、あの娘との結婚も、わしらのせいだと言うつもりなのか？」

「その責任は僕です。全部一人で決めたことですよ。ただ、僕はまだもの心つかない時から全然好きでもない女性と一緒にさせられ、そういう自分から逃げ出すことばかり考えてきたんです。ですから、やっと相手を選べる時が来ると、年不相応に高望みしたという訳です。当然の報いですが、実際その場になってみると、まるで青二才のようにドジばっかりですよ。でも年齢が邪魔して、下手に出る訳にはいかないんです。いくら相手が男女の機微に通じているといっても、まだ二十四、五の小娘ですからね。僕だってプライドくらいありますから、そんな奴に頭を下げるなんてできませんよ」

「じゃ責任はみんなにあるということになるな」

「とんでもない！」サイの顔は苦渋に歪み、絞り出すような声で続けた。「すべての責任は僕一人にあるんです。それも今に始まったことじゃない、小さい時から、僕自身が本当は問題だったんです。他人の目や思惑に怯えるのをやめ、もっと毅然と自分を持っていたら、家族の中でも部隊にいた時も、まるで虫けらのように扱われることはなかったでしょう。その後もせっかくの人生経験も生かせず、簡単に都会の魅力に幻惑されて、自分にふさわしい相手を選ぶ冷静さにかけ、ここ数年は地に足のつかないふがいない生活を送る羽目になったんです。最初の結婚は他人が決め、次はみずから高望みして、今やっと本当の自分がわかったんです。情けない話ですが…」

「やはり、ハーおじさんや兄さんたちを責めてるんじゃないか？」

「いいえ、いつまでもみなさんを責めるつもりはないし、これからだって、他人に責任転嫁するつもりはありませんよ。僕ももう四十ですから、いくら何でも自分の生き方くらい自分で決めないと、みっともないですからね」

おじのハーとヒューは、一番深く悩んできたのは他ならぬサイ本人だということをよくわかっている。今後どんなことが待ち受けていようと、サイなら何とか一人で自分の道を見つけていくに違いない。本人も言うように、四十に手が届く大人なら、自分の蒔いた種は自分で刈り取るしかないし、それがたとえ離婚なり地方への転職という結論になっても、いまさら他人がとやかく口を挟むべき問題ではない。ティンにうながされてこの場に顔は出していたが、二人の結論は始めから決まっていたのである。分別をわきまえていた二人は、サイたち兄弟のやりとりにあえて口を挟まないでいたが、だんだん感情的にこじれていく様子を見て、この場を治めるために調停役を買って出た。まずそれぞれの言い分に理解を示した上で、互いを批判し合うばかりでは前向きの解決にならないことを指摘した。その上で、先ほどどらいのサイの発言が見落としていた重要な問題にふれたのだ。それは子供のことである。

裁判所は、トゥイの養育をサイに委ねる可能性が高い。ちゃんとその子を育てるにはどこが一番ふさわしいか考える必要がある。サイの手元に置いても、男手一つでは細かい所まで目が行き届かないのはあきらかだ。四人でいろいろ考えた末、ティンの家に預けるのが一番よいという結論に達した。田舎なら、いつも遊び相手になってくれる子供たちがたくさんいるし、母親のいない寂しさにもすぐ慣れるはずである。サイが県に出張する機会でもあれば、その間は県の宿舎で親子水入らずで過ごすこともできる。サイたち兄弟二人が助け合ってトゥイの面倒を見るなら、まず当面は心配ないはずである。

サイ本人は、この決定に必ずしも満足していた訳ではない。子供の食事や洗濯は大変に違いないが、少なくともハノイの方が清潔であったからだ。田舎に預けるとなると、いつも側にいてやれないし、兄嫁やその子供たちも都会の暮らしに疎いので、子供が病気にかかった時が心配である。さらに言えば、たとえどんなに近い肉親でも、できればもう世話になりたくないという意地もある。しかし、男親一人の不如意さを考えると、サイも折れるしかなかった。やむをえず別々に暮らすことになっても、親子の絆に変わりはない。今の彼にとって、子供抜きの自分は考えられなかった。一番大事な心の拠り所であり、生きがいそのものになっている。子供が鼻水を出したり、くしゃみをする度に、サイは気も動転し何も手につかないほどなのだ。サイは子供と別々の生活を想像すると、身を切られるようにつらかった。

サイが郷里に戻って、子供受け入れのための準備やその手続きに追われている頃、相談するあてもないチャウは、またトアンの家を訪ねるようになっていた。裁判所から最終審理日の通知を受け取って以来、彼女はすっかり落ち込んでいた。仕事の帰りがけに子供を出迎え、一緒に家に帰っても、シャワーに入れたり食事を作る気にもなれず、適当にうどん《フォー》などを買って食べさせていた。子供たちの前では、努めて泣き腫らした顔を見せないようにしたが、その演技もトゥイには見破られてしまった。

「ママ、どうしていつも泣いてばかりいるの？」

「ママの目、病気なの」

「じゃ、僕が薬をさしてあげようか？」

「そうね、ほら、もっと食べなきゃだめじゃないの」

「ママ、パパはどこへ行ったの？」

「パパはもう死んだの」

「違うよ、パパは田舎だーい。僕も田舎に行って、小舟に乗って艪をこぐんだ。ママもできる？」

「ママはできないわ。さあ早く食べてね。ママいつまでもお片付けできないでしょ」

数日後、彼女はとうとう子供を実家に預け、その日から、仕事が終わっても真っすぐ家に帰らず自転車に乗って暗くなるまでブラブラ時間をすごすようになった。時間を持てあましているうちに、チャウは、知らぬまにトアンの家の前を通ることがあった。トアンの方も、仕事がすんでも用はないので、自然とチャウの職場に足を向けるようになっている。チャウの職場の近くで自転車を停めたトアンは、帰っていく彼女の後ろ姿が通りの角の木陰に消えるのを待ち、その後をつけていく。チャウが彼の家に向かう路地を曲がったところで、トアンは立ち止まる。しばらくそんな行為を互いに続けていたが、ある金曜の午後、ついにトアンは彼女に声をかけたのである。

その日もいつも通りチャウの後をつけていたトアンは、自分の家のそばで相手に近寄り、何くわぬ顔で、「やあ、今日はずいぶん遅いんだね」と声をかけた。

驚いて振り返ったチャウは、「残業してただけよ」と素っ気なく答えた。

「よかったら、ちょっと家に寄ってかないか」

「何か用なの？」

「いや、時間があればちょっと寄ってほしかっただけだよ」彼は落胆の色をありありと浮かべながら聞く。「じゃ、少しだけ一緒していいかい？」

「ひまなら、どうぞご勝手に」

しばらく黙ったままペダルをこいだ後、トアンは重い口を開いた。

「最近君の悩んでる様子を見て、僕もつらいんだ」

「よくも白々しく同情なんかできるわね」

トアンは細面の顔を苦しそうに歪め黙り込んだ。さすがのチャウも自分の言葉に少し気が咎める。

「君が苦しんでるのは僕のせいだってことくらい、よくわかってるよ。いまさら許してくれなんて思っちゃいないさ。ただ君が誰かを必要としているなら、何でもいいから僕に言ってほしいんだ」

「やっと罪を認める気になったという訳？」

「どうしても君が忘れられないんだ。自分でもどうにもならないんだよ。ただあの時はもう少し君が辛抱してくれたらきっとうまくいったはずなんだ」

「辛抱してたらですって。奥さんと子供に綿々としてたのは誰なのよ。わたしにだけ辛抱させたあげく、ててなし子を孕ませたくせに」

「約束はちゃんと守ったつもりだけど、どうしても信じてもらえないんだね」

「まわりには若くて素敵な娘がいくらでもいるじゃない」

「僕のこと、そんな人間だと思ってるのかい？」

「男って、みんな同じよ」

「わかったよ。君にどう思われようがもう構わないさ。ただ、これだけは言わせてくれ。今の僕は世間のしがらみなど一切ない。だから何か困った事ができて誰か相談相手が必要になったら、いつでも声をかけてくれよ。召使いでも、友人でも、兄でも、どんな役目でも喜んでやるよ。いまさら義務感でもないけど、とにかく君たち親子の手助けになることなら何でもしたいんだ。僕たち二人のことは、君の気持ち次第さ。僕には自分の気持ちを押し付ける資格などない。ただ僕の気持ちはいつまでも変わらないことだけはわかってほしいんだ」

「そんなごたくはもううんざりよ」

その場から逃げ去るように、彼女は力任せにペダルをこいだ。しかし、裁判所に出廷する二日前、彼女はトアンの家で一晩を過ごしていた。最終審理にのぞんだチャウは、最も恐れていた事態を自ら招いてしまった自分の軽率さに、強い嫌悪を感じていた。

*

「ザン・ミン・サイさん、引き続きお尋ねしたいことがありますので答えて下さい」

サイはすぐに立ち上がったが、裁判官は何やらメモを書き取った後、一呼吸おいてからおもむろに尋ねた。

「あなたとグエン・トゥイ・チャウさんの離婚が認められた場合、財産および子供に関して、あなたは何をお望みですか?」

「財産は、チャウにすべて譲ることに異存ありません。子供については、下の子はまだ母親から乳離れしていませんので、私は上の子、ザン・ミン・トゥイを養育したいと思います」

「着席してよろしい」裁判官は一段と声を高めた。「次にグエン・トゥイ・チャウさんにお尋ねします」

自分の名を呼ばれて立ち上がったチャウは、無表情そのものであった。裁判官は、まるで拍子でも取るように、手にした万年筆で何度も書類の上を軽く叩く。

「先ほどのサイさんの発言は、よく聞こえましたか？」

「はい、とてもよく聞こえました」

「財産と子供に関して、あなたは何かおっしゃりたいことがありますか？」

「財産に関しては、裁判所の裁定に従うつもりです。子供に関しては一言申し上げます。実は、ザン・ミン・トゥイは夫の子供ではありません」

「その証拠をあげて下さい」

「その子が生まれたのは、私たちが交際を始めてまだ七ヵ月と三日目のことでした」

「あなたの二番目の子供も、早産ではありませんか？」

「はいその通りです。しかしトゥイは出産時、三・二キロもあり、けっして早産の子ではありません」

「あなたはかつて、この事実をサイさんに話されたことはありますか？」

「いいえ」

「発言を続けて下さい」

「はい、私の希望は、ザン・ミン・トゥイの養育を夫に認めないでいただきたいのです」

「しかし、サイさんが子供の養育にとても熱心であることは、あなたも認められますね」

「わたしが申し上げたいのは、実の子かどうかということです。夫はこの事実を今日になって初めて知った訳ですから、その子を実の子同様の愛情で育てることはできないはずです」

サイ自身、たまに疑念を抱いたこともあったが、この場でチャウの口からその事実を聞かされようとは、全く想像もしていなかった。頭の中が真っ白になった彼は、あたりの光景も、チャウのその後の発言も、まるで夢うつつのようにおぼろげにしか感じられない。彼の脳裏には、ただ子供の姿が走馬燈のように駆け巡るだけである。丸一日と一晩、間断なく続く下痢に息絶え絶えの姿。妻に代わり、徹夜で点滴を押さえてやったあの十日あまりの日々。おませで微笑ましい子供の言葉も、次から次へ鮮やかに蘇る。

「トゥイはパパが一番好きだよ。大きくなったらアイスキャンデー屋さんになって、パパにおなか一杯食べさせてあげるからね」

「パパ、どうして涙を流してるの？　パパが泣いちゃうと、トゥイも悲しくなっちゃうよ」

トゥイ！　郷里の人々が、この事実を知ったら、不憫なおまえを何て思うだろうか？　ふと彼は、自分の名前を呼ぶ裁判官の声を耳にして、再び現実に引き戻された。サイはまるで操り人形のように立ち上がる。

「チャウさんの発言はよく聞こえましたか？」

「はい」

「ではそれに対するあなたの意見はいかがですか？」

「特に異存はありません」

その日の午後、サイはポケットの有り金をはたいて、子供たちにお菓子を買ってやった。彼は子供を一人ずつ抱き上げ、体中に頬ずりをした。蚊帳と衣類を詰め込んだリュックを肩に担ぐと、彼は子供たちに、「お父さんはお仕事で遠くに出かけるからね」と別れの言葉をかけ、足早に家を後にした。

チャウは、二度と相手の顔など見たくもないと言わんばかりの冷ややかな表情を取り繕っていたが、子供たちが泣きながら父親の後を追いかけて行くと、ついに耐え切れず枕元に泣き崩れた。あきらめて戻ってきた子供たちが泣きべそをかきながら、母親の体を揺り動かしていると、近所の人々が入り口の前に集まってきて、何事かと中をうかがった。戸口の隙間越しに、ベッドの上で嗚咽する親子三人を目にして、まわりの人々もついもらい泣きする。そして、好き合って結婚しながらいとも簡単に喧嘩別れしてしまった親たちの身勝手にあきれる一方で、罪のない子供たちにふりかかることになった悲惨な境遇に、やりきれないものを感じていた。

終章

初めて訪れた部屋の中で、フォンは戸惑っていた。こんなにひどい所とは、想像もしていなかったからだ。この建物はもともとハビ村の堆肥倉庫だったが、合作社の合併で不要となって以来、屋根瓦は盗まれ、柱や梁もむきだしで、あたりの壁は卑猥な落書きだらけになっていた。サイは三ヵ月ほど考えあぐねた末、住民の苦情や訴えの処理に当たる県の調査官の職につき、郷里のハビ村に帰ってきたのである。村からこの倉庫跡を借りたサイは、屋根瓦のかわりに藁とさとうきびの葉を葺いて、当座をしのぐことにした。建物の内部は、ビニールシートで二つに仕切り、片方の部屋は寝台と蚊帳を置いて寝室がわりにした。そこに、甥が作ってくれたスーツケースくらいの木箱と食器棚を置き、その奥を炊事場がわりに使った。もう一方の部屋は、机と椅子四脚の他に、土瓶と湯呑みと水ギセルを備えた。この部屋は来客用で、ここで村人の苦情を聞くことにしたのである。サイはこの建物に住む訳を聞かれるたびに、秘密保持の必要な仕事に好都合だからと答えていたが、実際はまわりの人間や親類縁者の世話になりたくなかったのだ。

半年後、サイは調査官から新たにハビ村農業合作社の責任者に任命された。合作社の仕事でどうしても手が離せない時以外、サイは必ず月に二、三度子供たちに会うためにハノイに出かけた。そのたびに、新米、豆、落花生、お菓子、あるいは衣服、靴、靴下などのお土産を忘れなかった。

こうして古い倉庫跡での一人暮らしもすでに三年近くが過ぎていた。その間に、ハビ村は全く別の村に生まれ変わっていたのである。あらたに村はおおよそT字の形に区画整理されていた。頭の横棒の部分は、高く補強された回廊堤防である。堤防のへりには竹が青々と茂り、その脇の数千本のバナナもたわわに実っている。堤防の外側の広大な川沿いの土地は、見渡す限り落花生の緑の葉におおわれている。川べりも埋め立てによって畑に変えられ、水かさの増す雨季の三ヵ月を除き、さつまいもの葉が目もあざやかに茂っている。

T字の縦棒の部分は、回廊堤防と本堤防を結ぶ四キロ余りの立派な道路で、トラックが二台すれちがえる幅があった。回廊堤防から見て左側は、低地に比べ倍近い高さの台地が広がり、サイの知人である遺伝学のファン・タン博士とその同僚たちが開発したDG5という品種の大豆が植えられている。これは葉が少なく、豆付きのよさには定評のある品種である。年に二期作が可能で、数十ヘクタールの耕地から四、五百万トンにのぼる収穫をもたらしている。道路の右側は、倉庫、養殖池、牛や豚の飼育場の他に、レンガを焼く窯や豆腐工場があちこちに見られる。

こうした施設はすべて周到な生産計画に基づいて配置されているのだ。大豆からは豆腐が作られ、そこから出るおからとさつまいもの葉で豚を飼育し、落花生の葉、薩摩芋の蔓、雑草は牛の餌になる。さらに牛の糞は魚の餌や畑の肥料となる。豆腐、落花生、牛肉、魚は、商品として行政機関や工場に売られ、そのお金で米、炭、石灰、セメント、鉄、その他の日用品が農民に支給される仕組みだ。

ハビ村の食生活は大いに改善され、三度の米と、魚、豆腐、肉などのおかずがいつも食卓に並んだ。村には、有線放送局、街灯、公民館、保育所、二階建ての中学校も建設されている。

サイは党県支部の執行委員にも選ばれていたが、あいかわらず肥料倉庫跡に住んでいた。そこは落花生畑が一望できるハビ村のはずれにある。ここ二、三年、フオンは実家に里帰りのたびに、サイを訪ねるのが習慣になっている。しかしサイは、できるかぎり兄のティンの家や合作社の事務室で彼女と会うよう努めていた。あるいは渡し場へ彼女を見送りながら、その道々立ち話をすることもあった。

フオンは、ハビ村に立ち寄るたびに、そのいちじるしい変貌ぶりにわが目を疑った。人々の晴れ晴れとした表情や、陽気なおしゃべりを目にして、フオンはサイに対して尊敬と痛ましさの入りまじった複雑な気持ちを抱いた。彼女にとっても、サイが新しく選んだ自虐的とも言える暮らしは、全く予想外のことである。サイの帰郷話を聞いた時は、フオンもまわりの人々同様、思いあまった末の衝動的行動ではないかと危ぶんだが、刻々と変わっていくハビ村の様子を目にするにつけ、そうした危惧だけはしだいになくなっていた。

ある昼下がり、訪問客や新聞記者に応対するサイを見ながら、県の党書記長のティエンはそばにいるフオンに、満足そうに話しかけた。

「どうです、すっかり若返って見違えるようではありませんか。まるで水を得た魚のようですね」

「みなさんの助力のたまものですわ」

「とんでもない。これまでにもこの村にはずいぶん支援してきたんですが、まるで成果がなかったんですから。何と言っても彼はここの土地を知り尽くし、村人の気心もよくわかっていますからね。生まれ育った土地への愛情に加えて、これまで培ってきた広い視野が備わってるわけですから、まさに鬼に金棒ですよ」

フオンは微笑みながら答えた。

「愛情だけではうまくいかないこともありますわ」

県の党書記長は、若いとはいえなかなか物わかりがいい。相手の言葉の裏を察しながら、やんわりと諭した。

「もちろんあなたに比べれば、彼とのつきあいは短いですよ。でも別れた夫人のことにしても、彼は自分を変えてまで何とか性格の違う相手に合わせていこうと、最後まで懸命に努力したと聞いてますよ。今朝がたの新聞記者たちへの受け答えにも感心しましたね。彼はこう言ってましたよ――一つお願いがあるんですが、われわれを理想化した書き方だけはなさらないで下さい。わたしがお話ししたかったのは、その土地の特徴をよく勘案して、それにあったやり方をしてほしいということなんです。場所によって、土壌、労働力、資金、教育水準、住民の意欲、みんなそれぞれ違うはずですから。今まではとかく成功例を目にすると、すぐ上から命令をかけ、そのまねをさせたり、それまでのやり方を捨てさせたり、そんなことの繰り返しでした。その命令に従わない人間はまるで反動扱いです。始終監視の目を張りめぐらし、敵対分子を摘発しないと気がすまないんです。その一方で、村人がどんなに貧困にあえいでいようと、大幅目標達成だとか前年より好成績を上げたとか、全く現実離れしたことばかり言ってきたんです。ですから今、私が心配するのは、またあちこちで落花生と大豆さえ植えればよいという風潮が生まれることです。もし水田に適した土地にまで植えれば、失敗は目に見えています。そうなれば、きっとわれわれが法螺吹きだと非難されるだけなんですから」

話を聞きながら、フオンはまるでわがことのようにうれしくなった。

「でもサイさんの今があるのは、やはりあなたのおかげですわ」

「それは買いかぶりですよ。もし彼が帰ってこなければ、私はこれまでの実績に基づいて、あなたの村にならい、米の二期作と馬鈴薯植え付けを導入するつもりだったんです」

「いずれにしてもあなたは指導者ですもの、きっといろいろご存じのはずよ」

ティエンは間髪を入れず答えた。

「そうじゃないから問題なんです。県の指導者なんて、無責任な人間ばかりですよ。半数近くの村が飢えに苦しんでたって、省の指導部の批判を恐れ、『目標百パーセント達成』なんて平気でいう連中なんです。もっと深刻な事態に陥っても、彼らは上部に食料放出を仰ぐどころか、村の幹部を呼び付け、『お前たちの指導が悪いからこんな羽目になるんだ』って、責任転嫁をするんですからね」

若い党書記長と思いがけず話がはずみ、フオンがつい帰りそびれていると、ちょうどそこへハノイからの訪問客を見送るために通りかかったサイが、「部屋の中で、少し待っててくれないか」と、声をかけてきた。とっさに断りきれず、サイが指さした部屋に、彼女は初めて足を踏み入れた。

部屋の中では、ティンの娘が接客の後片づけをしている。フオンは娘からこの建物の由来を聞きながら、自分も部屋の掃除や家具の整頓を手伝う。用事がすむと娘はフオンにいとまをつげ部屋を出ていったが、サイはまだ帰ってこない。そのうちあたりも暗くなり始め、不安になってきたフオンが腰を上げかけると、やっとサイが息せき切って戻ってきた。帰り支度を始めていたフオンを見て、サイが言った。

「何をそんなに急いでいるんだい?」

「だって夜道が怖いもの。もう遅いから途中まで送って下さらない?」

サイは黙ったままである。フオンは相手の落胆ぶりに少し気がとがめたが、あえて自分の心を鬼にした。二人はもう四十を越えている。十七、八歳の昔に戻れるわけがない。一時の衝動に身を任せ、二人だけの世界に夢中になるには歳を取りすぎている。灯もついていない暗い部屋に、二人きりでこうしているところを誰かに目撃されただけでも、世間の噂の種となり言い訳もできない立場に追い込まれるのは明らかである。暗闇におびえ、フオンは逃げ去るように外に出て、サイを待った。サイは水煙草を吸い終えると、部屋に鍵をかけフオンのそばにやってきた。フオンはほっと安堵の息をつく。しかしサイは依然おし黙ったままである。サイは今ほどフオンの存在が身近に感じられたことはなかった。にもかかわらず、フオンはあくまで単なる親しい友人以上の素振りを見せようとはしない。

村外れを過ぎても、二人は無言であった。しびれを切らしたフオンが、ついに口を開く。

「まだ怒ってるの?」

「いいや」

「じゃ笑ってみせて」

「僕をからかうつもりかい?」

今度はフオンが黙りこくる番だ。自分はいつも真剣すぎるほど真剣だったはずである。

「すまない、謝るよ」

前を歩いていたサイは、彼女が立ち止まったことに気付き、振り返りながら言った。

「今でもいつも君のことばかり考えてるんだ。でも実際に会えても、君はいつも上の空で、すぐにそそくさと帰ってしまう。僕は…今でも…」

二人は顔を見合わせたままその場に立ちつくす。フオンは何かを待つように黙っている。

「まだ僕を恨んでるのかい?」

相手の腕に顔をうずめたまま、フオンは首をかすかに横に振る。

「さあ顔を上げて、僕の目を見るんだ」

その目に宿る二粒の涙は不思議な魅力を湛え、キラキラと光り輝いている。切ない思いに胸を締め付けられたサイは、衝動的にその涙を拭った。

「もう一度始めからやりなおさないか」

「もう無理だわ」

サイは辛かった。きっぱりはねつけてほしかった。自分の未練を、はっきりと拒絶してほしかった。それなら何とか諦めもついたに違いない。しかし、フオンは最後まで彼に優しかった。サイの髪を愛しそうに撫で、軍服のボタンをかいがいしく直しながら、「お願い、我慢して。もうそんな無茶のできる歳じゃないわ。ね、ここでお別れしましょう。さあ男らしく分別を持って」と囁いた。

「昔、君はあんなに僕のこと思ってくれたじゃないか？　君を失う辛さは、もう二度と味わいたくない。勿論、今の君の生活を壊すことがどんなに罪深いか、わからないわけじゃない。でも、僕への復讐で今の生活を選んだとしたら、そんな生活なんて無意味じゃないか。

「わかってほしいの。過去はもう二度と戻ってこないことを。だからこそ、美しい思い出はいつまでも大事に取っておきたいの。もう一度始めからやり直すには、私たち歳を取りすぎたわ。ね、わかるでしょ」

フオンの言うことはその通りであった。彼女の誠意も痛いほどよくわかっていた。しかしフオンと別れ、月明かりの道を一人引き返しながら、サイは心の中に冷たい風が吹き抜けていくような寂しさを感じていた。深い静寂の中を、サイは重い足取りで歩き続けた。ふと我に返った時にはもう村の入り口まで戻っていた。粘土を型に流し込んだり、薪を切ったりする物音が耳に入ってくる。サイはあらためて広々とした畑を見渡す。

近くのレンガを焼く窯は、どれも内側の炎で赤く染まっている。その向こうには豆腐工場の明かりもついている。彼らは一日三交替制で休みなく働いているのだ。それはサイが育て上げた生産隊であった。眠れぬ夜、レンガの窯や豆腐工場に足を運び、人々と語らい合った光景が目に浮かぶ。徹夜明けの朝に、豆腐や落花生を肴に飲む一杯の酒に勝るものはない。彼の胸の奥にいつしか暖かいものがこみあげてくる。目の前には今や彼の生きがいとなっているなつかしい故郷が横たわっている。もちろんまだこのハビ村は貧しい。しかし、ここは彼の故郷であり、彼にとってかけがえのない土地なのである。

解説

ベトナムの知人から、「ｉｎｃｏｎｉｔｏ」という言葉を教わったことがある。ラテン語で、「誰も自己の何たるかを知らない」というような意味らしい。本当の自分に無知であることは、個人にとっても民族にとっても、大きな不幸に違いない。

ベトナムは一九四五年に独立後、三十年にわたる戦争を強いられた。戦争の世紀とまで言われる今世紀の中でも、最も過酷な情況を生きた民族の一つである。長期の戦争がもたらした後遺症は、戦後四半世紀を経た今もなお消えてはいない。

戦争の悲劇は、その膨大な死者や身元不明者の数自体に明らかである。しかし、つい見落とされがちなもう一つの悲劇の側面がある。それは戦争による自己像の歪み、という問題である。戦争が民族の存亡をかけた苛烈なものであればあるほど、自己像の歪みは不可避と言える。しかもベトナムの場合、戦争に勝利した分だけ、その歪みを自覚する営為は困難を極めたのである。

戦後のベトナム文学は、そうした不可避の歪みと向き合い、真実の自己像を求めて格闘した作家たちの軌跡と言ってよい。

＊

レ・リュー（Le Luu）の『はるか遠い日』（*Thoi xa vang*, Nha xuat ban tac pham moi, Ha noi, 1986）は、一九八六年に出版された。翌年、ベトナムで最も権威のある作家協会最優秀賞に選ばれている。

小説にも運・不運があるとしたら、明らかにこの作品は幸運な星の下に生まれたと言えよう。この小説が世に出たのは、ちょうどベトナムがドイモイ政策を導入する直前である。ドイモイは、一九八六年十二月、第六回共産党大会で正式に決定された刷新路線である。この背景には、南北統一後ほとんど崩壊寸前にまで陥った経済・社会危機があった。ベトナムは大勝利（一九七五年四月）の興奮もさめやらぬうちに、南部の社会主義化強行による国内緊張、難民の大量発生、カンボジア侵攻による国際的孤立、世界最貧国の一つへの転落、という一連の事態に直面した。ドイモイ導入の最大の意義は、こうした国難乗り切りのため、市場経済の導入と対外開放を柱に、戦時から平和への体制転換をめざしたところにある。個々の作家にとっても、ドイモイ導入に至る危機の時代は、戦争中に要請された文学から、全く新しい未知の文学を模索する過程であった。すなわち戦争勝利を至上命題とし国民の志気を鼓舞する文学から、平和な日常生活の中で傷つき悩む等身大の人間を描く文学への脱皮である。しかしこのいわば非日常から日常への脱皮は、筆舌に尽くしがたい困難を伴った。最も厳しく自己変革を追究した軍隊作家、グエン・ミン・チャウ（一九三〇〜八九年）は、「体の血を入れ替えるほどの苦痛」と語ったほどである。

こうした暗中模索の成果は、一九七〇年代の末頃から少しずつ短編の形で表れ始め、一九八〇年代に入ると戦後社会の現実を直視した意欲的な小説が相次いで登場するまでになった。一時読者に背を向けられていた文学は、戦争中に共有していた幸福な一体感を回復し、再び国民の熱い共感を呼ぶまでに復権したのである。文学は、閉塞状況に無力感を抱いていた国民の心を捉えたといってよい。『はるか遠い日』は、この文学復権の機運のちょうどその頂点の時に登場した。この小説は作品自体の芸術的評価以上に、新旧文学の転換点を画す作品として称賛された。つまり、新しい文学が試行錯誤の中で追究してきた、悩み傷つく個人の内面描写に成功した小説として、高い評価を受けたのである。折しもドイモイ路線の導入直後の、開放的雰囲気(文芸創作の自由を求める声の高まりや、政治的に弾劾された作家の名誉回復が行なわれ、「ハノイの春」とまで呼ばれた)の中で、五十万部を超える大ベストセラーになった。文学史的意味付けはどうあれ、戦争の英雄にもかかわらず人生に失敗していく人物像は、読者にとってきわめて新鮮であった。戦後社会に深い絶望と喪失を感じていた人々は、挫折を乗り越え懸命に生きようとする主人公の姿に自分を重ね合わせ、共感を寄せたのである。

*

『はるか遠い日』は、出版後十五年近くを経た今も版を重ねている。長く読み継がれる小説の要件の一つは、読者の関心に応じてさまざまな読み方ができる作品であることに違いない。

この小説は、農村出身の主人公サイの生い立ちと、その後の戦争体験、および戦後社会での挫折を描いたものである。その背景は、抗仏レジスタンス勝利直後から解放戦争勝利後の混乱に至るおよそ三十年で、まさにベトナムが民族の存亡をかけて戦った時代である。

一見してわかる作品の主要テーマの一つは、主人公の二度にわたる離婚であろう。最初は少年時親の決めた(当時農村でよく見られた早婚の悪習)年上の相手と、二度目は戦後、自ら高望みした都会の女性との失敗である。そしてこの二度の離婚以上に、読後強烈な印象を残すのは、互いに強くひかれながら決定的瞬間にいつも齟齬をきたしてしまう初恋の女性との悲恋である。

勿論、この作品の魅力は主人公の女性たちとの関わりのみにとどまらない。その一つは、当時の農村の習俗が、実にリアルに描かれていることである。村中総出の出稼ぎ、年中行事の大洪水、訪問客接待の仰々しさなど、枚挙にいとまがない。また、多大な犠牲を強いられたアメリカとの過酷な戦争も、戦友の悲惨な死のエピソードを含め、十分説得ある筆致で描写されている。

しかし、ある批評家の言を借りれば、この小説には作者によって周到に用意された、もう一つの秘められたモチーフがある。そのヒントは、『はるか遠い日』というこの小説のタイトル自身にある。この物語は、確かにはるか昔の話である、しかしそれは決して単なる昔話ではなく、現在もベトナム社会の深層に根を下ろし人々の無意識を拘束している何かである。『はるか遠い日』は、挫折を繰り返しながら本来の自己を求め続けてやまない主人公サイと彼のまわりの人々の生き方を通して、ベトナム固有の宿痾とでも言うべきこの何かを探ろうとした作品なのである。

＊

ドイモイ路線は、ベトナム社会を大きく変貌させた。とりわけ経済の分野で、九〇年代に入ると毎年二桁にせまる経済成長をとげる成果をもたらした。経済の発展は、人々に自信を取り戻させたばかりか、豊かさを求めて猛烈に走り出したその光景は、目を見張るばかりである。

しかし、ドイモイにはこうした光の部分と同時に、影の側面がある。ドイモイによって切り捨てられたのは、これまで社会主義の優位とされてきた教育・医療・芸術など福祉・文化の分野である。ただこれはドイモイの必然の結果とも言える。ドイモイによる市場原理の貫徹は、補助金などの国家の手厚い保護が廃止されることを意味するからだ。しかも、対外開放政策は海外からの文化・情報の急激な流入を招き、若い人の間に外国崇拝の風潮を蔓延させていく。

ドイモイ直後、作家たちを包んだ高揚感は束の間に終わり、ベトナム文学は商業主義という新たな試練に直面する。市場経済の下で、海外のベストセラーの翻訳や戦前の人気小説の再版が盛んになる一方で、良心的な文学は、国の補助金を打ち切られ、発行部数の大幅低下に見舞われる（現在では、発行部数が千部にみたない小説も珍しくない）。

と同時に、天安門事件やベルリンの壁崩壊など、社会主義の信頼が大きく失墜する中で、思想文化面での締め付けも、再び強化されていく。イデオロギーの締め付けを象徴する例は、一九九一年、民主化と多党制を公に主張し、国家秘密漏洩容疑で七カ月間逮捕された女流作家ズオン・トゥ・フオン（一九四七年〜）の事件である（現在も彼女の行動は厳しい監視下にあると言われている）。

*

ベトナムの文学、中でも小説は、一九九〇年に出版され国内ばかりか海外でも高い評価を受けたバオ・ニン（一九五二年〜）の『戦争の悲しみ』を最後に、長い低迷状態に陥る。この小説は、ベトナム文学界の理論的支柱と言われる作家グエン・ゴック（一九三二年〜）から「『自己探求』文学への新しい可能性を予知させる小説」と激賞された。しかし、この小説が切り開いた地平を超えるには、より一層真摯に自己に向き合う営為が求められたのである。

今年の七月ひさかたぶりに、新しい可能性を予感させる小説が登場した。三十七歳の新人作家、グエン・ビエト・ハーの処女作『神の恩寵』である。この小説は、ドイモイ導入まもない八〇年代末から九〇年代初頭を背景に、ハノイの若者群像をリアルかつ哀切に描いた作品である。登場人物のある者はビジネスに、またある者は恋愛と酒と文学に、自分のアイデンティティーを求め挫折と希望の間を揺れ動く。

この作品には、真の自己像に限りなく迫ろうとする作者の熱い思いがみなぎっている。発売と同時に、若い読者を中心に広く読まれているのは、作者の切実なモチーフが共感をよんだからに違いない。ただその一方で、作者はベトナムの社会を悲観的に描き過ぎている、現体制を故意に否定している、などと批判する人々がいるのも事実である。こうした動きを受けて、文化省は統一評価を得るまでの措置として、この小説を一時的に発行停止する指示を出している。これは、文学と政治がいまだに未分化なベトナムの思想情況の混迷を示す一つの例と言ってよい。

＊

この本は、トヨタ財団の「隣人をよく知ろう」プログラムの助成によって出版可能となったものである。また出版を快く引き受けて下さったのは、アジア紹介に心血を注がれている「めこん」の桑原晨さんである。両者のご助力がなければ、ベトナムの小説という地味な翻訳が、日の目を見ることなどとても不可能だったに違いない。この場を借りて、心からの感謝を申し上げたい。

翻訳についても、数多くのベトナムと日本の知人友人からご教示を受けている。一人一人のお名前は控えさせていただくが、微力な訳者に喜んで協力して下さったすべての方々に、あらためてお礼を申し上げる。

最後に、この拙い訳書からベトナムの人々の思いの一端でも読み取っていただけるなら、訳者にとってこれにすぐる喜びはない。

一九九九年十二月

加藤則夫

加藤則夫（かとう　のりお）

一九四八年、広島県に生まれる。東京外国語大学インドシナ語科卒。ＮＨＫ国際放送局でベトナム向けのラジオ番組制作を担当、現在に至る。

一九八四年、半年間ハノイで語学研修。「ＮＨＫスペシャル」「アジアからの発言」「アジア発ドキュメンタリー」などのテレビ番組でベトナム現地取材。

アジアの現代文学⑯［ベトナム］

はるか遠い日

あるベトナム兵士の回想

初版印刷　2000年５月15日

第１刷発行　2000年５月25日

定価　2800円＋税

著者：レ・リュー

訳者：加藤則夫

装幀者：渡辺恭子

発行者：桑原晨

発行所：株式会社めこん

〒113-0033　東京都文京区本郷3-7-1

電話　03-3815-1688　FAX　03-3815-1810

E-mail　mekong@msn.com

印刷所：太平印刷社　製本所：三水舎

ISBN4-8396-0137-2　C0397　¥2800E

0397-0004135-8347

❖シリーズ・アジアの現代文学

❶さよなら・再見《ツァイチェン》［台湾］黄春明◉田中宏・福田桂二訳◉定価一五〇〇円＋税
❷わたしの戦線［インド］カーシーナート・シン◉荒木重雄訳（品切）
❸果てしなき道［インドネシア］モフタル・ルビス◉押川典昭訳◉定価一五〇〇円＋税
❹マニラ——光る爪［フィリピン］エドガルド・M・レイエス◉寺見元恵訳◉定価一二〇〇円＋税
❺地下の大佐［タイ］ローイ・リッティロン◉星野龍夫訳（品切）
❻残夜行［シンガポール］苗秀◉福永平和・陳俊勲訳◉定価一八〇〇円＋税
❼メコンに死す［タイ］ピリヤ・パナースワン◉桜田育夫訳◉定価二〇〇〇円＋税
❽スンダ・過ぎし日の夢［インドネシア］アイプ・ロシディ◉粕谷俊樹訳◉定価一五〇〇円＋税
❾二つのヘソを持った女［フィリピン］ニック・ホワキン◉山本まつよ訳（品切）
❿タイ人たち［タイ］ラーオ・カムホーム◉星野龍夫訳◉定価一八〇〇円＋税
⓫蛇［タイ］ウィモン・サイニムヌアン◉桜田育夫訳◉定価二〇〇〇円＋税
⓬七〇年代［フィリピン］ルアールハティ・バウティスタ◉桝谷哲訳◉定価一九〇〇円＋税
⓭香料諸島綺談——鮫や鰹や小鰯たちの海［インドネシア］Y・B・マングンウィジャヤ◉舟知恵訳◉定価二〇〇〇円＋税
⓮ナガ族の闘いの物語［インドネシア］レンドラ◉村井吉敬・三宅良美訳◉定価一九〇〇円＋税
⓯電報［インドネシア］プトゥ・ウィジャヤ◉森山幹弘訳◉定価一九〇〇円＋税
⓰はるか遠い日——あるベトナム兵士の回想［ベトナム］レ・リュー◉加藤則夫訳◉定価二八〇〇円＋税

❖以下続刊